LA NUIT LA NEIGE

ISBN 978-2-330-17636-5

CLAUDE PUJADE-RENAUD

LA NUIT LA NEIGE

roman

BABEL

à Daniel Zimmermann

Première partie

JADRAQUE

ÉCHEC ET MAT

La nuit était si obscure qu'on ne voyait
qu'à la faveur de la neige.

SAINT-SIMON

ANNE-MARIE DES URSINS
Gênes – décembre 1715

Je ne m'attendais pas à trouver la neige sur ce rivage de la Méditerranée. Décidément le froid me poursuit, que ce soit en Espagne, en France ou en Italie. Gênes, les rigueurs de l'hiver et de l'exil. A soixante-treize ans… Il me faut bien m'en accommoder et m'installer dans cette maison traversée de courants d'air, puisque je ne suis pas autorisée à retourner à Rome.

Une neige légère, il est vrai. Déjà elle commence à fondre sur ma terrasse. Le vert lisse des feuilles d'oranger réapparaît. Et me voilà songeant à ce parfum, le néroli, que j'ai fait créer à partir du bigaradier. A Paris, chacun me félicitait d'avoir pensé à glisser cette pointe d'orange amère parmi d'autres essences. En ce temps-là j'étais à la mode. Rejetée à présent. Moi dont on a vanté la lucidité, je sens ma vue faiblir et l'irritation de mes yeux m'est une souffrance.

Je m'allonge dans une semi-obscurité afin de les reposer et je rejoins la neige. La vraie, celle d'il y a un an. Un an exactement… Epaisse, croûtée par le froid, sécrétant le silence. Le carrosse cahotait sur des fondrières gelées. En moi le tumulte, charivari de pensées brouillonnes. Emilie somnolait, se réveillait, claquait des dents. – Dormez donc, le sommeil vous tiendra lieu de couverture. – Et vous, Madame ? – Je réfléchis, cela finira par me réchauffer. Elle jetait un regard inquiet sur ma gorge dénudée : trois heures auparavant j'avais revêtu une robe de cour afin d'accueillir la reine. Elle m'admirait, ma camériste et lectrice, tout autant qu'à Madrid lorsque je contrôlais les rênes, et les ficelles, du gouvernement.

A l'extérieur, sur ce plateau pelé entre Jadraque et Atienza, on devait enregistrer quinze degrés au-dessous de la glace. A peine zéro dans notre voiture. Je frissonnais, me rebiffais, ah non, je ne me laisserais pas bouter hors d'Espagne de la sorte ! Il me fallait au plus vite tenter d'expédier au roi un message. Ce matin même, à Guadalajara, je m'étais entretenue avec lui, réglant les ultimes détails de la cérémonie nuptiale. Il appréciait que je prenne la peine d'aller au-devant de la reine, parcourant les quelque dix ou douze lieues qui séparent Guadalajara de Jadraque. Il m'avait confirmé avoir signé la veille les lettres patentes m'accordant la principauté de Rosas et Cardona, en Catalogne. Marie-Louise Gabrielle de Savoie avait tellement insisté pour que je bénéficie de cette faveur. Ce fut la seule allusion à la reine morte, juste avant l'arrivée de l'autre.

Mon intention était de passer la soirée en compagnie de la nouvelle souveraine – je m'imaginais un peu telle une mère avec sa fille la veille de ses noces, une mère qui comptait demeurer maîtresse du pouvoir et le laisser entendre, délicatement –, puis de coucher sur place et de revenir avec elle le lendemain matin. Courtoisement, le roi m'avait recommandé de me protéger contre ce froid coupant. Repensant à cette attention, j'en dégustai à présent l'ironie. Nul signe chez lui d'anxiété ou de contrariété, je le connaissais trop depuis treize ans, mon Philippe V, pour ne pas les renifler aussitôt. Je ne percevais que son impatience d'avoir une femme dans son lit après dix mois de veuvage. Eh bien, je la lui avais cherchée, cette femme, et trouvée. Je la lui aurais ramenée si…

Combien de lieues, de nuits avant la frontière ? Nuit noire. Je devinais à peine un scintillement laiteux à ras du sol. Comment le cocher se repérait-il ? Et les officiers chargés de m'accompagner (façon galante de parler !), à cheval de part et d'autre du carrosse ? Quant à cette escorte considérable… Quarante ou cinquante hommes, m'avait-il semblé à vue de nez, lorsque j'étais montée dans ma prison roulante. Prélevés sur la troupe qui suivait la reine depuis son entrée en Espagne ? Ils avaient été rapidement à pied d'œuvre ! Un certain nombre était en selle. D'autres vérifiaient leur sangle, soufflaient sur leurs doigts ou battaient la semelle. Cette cinquantaine de bêtes piaffant et piétinant la neige donnait la mesure de la peur qui avait dû travailler la reine (déjà je la surnommais la grande jument : durant le peu de temps passé avec moi, elle piaffait elle aussi, nerveuse, beaucoup trop nerveuse). Cinquante hommes pour deux femmes… Allaient-ils s'y retrouver dans ces ténèbres ? La route n'était pas aisée au nord de Jadraque, nous pouvions verser dans l'obscurité. Je n'y voyais pas plus clair en moi. Réputée cependant je l'étais, pour ma perspicacité et mon habileté à flairer toute intrigue naissante. Qui avait manigancé celle-là ? D'où partait le coup ? De cette jeune personne expédiée de Parme, si lente à parvenir jusqu'à nous ? J'en doutais. Pas directement en tout cas.

Ça crépitait en moi. Rafales de rage. Questions en désordre. Une décision du roi ? Il n'avait jamais pu en prendre que sous influence. La mienne, essentiellement, par l'intermédiaire de Marie-Louise Gabrielle. Une cabale parmesane, à la florentine ? Tortueuse, perfide, onctueusement ecclésiastique ? Improbable : j'avais veillé, comme il est d'usage, à ce que la suite italienne de la reine ne pénétrât pas avec elle en Espagne, l'on examinerait plus tard qui de ses proches serait autorisé à la rejoindre. Comment un complot aurait-il pu être ourdi à distance alors que rien ne m'échappait, pas même le secret des postes ? Dans l'antichambre de la reine, à Jadraque, j'avais croisé le petit abbé Alberoni, tout empêtré de courbettes et civilités mielleuses. Une excellente raison de m'en méfier, certes. Mais si faction il y avait, au profit de qui et qui pouvait oser courir un tel risque ? Aux yeux de Philippe V et de l'Espagne – voire de l'Europe –, j'étais irremplaçable. Et je la lui avais remplacée, pour autant qu'elle pouvait l'être, sa Marie-Louise Gabrielle, sa petite reine chérie pourrie par les écrouelles.

J'ai voulu entrouvrir et me pencher légèrement à l'extérieur afin de capter le silence de la neige et le laisser couler en moi. Qu'il calme ce bouillonnement, recouvre de sa pellicule lisse cette vaine éruption volcanique. Mourir de froid, peut-être, mais en comprenant. Emilie m'a vivement tirée en dedans, elle a murmuré : "Vous êtes folle, Madame !" A-t-elle cru que la violence du choc m'avait perturbée en profondeur ? Que j'étais au bord du délire ?

Non, je ne divaguais pas. Ce qui m'apparaissait délirant, c'était cette brève entrevue, quelques heures plus tôt, avec la jeune femme que j'avais érigée en épouse royale et que je rencontrais pour la première fois. Je ne m'attendais pas à des remerciements – une reine fraîchement émoulue se devait de tenir son rang – mais de là… Ma stupeur se doublait d'une impression d'irréalité. Comme si toutes deux, actrices improvisées, nous avions raté notre scène – dictée, écrite par qui ? Et pourtant c'était joué. Bien que je m'estimasse encore capable de déjouer. Le roi, de toute évidence, je devais joindre le roi au plus tôt. Dès le premier arrêt, à l'aube.

Le délire, le vrai, je connaissais : à Mestre, en plein mois de juillet, quand j'avais failli crever de la malaria en même temps qu'Adrien. Il était étrange de ressentir l'affleurement de cette canicule moite au cœur de ce froid cristallin. Un contraste bizarre. Je l'ai vite fait cesser, je ne voulais pas renforcer l'épreuve actuelle par la remontée d'une très ancienne – la blessure jamais suturée. Tiens, à propos de cicatrices, elle n'en manquait pas sur le visage, cette grande haquenée ! J'ai imaginé la tête de Philippe V au moment où il découvrirait ce ravage dû à la petite vérole. J'en ai ri tout haut, ravivant l'inquiétude de ma camériste. Lorsque je m'étais informée sur le physique de la demoiselle, on s'était bien gardé de m'en aviser. Le portrait envoyé de Parme masquait cette disgrâce sous de tendres teintes pastel et le roi avait commencé à s'exciter sur le renflement de la gorge habilement suggéré par le peintre. De toute façon, dans l'état de manque où se trouvait ce pauvre Philippe, il se serait rué sur n'importe quelle guenon. Et celle-là était loin d'en être une. La taille joliment prise. Une allure certaine. Un peu guindée mais le rôle le voulait. Mal attifée, je saurais y remédier. *J'aurais* pu. Tant pis pour elle ! Qui donc, demain, allait prendre à l'improviste mon poste de camarera mayor, laver les pieds de la reine et la chausser, veiller à sa toilette, la préparer à ce mariage grandiose ? Cette méchante vérole me révélait – un peu tard – les failles de mon réseau de renseignements. D'autres lézardes ? Ma vigilance prise en défaut ?

A nouveau j'ai contemplé la neige : la laisser fondre, la transformer en un lait onctueux, l'absorber et m'apaiser. Un antidote à tant de noirceur incompréhensible ? Oh, je ne me piquais ni de pureté ni de morale, j'en avais tramé des intrigues ! Mais, s'il se pouvait, avec l'élégance que je consacrais à ma toilette – voilà bien la hauteur des La Trémoille. Sans doute la vierge vérolée – vierge, elle ne le serait plus d'ici quelques heures, la vérole, en revanche, c'était à vie – devait-elle estimer qu'elle agissait pour le bonheur de son seigneur et maître. Celui que je lui avais donné pour époux. A supposer que ce fût elle l'instigatrice. Non, cela vous sentait par trop la fille de province longtemps cloîtrée par une mère dévote, dissimulant mal une gaucherie de ton et de manières. Ce qui n'excluait pas l'intelligence… Pour une fois n'aurais-je pas assez affûté la mienne, me serais-je trop fait confiance ? De toute façon, j'avais été obligée d'agir vite, le roi devenait fou à force d'abstinence. Ingouvernable. Et moi, une vieille femme, contrainte de gouverner en tenant compte des appétits de ce Bourbon mélancolique. Allons, pas d'hypocrisie, je m'étais ingénieusement servie des appétits en question afin d'étayer mon empire. L'alliance du sexe et du politique était l'une de mes spécialités.

Oui, pour ces secondes noces, j'avais été acculée à conclure avec précipitation. Sans vraiment en référer à Louis XIV. Il n'avait pas dû apprécier, le grand-père de Philippe V, lui qui se piquait d'être le premier marieur de la chrétienté : dans cette famille, on s'entendait à contrôler les unions de tous les descendants et, par ce biais, la carte de l'Europe. Le duché de Parme et Plaisance, ce n'était pas très glorieux, j'en convenais. Les Farnèse non plus, des bâtards, on dérapait dans la mésalliance. Et si le coup était parti de Versailles ? Ma bonne amie Françoise de Maintenon aurait-elle trempé là-dedans, elle dont j'admirais l'art de s'abriter derrière ses "je ne me mêle de rien, je ne me mêle de rien" ? Lors d'un arrêt – le cocher avait un besoin urgent, Emilie et moi pareillement, mais nous avons préféré nous retenir jusqu'au petit matin, il n'était pas question de s'accroupir les fesses à l'air sur cette meseta durcie par le vent –, l'idée m'a tenaillée tout autant que l'envie de pisser : le complot venait-il de plus loin, de plus haut ? J'ai fini par l'écarter, on avait trop besoin de moi à Paris et à Madrid. Le carrosse est reparti, brinquebalant. J'ai pensé au sort inhumain du cocher, assis à l'extérieur. J'aurais volontiers interrompu cette équipée nocturne et proposé à notre conducteur de monter avec nous en attendant le jour, sans souci de bienséance ou d'étiquette. Mais ce n'était plus moi qui décidais, l'officier commandant le détachement avait en poche un ordre signé par la reine.

Une idée folle, ce désir de transformer la neige en lait ? Non, il ne s'agissait pas d'un délire. Un lait chaud, puis l'enlisement dans l'épaisseur du sommeil. Comme si un rêve pouvait me livrer la clef de l'énigme ? Mais je ne voulais pas céder au besoin de dormir. A Burgos, je connaissais une auberge à peu près correcte où l'on nous servirait un bon chocolat. Burgos était loin, il fallait compter plusieurs jours avant d'y parvenir dans ce froid qui me rappelait l'atroce hiver 1709. Mon ébullition intérieure, mon chapelet d'interrogations ressemblaient à cet état dans lequel j'avais vu l'aîné de mes frères : enfant, il était tombé de cheval et avait perdu connaissance. Revenu à la conscience, il avait été la proie d'une excitation étrange, n'arrêtant pas de poser des questions. J'étais tombée – qui avait provoqué la chute ? –, je voulais comprendre, je traquais des signes, je reprenais la scène. Ma révérence était impeccable, ma robe également, mes compliments subtils et mesurés. Un peu trop ? J'avais même eu la délicatesse de lui parler en italien alors que nous aurions fort bien pu converser dans ma langue maternelle (elle connaissait le français, m'avait-on dit). Je m'apprêtais à lui détailler l'emploi du temps prévu pour le lendemain lorsqu'elle a éclaté. Ma tenue était indigne d'une présentation à la reine, je n'avais rien à faire ici, c'est au roi seul qu'elle entendait s'adresser ! Les roues du carrosse crissaient sur la neige, sa voix dans mes oreilles. Elle ne se dominait plus, masquant son anxiété par une arrogance véhémente. Pourtant, avant son départ de Parme, on avait dû la chapitrer : prudence, la position de seconde épouse n'est pas aisée, il conviendra d'être aimable avec les enfants du premier lit et avec cette camarera mayor dont le roi ne peut se passer et qu'il a nommée gouvernante des infants depuis la mort de la première reine. Cette grande fausse niaise avait certainement été instruite, qui donc, par la suite, aurait réussi à la retourner ?

Mon erreur, lorsqu'elle a entamé son algarade : ne pas y avoir cru. J'étais comme au théâtre, à distance, je la voyais tenir un rôle qui ne lui seyait pas. Pas jusqu'au bout des ongles, du moins. Roide et agitée tout à la fois, croisant de long en large alors qu'elle aurait dû demeurer avec dignité dans son fauteuil. Son costume de voyage la desservait. A un moment j'ai même pensé, tiens elle tourne en rond telle une cavale en cours de dressage, bientôt sa queue va battre ses flancs d'énervement. Soudain, elle a paru submergée par un flux qui la dépassait. N'aurait-elle pas supporté la magnificence de ma toilette contrastant avec la médiocrité de sa tenue ? Maigre, méchant prétexte ! Elle avait peur, je crois. Interloquée, amusée presque, je la regardais sans pouvoir parer et voilà comment je me retrouvais en train de traverser les villages misérables de la Castille dans cette même robe, trop belle, trop légère. Méthodiquement, j'ai arraché les longues dentelles qui ornaient le bas des manches – du Malines, tant pis –, je les ai attachées les unes aux autres afin de confectionner une sorte d'écharpe. Emilie m'a aidée et l'a entortillée autour de mon cou. Pénétrant cette vague tiédeur, le froid continuait à me mordre à la gorge.

Elle n'avait pas tort d'avoir peur, la pouliche piaffante, la gracieuse vérolée – car en dépit de sa violence rogue j'ai flairé entre deux éclats cette grâce qui demandait à sourdre, implorant d'être confirmée par un regard. Pas eu le temps d'exercer le mien. Dommage, peut-être nous étions-nous manquées ? Non, elle n'avait pas tort. J'avais eu l'honneur de servir deux rois, le Catholique, celui d'Espagne, et le Très Chrétien, celui de France. J'avais destitué des ministres, des cardinaux et des ambassadeurs. J'avais fait renvoyer le nonce du pape. Et même le confesseur du roi, ce Daubenton moins confit en dévotion qu'en politique, en bon jésuite qu'il était. J'avais passablement contribué à la disgrâce de Philippe d'Orléans auprès de son oncle Louis le quatorzième et je m'étais de surcroît attaquée à la sainte Inquisition. Eh bien, il fallait se rendre à l'évidence : Anne-Marie de La Trémoille, princesse des Ursins, maîtresse du gouvernement en Espagne, venait d'être congédiée telle une fille de cuisine prise la main dans le sac par la toute nouvelle souveraine. Et comme un vulgaire espion, elle était expulsée, *manu militari*.

Un peu avant l'aube Emilie s'est rendormie en se blottissant contre moi, tel un chaton cherchant la chaleur sous le ventre de sa mère. Je n'ai pas eu d'enfant mais j'ai eu Marie-Louise Gabrielle, quelques jours avant sa disparition, épuisée par la souffrance, nichée contre ma poitrine de vieille femme. Ce corps de vingt-cinq ans, si léger d'avoir tant maigri, presque diaphane. Cette toux à répétition.

Les écoulements purulents, la peau embuée de fièvre – mais qu'est-ce qui me prenait de laisser resurgir sur fond de gel les fièvres anciennes ? Les médecins avaient épuisé saignées, émétiques et purgatifs. Et la malade avec. A bout de ressources, ils ont prescrit du lait d'ânesse. Marie-Louise Gabrielle ne l'ingurgitait qu'avec dégoût. Dans les derniers temps ils ont eu recours au lait de femme, je suis repartie à la recherche de nourrices saines, ainsi avais-je fait sept ans auparavant lors de la naissance de Luisillo. Durant deux ou trois jours, nous avons pu croire à un miracle : elle avalait avec une telle avidité ! Je revois ce regard fixe, concentré, de très jeune enfant en train de téter et ces doigts transparents qui, par spasmes, tentaient d'agripper le mamelon. Elle sombrait ensuite dans le sommeil, repue, presque souriante. Le troisième jour je me suis méfiée de ce répit, j'ai vaguement pensé : elle s'éloigne, elle retourne vers ses toutes premières années, vers sa nourrice piémontaise, ma petite fille si tôt arrachée à l'enfance, elle nous quitte, elle me quitte moi qui l'ai tant portée. Elle aussi m'avait toujours soutenue.

Machinalement j'ai caressé les cheveux d'Emilie qui ronflotait par à-coups, toute molle, abandonnée. Avec une autre caméariste, Emilie s'était relayée la nuit afin de veiller la reine, elle pleurait de la voir perdre du poids et devenir cireuse, elle ne voulait pas admettre l'inéluctable. Il lui paraissait inadmissible que la reine, après avoir donné la vie, puisse, cinq mois après, céder le pas à la mort.

Les précédentes grossesses, il est vrai, avaient quelque peu asséché les écrouelles mais la dernière, pour son troisième fils, avait accéléré la progression du mal. Le lait la neige, et ce pus, suintant des glandes éclatées, qui faisait crever la peau du cou, se répandait dans les linges constamment changés. Marie-Louise Gabrielle a fini par refuser tout aliment, même liquide, même venu d'un sein. Déjà elle s'abreuvait au sein de la mort.

Ma chute avait pris racine dans cette agonie. La neige tombait calmement sur le convoi qui l'emmenait au Pourrissoir de l'Escorial. Depuis ce jour, je n'ai pu boire la moindre goutte de lait. En cette nuit de Jadraque, je devais m'être sentie vraiment mal pour rêver d'un lait chaud. Bouche pâteuse, articulations douloureuses, je ruminais les termes de ma lettre au roi : non, je n'adopterai pas le ton d'une supplique tel qu'il eût convenu à quelqu'un placé en garde à vue (il fallait appeler un chat un chat !). J'évoquerai les conditions de ce voyage, indignes d'une femme de mon âge, et de ma condition. L'injustice – j'ai écarté le mot grossièreté –, l'injustice du procédé à l'égard d'une personne qui l'avait toujours servi sans se ménager. S'il avait la bienveillance de me laisser revenir, je souhaitais pouvoir me justifier auprès de lui. Et auprès de la reine qui, étais-je amenée à supposer, avait été gravement prévenue à mon encontre. Le message était en place lorsque j'ai aperçu vers l'est une lueur métallique. Plus froide que la nuit m'a-t-il semblé.

Atienza au matin. Des masures frileusement accotées les unes aux autres, des fumées timides sur fond de ciel crayeux. Nous avons laissé reposer les chevaux, j'ai rédigé et expédié ma missive. Emilie a déniché quatre œufs qu'elle a fait cuire à la coque. J'avais très peu de pistoles dans ma bourse – aucune raison d'en emporter beaucoup pour passer une nuit à Jadraque –, j'allais devoir calculer au plus juste jusqu'à la frontière. Le cocher avait la main droite gelée, un chirurgien la lui a coupée : il le fallait, a-t-il affirmé, pour sauver le bras. Dans sa précipitation à m'éliminer au plus vite, la reine, j'imagine, n'avait pas prévu ce genre d'aléas. L'officier a fini par trouver un nouveau conducteur.

Morne après-midi. La nuit à nouveau, dès quatre heures. Soir de Noël. Quelques tintements de cloche, ouatés par la densité de la neige, quand nous traversions une bourgade. A Guadalajara, Philippe et sa pouliche devaient être au lit, bien au chaud. Ainsi l'avais-je prévu, réglé. Je repensai à la seule lettre que j'eusse reçue, récemment, de la reine : elle avait mis plus de trois semaines à répondre à mes deux courriers, cette jeune personne. Me donnait du "très chère et très aimée cousine", m'assurait de son affection et de sa gratitude… Le contenu était fort conventionnel, et le délai signifiait la froideur. J'aurais dû y réfléchir davantage avant d'aller me jeter dans la gueule du loup. Un trompe-l'œil cette lettre, de même que ma nomination par ses soins au poste de camarera mayor, depuis Parme ?

Trois jours plus tard, nous faisions une pause à Aranda de Duero afin de changer les fers des deux pommelés de tête lorsque j'ai vu arriver au grand galop mon neveu Louis de Chalais. J'ai eu un tressaillement d'espoir : le roi a reçu mon message, le roi me rappelle ! Louis a sauté à terre et s'est enquis de ma santé. Mal à l'aise, il m'a tendu un pli cacheté. Désolé, Philippe V, de l'épreuve qui m'était imposée mais il souhaitait vivre en bonne intelligence avec la reine et donc ne pas s'opposer à sa décision. J'étais autorisée à ne plus rouler de nuit, voire à effectuer des étapes plus courtes en cas de grande fatigue. Il s'engageait à me verser mes pensions : on payait ses gages à la domestique congédiée sans égards, le beau geste ! Celle qui n'était plus vierge le menait déjà par le bout… oui, du nez si l'on veut. Et il était à l'image de son grand-père, Philippe V : qui tombait hors de sa vue chutait en même temps dans l'oubli.

Mon neveu apportait aussi un ordre du roi à l'intention du lieutenant commandant le détachement – tiens, je ne parviens pas à me souvenir de son nom. L'escorte pouvait être allégée. Il fut soulagé : dans cette désolation glacée et à cette époque de l'année, il se débattait avec d'insolubles questions d'intendance, fourrages, logement et nourriture pour ses hommes. Lesquels protestaient de plus en plus haut d'avoir à affronter gel et bise. Et s'indignaient qu'on imposât un tel train à deux femmes inoffensives – voilà bien les Castillans, chevaleresques ! Très vite le lieutenant jeta du lest : sur la route de Lerma ne restèrent plus qu'une dizaine d'hommes.

Stupeur et silence à la cour, m'a déclaré Louis de Chalais. La nouvelle souveraine paraissait plus roide qu'on ne s'y était attendu, le roi n'avait rien laissé transpirer. Orry était allé le supplier, rappelant mon dévouement sans faille durant une bonne douzaine d'années. En vain. Mon neveu, à qui j'avais fait obtenir charges et titres, pressentait le déclin de sa carrière : devrait-il sans tarder quitter Madrid ? (Et Jean ? Bah, Jean avait prévu son retour et son établissement en France.) Nous nous sommes tus. Dans l'air pur, lavé par le gel, nous écoutions le glas du maréchal-ferrant.

C'était fini, je ne reverrais pas les enfants. Jusque-là je m'étais interdit d'y penser : par eux, je le savais, viendrait la souffrance et j'étais résolue à m'en protéger. Ou du moins à ne pas paraître abattue devant témoins. Comme si je m'étais cuirassée de cette pellicule de givre qui immobilisait la Castille. J'ai failli m'effondrer, Emilie m'a aidée à remonter dans le carrosse, le lieutenant semblait aussi navré qu'elle et mon neveu.

Les enfants que m'avait confiés Marie-Louise Gabrielle. Mes trois petits princes. Luis, l'aîné – on disait Luisillo. Philippe, si malingre et si intelligent. Ferdinand que j'appelais Ferdinand le Sage : ce marmot d'un an ne pleurait presque jamais et s'endormait paisiblement. J'aurais pu en ajouter un quatrième : Philippe V, ce grand hypocondre.

Elle me l'avait également laissé sur les bras. Je n'allais quand même pas le prendre sur mes genoux afin de le consoler. Les fielleux ne manquaient pas de sécréter leur venin, se complaisant à insinuer que je le prenais ailleurs. On m'accusait de le séquestrer, de lui dicter tous ses actes et décrets. Mes ennemis devaient envoyer à ce sujet rapport sur rapport à Versailles. Que pouvais-je faire, sinon empêcher le gouvernement de s'avachir dans la même déliquescence que le roi ? Une femme qui tient lorsqu'un homme lâche ne saurait être que haïssable. Du moins pour ceux qui espèrent fonder leur fortune sur cet écroulement.

Trois mois environ après la mort de Marie-Louise Gabrielle, le voyant accablé d'ennui – il venait en plus d'apprendre le décès de son deuxième frère –, je lui proposai une partie d'échecs. Il joua avec un certain entrain puis, au moment d'avancer son fou, me déclara : je vais abdiquer en faveur du prince des Asturies – c'était le titre de Luisillo. Quelle partie j'ai dû mener ce soir-là ! Non, il ne pouvait renoncer, Luisillo avait à peine sept ans, il faudrait constituer un conseil de régence, les factions rivaliseraient à qui s'en rendrait maître et le parti autrichien tenterait de revenir en force, ce serait courir le risque de voir la fin des Bourbons en Espagne. Il m'a regardée d'un œil morne. En moi la rage montait : quoi, nous nous serions battus durant toutes ces années, la France se serait saignée afin de soutenir cette guerre dynastique, nous aurions reconquis ce royaume contre tant d'envahisseurs, anglais, portugais, autrichiens, et nous abandonnerions maintenant ! Le drame c'est que Marie-Louise Gabrielle avait abandonné Philippe et que, dès lors, ce pays n'avait plus de sens pour lui. Cet homme de trente et un ans a esquissé un geste las, accablé, comme pour balayer les noirceurs et la pesanteur de cette Espagne à laquelle il était condamné. L'air résigné, il a repris le jeu, relançant son fou. Je l'ai laissé gagner, échec et mat pour mon roi. J'ai senti qu'il me détestait ainsi que l'on peut exécrer quelqu'un dont on ne peut se passer. Se serait-il vengé, bassement, de cette humiliation où lui-même s'était placé, enfermé ? Je me refusais à l'imaginer : je le savais fragile, timoré, néanmoins je croyais à son honnêteté et sa noblesse de cœur. Auparavant, il est vrai, la reine était un relais entre lui et moi. Tout mon art consistait à persuader Marie-Louise Gabrielle que les décisions soufflées par moi venaient d'elle – souvent d'ailleurs nos avis concordaient –, tout le sien était de procéder à l'avenant avec son époux. Les plaisirs du lit facilitaient sa tâche.

Les deux aînés évoquaient rarement leur mère. Mais les cernes sous leurs yeux et leur manque d'appétit ne m'échappaient pas. Il arrivait à Philippe de se réveiller la nuit en hurlant. Je jouais les grands-mères, berceuses, petites histoires, eau de fleur d'oranger. Un soir, Luisillo m'a questionnée sur le Pourrissoir où l'on avait emmené sa mère. J'ai expliqué : on dépose le corps à l'intérieur d'une grande niche creusée dans un mur, on scelle des pierres par-devant, on laisse se décomposer, ensuite on retire, on met dans un cercueil que l'on place au panthéon des rois et des reines, toujours à l'Escorial.

— Au bout de combien de temps a lieu le changement ?

Je suis restée déconcertée, je l'ignorais.

— Et moi, j'irai aussi au Pourrissoir ?

Oui, puisqu'il serait roi. Une étrange conversation entre un petit garçon de sept ans et une vieille dame qui en avait dix fois plus. Il me paraît nécessaire de parler aux enfants de la mort comme de l'amour.

Depuis trois semaines Luisillo semblait s'être quelque peu requinqué, son teint était moins bistre. Il attendait Noël avec impatience et j'avais réussi à lui faire apprendre deux fables de La Fontaine – il les récitait assez joliment. Eh bien, je n'aurai plus ni corbeau ni renard ni cigale pour m'aider à résister au jour le jour, moi qui fus durant tant d'années la fourmi industrieuse de ce royaume. J'avais commencé à préparer Philippe et Luisillo à la venue d'une autre femme. Ils étaient curieux, craintifs. Luisillo m'avait à nouveau interrogée : cette dame qui arrivait d'Italie coucherait-elle dans le lit de son papa, là où avait dormi sa maman ? Oui. Il s'est tu. Philippe le souffreteux écoutait, silencieux. Il buvait mes paroles de ses yeux trop grands. A présent, qu'allait-on leur raconter ? Que je les avais quittés sans les prévenir ni les embrasser ? Le beau cadeau de Noël !

Les larmes ont affleuré. Ce fut la seule fois. Un an après, ici à Gênes, cette même buée baigne et soulage mes yeux éprouvés. Plus tard, plus loin, dans ce carrosse grinçant qui nous emmenait vers Lerma, j'ai soulevé les paupières. Le voile tremblant persistait. A travers ce filtre, un mirage s'est esquissé. Trois points noirs, indécis. Ils hésitent, refluent, reviennent. Non, pas trois. Cinq. Sur les chemins de la mémoire, ils dessinent et affirment leurs contours. Ils progressent dans ma direction, je commence à les reconnaître. En tête un écuyer armé, l'Espagne de 1666 est loin d'être sûre. Presque flanc à flanc une jeune femme sur un alezan, la robe fauve de sa monture joue en camaïeu avec les couleurs de la meseta. Afin de se protéger de la poussière, elle a enroulé autour de sa tête et son cou un grand châle qui masque le bas du visage, presque à la sarrasine. Derrière, une femme de chambre juchée sur une mule, derrière encore deux mules chargées du bagage. Elle n'a ni froid ni mal aux yeux cette Mme de Chalais – c'était mon nom à l'époque, sept ans auparavant je m'étais mariée. Elle découvre cette étrange contrée et cette lumière pour elle stupéfiante : c'est qu'elle arrive de La Ferté-Milon, molles collines, forêts aimables, fluidité racinienne des lignes et des nuances. Ici, la roche est apparente et les arbres rares. Une terre ocre, vineuse, orangée, châtaigne, roussie parfois. De brusques ravines, une âpreté minérale. Des bourgades écrasées, presque enterrées, discrètes condensations de ce paysage de bure et de cuir. Un paysage franciscain, songe la jeune femme (elle s'apercevra assez vite que l'Eglise ici, et pas seulement l'Eglise, est principalement entre les mains des jésuites et des dominicains).

La jeune Mme de Chalais avance, elle savoure avec un peu d'effroi cette violence dans la beauté, elle approche, bientôt nous allons nous croiser. J'ai préféré refermer les yeux – Emilie a dû croire que je m'étais assoupie d'épuisement –, le temps de permettre à cet équipage de passer. Anne-Marie de Chalais continue vers le sud, Anne-Marie des Ursins vers la frontière. Salut la belle, tu as vingt-quatre ans, de l'aplomb et de l'énergie, tu es venue rejoindre ton mari dans ce pays inconnu. Bonne chance à toi, le soleil chauffe, tu es amoureuse sinon aurais-tu laissé en France une famille éplorée par ton départ ? Tu as choisi un époux contre une mère en larmes, tu es femme, tu prends tes risques, y compris celui de le retrouver mort, ton bel Adrien – il guerroie du côté du Portugal. Pour le moment, tu veux le croire vivant et tu vas l'attendre à Madrid. Sans parler d'autres risques, le typhus, la peste et le brigandage, endémiques. A chaque étape, tu observes, tu t'instruis, tu te mets à baragouiner un peu de castillan. A Sarracín tu as failli te faire détrousser, et même trousser, par deux ruffians, tu t'en es sortie de justesse. Non, tu n'as pas froid aux yeux, tu ne les fermes ni sur l'aridité des lieux ni sur la misère effroyable que tu découvres. Tu te sens capable d'aimer l'Espagne.

Dans notre carrosse glacial, nous progressions lentement vers Lerma, les chevaux peinaient.

Emilie se plaignait de maux de tête, elle toussait et frissonnait. Je sentais que je m'affaiblissais. Serait-il dangereux de rencontrer son double ? Davantage encore lorsque ce dernier, fringant – presque cinquante ans de moins –, souligne votre déchéance et votre décrépitude ? J'ai soudain pensé que je pouvais mourir. Avait-elle songé à cette éventualité, la véhémente jeune femme de Jadraque ? J'avais souvent choisi l'exil – l'Italie, l'Espagne –, mais à présent je ne voulais pas crever ici, ah non ! En France, oui, à la rigueur. Je me suis rassemblée, me suis juré de tenir bon jusqu'à Hendaye.

En 1666, venant de Bayonne, j'avais failli ne pas la franchir, cette frontière. Dans l'état de fragilité où je me trouvais durant ce voyage, cernée par le froid castillan, j'aurais souhaité ne pas être agressée par ce souvenir ancien (j'en avais assez de reste avec Adrien et Marie-Louise Gabrielle). Or celui-là était coriace : à Hendaye, j'avais appris la mort de mon père. Ma mère m'avait dépêché en toute hâte un courrier extraordinaire, elle espérait que la nouvelle arrêterait ma course vers l'Espagne et que le décès d'un père m'interdirait de rejoindre l'homme que je chérissais. Je me suis effondrée, et j'ai continué. Non, la jeune Mme de Chalais entrevue tout à l'heure n'était pas aussi radieuse qu'il y paraissait. En croupe, un mort très aimé, Louis de La Trémoille, duc de Noirmoutier. Parfois, elle le sentait s'affaler pesamment contre son dos. Il ralentissait sa marche en direction du sud et du soleil, en quête d'un époux perdu depuis quatre ans. Elle serrait les dents, et poursuivait.

J'ai poursuivi. J'ai persévéré dans ma découverte de l'Espagne et j'ai retrouvé Adrien. Par la suite, il a voulu quitter ce pays, ah j'aurais dû contrecarrer cette décision ! L'Espagne, je n'y suis revenue qu'une trentaine d'années plus tard, accompagnant en 1701 Marie-Louise Gabrielle de Savoie : j'amenais une reine de treize ans à peine vers son royaume contesté, vers un époux de dix-sept ans, fort empêtré de cette Espagne qui venait de lui échoir par testament. J'étais censée lui servir de chaperon pour la durée du voyage et j'essayais de me souvenir de mes treize ans à moi : il m'arrivait de jouer à colin-maillard, de me battre avec mes frères, ou de lire *L'Astrée* que je dérobais à ma mère. Cette fillette dont j'avais la charge allait devoir passer de ses poupées à l'état d'épouse et de reine. Mon rôle était de ménager la transition (il y a peu, ma fonction avait été de lui tenir la main lors d'un autre passage, mortel celui-là).

Mentor et Télémaque au féminin ? Louis XIV et Mme de Maintenon avaient estimé plus diplomatique d'attendre la consommation du mariage, en territoire espagnol, avant de rendre publique ma nomination au poste de camarera mayor. Cependant, lorsque à Nice j'ai rejoint Marie-Louise Gabrielle, je savais que je serais investie de cette fonction. Nice, un matin lumineux de septembre pour notre première rencontre. J'arrivais de Rome, elle de Turin, où son mariage avait été célébré la veille de son départ. D'emblée, j'ai senti sa défiance à mon égard : qu'est-ce que c'était que cette vieille, mi-française mi-italienne, qu'on lui imposait jusqu'en Espagne ? Et son cher papa, Victor-Amédée de Savoie, avait dû lui recommander de demeurer réservée. Elle se réfugiait volontiers auprès de sa gouvernante, qui la couvait sottement. J'observais, sans trop intervenir. Prudente, je me contentais aux détours de la conversation, sans insister, de lui enseigner quelques mots et tournures de castillan : ces imbéciles, à Turin, avaient bien prévu dans sa suite un professeur, mais catalan ! Elle apprenait vite, Marie-Louise Gabrielle. A Nice, nous embarquâmes afin de gagner Barcelone par la mer. Une tempête au large des îles du Levant, la reine fut atrocement malade. Passer mes jours et mes nuits à lui tendre une cuvette ne m'apparaissant pas comme le meilleur moyen de l'amadouer, j'admis qu'il valait mieux poursuivre par voie de terre. Notre vaisseau mouilla à Toulon.

Entre Toulon et Aix, le lieutenant général de la Provence, M. le comte de Grignan, et sa femme vinrent nous souhaiter la bienvenue. Pas de grandes festivités – du fait de ce changement imprévu d'itinéraire, nous poursuivions notre voyage semi-incognito – mais, de la part du couple Grignan, la plus extrême civilité. J'ai dû expliquer à ma protégée que Françoise de Grignan était la fille de feu la marquise de Sévigné. Laquelle avait écrit des lettres fort plaisantes dont certaines avaient circulé dans les salons réputés. Elle l'ignorait, je me suis demandé ce que cette gouvernante lui avait appris.

Quelques lieues avant Aix, nous fûmes assaillies par le mistral. De folâtre il allait devenir furieux. Il s'insinuait dans les rues les plus étroites, les recoins les mieux abrités. Fontaines et platanes bruissaient dans le vent…

LE MISTRAL

C'est une chose étrange que
d'aimer autant que je vous aime.

MME DE SÉVIGNÉ

FRANÇOISE DE GRIGNAN
Aix-en-Provence – octobre 1701

La reine d'Espagne est une enfant. On est étonné de ne pas lui voir une poupée entre les mains. J'ai le plus grand mal à l'imaginer dans le lit d'un homme. Elle n'a, je parie, ni seins ni lunes. Lui viendront, bien assez vite… Ce corps menu, sommé de sceller l'alliance entre la maison de Savoie, la France et l'Espagne. Et de fabriquer un héritier à cette dernière qui n'en a pas eu depuis quarante ans. Pauvre petite fille, tendre animal voué à reproduire.

Pas vraiment jolie, de grosses lèvres et les dents déjà gâtées. Mais le teint et les yeux, m'a fait remarquer la princesse des Ursins en aparté. Les yeux, oui, un feu, une lumière ! Pourvu que l'Espagne ne les éteigne pas. Cette enfant aurait besoin qu'on l'aide à se métamorphoser en femme. On peut faire confiance, je suppose, à celle qui la chaperonne. Une vieille rouée, la duègne galante sortie de Cervantès, a commenté mon époux lorsque nous fûmes seuls. François se méfie des femmes de trop d'esprit ou de trop d'entregent, il est vrai que, pour ce qui est de l'esprit, avec ma mère il a été comblé.

On nous avait dépêché à Mazargues un courrier extraordinaire annonçant leur arrivée inopinée à Toulon. François m'a recommandé de dire *Majesté* en m'adressant à Marie-Louise Gabrielle de Savoie : le mariage a été célébré à Turin par procuration, elle a donc le titre de reine même si elle n'a pas encore vu son époux. Elle a reçu une éducation française – sa mère est une Orléans – et parle parfaitement notre langue. Et il m'a rafraîchi la mémoire. La princesse des Ursins ? Rappelez-vous, votre mère l'a connue autrefois à Paris : une La Trémoille, la fille aînée du duc de Noirmoutier, le frondeur repenti, et de Julie Aubry la belle précieuse. Elle épouse Adrien de Chalais dans les années 1650…

— Ah oui ! Celui qui dut fuir en Espagne après ce fameux duel qui fit tant de bruit ?

— Vous y êtes. Elle le rejoint à Madrid bien que sa mère ait tenté de la retenir en France, on retrouve le couple trois ans plus tard en Italie. Adrien de Chalais meurt, laissant une jeune veuve sans fortune. Pas pour longtemps ! Elle se débrouille pour être introduite dans la meilleure société romaine, protégée par le cardinal d'Estrées – quand je dis protégée vous me comprenez, je pense. Il réussit à lui faire épouser un des plus grands noms de Rome, le prince Orsini, avec l'approbation de Louis le quatorzième. Elle devient en quelque sorte une ambassadrice occulte de la France : personne n'est plus habile qu'elle pour défendre les libertés gallicanes auprès de la cour vaticane et les conclaves en vue de l'élection d'un pape se mijotent dans son salon, le plus élégant de Rome. Le prince Orsini renâcle un peu à décéder, cependant il se décide au terme de quelque vingt ans de mariage. La voilà de nouveau veuve…

— Et cette fois riche. Mais pourquoi des Ursins ?

— Elle a francisé Orsini.

— Et elle repart en Espagne alors que, selon vos dires, sa position à Rome est maintenant assurée ?

— Oh, elle est aussi ambitieuse que cosmopolite, en dépit de ses soixante ans !

J'en ai cinquante-cinq. François prétend que l'âge me rend plus belle encore. Désirable pour lui, admettons. A soixante-douze ans il demeure gaillard, les rhumatismes rouillent parfois ses rotules, non ses reins.

Mme de Chalais, Mme de Chalais, je me répétais ce nom en me préparant. Ma mère m'avait écrit à son sujet, mais en quelle année ? Je suis allée fouiller dans la grande armoire où je serre cette volumineuse correspondance (j'ai dû placer l'armoire dans un corridor, mon époux ayant insinué que, dans notre chambre, *elle* était tout de même trop encombrante). Quelle année, au juste ? J'ai essayé de calculer d'après ce que François m'avait raconté et, brusquement, je me suis souvenue. Beaucoup avaient estimé admirable la jeune Mme de Chalais bravant seule les dangers afin de rejoindre en Espagne un époux qui tentait d'échapper à la colère du roi et à une condamnation à mort par contumace. Un parangon de vertu et de fidélité conjugales, cette Anne-Marie de Chalais. De surcroît, une belle histoire romanesque : on s'émerveillait, on s'attendrissait. Les mêmes vilipendèrent la veuve Chalais qui voyageait en Italie, solitaire telle une aventurière, bravant cette fois l'opinion. Ma très chère mère n'aurait-elle pas été de ceux-là ?

Le début des années 1670 ? Heureusement, Pauline m'a aidée à classer toutes les lettres par année et par mois, c'est à elle d'ailleurs que je les léguerai : Pauline était la petite-fille préférée de ma mère, pour autant que cette dernière ait pu chérir une autre que moi. Enfin, j'ai mis la main dessus ! Eh oui, avril 1672 : *Madame de Chalais est folle*… J'ai lu la suite, j'ai souri. Un instant d'hésitation, et j'ai rangé la lettre dans mon sac.

La jeune reine a été charmée des gants parfumés et des étoffes piquées à la manière provençale que je lui ai offerts. Elle m'en a remerciée, je dois reconnaître, avec beaucoup de grâce. En dépit de sa vilaine bouche, elle réussit à avoir un joli sourire. Ce qui ne l'empêche pas d'arborer un petit air pincé lorsque la princesse des Ursins s'adresse à elle, déployant autant de diplomatie séductrice qu'à Rome avec ses papes et cardinaux. Pour le souper, François a fait venir quelques musiciens. A ses frais, de même qu'il contribue de ses deniers au logement de la suite qui accompagne ces deux dames. Je n'apprécie guère cette façon de prélever sur nos finances mais il m'a rétorqué : c'est la première et, bien sûr, la dernière fois que j'ai la joie de recevoir dans ma bonne ville d'Aix une reine d'Espagne, je ne vais pas regarder à la dépense ! Passons, c'est toujours moi qui joue les raisonnables, en vain.

Et il a cru devoir se donner des airs de jeune homme en invitant la reine pour deux menuets et une sarabande. La danse a déridé la jeune personne, elle s'est animée et m'a paru dans le plaisir du mouvement moins enfantine et presque femme. Elle a ensuite posé à François quelques questions sur la Provence qui révélaient un discernement et une curiosité au-dessus de son âge. J'étais presque mal à l'aise de cette discordance entre la chétivité de sa taille et la vivacité de son esprit. La princesse des Ursins, fière comme si elle l'avait élevée, l'encourageait des coulisses. Elle m'a confié ensuite que si Marie-Louise Gabrielle de Savoie semblait peu instruite, elle manifestait un grand appétit de savoir. Il était dans ses vues d'y pourvoir et de suppléer ainsi aux carences de la gouvernante, une brave femme d'une niaiserie provinciale, m'a-t-elle laissé entendre. Quant au confesseur, a-t-elle ajouté, c'est un jésuite, je n'en dirai pas plus… J'ai cru deviner que, une fois franchie la frontière entre la France et l'Espagne, elle allait nous réformer tout cela !

D'un seul coup, la reine est redevenue une petite fille qu'il a fallu coucher. Epuisée par la route, et surtout par le mistral – ici, on dit *ensuquée*. François s'est retiré, alléguant les préparatifs pour l'étape du lendemain, je savais qu'il m'attendrait dans notre chambre. Nous avons devisé au coin du feu, la princesse et moi. Ses propos sont une merveille de liant et d'acuité. Elle et ma mère eussent rivalisé en tenant la conversation la plus gaie, la plus piquante, avivée de pointes de raillerie mais si bien enrobées aussitôt décochées. Je me suis risquée à évoquer sa mère, Julie Aubry. Sur-le-champ elle m'a déclaré :

— Sa beauté égalait la vôtre… Il n'est pas facile d'être la fille d'une telle femme. Ni, je suppose, de l'être d'une personne aussi merveilleuse épistolière que le fut votre propre mère.

J'ai souri, et j'ai osé sortir la lettre. Je lui ai lu ce fameux passage :

Madame de Chalais est folle… La belle pensée d'aller de ville en ville, en Italie, comme une princesse infortunée, au lieu de revenir à Paris paisiblement chez sa mère qui l'adore et qui met au rang de tous les malheurs de sa maison l'extravagance de sa fille !

La princesse des Ursins rajeunit lorsqu'elle rit, et elle a ri de fort bon cœur. J'ai glissé (ai-je voulu excuser ma pauvre mère ?) :

— Mme de Sévigné, qui eût tant souhaité me conserver auprès d'elle, ne pouvait imaginer qu'une fille ayant perdu son mari ne retournât point dans le giron de sa mère.

— Vous nous voyez, veuves toutes deux, inconsolables et pleurant dans les bras l'une de l'autre ? Le bel avenir pour une femme de trente ans ! Cette période, il est vrai, fut très douloureuse pour ma mère : elle a perdu son mari, son fils aîné, tué en Espagne, et moi d'une certaine façon. De surcroît, à la même époque, la petite vérole a rendu aveugle le second de mes frères.

— Que de deuils…

— Oui, mais j'ai préféré courir l'Italie.

Pas seulement l'Italie, je suppose… Elle a repris :

— Ce n'est pas à vous que j'apprendrai combien il est difficile de répondre à l'amour d'une mère.

— Ou d'être prise entre cet amour et celui d'un époux…

La phrase m'a surprise moi-même, elle est venue sans que je réfléchisse. La princesse a coulé vers moi un regard mi-tendre mi-amusé, elle avait dû surprendre celui de François sur moi au moment où il avait quitté la pièce. Nous avons poursuivi de la sorte, confidences allusives, semi-aveux glissés en sourdine. Elle a mené sa vie, m'a-t-il semblé, avec un mélange d'intelligence et d'insolence. Capable de calculs et d'intrigues serrés, obéissant parfois à une humeur enjouée ou vagabonde. D'après ce que j'ai compris, elle s'est arrangée pour fuir assez souvent son prince romain, maussade et valétudinaire, en venant séjourner longuement à Versailles et Paris, d'où elle a lancé la mode du néroli. Bref, un plaisant tête-à-tête entre deux femmes plus que mûres. Le feu se tasse, le mistral harcèle, gifle les fenêtres et siffle sous les portes. Dans une chambre proche dort une reine-enfant, rêve-t-elle de sa mère quittée il y a peu ? Le mari attend dans une autre.

Ce matin, après les adieux à la reine et à la princesse, François m'a complimentée de m'être entretenue longuement avec cette dernière. Et d'ajouter :

— Il se pourrait que, en Espagne, son rôle ne se limite pas à celui de première dame d'honneur de la reine.

J'ai ri en dedans, les hommes les plus intelligents sont parfois bien sots. François a cru que j'avais échangé avec la princesse par prévoyance : j'aurais caressé et gracieusé une personne qui, n'est-ce pas, est en faveur à Versailles et le sera sans doute à Madrid… Mais non, M. de Grignan, mais non, nous avons surtout parlé de nos mères. Comment elles nous ont ou trop ou mal aimées et comment nous avons souffert de ne pouvoir les satisfaire. Je me tairai là-dessus, vous eûtes assez de difficulté à supporter la passion de la marquise pour moi. Et vous en avez encore. Même si elle est morte depuis cinq ans. Morte, et si vivante dans l'armoire du corridor.

LA TRAMONTANE

L'enfance en allée aux détours du chemin.

MARIE BURSON

ANNE-MARIE DES URSINS
Gênes – décembre 1715

Ce mistral à la violence insolente nous escorta d'Aix jusqu'en Arles. Marie-Louise Gabrielle de Savoie se renfrognait au fond du carrosse. De fort méchante humeur contre moi : avant de franchir le Rhône, j'avais renvoyé vers Turin une dizaine de ses dames d'honneur. Et il en restait encore une bonne douzaine ! Trop coûteux à entretenir, et je détenais des instructions fermes de Louis XIV : la reine ne devait conserver auprès d'elle aucun Piémontais, de l'un ou l'autre sexe, lorsqu'elle mettrait les pieds sur le sol espagnol. Il m'incombait d'aménager les séparations, progressivement. De trancher un à un les liens qui rattachaient encore cette petite fille à son pays, sa langue, sa famille, ses femmes. Parmi celles-ci sa nourrice, sa remueuse, ses caméristes, sans parler de cette encombrante gouvernante ! Tâche délicate en ce qui me concernait et rude épreuve pour une enfant que je découvrais tour à tour tendre et têtue.

A présent, allongée à Gênes sur mon lit de repos, paupières closes, je rumine et rêvasse, je me laisse aller à passer d'un carrosse à l'autre. Me voici cheminant vers Burgos dans la semaine qui suivit ma chute, la dureté scintillante de la neige m'éblouit, Emilie larmoie, son nez coule d'abondance, je m'interdis férocement de pleurer. Brusquement, je repars treize ans en arrière, nous sommes entre Arles et Montpellier après notre étape d'Aix, le mistral irrite mes yeux. A côté de moi, une jeune boudeuse, saisie soudain d'une brève crise de larmes qu'elle essaie d'étouffer avec une dignité qui n'est pas encore royale. Je mélange, je change de voiture, je m'abandonne à cette errance entre deux époques, au gré des divagations de la souvenance.

Ah mais si, un épisode resurgit avec précision ! Mme de Grignan m'avait indiqué à Montpellier un excellent chirurgien pour les dents. Je fis nettoyer celles de la reine, elle s'y prêta de bonne grâce. Puis, entre Montpellier et Béziers, je réfléchis, la regardant tantôt de profil tantôt de face, à une coiffure plus seyante. On allait vous arranger cette petite personne avant de la glisser dans le lit d'un roi.

En quittant Montpellier, je crois, le fragment de lettre timidement lu par Mme de Grignan me revint : *Madame de Chalais est folle*... Et aujourd'hui, en écho, résonne à mes oreilles la dernière phrase de la nouvelle souveraine lorsque, à Jadraque, elle cria en ouvrant la porte avec impétuosité :

— Qu'on ôte de ma vue cette folle !

A croire qu'on lui avait fait répéter sa réplique dans un mauvais théâtre de province... Moi qui suis réputée femme d'esprit, j'aurai été traitée de folle à deux reprises. Par la marquise de Sévigné qui certes n'en manquait pas, d'esprit. Par la seconde reine. Laquelle, je pense, n'en est pas dépourvue et pourrait mieux en user (j'allais oublier, par Emilie ! Mais c'était lors d'une nuit insensée, la nuit de Jadraque).

Madame de Chalais est folle... Hoquets du carrosse, hoquets de mémoire. Mme de Chalais, affolée par la perte d'un époux très aimé, court de Venise à Modène, de Modène à Turin, et de Turin à Florence. Affolée, mais cultivant habilement quelques relations dans chacune de ces petites cours... Et la princesse des Ursins qui dans sa soixantième année s'en va d'Italie en Espagne, en compagnie d'une enfant morose, vous ne la trouvez pas extravagante ? Folle, oui, de quitter les fastes aimables de son palais romain pour l'austérité de la Castille. Qu'elle connaît. Qui n'a guère dû changer depuis quelque trente ans. Pays du temps stagnant, de l'agrippement au passé. Elle connaît : déjà à Madrid doivent éclater escarmouches et étincelles entre les Français venus avec le trop jeune Philippe V et les grands d'Espagne crispés sur leurs prérogatives. Elle va se trouver prise entre les deux, une belle occasion d'exercer ses charmes diplomatiques, d'avance elle jubile.

Roulis du carrosse, nous avançons en terre occitane. La princesse des Ursins est folle... Ah, pourquoi donc Françoise de Grignan m'a-t-elle tirée vers l'arrière en exhumant sa mère et par contrecoup la mienne ? Julie Aubry, ma mère, l'éclat à peine terni par l'âge de Mme de Grignan a permis au vôtre de resurgir. Cet éclat qui vous a valu tant de prétendants. Sans parler de votre fortune, noblesse de robe de la meilleure souche. Qui a attiré – votre beauté, votre héritage ? – l'un des plus grands noms de France, Louis de La Trémoille, duc de Noirmoutier. Et qu'a-t-il fait pour vous, ce La Trémoille frondeur ? Neuf enfants. Au cinquième ou sixième votre splendeur était perdue. Et vous voilà veuve de cet époux trop charmant. Veuve de votre fille qui préféra l'exil espagnol, puis italien, à votre tendresse et votre solitude dans lesquelles vous vouliez l'étouffer. Julie Aubry, la trop belle, la mal aimée. Il n'a servi de rien que, père et frère aîné disparus, je tienne avec fermeté la position de chef de lignage, mariant au mieux mes sœurs (et plus tard mes neveux et nièces, mais vous n'étiez plus là pour y assister), établissant l'un de mes cadets cardinal à Rome (comment vous, la superbe Julie Aubry, avez-vous réussi à fabriquer cet affreux bossu, vilainement retors de surcroît ?). Non, à rien : je ne vous avais pas donné cet impossible amour entre mère et fille. Ah oui, je me serais passée de ces retrouvailles avec vous au moment où je suis en train de jouer les fausses mères – grands-mères plutôt – avec cette reine-enfant, tout au long des routes poussiéreuses du Languedoc.

Marie-Louise Gabrielle et moi avons fini par nous aimer. Et durant cet après-midi, à Gênes, je somnole vaguement, me ressaisis et parfois – non, ce n'est pas défaut de mémoire, confusion des dates, trouble imputable au vieillissement –, parfois, dans ce carrosse qui navigue à l'aveugle dans la neige et la nuit, je n'entends plus Emilie toussoter et crachoter, je t'entends toi, Marie-Louise Gabrielle, respirer doucement. Ou bien Emilie et toi vous jacassez, vous badinez, je vous écoute, amusée. Je rêve, je t'arrache au Pourrissoir de l'Escorial, ma reine, à la pourriture bigote de l'Espagne – tu étais une bonne catholique mais sans dévotion fanatique, d'ailleurs tu accomplissais tout avec gaieté et ferveur. L'amour, les enfants, gouverner. Sauf quand la maladie est venue gangrener ton corps. Je t'emmène enfin hors d'Espagne : tu as tellement désiré venir en France, prendre les eaux à Bagnères afin de guérir, aller embrasser à Versailles ta sœur aînée Marie-Adélaïde, la duchesse de Bourgogne. Tu n'as jamais pu durant ces treize années : la guerre, une nouvelle grossesse, la recrudescence des écrouelles. Ni ton roi ni ton peuple ne voulaient t'accorder de répit, ils t'aimaient trop, ou mal, ils te gardaient jalousement. A présent, je t'emmène. Non, je ne perds pas la tête avec l'âge et la déchéance, mon mal est beaucoup plus grave : je me refuse à admettre ta mort. Même au terme de deux ans bientôt, je l'annule. Je te retrouve lors de cette traversée ensoleillée du Languedoc que nous fîmes ensemble. Je t'emporte avec moi durant ce voyage glacial de Jadraque à la frontière. Tu es là – oh la belle chimère ! –, tu ne crains ni le gel ni les cahots, tu résistes à toutes les épreuves et tu me souris.

Marie-Louise Gabrielle m'a souri pour la première fois avec une grâce spontanée lorsque, à Béziers, je lui ai offert une belle robe de chambre damassée. Nous poursuivions les leçons de castillan qui allaient bon train. Je lui ai demandé de me faire connaître quelques tournures de chez elle : je possédais bien le toscan et l'italien en usage à Rome, il me plairait de savoir comment on le parlait à Turin (sans trop y avoir réfléchi, ai-je tenté d'atténuer la coupure que je préparais ?). La reine s'est piquée au jeu avec plaisir et m'a appris des termes d'un dialecte transmis par sa nourrice, laquelle venait d'une vallée reculée. Par moments, nous conversions dans un curieux jargon mi-espagnol mi-piémontais dont la gouvernante, française, s'est trouvée exclue.

Brefs moments de complicité. Marie-Louise Gabrielle revenait à sa mine rechignée ou, soudain, se redressait de toute sa petite taille, prenait un air haut – assez réussi, ma foi ! –, histoire d'affirmer : ah mais, la reine ici c'est moi et il en sera selon mon bon plaisir ! Je m'amusais intérieurement : que pouvait-elle faire d'autre à son âge et dans sa situation, sinon jouer à la reine ? Et pourtant six mois plus tard, devenue régente à treize ans et demi, elle présiderait le Conseil en l'absence de son époux, chaque jour, attentive, répliquant à ces messieurs en castillan, les stupéfiant par son à-propos (j'assistais, je guidais par-derrière), notant le soir dans son cahier d'écolière les points essentiels, qu'elle soumettrait au roi lorsqu'il reviendrait de sa campagne d'Italie. Entre-temps, elle s'accordait une partie de colin-maillard afin de se délasser, sinon, disait-elle, la lenteur compassée de ces messieurs va me déclencher une migraine.

Cela faisait près d'un mois que nous voyagions de concert en Provence et Languedoc : j'allais bientôt avoir la réponse à la question qui trottinait dans ma cervelle. Juste après Narbonne, histoire de justifier sa maussaderie, Marie-Louise Gabrielle se plaignit de douleurs persistantes dans la moitié gauche du crâne. Je questionnai : ne serait-ce pas lié à l'approche de certaine petite incommodité dont nous autres femmes avons le privilège ? L'enfant a sitôt compris, rougeur et rencognement, ton rogue, non, non, pas du tout, c'était l'effet de ce vent mauvais, comment vous l'appelez par ici, la tramontane ? Et d'ailleurs elle avait toujours eu des maux de tête, même petite, à Turin aucun médecin n'avait réussi à l'en soulager. J'ai poursuivi mon enquête auprès de la gouvernante, qui m'a confirmé ce que je pressentais : dans sa hâte à conclure une glorieuse alliance avec la France et l'Espagne, Victor-Amédée de Savoie nous avait expédié une fillette impubère. Fort bien, j'avais ordre de veiller à la consommation du mariage dès que la frontière aurait été franchie, je l'exécuterai.

Impubère, et passablement ignare sur les récents événements européens (cette gouvernante, décidément, était d'un borné !). J'ai dû lui raconter, en simplifiant. Si elle devenait reine, c'était, d'une certaine façon, grâce au précédent roi, Charles II, mort l'année dernière. Un Habsbourg dégénéré, d'une atroce laideur. Successivement l'on avait mis dans son lit deux femmes, l'une venue de France, l'autre de Bavière. Sans résultat, nul rejeton. Et les Autrichiens lorgnaient sur l'Espagne, d'autant que Maria de Neubourg, la seconde reine, leur était acquise. Elle écarquillait les yeux, Marie-Louise Gabrielle, horrifiée qu'on ait livré deux femmes à ce monstre. Un malheureux, ai-je rectifié. Sans doute non dénué de sens et de bonté mais de par son extrême faiblesse en proie aux prêtres, aux exorcistes et aux intrigues d'une sombre cour manœuvrière. Durant des années, son entourage et l'Europe avaient cru sa mort imminente. L'avaient guettée, tels des prédateurs. Un malade pouvant à peine quitter son palais de Madrid, un agonisant permanent. Quant à l'Espagne, elle n'était pas aussi exsangue et léthargique que son roi, comme certains se complaisaient à l'affirmer. La tâche cependant serait lourde pour le nouveau souverain venu de France, du fait de l'incurie administrative et de multiples problèmes.

Et donc, après quantité d'hésitations et de revirements, Charles II avait fini par rédiger son testament en faveur de ce monsieur qu'elle épousait (je me suis gardée de préciser comment, deux ans avant ce décès, en secret dans un salon de mon palais romain, j'avais quelque peu contribué avec le cardinal Portocarrero à préparer le terrain en vue de ce fameux testament). Ce monsieur, le petit-fils du grand roi, il y a un an on l'appelait encore Philippe d'Anjou. Elle a esquissé une moue charmante, cela tout de même elle le savait : sa sœur aînée avait convolé avec le duc de Bourgogne, le premier petit-fils de Louis XIV. Et elle n'était pas peu fière de devenir reine avant sa grande sœur ! J'ai préféré l'avertir que ce royaume était un cadeau empoisonné : les Habsbourg ne supportaient pas que l'Espagne leur ait échappé, ils tenteraient de limiter les ambitions de Louis XIV et de sa descendance, au besoin par la force. Et j'ai ajouté que, à la différence des deux précédentes reines, elle avait beaucoup de chance : les portraits de Philippe V le montraient avenant, paré d'une prestance certaine. Elle a sorti de son réticule la miniature représentant son époux et l'a embrassée avec une gourmandise puérile.

Je souriais, indulgente. Je savais quelle chape de plomb et de tristesse tomberait à Madrid sur cette fillette vive et enjouée – en dehors des périodes où elle se croyait obligée de me bouder. Mes fonctions de camarera mayor impliqueraient d'avoir à veiller, plus tard, sur les lunes et les grossesses de la reine. Sur sa toilette, ses repas et ses divertissements, l'ordonnance de sa maison : trois cents dames d'honneur – l'on m'avait prévenue –, ce ne serait pas une sinécure ! J'avais appris à les connaître, autrefois, les grandes de la cour d'Espagne. Engoncées dans leurs jupes superposées et leurs immenses traînes lestées d'armatures qui se coinçaient dans les corridors étroits de l'Alcazar. Je leur dois un des meilleurs fous rires de ma vie : la fois où il fallut faire venir un menuisier et un maçon pour en dégager une, pas question de tailler dans les étoffes et les cercles de fer, on préféra démolir porte, chambranle et un morceau de mur. Engoncées plus encore, ces dames, dans leurs superstitions et leur dévotion rancie. Pour le moment, je me contentais de ménager les Piémontaises, elles n'en avaient plus pour longtemps à parader.

A Perpignan, nous avons reposé quelque peu. La tramontane s'était affalée, un répit provisoire. Nous savourions cette lumière dorée que le Midi sait parfois prodiguer en automne. Marie-Louise Gabrielle m'a questionnée : l'Espagne était-elle aussi belle que ce pays-ci ? Oui. J'ai hésité puis ajouté : plus belle, mais plus rude. Elle a levé le menton d'un air de défi, comme pour affronter. Son roi ? Son royaume ? Par Manzin, sa femme de chambre préférée, j'avais fait arranger deux de ses robes. Moins de fanfreluches et une ligne qui allongeait la taille. Grâce à la poudre que nous avait vendue l'homme de l'art à Montpellier, ses dents étaient devenues presque blanches. Une nouvelle coiffure, plus piquante (je n'ai pas osé dire, devant la gouvernante, moins provinciale). Un soupçon de rouge, une mouche sur la pommette, avivant la beauté laiteuse de la peau et celle des yeux, lumineuse. Elle s'est contemplée dans un miroir, s'est tournée vers moi, métamorphosée, éperdue de gratitude. J'avais gagné la première manche. Restait la rencontre avec le roi.

La frontière. Allez, hop, nourrice et remueuse aux bras maternels, caméristes piaillantes, brave gouvernante, médecin et chirurgien, répétiteur catalan soi-disant professeur de castillan, cuisiniers habiles à confectionner les pâtes aux épinards – le plat préféré de la reine –, confesseur jésuite, aumônier et apothicaire, dames d'honneur inutiles, décoratives, allez, hop, ouste, demi-tour et en route pour Turin sans traîner ni rechigner ! J'avais prévenu tout ce beau monde à l'avance, il n'empêche, on cria, on pleura, on protesta, et l'on m'accusa de cruauté. Unique concession de ma part : Manzin resterait auprès de sa maîtresse jusqu'à la nuit de noces.

Seule parmi les femmes, Marie-Louise Gabrielle ne versa pas une larme. Pas devant moi, du moins. Elle avait été avertie. Chapitrée même : sa grandeur et sa dignité de reine étaient en jeu. Elle avait entendu la leçon en me jetant un coup d'œil offensé, l'air de dire : croyez-vous que je n'aurais pas trouvé cela toute seule ? On avait sa fierté, on était la fille de Victor-Amédée de Savoie. Je la savais maintenant capable d'éclats de colère comme de beauté. Mâchoires serrées, debout sur le marchepied du carrosse, elle contempla le départ vers le nord de ce qui représentait sa terre, son enfance, sa nourriture et ses amours premières. La tramontane soulevait la poussière. Des tourbillons épais puis le premier tournant avalèrent promptement le convoi. Marie-Louise Gabrielle demeura silencieuse.

Nous étions le 1er novembre 1701. Un an, exactement, après la mort de Charles II.

L'ENTREGA

La nuit tombe sur la neige.

XAVIER VILLAURUTIA

ÉLISABETH FARNÈSE
Madrid – décembre 1715

L'enfant dans mon ventre me tient chaud. Mon premier. J'ai eu si froid l'an dernier à la même époque lorsque j'ai gravi le col de Roncevaux. Ce n'était pas la meilleure saison pour franchir les Pyrénées, j'en conviens. J'avais longuement flâné entre Gênes et Pau, j'éprouvais le besoin de respirer. Ou de réfléchir. Me l'a-t-on assez reproché d'avoir ainsi tardé à me précipiter dans le lit du roi ! J'ai fini par y arriver, la preuve…

J'ai chaud, mais aussi des nausées. Depuis huit mois elles ne cessent pour ainsi dire pas. Alberoni n'a pas son pareil pour me confectionner des pâtes à la parmesane, la seule nourriture qui parvienne à passer. Ses pâtes et ses plaisanteries. Heureusement, ici ils sont tellement compassés… Du coup Alberoni – je savoure son accent de chez moi autant que sa cuisine – a ses entrées dans mes appartements à n'importe quel moment de la journée.

Oui, juste un an. Ma tante Maria et ma suite venue de Parme m'ont escortée jusqu'au pied de la montée. A Arnéguy, elles ont été contraintes de s'en retourner. Mes femmes sanglotaient, ma tante Maria se lamentait bruyamment (sa camarera mayor, tout accoutrée de noir, faisait une parfaite pleureuse). Nous avions passé dix jours ensemble à Pau, où elle m'avait régalée de fêtes et de cadeaux. Elle suppliait qu'on la laissât m'accompagner jusqu'à Pampelune. Ensuite, elle rentrerait sagement à Bayonne, où elle était exilée et reléguée par Philippe V (selon elle, par la princesse des Ursins). La tendresse chaleureuse, un peu débordante, de ma tante Maria m'avait agréablement changée de la rigidité sèche de Madame ma mère. Je la voyais tellement heureuse de rencontrer enfin sa nièce, de lui raconter ses déboires. Elle espérait de mon entremise auprès du roi mon époux une rentrée en grâce, voire un retour prochain à Madrid. Les Français dépêchés par Louis XIV afin d'organiser mon voyage d'une frontière à l'autre m'observaient – combien de rapports sur moi avaient-ils déjà expédiés à Versailles ? Je l'ai senti, ils commençaient à s'impatienter de cette complicité trop prolongée, à leur gré, entre la reine douairière et la nouvelle reine d'Espagne.

Quant au marquis de Santa Cruz, le majordome major de Philippe V, arrivé en délégation à Saint-Jean-Pied-de-Port, il fut on ne peut plus clair : ni Maria de Neubourg ni qui que ce fût de ma maison italienne n'étaient autorisés à passer en Navarre, tel était le message du roi (de la princesse des Ursins ?). Pour être déférent, son discours n'en était pas moins ferme. J'ai protesté avec véhémence : il me fallait conserver avec moi deux ou trois de mes femmes, sinon comment serais-je servie ? Je le veux, ai-je ajouté, je suis la reine et je n'ai d'ordre à recevoir de personne – il m'a regardée – … sinon du roi. A Roncevaux, a-t-il aussitôt précisé, deux caméristes espagnoles seraient à ma disposition. Mon plan de route jusqu'à Guadalajara, où Philippe V m'attendrait, était fixé, dix-sept étapes. J'ai compris, il n'était plus question de flâner à ma guise, j'étais prise dans le carcan castillan (ursinien ?).

On me guettait, me jaugeait. Des deux côtés. Il me fallait me contrôler davantage. J'avais appris sous la férule de ma mère, j'allais devoir continuer. Fort bien, j'ai fait la reine : en bas de la côte, j'ai coupé court aux effusions larmoyantes de ma tante Maria. Elle s'agrippait à mon manteau, le nez rougi par le froid et les pleurs. En m'embrassant elle m'a laissé un peu de morve sur la joue. Je me suis félicitée de n'avoir pas emmené ma nourrice : là, à Arnéguy, je me serais sans doute effondrée en voyant Laura reprendre la route vers le nord, vers Parme.

Certes, je m'en souviens de ce pas de Roncevaux. De ce passage. La date m'est restée : 9 décembre 1714. Dans ma chaise à porteurs, je serre les dents. Nous nous sommes mis en branle un peu tard et bientôt la nuit tombe. Juste la lueur vague de la neige, je devine que nous pénétrons dans une vallée très étroite. Elle se referme sur moi tel un étau. Le froid également. A intervalles réguliers sont plantées des torches résineuses. Superbes ces flambeaux sur ce blanc scintillant. Mais ils ne me réchauffent guère. A leur pied la neige fond et m'évoque la cire des cierges lorsqu'elle devient liquide autour de la mèche.

Nous montons, la température descend. Je ne sens plus mes pieds. Ma chaise s'arrête, la porte s'ouvre, le froid est telle une immense mâchoire qui me mord, me saisit toute. Des hommes – des grands d'Espagne, le marquis de Santa Cruz m'en a prévenue – dessinent une longue file sombre sur la neige. Un à un, lentement, ils viennent mettre genou à terre devant moi, me baiser la main et proférer un compliment auquel je ne comprends rien. J'accroche un sourire à mes lèvres, pourvu qu'il se dénoue ensuite : j'ai l'impression qu'il va se pétrifier, comme mes oreilles, à vie je serai condamnée à ce sourire figé par le gel.

Le marquis de Santa Cruz me nomme chacun de ces messieurs. En français, il me dit que l'ordre en a été fixé par l'étiquette. Je me risque à demander si l'étiquette autorise à poursuivre cette cérémonie dans un endroit couvert. Stupeur, consternation, rien n'a été prévu. L'on finit par avoir pitié de moi et l'on interrompt ce défilé. *Te Deum* dans la petite église de Roncevaux – il me faut à présent prononcer Roncesvalles –, les voix sont belles et me réchauffent quelque peu. En sortant, j'aperçois le serpent des flambeaux sur le versant français. Certains commencent à s'éteindre. Du côté espagnol, l'obscurité.

Lorsque nous fûmes parvenus à Pampelune, le marquis de Santa Cruz m'expliqua que cette belle cérémonie s'appelait *l'Entrega*, la remise. La livraison, si l'on veut. Rude initiation, et à Pampelune s'y ajouta celle de la corrida : je fis bonne figure et pourtant rien que d'y penser me remonte une violente envie de vomir. Elisabeth Farnèse avait été livrée à son roi, à son peuple, dans les règles ou à peu près (après tout, grâce à moi, quelques orteils appartenant à des vieillards desséchés datant de Charles II, voire de Philippe IV, avaient échappé au gel définitif, il aurait certainement fallu les leur couper).

En rêve, je vois parfois un homme sombre sortir de la nuit, s'incliner, puis un autre, et encore un autre, cette procession se déroulera éternellement, la fonte des neiges ne viendra pas. Je me réveille, je mets la main sur mon ventre. Il est chaud, vivant. L'enfant bouge.

Un garçon, j'en suis sûre. Il faut voir les coups de pied qu'il me donne ! Je l'aime, je l'aime, je l'enveloppe et le caresse, je ne voudrais pas qu'il sorte.

Dans un mois environ.

Nous l'appellerons Carlos. En fait Philippe dit Charles. Moi aussi, et parfois, en secret, Carlo.

Il est en mon ventre comme en son royaume. En aura-t-il jamais d'autre ? Trois garçons avant lui : Luisillo, Philippe et Ferdinand.

La nuit dernière, il s'est agité violemment. A demi assoupie, je lui murmurai : Carlo mio, Charles III, Charles III d'Espagne… Telle une berceuse. Il s'est calmé, puis rendormi et m'a embarquée en douceur dans la houle de son sommeil.

Tout de même, il vaudrait mieux qu'il sorte, je risque de l'abîmer avec mes idées folles de femme grosse, je le sais bien qu'il ne pourra pas être roi.

Et si je faisais venir Laura pour la naissance ? Philippe ne me le refusera pas, il est tellement inquiet de me voir si souvent malade depuis le début de cette grossesse. Oui, la vaste Laura et ses bras maternels.

LE COUP DE GRÂCE

Si la comédie est toute de fiction, comment lui prêter certaines vérités de l'Histoire ?

CERVANTÈS

ANNE-MARIE DES URSINS
Gênes – décembre 1715

Emilie est restée à Paris, chez mon frère. Elle me rejoindra, dit-elle, lorsque je serai de retour à Rome. Pas de sitôt ! Pour l'heure, le pape se refuse à tolérer dans sa ville une femme disgraciée par les rois Catholiques. Hypocrite, tartuffe ! (en 1685, ce retors d'Innocent XI s'était scandalisé de ce que je fasse jouer le *Tartuffe* dans mon palais Orsini). On sait bien ce que vous ne me pardonnez pas : au faîte de ma puissance madrilène, j'ai fait supprimer le tribunal de la nonciature qui vous rapportait deux cent mille écus par an, une bagatelle ! Riche l'Espagne, si l'on veut, mais surtout au bénéfice de la papauté et de toute la canaille des moines, on connaît ces belles raisons, ne venez pas maintenant mélanger les questions de morale et d'intérêt ! Non contente de cet exploit, j'ai prétendu rogner les privilèges ecclésiastiques sans en référer à Rome, j'ai tenu tête au pape qui avait fini par reconnaître l'archiduc d'Autriche comme roi d'Espagne. Et je me suis même attaquée à l'Inquisition…

Les Pays-Bas ne m'ont pas voulue. Victor-Amédée de Savoie, ce renard, a refusé que je séjourne à

Chambéry. Sans doute avait-il oublié mes treize années au service de sa fille chérie, tellement chérie qu'il l'a reniée et trahie en s'alliant lui aussi à l'Autriche. Traîtres et tartuffes.

Au ban de toute l'Europe, ou presque, la princesse des Ursins. J'ai dû quitter la France dès que la mort de Louis XIV fut imminente : je pressentais que Philippe d'Orléans, mon vieil ennemi depuis nos démêlés espagnols, avait quelques chances de devenir régent, j'ai préféré filer au plus vite. La sérénissime république de Gênes m'accueille, provisoirement. Aimable ironie : une république pour celle qui se dévoua jusqu'à l'épuisement à deux royautés. On m'accueille, et l'on me surveille : quelles intrigues la vieille sorcière est-elle encore capable de fomenter ? Les représentants de Paris et Madrid à Gênes ne vont pas tarder à expédier leurs rapports sur moi à leurs respectifs ministres des Affaires étrangères. Je connais, et pour cause… Non, messieurs, aucune conspiration en gestation. La princesse des Ursins se repose, délasse ses yeux éprouvés, et se souvient. Ce qui n'est pas toujours reposant.

Dans la chambre voisine, mes caméristes génoises caquètent en se plaignant du froid. Je ne vais pas leur raconter les hivers castillans de 1709 et 1714. Emilie me manque. Je l'appréciais surtout en tant que lectrice. Elle lisait mieux qu'elle ne me coiffait. D'ailleurs je préfère me coiffer et me farder seule, tôt le matin. Personne d'autre que moi ne doit contempler la décrépitude du lever.

Elle lisait avec esprit, Emilie, je commentais, elle rétorquait. Mes yeux rechignent de plus en plus. Un beau jour, le noir définitif, la nuit ?

Il me faut à présent trouver un secrétaire qui fasse également office de lecteur. Puisque Jean est marié, établi en Touraine… Il a fini par se fatiguer de toutes ces pérégrinations avec moi, ou pour moi, à travers l'Italie, l'Espagne, la France, les Pays-Bas. Je le comprends. Jean, mon homme lige durant près de trente ans. Parfait secrétaire, parfait amant.

Très futé, Jean d'Aubigny. A Madrid, juste avant mon départ pour Guadalajara et Jadraque, il m'avait mise en garde : il pressentait des complications, la nouvelle reine n'était sans doute pas à l'image de la première que j'avais prise en charge à la sortie de l'enfance et formée. Certes cette Elisabeth Farnèse avait été, selon Alberoni, élevée pieusement à l'écart du monde, néanmoins, elle avait vingt-deux ans… Je me suis impatientée – durant ces dernières semaines à Madrid, j'étais accablée de fatigue, de dégoûts, travaillée par une fièvre tierce –, je l'ai interrompu : des tracas, j'en avais assez avec les infants et leurs problèmes de santé, les travaux à l'Alcazar, les ultimes préparatifs du mariage et tant d'autres affaires en cours, les projets de réformes, l'Académie, l'Inquisition, et j'aurais préféré créer dix Académies que prétendre démanteler la forteresse inquisitoriale ! Il a souri, m'a baisé la main : vous avez vos yeux violets de colère, comme autrefois lorsque au lit… Je l'ai coupé vivement, il était convenu que nous n'évoquerions jamais nos amours passées.

Les avertissements de Jean ont à nouveau résonné à mes oreilles au moment où, toujours gelées, nous approchions de Burgos. Trop tard ! Je n'avais pas fait confiance à mon homme de confiance. A mon homme. Du moins au seul qui le fut après Adrien de Chalais – les autres, des utilités. Très futé, oui, jusque dans l'amour (rien qu'à l'air d'Emilie, je savais si elle sortait de ses bras). Qu'est-ce qu'il m'avait glissé à propos d'Alberoni ? Ah oui, l'envoyer à Pampelune au-devant d'Elisabeth Farnèse n'était peut-être pas des plus avisés. Difficile de procéder autrement : grâce à mon appui, Alberoni était depuis peu représentant du duc de Parme à Madrid, il convenait qu'il aille accueillir la nouvelle souveraine et me rende compte de l'arrivée de celle-ci en Navarre. Mission dont il s'acquitta avec sa diligence et son intelligence habituelles.

Burgos, au début janvier 1715. Pas le moindre chocolat et pour tout potage une soupe terreuse. J'ai repensé à celles d'Alberoni précisément, aux oignons et au fromage. Juste ce qu'il fallait de fromage fondu : il le faisait filer avec sa verve, sa bouffonnerie théâtrales et Marie-Louise Gabrielle riait à gorge déployée. Quoique originaire de la vallée du Pô entre Parme et Plaisance, il réussissait à lui cuisiner les pâtes aux épinards de son enfance piémontaise. Cela méritait quelques faveurs.

Burgos, sombre, sinistre. La dernière fois où j'avais séjourné dans cette ville, c'était en compagnie de Marie-Louise Gabrielle. L'été 1706. Nous avions dû quitter Madrid, menacée par les armées alliées. A Tolède, la veuve de Charles II accueillait nos ennemis dans la liesse. Cette brave Maria de Neubourg faisait percer des tonneaux et couler de joyeux flots de bière afin de fêter dignement le retour des Habsbourg. Un peu trop pressée, la reine douairière… Le bon peuple de Tolède jeta des pierres dans ses fenêtres et écrivit sur les murs de son palais "marchande de bière !". Bravo, bien fait ! Pendant ce temps, Marie-Louise Gabrielle et moi, accompagnées d'une suite maigrelette, précipitions notre fuite vers Burgos. Pendant ce temps également les putains les plus pourries de Madrid, pourries mais pétries de fierté castillane, franchissaient les lignes afin d'aller flanquer la vérole aux soldats autrichiens. Ah, j'aime ce peuple ! J'aimai…

Ce long été 1706. Le roi guerroie dans le Nord-Est. Marie-Louise Gabrielle guette les courriers. Notre logement est des plus rudimentaires. Nous menons notre petite guerre quotidienne contre les rats, les puces, les frelons et les moustiques. Je dors sur un lit de camp. Sécheresse, l'eau manque. Les nouvelles du front sont parfois inquiétantes et je vois alors gonfler sur le cou de la reine cette menue grosseur que j'ai découverte il y a juste un an, à mon retour de Versailles. Ce n'est rien, prétend-elle, cette glande disparaîtra lorsque le roi aura vaincu les Catalans et sera à nouveau parmi nous. La peau est tendue à l'extrême, l'inflammation augmente – l'effet de la chaleur, me dit-elle avec un pauvre sourire. J'avais écrit à Mme de Maintenon à ce sujet et elle avait consulté le médecin du roi, qui avait prescrit un régime : je l'appliquais sans conviction, j'ai toujours tenu Fagon pour un imbécile. Quant à Mme de Maintenon, elle affirmait dans ses lettres que cette grosseur disparaîtrait dès que la reine serait grosse. Je restais dubitative là-dessus, tendant plutôt à penser : croyances de bonne femme…

Elle va sur ses dix-huit ans, ma petite reine, et dans la canicule de Burgos elle serre à nouveau les dents. A peine dix-huit ans et, à l'inverse de sa sœur aînée Marie-Adélaïde qui, à Paris et Versailles, passe ses nuits à danser, elle ne connaît ni le bal ni la comédie ni les fêtes. Elle a gagé ses bijoux afin de soutenir l'effort de guerre. Les conversations des rares dames d'honneur qui nous ont suivies jusqu'ici sont d'une indigence à nous accabler d'ennui. La reine lit, apprend à jouer de la guitare, me propose une partie de lansquenet, attend. Toute son énergie est bandée afin d'aiguiser, par ses missives, celle du roi. Ah, dit-elle, il faut que je lui apprenne à dire "je veux" (elle, elle savait !), dans ma prochaine lettre, je lui rappellerai de converser plus souvent avec ses officiers, voilà qui relève le moral des troupes (Philippe, le timide, le taciturne, était mal à l'aise lorsqu'il lui fallait haranguer ses soldats). A sa façon, dérisoire peut-être, elle se bat. Ce royaume, elle l'a fait sien, elle ne le lâchera pas. Même lorsque, peu après, la France s'apprêtera à nous abandonner.

Longues semaines immobiles. Le temps stagne en Espagne, mais durant les mois de juillet et d'août… Ciel blanc, suffocant. Avec la chaleur l'angoisse lève comme une pâte. Nous badinons pourtant, toutes deux nous entretenons le plaisir du rire. Notre jeu favori : perfectionner notre mélange des langues, dialecte piémontais et patois poitevin – celui des La Trémoille à l'origine –, entremêlés au français et au castillan. En bonnes combattantes de l'arrière, nous mettons au point notre code secret.

Une époque éprouvante. J'étais heureuse cependant.

En octobre, la situation se rétablit partiellement et nous pûmes envisager de rentrer à Madrid. Se posa la question de la marchande de bière – pardon, la reine douairière. Nous n'allions pas la laisser à Tolède après ses copieuses libations et fraternisations avec l'ennemi ! En accord avec Louis XIV, il fut décidé de l'expédier à Bayonne. Sa route passait par Burgos où Marie-Louise et moi achevions nos préparatifs de départ. Maria de Neubourg adressa à la reine une supplique, elle souhaitait être reçue par elle : espérait-elle une grâce ? l'annulation de cette relégation ? Marie-Louise Gabrielle hésita. Ce cœur tendre ressentait de la compassion pour celle qui était veuve, sans enfant ni soutien – elle-même, durant cet été, avait tellement craint de perdre Philippe ! J'ai résisté, avec doigté (j'aurais préféré recevoir une de ces catins madrilènes vérolées jusqu'à la moelle plutôt que la buveuse de bière bavaroise !). Il va de soi que j'ai usé d'autres termes afin de convaincre la reine : la guerre continuait, la Catalogne était toujours aux mains des Autrichiens, il fallait rester ferme, vigilant. Elle a fini par en convenir, Maria de Neubourg a traversé Burgos sans s'arrêter (tiens, huit ans après, ma route de l'exil empruntait la sienne, par des températures plus rudes !).

Durant l'hiver qui suivit cet interminable été, Marie-Louise Gabrielle fut grosse, pour la première fois. Sur le moment, nous gardâmes la nouvelle secrète : les périodes de la reine étaient très irrégulières, nous avions peur de nous tromper. La certitude nous vint le jour où elle me déclara avec une fougue enfantine : ah, j'ai une de ces envies d'huîtres ! Nous nous sommes regardées, interloquées : elle les détestait, n'en mangeait jamais. Puis nous sommes tombées dans les bras l'une de l'autre et, de joie, nous avons esquissé quelques figures de passacaille, telles deux petites filles ravies, excitées. Par la suite, je me suis demandé si la lente gestation de cet été apparemment figé avait permis à ce corps gracile de devenir gravide.

Juste avant que nous ne repartions de Burgos, je reçus un courrier de Grimaldo, responsable à Madrid de la secrétairerie : le roi annulait les lettres patentes par lesquelles, moins de deux semaines auparavant, il m'avait attribué la principauté de Rosas et Cardona. J'avais voulu renforcer en Espagne le pouvoir royal – contre l'autorité religieuse notamment –, eh bien j'en récoltais les fruits ! Pas ceux que j'avais espérés… De quoi étais-je donc punie ? D'avoir chéri une reine morte ? De ce qu'elle avait désiré pour moi une récompense à la hauteur de mon dévouement ? J'ai eu mal, plus pour Philippe V que pour moi. Il est humiliant d'éprouver du mépris à l'égard de qui l'on a servi. Je me suis roidie afin d'écarter ce sentiment. Ce ressentiment… Et pourtant j'avais suggéré à Philippe V de spécifier dans ses lettres patentes que, à ma mort (elle n'était plus si éloignée), cette principauté reviendrait à Luisillo, héritier de la couronne : cette dernière ne serait donc pas amputée. Vaine précaution !

Notre officier accompagnateur – tiens, cette fois son nom me revient, Antonio Amezaga – s'était encore délesté, ne conservant pour toute escorte qu'un jeune lieutenant. Peu après le col de Pancorbo, nous avons dormi dans une posada pouilleuse. A demi rétablie, Emilie a coursé et attrapé un poulet maigrelet : si viande il y a dans ces auberges, c'est au mieux sur pied. Chère, néanmoins. Par chance, Emilie a eu une enfance paysanne. Elle a saigné proprement, plumé, bridé et plongé cette bête étique dans une oule avec une poignée de pois chiches. Placide, le tenancier la regardait s'affairer. Du moment que je payais…

J'ai invité les deux officiers à partager avec nous ce bouilli et je les ai régalés avec du rioja. Ce vin robuste nous a rapprochés. Mes dernières pistoles fondaient, poulet et pois chiches se révélèrent coriaces mais nous étions fort gais. Antonio Amezaga ne me cacha pas son admiration : depuis Jadraque, il n'avait entendu ni une plainte ni une protestation sortir de ma bouche.

A la fin de ce festin, le jeune lieutenant est parti tenter sa chance auprès d'une servante. Antonio Amezaga évoqua ce moment qui faillit être tragique, entre Jadraque et Atienza, lors de la première nuit de notre voyage. Le vent poussait et accumulait la neige, formant des sortes de talus durcis. Les hommes de tête, et notre carrosse à leur suite, s'étaient engagés le long d'un de ces talus, croyant n'avoir pas quitté la route. Ils avaient buté sur un autre. Dans le noir, il avait fallu faire demi-tour et retrouver notre chemin. Houspillés, affolés par le fouet et les rafales, les chevaux commençaient à se cabrer, le cocher perdait le contrôle – déjà il ne sentait plus sa main –, nous avons manqué verser durant la manœuvre. Peu après, Amezaga, qui connaissait parfaitement la région, s'était souvenu que le village voisin s'appelait Riofrio del Llano ! Un 24 décembre, mourir de froid à Riofrio… Nous en avons ri. Amezaga a reconnu avoir craint le pire. Il s'était juré de nous mener saines et sauves jusqu'à la frontière. Ce soir de beuverie, j'ai savouré ce compagnonnage imprévu avec cet homme : une finesse certaine sous une écorce de rudesse. De cette effroyable équipée me reste ce seul souvenir chaleureux.

Langue déliée par le vin, Amezaga est revenu, presque de lui-même, sur les événements de Jadraque. Bien que dressé par le service et l'étiquette, il avait laissé transparaître sa stupéfaction à l'instant où la reine lui commanda de m'emmener aussitôt. – De nuit, par ce gel ? – J'ai dit aussitôt, et en s'arrêtant le moins possible jusqu'à la frontière (voilà pourquoi on n'avait pas attelé avec des mules, trop lentes). Il avait eu le courage de demander si le roi était informé et cautionnait pareille décision. Elisabeth Farnèse l'avait pris de très haut (elle était à trois marches au-dessus de lui, il la sentait cabrée, presque sur l'œil ainsi qu'on le dit des chevaux) : M. le lieutenant n'ignorait sans doute pas qu'un billet envoyé par Philippe V à Pampelune enjoignait aux officiers encadrant son escorte d'obéir en tout à la reine ? Tiens, tiens, une lettre m'aurait échappé ? Banale, il est vrai : il était légitime que la nouvelle souveraine, arrivant dans son royaume, eût la haute main sur les hommes qui devaient l'entourer depuis Pampelune jusqu'à Guadalajara. Légitime, certes. Curieux cependant, ce détail soustrait à mon habituel contrôle… Mais enfin cette missive paraphée du roi ne signait pas un complot ourdi par lui contre sa vieille et fidèle servante.

Assommée par le vin, Emilie est allée dormir dans son galetas. J'ai commandé une quatrième bouteille. Antonio Amezaga avait objecté le danger de se perdre dans la nuit, la violence des bourrasques, la brutale augmentation du froid puis, en désespoir de cause, sa jambe fraîchement blessée (il avait fait récemment une mauvaise chute de cheval sur la glace et boitait). Toujours buvant, il m'avoua sa honte de soldat tanné par la guerre récente d'avoir recours à pareil argument. Sa résistance avivait l'irritation d'Elisabeth Farnèse et il avait fini par se rendre compte qu'elle l'écoutait à peine. Pourtant, à la dernière minute, il avait réussi à faire admettre que ma caméariste soit autorisée à m'accompagner, représentant à la reine le risque encouru à laisser seule en ce carrosse glacial une femme de mon âge.

Je le servais, me contentant d'une gorgée discrète chaque fois qu'il vidait un verre. Oui, l'ordre lui avait paru, au pied de la lettre, fou. Par rapport à moi et à ma position, bien sûr. Du fait également des conditions de route et de climat, des problèmes d'intendance qui ne manqueraient pas de surgir. Dans l'autre sens, pour la venue de la reine, l'organisation était fort différente : étapes, vivres et logements avaient été soigneusement prévus (je savais, et pour cause : j'avais veillé personnellement à l'approvisionnement et à ce que la reine disposât de caméristes compétentes). Oui c'était fou, répétait-il, s'emparant à présent du goulot et avalant de grandes rasades. A sa façon, me disait-il qu'il avait pressenti comme une folie chez son interlocutrice ? Folie soudaine du pouvoir chez une femme qui n'en avait pas encore joui ? Ou si peu. De quoi exclure la thèse d'une conspiration préméditée ? Je demeurai perplexe. Amezaga s'est allongé sur son banc, ronflements rapides. La chandelle fumait, je l'ai éteinte et suis allée me coucher.

Le vin m'avait réchauffé la cervelle, je ne me suis pas endormie aussitôt, je repensais à ma bataille contre l'Inquisition. A mon bras de fer avec le cardinal del Giudice, le Grand Inquisiteur. Au mois de mai précédent, je l'avais envoyé auprès de Louis XIV, le chargeant entre autres d'obtenir l'envoi de troupes françaises afin d'en finir avec la Catalogne, qui persistait dans sa résistance. Je savais pouvoir compter sur l'habileté onctueuse de sa diplomatie. Pour un Grand Inquisiteur, le cardinal, d'origine génoise, vous avait des airs bonhommes et une affable volubilité à l'italienne, qui ne déplurent d'ailleurs pas au roi de France. En fait, cette mission avait un autre but, plus essentiel à mes yeux : l'éloigner de Madrid. Durant son absence, avec le juriste Melchor Macañaz, dont j'admirais la vigueur et la clarté d'esprit, nous allions préparer une grande réforme administrative, centralisatrice, et surtout tenter de rogner les pouvoirs de l'Inquisition. Peut-être là fut l'erreur, il eût fallu abolir et non amender ?

J'avais pressé Macañaz d'adresser à Philippe V un mémoire sur la séparation du temporel et du spirituel, et notamment sur la suppression des immunités ecclésiastiques. A l'abri des regards, je lui avais ménagé des entretiens avec le roi. Je comptais sur son éloquence pour convaincre Philippe V, jaloux, en bon Bourbon qu'il était, de son autorité, mais timoré dès qu'il s'agissait de porter atteinte aux prérogatives religieuses : il redoutait l'excommunication… Eh bien, il verrait qu'un ancien excommunié tel Melchor Macañaz (pour avoir traduit des prêtres devant une juridiction laïque, et nous étions au début du dix-huitième siècle !) ne s'en portait pas plus mal et qu'il restait un excellent chrétien, défenseur de la foi catholique – entre-temps l'anathème avait été levé. Tournant et retournant sur ma paillasse, je revoyais Macañaz parlant au roi : son débit vif et précis – il truffait volontiers ses propos de citations latines que je n'entendais pas –, son visage osseux, abrupt, l'intensité de ses yeux sombres, une tête de fanatique du Siècle d'or : c'est lui et non le grassouillet del Giudice que l'on aurait pu désigner comme le Grand Inquisiteur !

Juillet 1714 à Madrid, étouffant. Le petit Philippe a une poussée de fièvre, ses dents le tourmentent. Luisillo se languit. Seul Ferdinand le Sage paraît béat. Je m'occupe de la création d'une Académie espagnole, sur le modèle de la française, pour la défense de la langue castillane : je l'aime, depuis 1666, je l'ai toujours aimée, davantage que l'italienne. Les membres du Conseil, triés par mes soins, des esprits ouverts en grande majorité, travaillent sur le mémoire de Macañaz, le vote ne devrait plus tarder. Soudain, début août, nous parvient la nouvelle du décret de Marly. Le cardinal del Giudice a eu connaissance de ce fameux mémoire (qui le lui a communiqué ? j'avais veillé à la préservation du secret, il est vrai que les espions de l'Inquisition se faufilent partout). Il fulmine. Sur les murs de Marly – résidence royale ! – et sur les églises de Paris il ordonne d'afficher une condamnation vigoureuse des conceptions de Macañaz, inspirées des écrits d'un avocat français, membre du Parlement : elles sont scandaleuses, blasphématoires, schismatiques, hérétiques… Rien de moins ! J'en fus même étonnée : je n'imaginais pas qu'un personnage aussi amène que le cardinal puisse recourir à pareil langage, surtout en France où le roi avait interdit l'Inquisition. Si maligne que l'on me prétendît, j'étais encore naïve, négligeant de distinguer l'homme et la fonction (et toi, Anne-Marie de La Trémoille, après treize années au pouvoir, qu'es-tu devenue ?). Hérétiques et blasphématoires : des paroles qui auraient pu être proférées par Torquemada tombaient de la bouche poupine du replet, rondelet del Giudice – le juge…

Je contre-attaque aussitôt, aidée cette fois par un Philippe V furieux des audaces de son Grand Inquisiteur d'ambassadeur. Et ce d'autant que son royal grand-père, prudemment, restait coi. On s'émut pourtant à Paris, et au Parlement, de ce placard injurieux à l'égard de la France et du gallicanisme. Sans doute Louis XIV estimait-il prématuré de s'attaquer en Espagne à l'Inquisition ? En tout cas, Philippe V rappelle del Giudice à Madrid, ordre assorti de réprimandes sévères. Le cardinal quitte Versailles et la cour à regret – il y faisait le beau –, arrive à Bayonne. Où l'attend une dépêche du roi lui interdisant de rentrer en Espagne et lui mandant de demeurer en cette ville jusqu'à nouvel avis : le procédé, je le reconnais, n'était pas des plus élégants. Mais efficace. Profitant de ce répit, nous tenterions, Macañaz et moi, de provoquer le vote du Conseil. Et durant cette nuit sur ma paillasse, l'effet euphorique du vin s'atténuant, je me répétais que, oui, nous avions eu tort : il fallait profiter de la colère de Philippe V pour lui arracher un décret supprimant l'Inquisition. Macañaz et moi, nous nous sommes embourbés dans des demi-mesures, nous avons manqué d'audace.

Au lendemain de cette soirée arrosée de rioja, notre petit convoi reprit la route avant le lever du jour, l'étape prévue était très longue. Amezaga s'était muré dans le silence. Nuit opaque, lueur fade de la neige. Ce pays me parut destiné à demeurer dans cette obscurité qui transforme la liberté d'esprit et le désir de connaissance en péchés mortels ou en sacrilèges. Que diable, nous n'étions plus au seizième siècle ! Et l'Espagne était capable d'engendrer des penseurs et législateurs hardis, tel Melchor Macañaz. Dans cette affaire des immunités ecclésiastiques, j'avais veillé à mettre en avant cet Espagnol originaire de la région d'Albacete, moi qu'on avait souvent accusée de mener à Madrid une politique par trop française.

Ténébreuse, certes, l'Espagne que les Français avaient prise en charge en 1701. A la cour comme chez les grands, on était occupé principalement de sorcellerie. Le dernier confesseur de Charles II, soupçonné de l'avoir influencé afin qu'il signât son testament en faveur de Philippe d'Anjou, accusé d'avoir pratiqué sur lui des exorcismes suspects, était emprisonné par l'Inquisition au fond d'un couvent, mis au secret et à la question. Nous l'avons transféré devant un tribunal séculier. L'affaire était bien sûr moins religieuse que politique : par-derrière, le parti autrichien et Maria de Neubourg tentaient d'agir contre les Bourbons. Ici, de toute façon, l'Inquisition fourre son nez partout, jusque dans la sodomie… Nous n'en étions pas au gallicanisme, tant s'en faut ! Il s'agissait seulement d'instiller quelque clarté française dans ces histoires moyenâgeuses.

L'aube s'est levée, timidement. J'ai repensé à cette rude journée, en octobre dernier : depuis plusieurs semaines le pauvre petit Philippe n'arrive pas à percer une dent, la gencive s'est refermée par-dessus une première poussée. Il ne mange plus, maigrit. Le chirurgien décide qu'il faut ouvrir, en taillant à vif. Je tiens l'enfant, hurlant, le sang coule. Jean d'Aubigny survient et me prie de venir aussitôt. Je laisse Philippe aux mains de sa remueuse. Dans l'antichambre m'attend Melchor Macañaz, blême sous son teint olivâtre. Le Conseil n'a pas osé voter ses propositions, ils ont craint d'être à leur tour poursuivis et condamnés pour hérésie. Ils ont eu peur, très peur : les familiers de l'Inquisition ont fomenté dans Madrid un début d'émeute, on a persuadé le peuple que les dangereuses idées françaises, les maximes gallicanes, allaient saper les fondements de l'Espagne, la pure, la vraie… Je hausse les épaules, on connaît ce langage et ce genre de manœuvres : il suffit, à l'aide de quelques pistoles, de transformer de pauvres hères en criailleurs à gages. Macañaz regarde le sang sur ma robe. Je l'assure que j'obtiendrai au moins du roi le maintien du cardinal del Giudice à Bayonne. Après, il conviendra d'aviser. Serait-il possible d'arracher à Philippe V le décret d'abolition ?

J'en doutais. Je suis retournée consoler le petit Philippe, sanglotant. J'en doutais, le roi avait été à nouveau assailli de scrupules. Je n'étais pas, il est vrai, parfaitement assurée de son confesseur, quoique je me fusse mêlée de sa nomination, jouant les jésuites, que je n'aimais guère, contre les farouches dominicains inquisitoriaux. Entre deux maux… La confession, le seul lieu où le roi m'échappât, telle une alcôve où je n'aurais pas eu accès (durant treize années, j'avais tiré les rideaux de l'alcôve conjugale et j'aurais continué si…). Le lit, le confessionnal : places fortes plus délicates à contrôler que le Conseil ! Marie-Louise Gabrielle aurait peut-être su apaiser cette crise de religiosité maladive chez son époux. Par sa grâce enjouée, par les grâces de l'amour. Marie-Louise Gabrielle était morte, il fallait tout de même que je me le mette dans la tête. J'ai cajolé son fils qui commençait à se calmer, je lui ai fait sucer un clou de girofle, efficace contre les douleurs des gencives, affirmait le chirurgien. Emilie insistait pour que je revêtisse une autre robe, je l'ai repoussée, je me suis sentie soudain épuisée.

Je l'étais toujours dans ce carrosse qui commençait à se rapprocher de la France. Epuisée, et ne pouvant m'empêcher de ruminer, de me gourmander : que signifiait cette prétention à être plus éclairée que d'autres et à leur apporter quelques lumières ? A la limite, je comprenais ces fiers sursauts des Espagnols, rejetant notre administration solide, centralisée, ou nos façons de concevoir les rapports entre l'Eglise et la royauté. Récemment j'avais posé la question à Melchor Macañaz : pensait-il que l'Espagne parviendrait, seule, à changer ? Il l'espérait, il œuvrait dans ce sens mais il craignait fort que non. L'Inquisition, avait-il ajouté non sans tristesse, ne pourrait être supprimée que par quelqu'un venu de l'extérieur. Eh bien, pour cette fois, c'était raté : une pieuse Parmesane m'expédiait sans façon hors d'Espagne.

Naturellement, il avait été interdit à del Giudice de rencontrer Elisabeth Farnèse lorsqu'elle passerait à Pau. Il ne devait pas sortir de Bayonne et tous les rapports attestaient que l'assignation à résidence avait été respectée. Afin de me distraire dans ce carrosse dont les cahots réveillaient mes douleurs rhumatismales, je me suis amusée à imaginer les deux exilés de Bayonne, Maria de Neubourg et le cardinal del Giudice, se rencontrant pour épancher leurs rancœurs. Je les entendais papoter aigrement à mon sujet autour d'un chocolat velouté et légèrement épicé comme on sait les confectionner à Bayonne (allons, je devais m'interdire ces rêveries autour d'un chocolat !). Papotant ou conspirant ? Très probablement, Maria de Neubourg avait transmis à sa nièce Elisabeth les doléances du cardinal.

Le roi pouvait consigner del Giudice à Bayonne mais non pas, décemment, empêcher sa nouvelle femme de saluer au passage sa propre tante. *In petto*, je m'étais laissé dire que si l'épousée en question avait détenu un tant soit peu de flair politique ou, à défaut, amoureux, elle se serait abstenue d'une entrevue avec cette Maria de Neubourg qui avait si furieusement soutenu l'archiduc d'Autriche contre les Bourbons. Une entrevue ? Dix jours ensemble ! La reine prenait son temps, du bon temps, avant de passer la frontière, tandis que le roi se morfondait dans son lit solitaire… Et dire que, après avoir hésité, j'avais éliminé l'infante du Portugal de la liste des épouses possibles précisément parce que la cour de ce pays avait été le havre des aristocrates espagnols partisans de l'Autriche !

Elisabeth Farnèse aurait-elle eu le désir, afin d'inaugurer avec éclat son métier de reine, d'accorder une faveur ? Alberoni avait insisté sur sa piété et sa sagesse, la perfection disait-il… Je m'en étais aperçue ! Bien sûr il avait maquillé, enjolivé, de même que le portrait poudrait la peau vérolée. On sait, on sait, c'est par la religion que les mères gouvernent leurs filles et les rois leurs peuples. Mais en soutenant del Giudice, la reine sapait l'autorité d'un époux qu'elle n'avait pas encore vu : naïveté extrême ou singulière méconnaissance ?

J'y réfléchissais lorsque dans un tournant en pente, verglacé, l'un des pommelés s'est brisé un antérieur, coincé dans une fondrière. Il a fallu l'abattre. Une bête magnifique. Amezaga lui a tiré une balle dans le crâne. La masse blanc argent s'est effondrée. Les ruades d'agonie dans les postérieurs, le sang sur le pelage puis sur la neige. Très beau également. La main coupée du cocher. La mort du pommelé. Les chevaux ont droit au coup de grâce auquel les hommes ne peuvent toujours prétendre. J'aurais aimé que les suppliciés de l'Inquisition pussent bénéficier de cet adoucissement.

L'HECHIZADO

La cour est un pays où l'on va sans voir clair.

VICTOR HUGO

MARIA DE NEUBOURG
Bayonne – janvier 1715

Le cardinal del Giudice sort de chez moi, plus volubile que jamais. Tellement en effervescence qu'il baragouinait pour moitié en italien. Il m'a apporté une énorme boîte de marrons glacés et une nouvelle tout aussi énorme, réconfortante, merveilleuse, miraculeuse, délicieuse à savourer. Une nouvelle à laisser fondre sur la langue et sur mon pauvre cœur meurtri par le malheur : ma nièce, ma valeureuse nièce, a chassé la des Ursins ! Coup de torchon, dehors la vieille !

Je n'aurais pu imaginer début d'année plus étonnant, plus triomphant, plus étourdissant. Une ère différente commence pour l'Espagne. Pour moi également, j'espère. Le cardinal pense être rappelé très prochainement à Madrid. Sans doute devrai-je attendre un peu plus longtemps. Mais cette année 1715 me verra de retour en Castille.

La duchesse de Linarès m'incite à la prudence, quel rabat-joie celle-là ! Elle transpire l'ennui. C'est le style de toutes les camarera mayor, il n'empêche, je ne lui permettrai pas de me gâcher mon plaisir. Elle continue à prendre au sérieux son rôle d'intendante et me rabâche ses doléances : je dépense beaucoup trop – en l'honneur de ma nièce j'ai fait, il est vrai, des folies –, les créanciers se font pressants, les domestiques réclament leurs gages à cor et à cri ou volent pour se venger de n'être pas payés. Est-ce ma faute si le roi d'Espagne ne me verse pas régulièrement mes pensions de reine douairière ? Auparavant, il pouvait alléguer le prétexte de la guerre mais à présent… Oui, j'aime prodiguer – quel autre bonheur me reste-t-il ? – et les Bayonnais sont bien aises que je donne des fêtes somptueuses.

A Pau, avec ma nièce, ce fut pour moi la fête permanente. Chaque soir nous eûmes un petit concert en privé, elle au clavecin et moi chantant. J'ai admiré son toucher et sa connaissance de l'harmonie. Dorothée lui a donné une excellente éducation : ma sœur a toujours été soucieuse de perfection, jusqu'à m'en fatiguer d'ailleurs. Elisabeth détient un port de reine. A croire que, de naissance, elle était destinée à ce titre. Et quelle douceur dans ses tendresses à mon égard ! Elle a infiniment apprécié les diamants que je lui ai offerts, je dois dire qu'il m'en a coûté quatre-vingt mille ducats.

Quant à cet esprit pénétrant… Afin de célébrer son arrivée, j'avais fait composer et répéter depuis plusieurs semaines une pièce allégorique de la meilleure eau, accompagnée de musique et agrémentée de récitatifs. Bayonne a beau être provinciale, nous avons quelques très bons poètes. Deux vers étaient particulièrement remarquables :

Salut à notre Espagne dont tu seras le seigneur et la reine
Tu seras la Judith de cette nouvelle Béthulie !

Elisabeth a compris l'allusion. Et elle a agi, incontinent. La tête de l'Holopherne femelle est tombée.

Oui, elle avait compris, je l'ai constaté dès le lendemain où nous fûmes nous promener en litière (Elisabeth souffrait d'une malencontreuse entorse qui datait de son séjour à Toulouse) sur cette esplanade de Pau d'où l'on aperçoit les Pyrénées. Nous jouissions d'une température printanière comme il peut en survenir par ici en plein hiver. Un soleil tiède nous réconfortait, avivant l'affection grandissante entre nous. A la fois effrayée et émerveillée par ces neiges étincelantes qu'elle découvrait avec stupéfaction, Elisabeth m'a questionnée :

— Judith va devoir franchir ces remparts de rochers et de glaces avant de pénétrer dans la nouvelle Béthulie ?

— Le passage sera un peu rude mais je vais demander à l'envoyé de Louis le quatorzième l'autorisation de vous accompagner jusqu'à Pampelune.

— Je doute qu'il y consente.

— J'ai bon espoir car j'ai eu un son de cloche favorable grâce aux bontés du Grand Inquisiteur. A Paris, le ministre des Affaires étrangères lui a glissé que Versailles ne s'opposerait plus à mon retour à Madrid. Il a même écrit dans ce sens à la princesse des Ursins, soulignant que votre venue serait une occasion propice à une mesure de clémence.

— Nous verrons…

Elisabeth a usé d'un *nous* déjà royal. En Espagne, a-t-elle souligné, on dit non pas le roi mais *los Reyes* : depuis Isabelle et Ferdinand, le roi et la reine sont censés gouverner de concert. Elle verrait bien… J'avais vu ! Elle s'efforçait de rouler le *r* de *Reyes*, n'y parvenait pas, c'était charmant. Parfois, elle affectait une hauteur un peu froide qui me surprenait (j'y pense maintenant : qui me rappelait celle de Dorothée). Mais je la comprenais, elle s'essayait à faire la reine.

Je le lui ai déclaré sans ambages : à Madrid, faire la reine signifie n'accorder sa confiance à personne – pas même au roi –, se douter qu'une intrigue se trame dans quelque recoin et que des pièges vont vous être tendus. Oui, tâtonner dans un sombre dédale. On n'y voit pas clair, ou trop tard. C'est ce qui m'était arrivé, il y a quinze ans, avec le testament du malheureux Charles. Le siècle s'achevait, et le roi aussi. Charles avait d'abord accordé la succession à l'Autriche. Une cabale en faveur de la France s'est ourdie en secret. On a retourné mon époux, on lui a jeté des sorts : Charles II *l'Hechizado* disait-on (à ce mot, l'ensorcelé, j'ai eu droit à un petit raclement de gorge de la duchesse). On m'a éloignée de lui, isolée, privée de ma favorite venue de Bavière, ma seule consolation. Je tournais en rond dans mes appartements, affolée, impuissante, je sentais mijoter la conspiration la plus basse. Renifler l'odeur de la machination et ne savoir au juste où elle couve, le pire des supplices ! On a changé le confesseur de Charles, on a sollicité l'intervention du pape, on a torturé moralement cet homme épuisé, gangrené tout autant par la maladie que par la peur de l'enfer. La menace des flammes éternelles s'il ne désignait pas Philippe d'Anjou… Oh, ils ont admirablement manœuvré, le cardinal Portocarrero et San Esteban, Ubilla, Villena, Villafranca et qui sais-je encore. Des ministres soi-disant probes et vertueux, laissez-moi ricaner !

Ma camarera mayor a essayé de détourner la conversation sur les beautés de la vue et les agréments de cette ville. Elle aurait voulu que je me taise, jamais ! J'ai repris :

— Ils ont trouvé plus malin et plus dévoré d'ambition qu'eux : une femme ! Portocarrero se voyait déjà à la tête de l'Espagne, éclipsant un roi trop jeune pour s'imposer. Eh bien, trois ans après son arrivée à Madrid, la princesse des Ursins a démantelé les positions du cardinal Portocarrero : il a dû se retirer dans son diocèse de Tolède, là où j'étais moi-même reléguée à l'époque. Chacun son tour ! Je savais pourquoi Portocarrero, d'abord peu favorable à la France, avait tourné casaque : parce qu'il me haïssait. Et c'est une femme qui a fini par avoir sa peau, juste retour des choses.

Elisabeth m'a regardée avec quelque perplexité. J'ai préféré lui parler d'un autre cardinal, del Giudice. Un homme si aimable, sans rien de guindé, il aurait tellement aimé la rencontrer ! J'ai informé ma nièce d'un point capital : Charles II, dans son testament, avait recommandé à son successeur de toujours soutenir l'Inquisition, ce rempart de la foi. Je craignais que Philippe V ne l'oubliât, je comptais sur elle pour…

— Mais avec la princesse des Ursins, qui gère ?

— La canaille française, de vulgaires commis ! Orry, par exemple, un homme sorti de la boue, un vulgaire munitionnaire. A présent, il est aux finances et dirige même tous les départements, après s'être rempli les poches en prélevant sur les fournitures destinées aux armées, un voleur ! Et ce d'Aubigny, le galant de la des Ursins (là, j'ai senti un discret coup de coude) : elle a eu l'audace de le faire nommer écuyer de la défunte reine et de le faire appeler don Luis, je vous demande un peu. Lui aussi s'est débrouillé pour se constituer un magot, Dieu sait comment (n'aurais-je pas oublié de dire à Elisabeth que la des Ursins a logé ce drôle dans les anciens appartements de l'infante Marie-Thérèse, juste à côté des siens évidemment ? une honte, un scandale !). De la racaille roturière tout ça, narguant les grands, se gaussant de l'étiquette et minant les privilèges. A la cour, heureusement, une fraction de l'aristocratie attend leur chute avec impatience.

— N'y a-t-il pas un Conseil ?

— Oui, le Conseil de Castille. La des Ursins l'a remanié au début de l'année et y a fait entrer de ces esprits dangereux qui colportent des idées pernicieuses. Dans quelle misère est tombée notre glorieuse Espagne…

Deux jours plus tard, nous roulions de Pau vers Saint-Jean-Pied-de-Port. La tiédeur s'était estompée, on percevait l'approche de la montagne, humide, écrasante. Le ciel baissait. Des nuages noirâtres étaient harcelés par le vent. Brusquement, il s'insinuait sous les portières. Silencieuse, Elisabeth frissonnait, en dépit du petit brasero qui avait été placé dans notre voiture. J'essayais d'entretenir la conversation :

— En Castille, ils mettent souvent à brûler des noyaux d'olives dans les braseros, cela donne une agréable flamme bleutée.

— Il y a des cheminées, j'espère ?

— Non. Vous vous habituerez.

Son regard fuyait par la vitre. Je la sentais s'éloigner de moi, songeuse. Son visage ravagé me faisait peine. Si j'avais disposé d'un peu plus de temps, je lui aurais appris à user de poudre en abondance. Certes, il était plus difficile de masquer les stigmates de la petite vérole que ma vulgaire couperose. En revanche, elle était joliment coiffée. Ce qui m'a rappelé l'histoire de la perruque :

— Peu après son premier mariage, Philippe V est tombé malade et a perdu une grande partie de sa chevelure. La princesse des Ursins s'est mêlée de lui commander une perruque et ne s'est même pas préoccupée de savoir si un cheveu de Juif, risquant de contaminer le roi, n'avait pas été glissé parmi les autres.

— C'est une vieille histoire, a marmonné la duchesse de Linarès.

— Voyons, il y a de quoi vous faire dresser les cheveux sur la tête : un poil juif sur le crâne du roi Catholique ! Un poil ensorcelé, peut-être... D'ailleurs, récemment, cette femme a osé s'attaquer à la sainte Inquisition et au cardinal del Giudice, un homme si courtois : rien de plus révélateur de son impiété. Une mécréante et une libertine, cette vieille sorcière ! Elle isole et séquestre le roi, et quand je pense qu'elle est chargée de l'éducation des infants, j'en frémis.

Elisabeth écoutait gravement. Je lui ai expliqué pourquoi le Grand Inquisiteur était indignement bloqué à Bayonne, alors que les devoirs de sa charge le requéraient à Madrid. L'ordre émanait du roi mais l'on savait trop bien de quelle boutique il était sorti. Ma nièce m'a demandé ce que contenait ce mémoire du nommé Macañaz :

— Je n'en sais rien ! Du moment que le cardinal l'a condamné, il n'est pas nécessaire de le lire, c'est même interdit.

— Le roi en a-t-il pris connaissance ?

— Je ne saurais dire. En outre, elle a fait raccourcir les robes des dames d'honneur en sorte qu'on peut apercevoir la pointe de leurs pieds ! Et elle a enjoint d'alléger les armatures en fer soutenant les jupes : certaines grandes, suffoquant d'indignation, ont quitté la cour. Non contente de ces innovations, elle a renvoyé une partie des nains à Valladolid.

— Etaient-ils véritablement indispensables ?

— C'était une tradition chère aux Habsbourg ! A propos de nain, vous verrez que l'abbé Alberoni – encore un roturier de fort basse extraction – en est un ou presque, d'après ce que l'on m'a dit. Je ne saurais trop vous recommander de vous défier de lui. Il a beau être originaire de Parme, c'est une créature de la des Ursins après avoir été celle du général Vendôme et lorsque je dis créature… (nouveau coup de coude). Il n'est pas ordonné, ce n'est qu'un abbé du petit collet. Elle l'a entortillé, elle procède de la sorte avec chacun. L'arme la plus perfide de cette femme est son charme insidieux. Elle caresse et cajole, artificieusement, en donnant l'illusion du plus grand naturel. Ne vous laissez pas prendre à ce filet de séductions captieuses, d'entrée gardez vos distances.

En arrivant à Saint-Jean-Pied-de-Port, la duchesse de Linarès m'a suggéré, en privé, de ne plus trop en conter à ma nièce : ces récits d'ensorcellement ne risquaient-ils pas d'étourdir et d'effrayer inutilement cette innocente jeune fille ? D'autant qu'ils dataient d'une quinzaine d'années. Pour moi, c'était hier ! J'ai protesté, mon devoir était d'instruire ma nièce. Je devine ce que pense la duchesse : l'âge – le retour d'âge plutôt – me donne des vertiges et m'embrouille les idées. Pas en ce qui concerne l'Espagne. Ce mariage d'Elisabeth – si imprévu –, son passage par ici, l'espérance d'un retour dans mon royaume et le projet, une fois réinstallée à Madrid, de détenir une influence heureuse sur ma nièce : ma vie reprend sens après tant de mortifications. Et aujourd'hui, cette nouvelle stupéfiante ! Mes conseils n'ont pas été vains.

Après le souper à Saint-Jean-Pied-de-Port, une fois débarrassée de la duchesse, j'ai rejoint Elisabeth dans son appartement. C'était notre dernière soirée ensemble avant qu'elle ne franchisse la frontière par le col de Roncevaux. Je lui ai parlé des mérites du cardinal del Giudice et de son désir de devenir Premier ministre. Elisabeth a aussitôt objecté :

— Philippe V, je suppose, est à l'image de son grand-père : il ne voudra pas qu'un Premier ministre, cardinal de surcroît, tienne les rênes du pouvoir.

— Il préfère sans doute un Premier ministre en jupons…

Elle n'a pas répondu. Je me suis demandé si à Parme le duc François, son oncle, l'avait éclairée sur les relations entre Louis XIV et son petit-fils. C'était probable. Je voulais fournir à ma nièce des précisions sur les prévarications d'Orry et Jean d'Aubigny, ces faquins impudents. Je ne sais trop comment, je me suis mise à évoquer le malheur de venir en second. Charles avait aimé celle qui m'a précédée (elle avait une gorge admirable m'a-t-on rapporté, dans cette situation il est toujours une bonne âme maligne pour vous glisser ce genre d'information). Sans doute ne peut-on exiger d'un homme épuisé d'aimer à nouveau ? Le peuple espagnol également chérissait Marie-Louise d'Orléans.

Moi non, ils m'ont traitée de grosse Allemande et de marchande de bière.

Ma nièce écoutait en silence. Je me suis interrompue, j'ai proposé de la laisser dormir, son étape du lendemain serait éprouvante. Brusquement la bonde a sauté, la souffrance rentrée a déferlé. Et la vérité :

— Quelque temps avant sa mort, Charles s'est rendu à l'Escorial. Il s'est fait ouvrir des cercueils. De son père, de sa mère. Puis celui de sa première femme, la Française, Marie-Louise d'Orléans. Il en a reniflé les restes. Peu après, il a désigné comme son successeur Philippe d'Anjou. Votre époux.

Figée, Elisabeth me regardait. Puis ses lèvres ont tremblé légèrement. Nous nous sommes embrassées et je suis allée m'effondrer dans mon lit. Je revoyais les miroirs brisés, ces miroirs fabriqués en France qui ornaient les salons de l'Alcazar. Lorsqu'on m'a annoncé en faveur de qui Charles avait rédigé son ultime testament, je les ai fracassés, saisie de rage. Au lieu d'être cette femme molle et mafflue pleurnichant entre ses draps, j'aurais voulu être celle d'autrefois : celle qui vociférait, cheveux dénoués, courant d'une pièce à l'autre du palais, belle encore, et violente. Charles s'est éteint peu après, le jour même de son anniversaire.

Sur un mur, dans le cabinet des Furies, un fragment de glace résistait. Dedans, j'ai vu se réfléchir le visage ricanant d'un des nains. Tout le monde avait fui, sauf lui. Je me suis emparée d'un petit vase en bronze et l'ai projeté à toute volée sur ce reflet. Rire et visage pulvérisés. Charles s'amusait avec les nains bouffons, ils étaient ses jouets favoris, lui qui ne pouvait ni monter à cheval ni se rendre au Mail.

Au long de ces dix années, j'ai vainement tenté de réchauffer ce corps glacé. Comme si une neige éternelle s'était insinuée à l'intérieur. Ce soir-là, à Saint-Jean-Pied-de-Port, j'eus trop froid pour parvenir à m'assoupir. Le lendemain, Elisabeth me quitterait et connaîtrait les neiges de la Navarre.

Une lettre de Philippe V : je ne suis plus assignée à résidence dans cette ville de Bayonne, je suis autorisée à retourner en Bavière.

L'affront, le camouflet !

Je suffoque, j'appelle mes femmes, je vais crier, me déchaîner, casser les miroirs…

J'ai été très malade, me dit la duchesse de Linarès. Une fièvre quarte des plus intenses. J'ai déliré, je parlais sans cesse, paraît-il, des entrailles d'animaux, chaudes et fumantes, que l'on mettait sur le ventre de mon époux pour tenter de le ranimer lorsqu'il grelottait ou perdait connaissance. Je les ai vus, et reniflés, ces viscères. Ce n'est pas une chimère ! Ni le pigeon fraîchement égorgé, battant encore des ailes dans l'épouvante de l'agonie, que l'on plaçait sur son front afin de le soulager de ses atroces migraines (lorsqu'une écrouelle se refermait, fièvre et douleurs redoublaient). Comment pourrais-je oublier ?

Des quatre sœurs de Neubourg, Dorothée et moi avons été les plus mal loties. Dorothée a eu droit à l'obésité monstrueuse des Farnèse. Deux fois, pardessus le marché : le frère cadet lui est échu, après la mort du premier qui fut le père d'Elisabeth. Deux fois plus de deux cent soixante livres sur le ventre, et toujours pas d'héritier mâle. Quant à moi j'ai eu en partage le corps étique et le menton en galoche d'un Habsbourg fin de race, fin de siècle. Vous croyez plaisant de coucher avec un homme dont la bizarre conformation de la mâchoire ne lui permet pas de mastiquer ? Vous imaginez son haleine ? Sans compter les vomissements et les coliques à répétition. J'avais l'âge d'Elisabeth lorsque je suis partie de Bavière, gaiement, bravement, pour épouser le roi de toutes les Espagnes. Telle ma nièce, j'avais de l'allure, de la vigueur. Ni embonpoint ni couperose comme à présent. Un beau morceau de chair fraîche chargé de réveiller un cadavre et de lui soutirer la semence capable d'assurer la descendance des Habsbourg. Durant dix ans, j'ai dormi avec un animal à sang froid. Rien n'est venu, sinon un sperme infécond. Les partisans de l'Autriche s'affolaient et s'agitaient, on murmurait que le roi était ensorcelé – l'*Hechizado*, l'*Hechizado*, rumeurs trottinant le long des couloirs, colportées par les nains, reprises par les grands, les prêtres, les courtisans –, on parlait à nouveau de pratiquer des exorcismes afin de lever la stérilité : ainsi avait-on tenté de procéder avec la première reine.

Elle est morte soudainement. Empoisonnée, a-t-on prétendu, par le parti autrichien.

Je ne sais pas, je ne sais rien ! Ce n'est pas moi qui l'ai tuée, pas moi ! A l'époque, j'étais en Bavière, je jouais du clavecin et chantais des airs de Lulli, attendant que l'on me dénichât un mari.

Retourner en Bavière… La grossièreté de ce Bourbon usurpateur passe toutes les bornes.

Je ne parviens pas à comprendre. Puisque le roi de France et son ministre semblaient favorables à mon retour en grâce ! Et maintenant il ne m'est plus possible d'affirmer : je sais de quelle officine émane ce refus.

Elle m'agace, ma camarera mayor, mais elle est bonne. Elle me dorlote, une vraie mère. Afin de fêter mon rétablissement, elle m'a fait confectionner mon plat préféré, le seul de mes jeunes années que je commande de temps à autre à mon chef de cuisine : une fricassée de pruneaux et de poires confites, mélangés avec des oignons et du lard, un régal. Déjà je me sens mieux.

Eh bien, je vais continuer à emprunter. A donner des fêtes. A jouer à l'hombre avec la duchesse. A attendre. Jusqu'à ce que cette frontière s'ouvre pour moi. Dans un an ou dans vingt.

Et si j'écrivais à la mère de Philippe d'Orléans ? La princesse Palatine est comme moi d'origine allemande, elle me comprendra. Je voudrais tant travailler à la réconciliation entre son fils et le roi d'Espagne, entre ces deux Philippe que les manœuvres infâmes de la des Ursins ont bêtement brouillés. Ce serait une œuvre utile, et glorieuse. Et puis on ne sait qui, après la mort du vieux roi, détiendra la régence. Il n'est pas exclu que ce soit Philippe d'Orléans. Oui, je vais écrire à sa mère, affectueusement.

Mais qui m'en donnera, de la tendresse ? J'avais cru, avec ma nièce…

Une lettre d'Elisabeth, quelque peu embarrassée. Elle n'a pu obtenir davantage, s'en déclare navrée : Philippe V semble encore très prévenu à mon égard. Avec du temps, de la patience… Elle-même a tellement à faire : apprendre à plaire au roi, aux infants, apprendre le castillan, l'étiquette, les rouages de la cour. Je sais, je sais, un labyrinthe tortueux, des embûches partout.

Et moi qui ai gagé tous mes bijoux pour lui en offrir de somptueux…

Il me reste d'être reine d'Espagne par procuration. A travers ma nièce. Mère aussi, j'espère.

Même si un jour je retrouve Madrid, je n'aurai pas droit, puisque je n'ai pas eu d'enfant, au Panthéon de l'Escorial. Flouée, Maria de Neubourg, jusque dans la mort.

Non, je ne retournerai pas dans le pays de mon enfance ! Il y a vingt-cinq ans j'ai franchi la frontière à l'autre extrémité des Pyrénées, non loin de la Méditerranée. Je me suis séparée de ma suite bavaroise. De mes caméristes, mon chapelain et mon maître de clavecin. J'ai fait la brave, me donnant l'air de ne rien regretter. Ma nourrice, tout en larmes, m'a suppliée de conserver au moins un baril de chou fermenté, Dieu sait ce que j'allais trouver à manger au-delà de ces montagnes. J'ai refusé. J'ai regardé repartir vers le nord, fermant la marche, dodelinant, cet énorme chariot bâché qui ramenait vers la Bavière les tonneaux de chou et de bière.

Et maintenant ils ont l'audace de me dire : allez, hop, en route, vous vous ferez bien une petite place en Bavière. Comme si nous autres, filles et femmes, n'étions que des barils à déplacer quand bon leur semble, roulez par-ci par-là, repartez, repassez les frontières, roulez, tournez, rentrez, disparaissez.

Je ne bougerai pas. Le seul lieu possible à mes yeux : la pénombre fraîche et funèbre de l'Alcazar ou de l'Escorial. Là où j'ai flairé, absorbé l'horreur.

LES CAFARDS

L'Inquisition abhorre toute lumière.

SAINT-SIMON

ANNE-MARIE DES URSINS
Gênes – décembre 1715

Lentement nous approchions de la frontière. Antonio Amezaga, toujours silencieux, se concentrait afin d'éviter tout accident. L'argent diminuait, œufs durs, œufs à la coque, rarement frais. Il m'arrivait de rejeter un peu de bile. A nouveau fiévreuse, Emilie crachait de vilaines mucosités. Un brouet tiède constituait un miracle, un galetas dépourvu de cafards également. J'avais le loisir de savourer l'ironie du sort : j'étais arrivée en Espagne en 1701, chargée de mener à bien le premier mariage du roi, j'allais en ressortir en ce mois de janvier 1715 pour avoir tenté de régler ses secondes noces. Qui avaient provoqué mon effondrement.

Brimbalées et fourbues, muscles perclus, nous poursuivions notre avancée dans cet univers épuré, dépouillé de toute végétation. Excepté les figures arborescentes dessinées par le givre sur les vitres de notre voiture. Parfois, je soufflais dessus. J'apercevais la réverbération aveuglante du soleil sur ces étendues vierges, je refermais mes yeux blessés sur une blessure intérieure. Peu avant Vitoria nous fûmes assaillies par des tempêtes de grésil, tourbillons opaques et rageurs qui réveillèrent en moi des rafales de rage. Moins d'avoir été balayée d'une gifle humiliante par une donzelle de vingt-deux ans que de ne pas comprendre. Philippe V m'avait lâchée. Je supputais la conduite à venir de Louis XIV et de sa morganatique épouse. A supposer qu'ils n'aient pas été partie prenante… Jusqu'alors Mme de Maintenon m'avait protégée – avec des hésitations et des repentirs, certes –, aurait-elle mal supporté le renforcement de mon pouvoir durant ces dernières années ?

La nouvelle de ma chute commençait sans doute à se répandre dans les cours et chancelleries d'Europe. On devait caqueter et clabauder furieusement ! Louis XIV allait-il continuer à conseiller son petit-fils ? Et si oui, par l'intermédiaire de qui ? L'Espagne allait-elle sortir de l'orbite française ? Le traité d'Utrecht serait-il remis en question, les alliances révisées ? La papauté interviendrait-elle ? Et pendant ce temps que faisait l'instigatrice, si l'on pouvait dire, de ce beau raffut ? Dépourvue de linge de rechange, elle empestait la crasse, avait l'onglée et la morve au nez, dormait sur des matelas pouilleux, et encore lorsqu'elle en trouvait – dans ces régions il vaut mieux emporter son lit avec son bagage –, déposait ses excréments en pleine nature ou au fond d'une cour infâme, contre un mur, sans être protégée des regards, le cul bleui par le froid. C'était comique, et j'avais décidé d'en rire. Ainsi l'avais-je prescrit à Emilie, un excellent remède contre la fluxion de poitrine (du fond de sa fièvre elle ouvrait sur moi des yeux de chien battu). Ainsi avions-nous procédé, la défunte reine et moi, aux pires moments : les galions chargés d'or venus de la Nouvelle-Espagne coulés et perdus en partie, ma disgrâce de 1704, la défaite de Saragosse, les troupes et le roi abattus, Louis XIV sur le point de conclure une paix séparée avec nos ennemis en nous sacrifiant. Et ce, je pense, sous votre influence, chère Françoise de Maintenon : Dieu ayant abandonné la France, comme vous invitait à le proclamer la ferveur de votre dévotion, vous préfériez abandonner l'Espagne, cette galère qui risquait de provoquer le naufrage du vaisseau France.

Certains matins, dans un village rabougri s'extirpant de la nuit en allumant ses feux, lorsque je me levais laborieusement, articulations rouillées et le dégoût aux lèvres, pour tenter de me fustiger j'évoquais Marie-Louise Gabrielle qui n'avait jamais accepté de capituler. Plus tenace que son époux, la petite fille aux yeux lumineux. En dépit de fatigues quasi constantes : les fuites précipitées, les angoisses et l'insécurité, quatre grossesses en sept ans, trois enfants survivants. Et cette consomption qui la minait.

A longueur de route, le temps ne me manquait pas pour réfléchir, même si mes pensées, elles aussi, cahotaient. La raison de mon échec face à l'Inquisition – l'une des raisons du moins –, il me fallait bien me l'avouer : nous nous en étions servis. Nous avions utilisé cette armée intérieure de délateurs zélés qu'étaient les familiers de l'Inquisition : cafards noirâtres, insidieux, se faufilant partout, jusque dans les familles où chacun en arrivait, terrifié, à se défier de l'autre. Ce réseau souterrain nous fut indispensable durant les années de guerre : il traquait les personnes suspectes de fidélité aux Habsbourg et dénonçait ceux qui conspiraient contre les Bourbons. Au besoin, les prêtres violaient le secret de la confession… Un réseau indispensable lorsqu'il s'agit de lutter contre les ennemis du dehors et ceux du dedans. Ce soutien méritait qu'on fermât les yeux sur le supplice de quelques marranes ou supposés hérétiques, n'est-ce pas Anne-Marie de La Trémoille qui te prétends éclairée ?

Une police tout à la fois d'Eglise et d'Etat. Et moi qui avais l'ambition de les distinguer ! Je m'étais piégée. On croit faire l'Histoire et elle vous refait au passage. Ou au tournant, ce tournant de Jadraque qui me demeurait obscur. Il avait fallu cette chute brutale, et ce long voyage à travers la neige, pour que je commence à comprendre : étais-je en train de payer le prix de la complicité avec l'institution que j'avais voulu combattre ? Un pouvoir qui s'appuie, même temporairement, sur une basse police de cet acabit en demeure gangrené. Les cafards ressortent, pullulent. Ce mal interne pourrit le corps de l'Etat et finit toujours par resurgir. Telles les écrouelles (sur ton cou, Marie-Louise Gabrielle, je surveillais les cicatrices des précédentes scrofules – une mince pellicule, doucement nacrée –, juste à côté je devinais le renflement d'une autre inflammation, bientôt la glande allait doubler de volume, la peau crever, les humeurs malignes s'écouler à nouveau).

Philippe V, lors de son arrivée dans son royaume, avant que Marie-Louise Gabrielle et moi ne l'ayons rejoint, avait décliné l'invitation à assister aux corridas comme aux autodafés. On s'en était ému à Versailles, où la maxime était de ne pas heurter de front les Espagnols et de respecter leurs coutumes. Depuis Paris ou Versailles, le conseil était aisé ! Le ministre des Affaires étrangères avait suggéré une demi-mesure : le roi pourrait se retirer au moment où l'on mettrait le feu au bûcher… Digne, et sensible, Philippe V avait maintenu son refus. Mais il n'avait pu interdire les autodafés, même si leur nombre avait nettement diminué. Un soir, non loin de Vitoria, tout en me réchauffant les mains au-dessus d'un brasero, j'ai repensé à Charles II, ce malheureux qui en dépit de sa terreur des flammes infernales avait tenté lui aussi de mettre un frein aux abus de l'Inquisition (sous l'influence de son confesseur et ce fut pour cette audace, plus encore que pour les prétendus envoûtements liés au fameux testament, que ledit confesseur fut par la suite arrêté et torturé). Ce roi exsangue, cet homme étrange détenait peut-être plus de courage et de lucidité qu'on ne le croyait. Et la rage m'a derechef submergée ! Que ce moribond permanent ait échoué, je pouvais l'admettre. Mais nous, nous venus de France, mais moi, avec l'aide vigoureuse de Macañaz !

Tu n'étais pas de taille, reconnais-le donc. Qui aurait pu l'être ?

Dans cette bataille, j'obtins cependant une mince satisfaction. Une fois la paix conclue à Utrecht, l'Angleterre nous dépêcha un ambassadeur. Il provoqua quelques remous lors de son arrivée dans la capitale, milord Lexington : il annonça tout de go qu'il ne rendrait visite à aucun évêque, qu'on ne le verrait ni dans les couvents ni dans les églises, uniquement dans les fabriques et Dieu sait si ces dernières étaient, hélas, beaucoup plus rares que les lieux saints (la visite des couvents était un rite obligé d'intronisation, je me souviens de la jeune reine m'avouant, durant son premier hiver espagnol, son accablement de devoir passer des heures interminables dans ces lieux suintant de tristesse et d'humidité). Milord Lexington sollicita une audience auprès de moi, rite obligé également pour un nouvel ambassadeur… Cet homme rougeaud m'intrigua, m'intéressa. L'air bourru et matois. A la bouche une pipe vernissée. Il tassa le tabac dans le fourneau, puis me demanda l'autorisation de l'allumer. Je m'amusai, pareille incongruité ne s'était jamais vue à l'Alcazar ! De toute façon, j'avais pour morale de ne recourir à l'étiquette que lorsqu'elle me servait. Et milord Lexington pouvait m'être utile. Costume de drap, le parler direct, ni broderies ni dentelles verbales : l'Angleterre protestante et manufacturière prenait enfin langue avec l'Espagne (ne parlons pas de

Gibraltar qu'il avait fallu céder, ce que Philippe V supportait fort mal).

Il serait urgent, me suis-je laissé dire, d'aller quérir en Hollande ou en Angleterre d'excellents artisans afin de créer quelques filatures royales. Le problème serait de faire accepter par Philippe V, et par l'Inquisition, la présence de protestants en terre catholique (à la cour de Madrid, je ne me serais pas risquée à insinuer que l'expulsion des Juifs d'Espagne avait en partie ruiné le commerce et l'industrie). Très légitimement, milord Lexington exigeait des garanties : ces immigrés éventuels n'accepteraient de s'expatrier que s'ils étaient assurés d'échapper aux foudres du Saint-Office. J'en convins, admis que le projet était quelque peu prématuré, nous en reparlerions… Dans l'immédiat, je parvins à négocier un droit d'asile : toute personne poursuivie par l'Inquisition pourrait se réfugier à l'ambassade d'Angleterre ou sur un navire britannique mouillant dans un port espagnol. Milord Lexington se félicita de ma fermeté, je réussis à obtenir la signature de Philippe V au bas de cette convention. Une faible lueur, certes, une menue fissure dans la formidable muraille inquisitoriale. N'empêche, si crasseuse et si misérable que je fusse au fond de ce carrosse, il me restait cette fierté.

Oh oui, j'étais beaucoup plus fière d'avoir ménagé cette échappée que d'avoir balayé, pour une part, les poussiéreuses questions de préséances héritées des Habsbourg, les inutilités et futilités dans lesquelles s'enlisent les fonctions traditionnelles d'une camarera mayor. Et il s'agissait bel et bien de poussière ! Les sols de l'Alcazar étaient recouverts de carreaux usés, s'effritant et dégageant une fine poudre lorsque passaient dessus les longues traînes et les six ou sept jupes superposées de ces dames. La gorge de la reine en est fâcheusement irritée, leur ai-je déclaré, il convient de raccourcir. Ces dames n'entendaient rien à l'hygiène. Elles se crispaient – se crucifiaient plutôt ! – sur leur *punto*, leur point d'honneur. Scandale, criailleries et cabales. Pour un ourlet de trois centimètres… J'avais en tête des projets autrement importants que ces bagatelles. De l'air, de l'air ! J'ai fait agrandir les fenêtres – qu'un peu de lumière pénètre dans ce dédale obscur –, supprimer des corridors tortueux, aligner des salons sur une seule enfilade. Ce n'était ni Marly ni Versailles, tant s'en faut, c'était tout de même moins étouffant qu'auparavant. Et j'aurais tellement souhaité que Marie-Louise Gabrielle puisse respirer, dans le bonheur et la plénitude, profiter de la paix, elle qui avait surtout connu les affres de la guerre. Je désirais lui ménager un espace où elle puisse enfin danser et gambader, ma petite chèvre joueuse, s'offrir d'être jeune – elle n'en avait guère eu le temps, ni le droit. Et elle dansait si joliment menuets, sarabandes et passacailles, elle dansait telle une enfant étourdie… Ces différents agencements du palais, je m'étais promis de les achever comme si elle avait été encore là. Il me restait à remplacer ces vieux carrelages par des parquets à la française, le bois en avait été commandé à Paris mais, faute d'argent, se trouvait bloqué aux Tuileries. Orry m'avoua être en difficulté financière : il devait expédier des lettres de change afin de régler les dépenses du voyage d'Elisabeth Farnèse et de sa suite à travers le midi de la France.

Parmi les tracas de ce dernier automne madrilène – j'ignorais qu'il serait le dernier –, le moindre ne fut pas de rappeler d'Alicante, où la reine aurait dû débarquer à la fin septembre, l'ensemble de la maison espagnole censée l'accueillir. Composée avec tant de soins et à grands frais. Allez, hop, demi-tour, médecins et apothicaires, belles dames d'honneur habillées de neuf (un an avant sa mort, Marie-Louise Gabrielle et moi avions à nouveau rafraîchi et égayé les précédentes tenues), cochers, valets et fourriers, professeur de castillan (car la reine, selon Alberoni, ne parle que l'italien, l'allemand, le français et le latin – voyez du peu ! –, eh bien, puisque cette femme savante connaît le latin elle apprendra aisément la langue de son peuple), caméristes, coiffeurs et cuisiniers (la précédente reine avait un chef de la bouche parisien, la seconde souveraine goûtera-t-elle les rôts et sauces à la mode française ?), blanchisseuses et repasseuses affairées, prêtres et aumôniers (pieuse et non bigote, a précisé le même Alberoni), maîtres de chapelle et de clavecin, joueurs de viole et de gambe (Elisabeth Farnèse, paraît-il, est une musicienne avertie et, de surcroît, elle peint), sans parler d'une fringante compagnie de gardes : demi-tour, la reine ne viendra pas portée par les flots, tout ce beau monde est prié de quitter le soleil et de rejoindre Madrid. L'on avait reconstruit une partie de la route entre Alicante et Valence et même aplani quelques collines afin de faciliter le passage de cet important équipage, afin également d'épargner des cahots importuns au royal séant (le cadet de ses soucis en ce qui me concerne !). Voilà qui servira à présent pour le commerce, lequel a grand besoin d'être relancé (mais à la cour, quelques-uns riaient sous cape du ridicule, pour ne pas dire de l'affront, que ce contretemps et ce remue-ménage infligeaient au roi, et à moi-même).

Chacun se réjouissait d'attendre la reine dans ce magnifique jardin d'Alicante. On l'imaginait s'extasiant sur la lumière. Sur les fleurs et les fruits, oranges et citrons, qu'elle n'aurait jamais vus en telle abondance dans sa Lombardie natale. Heureuse de découvrir une contrée aussi clémente et souriante. L'on avait prévu des fêtes dignes d'elle. Des chants et danses du Levant et d'Andalousie. Des mascarades et défilés équestres. Et des feux d'artifice retombant en pluie diaprée sur la mer. A présent, au train où elle va, elle affrontera sans doute son royaume par bise et frimas.

Car elle prend son temps, Elisabeth Farnèse : elle traverse la Provence et le Languedoc en chaise à porteurs ! Et non pas en carrosse, certes plus rapide. Le roulis de ce dernier doit par trop lui rappeler celui du navire qu'elle prit à Sestri Levante afin de rejoindre à Gênes la flotte espagnole chargée de lui faire traverser la Méditerranée jusqu'à Alicante. Bien que ce premier trajet fût très court et proche des côtes, la reine essuya une furieuse tempête. De Gênes, elle écrivit à son royal époux qu'elle choisissait la voie de terre : par la mer, elle n'arriverait pas vivante dans les bras de Sa Majesté. La formule m'avait fait sourire et m'avait, bêtement, confortée dans cette image d'une jeune fille un peu niaise et craintive. La niaise c'était toi, Anne-Marie de La Trémoille. Toi qui, quinze mois plus tard, te retrouves dans cette ville de Gênes où elle séjourna avant d'entreprendre sa longue et lente route. Et tu essaies de l'imaginer ici, cette Elisabeth Farnèse : du haut d'une colline, elle regarde ces vagues qui lui ont tant chaviré l'estomac. Qui lui ont permis de ne pas devoir aborder trop vite et son roi et son royaume ?

A Madrid, durant l'automne 1714, quelques rapports me parvinrent de France à son sujet. Souvent contradictoires, à croire qu'elle déconcertait ceux qui l'approchaient. Beaucoup, néanmoins, vantaient ses manières et son esprit. Je finis par me rendre compte qu'aucun ne mentionnait son visage. Etait-il désigné, en creux, comme peu avenant ? Ou peut-être inclinai-je à me laisser convaincre de ce que je désirais, obscurément ? Je devinai tout à la fois l'impatience et la peur du roi. La persistance en lui d'une figure toujours chère lui faisait sans doute appréhender la rencontre de l'ancienne et de la nouvelle. A Mme de Maintenon, ma confidente, j'avais exprimé mes craintes : Philippe V serait digne – c'était un Bourbon –, mais il souffrirait intérieurement et je prévoyais le retour de ces humeurs mélancoliques que les médecins nommaient des vapeurs noires. Je me demandais si la souveraine tant attendue saurait affronter et dissiper ces vapeurs que Marie-Louise Gabrielle et moi-même avions maintes fois combattues. Et je doutais que, à Parme, on eût averti la douce fiancée de ces accès récurrents (j'avais veillé, il est vrai, à ce que la rumeur n'en soit point ébruitée, déjà les malintentionnés guettaient le moindre malaise de Luisillo de même que, en France, beaucoup se tuaient à persuader l'opinion de la mort prochaine de ce petit garçon qui serait un jour, je l'espérais, Louis le quinzième).

En dépit de son apparente irritation, Philippe V n'était pas fâché, je crois, de ce retard prolongé. Seul son orgueil était blessé. Il lui fallait encore du temps pour reléguer, s'il était possible, un amour demeuré vivant. Je me souviens avoir écrit dans une lettre de la fin novembre à Mme de Maintenon : il est des laides qui ne manquent pas de plaire… Secrètement, Anne-Marie, ne souhaitais-tu pas qu'elle déplût ? Secrètement ou, plutôt, sans le savoir toi-même. Aurais-tu attendu d'être rejetée, puis exilée à Gênes, pour devenir lucide ? Cependant que ta vue s'effondre de façon de plus en plus inquiétante (comme j'aimerais décider Emilie à me rejoindre !).

Nous avions quitté la Castille, nous traversions la province du Guipúzcoa et je songeais à ce visage. Oui, il était vérolé mais il détenait du caractère. Des yeux bleus, je crois – ou gris-bleu ? Comment comprendre ce qui s'était passé en elle ? Non, je ne l'imaginais pas telle une marionnette dont on aurait tiré les ficelles. Il était étrange que cette femme que j'eusse dû haïr m'intéressât autant. Nous nous étions croisées si vite… J'avais senti chez elle une vague d'énergie, de violence : serait-elle capable d'en tirer parti ? Je ne détestais pas la violence, je connaissais la mienne, policée par quarante années d'ambassade occulte et de cour officielle. La difficulté était de se polir sans s'effriter. La pouliche mal dressée résisterait-elle à cette mécanique courtisane qui vous grignote ou vous broie si l'on n'y prend garde ? Et avec les enfants, comment allait-elle se comporter ? Dans la lettre qu'elle m'avait adressée depuis Parme en me nommant sa camarera mayor, elle me chargeait d'embrasser de sa part les trois infants : aimables paroles soufflées par son entourage ? Ah, je devais cesser de songer à Luisillo, Philippe et Ferdinand !

Penser plutôt à Versailles : serais-je autorisée à m'y présenter et à plaider ma cause ? Louis XIV ne goûtait sans doute pas mon ardeur à vouloir importer en Espagne ce qu'il estimait être une spécialité exclusivement française, le gallicanisme. Il avait apprécié que, à Rome autrefois, je serve d'intermédiaire entre lui et Innocent XI pour défendre les libertés gallicanes en question. Il m'avait approuvée d'avoir en Espagne rabattu, avec doigté, la morgue des aristocrates et rogné les privilèges des provinces. Estimait-il que cela suffisait ? Peut-être, à l'approche de la mort et sous l'influence de son épouse, se préoccupait-il d'assurer son salut plutôt que de marquer à la papauté ses limites ? Et son effroyable confesseur, plus jésuite qu'un jésuite s'il se pouvait, devait également l'inciter à la soumission envers Rome. De bonnes raisons pour ne plus me soutenir, soit… Me faire tomber ? C'était déjà arrivé en 1704 : j'avais été rappelée en France et j'étais revenue triomphante à Madrid, nantie des pleins pouvoirs, et d'une augmentation sensible de mes pensions… Mais, ainsi que se plaisait à me le rappeler Emilie lors de nos dernières semaines à Madrid, l'histoire ne se répète pas. Oui, il y avait de ma part quelque extravagance à prétendre implanter en Espagne l'équivalent du gallicanisme alors que la mode à Versailles et Paris en était passée ! Qu'importe, cette extravagance-là me seyait (Mme de Chalais est folle, Mme de Chalais est folle ?). Folie doublée d'une certitude : la toute-puissance inquisitoriale entravait les possibilités de changement en ce pays, et ce pays, je l'aimais.

Cette brave Maria de Neubourg, ulcérée contre moi et contre la France qu'elle croyait, naïvement, une nation libertine, m'appelait la Française à réformes. J'aurais aimé pouvoir en accomplir davantage ! Limitée par la guerre. Par les maladresses arrogantes de certains Français. Par l'étrange nonchalance des Espagnols les plus éclairés et les plus compétents. Par la résistance de certaines régions, tel l'Aragon, farouchement agrippées à leurs libertés. De toute façon, la situation était intenable : j'étais trop française aux yeux des Castillans, et inversement. Un défi qui ne me déplaisait pas ?

Il n'empêche, je ne voyais toujours pas ce qui avait pu se jouer. Pas avec précision. Rien que je puisse parvenir à agencer de façon à reconstituer une belle cabale sur le modèle des miennes, satisfaisante au moins pour l'esprit. J'avais quelques fils entre les mains, je les tiraillais sans parvenir à les tresser ensemble. Certes, il eût fallu frapper vite et fort contre l'Inquisition. Trop d'atermoiements. Avec del Giudice, j'avais utilisé mes expédients ordinaires : éloigner, isoler, tenter d'agir en coulisse. On ne mène pas pareille bataille à l'instar d'une intrigue de cour, sinon… Sinon, éventuellement, on se retrouve au fond d'un carrosse glacial ? Ou d'une geôle : j'ai craint pour Macañaz, je n'étais plus là pour le protéger.

En sortant de Tolosa (si tout se passait bien, encore une journée de route et nous serions en France), j'aperçus au loin, dans un vaste champ d'un blanc calme, trois corneilles sautillantes. Notre voiture s'en rapprochait lentement. Les oiseaux se dessinèrent, prirent figure humaine : trois petits garçons s'envoyaient des boules de neige. Ils s'inclinaient brusquement, tournoyaient ou s'accroupissaient pour esquiver. Le plus âgé avait au plus sept ou huit ans. Ils m'ont paru gais, légers, oui, tels des oiseaux. Ils coururent vers nous, une boule de neige s'écrasa sur la vitre. Gros rires, grosses joues vernissées par le froid. Je leur souris, et ravalai une envie de pleurer. Ah non, je n'allais pas m'écrouler devant Emilie : elle avait été d'une discrétion exemplaire au cours de cette équipée, ne me posant pas de questions, ne m'accablant d'aucun commentaire. Je voulais m'en tenir avec elle à ce silence, respectueux de part et d'autre, même si je savais qu'elle n'en pensait pas moins.

J'ai demandé qu'on arrêtât. Antonio Amezaga crut à une nécessité pressante. Dans ces cas-là, il avançait sa monture jusqu'aux chevaux de tête et fixait l'horizon, immobile, comme s'il guettait un possible ennemi. Gentiment donquichottesque, Amezaga. Je suis descendue. Non, aucun besoin urgent sinon celui de contempler, avant de quitter l'Espagne, trois jeunes enfants. Ils s'éloignèrent vers le bourg, un quatrième les rejoignit, je voulus croire qu'il s'agissait d'une fillette. Marie-Louise Gabrielle s'amusait avec ses fils. Tous quatre gambadaient puis, me sembla-t-il, voletaient en s'amenuisant. Et s'envolèrent. Perplexe, Emilie me regardait. Elle venait d'uriner, une petite mare jaunâtre creusait la surface. La couleur et l'odeur, tranchant sur la fadeur molle de la neige, me ramenèrent vers la réalité.

Un peu plus loin, Emilie s'endormit. A nouveau, je fus aux prises avec un souvenir. De Tolosa, sept ou huit ans auparavant, j'avais reçu d'un ami peintre une lettre, assortie de croquis. Jean d'Aubigny et moi avions connu Henri de Favanne à Rome, en 1695. Il était ensuite retourné à Paris. Nous avions apprécié son talent et nous le fîmes venir en Espagne, avec d'autres artistes français. Henri et Jean s'entendaient à merveille, Jean utilisa certaines de ses relations afin que lui soient ouvertes, à Madrid et ailleurs, des collections privées. Henri admirait la peinture espagnole, il aimait en exécuter des copies. Il se trouvait à l'Escorial, étudiant les étoffes crémeuses d'un Zurbarán, lorsqu'il fut emprisonné par l'Inquisition. Les moines de l'Escorial, des hiéronymites aussi grossiers qu'ignorants, l'avaient accusé de sacrilège. La copie n'était-elle pas assez fidèle à leurs yeux ? Henri avait-il interprété, à sa façon ? Ou s'était-il passé autre chose sous les voûtes sombres de ce couvent ? Nous ne pûmes savoir au juste : la force de l'Inquisition est, entre autres, de ne pas énoncer les chefs d'inculpation et d'instruire le procès dans le secret le plus absolu. Je me suis précipitée chez la reine, qui courut chez le roi : Henri de Favanne fut libéré. Acte d'arbitraire puisque la juridiction inquisitoriale est, en principe, soustraite à l'autorité royale (cette intervention-là, on n'avait pas dû non plus me la pardonner !). Henri n'eut qu'une hâte, rentrer en France. Non, il n'avait pas subi d'interrogatoires – j'avais agi très rapidement –, mais l'aventure l'avait secoué, il garda là-dessus le silence. Cette grande ombre de la terreur religieuse sur le travail de création lui faisait froid dans le dos. Les ténèbres du baroque, nous déclara-t-il en prenant congé.

Oui, je me rappelais quelque peu les termes de sa lettre. La splendeur de ce pays l'émerveillait, les paysages autant que les œuvres, pourtant il n'y reviendrait jamais. Dans les blancs de Zurbarán, dans ces robes de moines, il avait cru saisir une lumière, tel du soleil traversant la neige. Il fallait, il le savait, des bruns et des noirs au voisinage pour que ces blancs irradient. A présent, il se les représentait tel un lait qui, s'écoulant, se serait figé en plis onctueux. Oui bon, le lait la neige, je n'allais pas recommencer à extravaguer…

En marge d'un dessin qu'il me dédiait, avec sa gratitude, il avait mentionné "sur la route de Tolosa". A mon tour d'être sur la route de Tolosa à Saint-Sébastien, et sous le coup d'une mesure d'expulsion. Au moins, si j'étais brutalement chassée, je n'étais pas incarcérée et mise à la question comme l'avait été la camériste française de Marie-Louise d'Orléans, la première épouse de Charles II. Cette dernière se sentait de plus en plus isolée au sein de la cour, voire menacée, sa seule confidente et consolation était cette jeune femme. Laquelle, sous un méchant prétexte, sorcellerie je crois, fut arrêtée et torturée par l'Inquisition. Elle sortit de son cachot estropiée à vie, incapable de marcher. Et Marie-Louise d'Orléans mourut quelque temps après – empoisonnée ? –, histoire de céder la place à Maria de Neubourg. C'était bien la reine (et la France ?) que l'on visait à travers sa malheureuse femme de chambre. C'était moi (et l'influence française ?) qui avais été attaquée à travers Henri de Favanne.

Au bout du compte, je devais m'estimer heureuse de me geler les orteils au fond de ce carrosse. Il y a un siècle, ou moins, ils auraient grillé sur un bûcher, et le reste avec… J'aurais été accusée de comploter contre la sainte Inquisition – ce n'était pas faux ! Brûlée comme sorcière ? Certains de mes ennemis ne se privaient pas d'user de ce vocable à mon encontre. Une femme qui gouverne ne saurait y réussir que par des moyens suspects : ou les philtres, ou la galanterie. Puisque mon pouvoir n'était pas de droit divin, puisque je l'avais construit de mes mains, il relevait du diabolique. Il était étonnant que je n'eusse pas été accusée d'user du poison, toujours à la mode. Ah mais si, j'oubliais, ce fut même ce qui provoqua le meilleur de nos fous rires, à Marie-Louise Gabrielle et moi ! Je ne sais plus qui avait répandu une rumeur d'une belle noirceur : depuis Madrid, j'aurais tenté de provoquer la disparition de Mme de Maintenon afin de me faire épouser ensuite par Louis XIV. Certains confondent le politique et le romanesque.

Nous descendions vers l'océan Atlantique. Antonio Amezaga semblait soulagé d'arriver sans trop d'encombre au terme de sa mission. Le froid s'atténuait. Loin derrière moi à présent la Castille, son âpreté et sa beauté, son fanatisme fervent. Je me sentais capable de les regretter. Sur le visage d'Emilie, meurtri par la fatigue, sur la neige qui se donnait par endroits des airs de vouloir fondre, se glissaient des moirures blêmes, bistres. J'ai songé, bizarrement : la neige est malade, elle a la fièvre. Non, je n'étais pas souffrante, je me réservais ce privilège pour plus tard. Après la frontière. Sur les vitres du carrosse les fougères du givre se fanaient. En contrebas, j'ai aperçu une mer grisâtre, maussade. La neige elle aussi grisaillait, devenait aqueuse. Aux branches des chênes, quelques feuilles rousses, desséchées, de vraies feuilles néanmoins. Déjà leur couleur me réchauffait quelque peu. Bientôt les chevaux allaient patauger dans la boue, bientôt Fontarabie, Hendaye, Saint-Jean-de-Luz. S'arrêter, dormir…

Je m'arrache aux ruminations de la mémoire, me lève et regarde par la fenêtre. Sur les collines au-dessus de Gênes, la couche blanche a presque disparu. Les bigaradiers semblent tout frais, tout neufs. Allons, il me faut raviver mon énergie et me préoccuper d'aménager au mieux cette maison. Il est urgent que les fenêtres soient calfeutrées et le tirage des cheminées vérifié de près.

Ce fut une neige pour de rire. Ainsi en est-il fréquemment en Italie – et pas seulement la neige. Un décor de théâtre, éphémère. En Espagne rien n'était pour rire et le théâtre était souvent tragique.

L'ÉCUME

Se tromper de chemin
C'est rejoindre la neige.

FEDERICO GARCÍA LORCA

ÉMILIE
Saint-Jean-de-Luz – janvier 1715

Deux vraies gueuses. Pouilleuses, sans le sou, recrues. Deux gueuses hébétées viennent d'arriver à Saint-Jean-de-Luz. Ahuri, l'aubergiste nous a regardées entrer. Pas d'autre bagage qu'un sac et un nécessaire de toilette somptueux. Chaussures crottées et dentelles déchirées, une robe de brocart, digne de Versailles, maculée de crasse et de boue. Il a exigé un paiement par avance. Princière, elle lui a montré ses mains :

— Vous connaissez un prêteur sur gages ?

— Pas ici. A Bayonne.

— Ma femme de chambre va s'y rendre en emportant deux de mes bagues, vous serez bien bon de mettre sur mon compte le prix du coche. Je reste en otage près du feu.

Le ton n'appelait pas de réplique. En aparté, elle m'a glissé : et tâchez donc de savoir si le cardinal del Giudice réside toujours à Bayonne.

Le prêteur était un Juif. Treize ans que je n'en avais vu, pas avec pignon sur rue du moins. Je sais marchander, il ne m'a pas trop volée, une émeraude et une améthyste de cette valeur il n'avait pas dû en examiner fréquemment. Moyennant une bonne pièce, son fils est allé aux renseignements : le cardinal séjournait en ville, il rendait fréquemment visite à Maria de Neubourg.

— Qui me doit des sommes considérables, a commenté le Juif.

Ça ne me regardait pas. J'ai rapporté de quoi régler l'aubergiste, acheter du linge, deux robes, fort modestes, et louer, aujourd'hui, une petite maison proche de la plage. La princesse des Ursins a écrit à son frère l'aveugle – il doit déjà être informé, estime-t-elle – afin de se faire envoyer des secours. Et aussitôt après, elle s'est enfin accordé d'être malade. Une fluxion sur la poitrine. La mienne est à peu près terminée. Tout s'arrange, si on peut dire.

Je la regarde dormir. Assise à son chevet, j'ai l'impression par moments de brimbaler, je ne suis pas encore sortie de ce carrosse, ça roule et tangue et tressaute – ainsi des marins lorsqu'ils quittent le navire, la terre bouge sous leurs pas ? La mer, je l'entends gémir ou gronder derrière nos volets fermés, selon les marées elle me berce ou me réveille.

Il m'arrive de m'assoupir, combien de temps me faudra-t-il pour écluser pareille fatigue ? Mes doigts sont gercés par le froid, mes fesses talées par les cahots incessants. Je rouvre les yeux sur son sommeil agité. Pauvre petite chose rabougrie. Elle ne parvient pas à chasser ce qui encombre ses poumons. Je l'aide à se redresser, la quinte l'épuise, quelques larmes suintent au coin des yeux (ils ont pâli, je me demande si je reverrai un jour ce violet si beau), elle ne parvient pas à recracher l'Espagne. Ou du moins les tribulations de ces dernières semaines. Déjà, l'automne et l'hiver à Madrid furent tellement pénibles, elle était inquiète, souvent souffrante, s'agitait et s'agrippait d'autant plus, et moi qui lui répétais : vous prenez un mauvais chemin, à mon avis vous ne recommencerez pas avec cette nouvelle reine comme avec Mme Marie-Louise Gabrielle. Elle m'interrompait, agacée, à croire que je prononçais tout haut ce qu'elle refusait de s'avouer.

La fièvre donne à sa peau une odeur de petit-lait. J'essaie de lui faire boire de la tisane, avaler lui est une souffrance. Etrange, il aura fallu cette catastrophe de Jadraque pour que je la voie enfin quasiment nue. Moi, sa caméristе préférée. A Madrid elle se consacrait à sa toilette seule, très tôt. J'avais beau me lever de bonne heure, je la trouvais déjà sous les armes, habillée, parée, parfumée (le néroli, avec discrétion), du blanc, du rouge (un peu trop ?). Comment résistait-elle avec si peu d'heures de sommeil ? Tard le soir elle écrivait, à la Maintenon, au ministre des Affaires étrangères, ou à d'autres personnes d'importance à Paris et Versailles, il lui était indispensable d'entretenir ses protecteurs et protectrices en France.

Elle écrivait, si on veut… Ces dernières années, ses yeux étaient trop éprouvés, elle dictait à Jean d'Aubigny. Jean et son art, soulignait-elle, de diversifier les formules de politesse à la fin de chaque lettre, les colorant d'une civilité qui ne paraissait pas courtisane. Habile, oh oui il l'était et pas seulement de la plume, je soupçonne comment la dictée s'achevait, gaillardement, mais jusques à quand, j'aurais bien voulu savoir. Avant que Jean ne se rende à Utrecht pour les négociations en vue de la paix – Utrecht, euh… oui, ce fut au printemps de 1713 –, je suis persuadée qu'il couchait encore avec elle, il me l'a laissé entendre un jour où nous étions tous deux au lit (rien que de l'évoquer me vient une fièvre, nullement maligne). Après, à son retour ? j'en doute. Néanmoins, avoir eu un homme jusqu'à un âge avancé lui aura permis, je suppose, de tenir bon. Malgré l'animosité, les cabales et calomnies. Malgré la guerre et les menaces quasi constantes.

A la longue, cette passion née à Rome avait dû s'émousser (Rome, rappelle-toi : tu es alors la jeune Emilie Rocca, si fière d'entrer au service de la célèbre princesse Orsini, tu es éblouie et tu admires ce couple clandestin, lui un grand drôle charmeur, la trentaine, elle toute chamarrée de séduction à la cinquantaine passée, une beauté raffinée et sensuelle, sans nulle fadeur). Par la suite, à Madrid ? Même sans l'aiguillon de la passion, Jean savait user de ses mains et de son membre avec suffisamment de fougue et d'esprit pour susciter l'illusion de l'amour. Du moins, pour que la princesse se contentât de l'illusion ? Et qu'est-ce qui me prend de ruminer de la sorte, de me raconter ce roman à côté de ce corps puant ? Regarde-la donc, celle qui fut à Rome l'arbitre des élégances ! Les cheveux poisseux, le bas-ventre pelé et le menton qui décroche. Défaite, la princesse des Ursins. Dépouillée de son pouvoir et de son prestige. De ses artifices (et parce qu'elle est là, à ma merci, exténuée, sans fard ni apprêt, je ressens un emportement de tendresse qui me fait murmurer : ma princesse). Elle ne pèse guère lourd, je n'ai aucun mal à la soulever ni à changer sa chemise trempée d'une sueur mauvaise. Nous qui fûmes toutes deux moites et chaudes et odorantes du même homme. Princesses sous ce corps vif, savant, princesses gémissantes et jubilantes. De quoi nous lier à jamais, autant que ces trois semaines de gel, de silence et d'épreuves.

Je contemple ce pauvre corps auquel un nommé Jean Bouteroue, simple roturier (d'Aubigny, nom d'emprunt, sonne mieux que Bouteroue…), a donné tant de plaisir et je comprends pourquoi elle me le dérobait : je préfère que vous me lisiez le *Quichotte*, Emilie, je n'ai besoin de personne pour me laver au plus intime ou me barbouiller de rouge au plus visible. Eh bien, je la torche là où elle m'interdisait. Sa peau s'est plissée : l'était-elle déjà à Madrid ou serait-ce l'effet brutal de ce voyage ? Ou celui de l'amaigrissement rapide, nous avons si peu mangé en cours de route. La gorge effondrée (elle l'eut si ferme) et ces fleurs de sépulcre, taches brunâtres sur le dos des mains et le décolleté. Je me demande comment elle parvenait à les dissimuler, elle est fort habile, il est vrai, dans le maniement des poudres et des onguents : à Paris son amie Ninon de Lenclos lui en a beaucoup appris là-dessus. Fleurs de sépulcre, tout de même nous aurions pu en crever de cette équipée ! Elle surtout, à soixante-douze ans… Etait-ce cette mort qu'elle souhaitait, la Farnèse venue de Lombardie ?

Je le lui avais assez dit : cette Parmesane, ne vous imaginez pas qu'elle sera flexible et soumise parce que vous l'extirpez de son trou. Et dans la vie ce n'est jamais deux fois pareil. Vieille bique, sacrée vieille bourrique ! C'était à prévoir, elle refuse que j'aille quérir un homme de l'art. Elle s'est toujours méfiée de ces médecins qui n'épargnent ni le séné ni le sang. A Madrid, elle se purgeait avec quantité de melons rafraîchis et de neige fondante. Sa marotte : user de médecines proches de la nature – une cure d'épinards par exemple afin de se dépurer –, se faire douceur et non violence. Les saignées ? Pas question ! Je ne veux pas m'affaiblir qu'elle disait, si des humeurs m'encombrent, je parviendrai bien à les évacuer ou à les transformer au mieux (cet orgueil insensé…).

Ça n'en prend pas le chemin : j'ai cru qu'elle allait s'étouffer lors de cette dernière quinte. Aussi forte que les miennes durant le voyage. Si rauques qu'elles me rappelaient ce nom trop difficile à prononcer pour un gosier français : Jadraque. Pour le mien, en tout cas, même après ce long séjour en pays castillan. Jadraque… Comme si l'on s'arrachait des cailloux de la gorge. Une jota, plus un *r*, plus un *q* ! Ou peut-être ce mot me serait resté en travers à cause de ce qui s'est passé là ? Jadraque : nous étions logées dans une aile du château, il était près de huit heures du soir, la princesse s'est dépêchée d'aller accueillir la reine. Je déballais nos effets, réduits puisque nous ne devions passer qu'une seule nuit. Deux petites servantes me regardaient, bouche bée. Surtout lorsque j'ai posé sur une table le nécessaire de toilette dont la princesse ne se sépare jamais. J'en ai extrait un flacon de néroli, elles ont respiré, émerveillées, j'ai raconté : la princesse des Ursins avait fait créer ce parfum à Paris à partir d'essence de bigaradier, un oranger à fruits amers. Elle l'avait baptisé ainsi du nom d'une terre, Nerola, que possédait son mari, un prince romain. Elles ouvraient des yeux ronds, surtout la plus jeune, une figure plate au nez camus, attendrissante. Quant au nécessaire, du vermeil ciselé par Launay, le plus grand orfèvre de Paris, il avait été offert à la princesse par la feue reine.

— *La Savoyana ?* s'est exclamée la plus petite.

— Ben oui, Mme Marie-Louise Gabrielle de Savoie.

J'ai tâté les draps, humides, j'ai demandé des bassinoires remplies de braise, elles sont parties les chercher. Le peuple adorait la reine, ils l'appelaient *la Savoyana*. Par ce vocable, ils ne la désignaient pas comme une étrangère – celle venue de

Savoie –, non, c'était plutôt pour eux un surnom affectueux : vous nous êtes arrivée de Turin, pourtant vous êtes bel et bien notre souveraine, plus castillane que les Castillans. Leur héroïque petite reine, leur *pasionaria*, telle elle demeurait dans leurs mémoires. Si frêle, et si courageuse. Du roi on proclamait qu'il était vaillant à la guerre – *Felipe el Animoso* – mais *la Savoyana*, elle, déclenchait un amour sans bornes.

Lorsqu'elle fut grosse de Luisillo, elle s'est rendue en compagnie de la cour à Notre-Dame d'Atocha, pour une action de grâces. Sur son parcours, dans les rues de la capitale, ce fut du délire : pensez donc, depuis quarante-six ans, on n'avait pas vu de naissance royale ! L'Espagne cessait enfin d'être bréhaigne. Des hommes hurlaient ou pleuraient. Dans l'excès de leur joie ils cabriolaient, décochaient des lazzis drolatiques ou se livraient à des bouffonneries incroyables, obscènes souvent. Des femmes soulevaient leur enfant et le tendaient vers le carrosse. J'entends encore les acclamations, *Viva la Savoyana !* et ces voix piaillantes : *Savoyana, Savoyana*, nous t'aimons plus que Dieu ! (les oreilles des familiers de l'Inquisition traînant par là devaient frémir de ce sacrilège mais bon, c'était jour de liesse). Des invocations comme à une sainte, un déferlement de passion. Jean et moi étions dans la foule, il me caressait la croupe et murmurait : vois comme ce peuple est merveilleux, il peut être à la fois très religieux et très irrévérencieux.

J'achevais mes rangements tout en songeant : pour cette petite camuse, pour les gens de Jadraque ou d'autres bourgades alentour, que soient installés à l'Alcazar de Madrid des Bourbons ou des Habsbourg, quelle différence ? Ce serait toujours misère, pois chiches et pain bis. Gel en hiver, poussière et sécheresse en été, et en toute saison des impôts écrasants. Seulement voilà, un gentil couple venu d'ailleurs avait défendu ce royaume contre les envahisseurs, et les Espagnols, les Castillans surtout, lui avaient voué une fidélité à toute épreuve. La princesse des Ursins, il faut le reconnaître, avait le génie de la mise en scène : elle sut l'exhiber, ce jeune couple charmant, alors que le roi d'avant, toujours malade, toujours dissimulé, le peuple ne savait même plus s'il existait pour de vrai. Une fois, je me souviens, *la Savoyana* attendait son époux après plusieurs mois d'absence, Philippe V revenait d'une campagne plus heureuse que les précédentes. Nous étions dehors sous une neige à demi fondue, je tenais un grand parapluie, le roi tardait, la nuit tombait, toute autre camarera mayor aurait fait rentrer la reine et aurait ordonné une cérémonie compassée à l'intérieur. Elle, non. Elle est restée sous cette neige à côté de Mme Marie-Louise Gabrielle qui, soudain, a vu le carrosse arriver, a lâché un pépiement joyeux et a couru, oiseau léger, vers son roi. J'ai trotté derrière, crottant mes jupes et serrant mon parapluie que j'ai déployé au-dessus de ce couple d'amoureux s'étreignant et s'embrassant. Ce fut un beau moment ! La princesse jubilait sous cape, les dames d'honneur en firent des gorges chaudes – beaucoup s'enrhumèrent et déclarèrent qu'on n'aurait jamais assisté à un spectacle aussi indécent sous les Habsbourg (des constipés à mon avis). La popularité du roi et de la reine en est sortie grandie.

Et lorsque plus tard – 1709 ? 1710 ? je ne sais plus au juste –, il fallut à nouveau bouter tous ces coalisés, Anglais, Autrichiens, Hollandais et Portugais, ce fut comme une vague de fond. Des villages les plus pauvres était envoyée une contribution afin de soutenir l'effort de guerre. Des miséreux sans armes rejoignaient les troupes royales, des bergers abandonnaient leurs bêtes aux enfants et arrivaient avec une masse ou un bâton. Un élan sauvage, irrésistible, commentait d'Aubigny qui avait un faible pour les Castillans (et davantage pour les Castillanes, rien de plus ardent qu'une pieuse Madrilène m'avouait-il, ce coquin). Moi, je les trouvais bien bons, tous ces malheureux, de se battre pour ces souverains venus de France et de Savoie qu'on leur avait attribués. Bien bons, oui, et d'ailleurs dans certaines provinces on se rebella contre les impositions, les exactions et les pillages provoqués par la guerre. Pourtant, lors de la disparition de Mme Marie-Louise Gabrielle, ce fut un immense désespoir. Même les nobles hostiles à la France reconnaissaient que depuis Isabelle la Catholique, l'Espagne n'avait pas eu d'aussi grande reine (menue, *la Savoyana*, et lorsqu'elle fut rongée par la maladie je la soulevais aisément, légère légère, mais elle ne pépiait plus ni ne courait).

La petite camuse est revenue – sa sœur n'allait pas tarder m'a-t-elle dit –, ensemble nous avons bassiné le lit de la princesse. Brusquement cette question étrange, d'une voix comme apeurée :

— Si le roi se remarie, c'est que *la Savoyana* est vraiment morte ? (elle malaxait une bouillie entre le *v* et le *b*, elle prononçait *Saboyana* avec une moue boudeuse et elle était au bord des larmes).

— Oui.

J'ai senti qu'elle n'y croyait pas, qu'elle ne voulait pas y croire (et moi ? et la princesse ?).

— Et celle qui vient d'arriver, c'est aussi une *Saboyana* ?

— Non, une Lombarde. De Parme.

Ça ne lui disait rien, pas plus que mon histoire de bigaradier, je suppose. Véhémente, rageuse presque :

— Et le roi, il est déjà consolé ?

— Le roi est un homme.

J'ai dû répondre fort sèchement, elle s'est détournée. Elle m'agaçait, ce tendron camuson – j'ai deviné qu'elle essayait de me cacher ses pleurs –, à sa façon naïve elle avait raison : *la Savoyana* pourrissait dans les règles à l'Escorial et pourtant elle était toujours vivante et je n'aurais pas voulu être à la place de la jeune épousée qui en ce moment, dans les salons au centre du château, devait deviser aimablement avec la princesse (compliments emmiellés ? pointes imperceptibles ? langage à double fond tels certains tiroirs d'un secrétaire ? à ce jeu feutré la princesse ne pouvait être que victorieuse). Oh non, je préférais la mienne de place, modeste. La petite reniflait. Prise de remords, je lui ai mis un peu de néroli derrière l'oreille.

— Allons, il ne faut plus y penser. Demain c'est fête, jour de noces.

— Non, pas de noces. Demain, c'est Noël.

Butée, farouche, cette camusonne aux yeux rougis. Fidèle à *la Savoyana*, à sa façon. Juste à cet instant sa sœur a surgi, essoufflée, criant :

— Vite, vite, rangez tout ! Vous repartez. Depêchez-vous, on vous attend en bas !

Repartir ? Pour Guadalajara ? Je n'y comprenais rien. J'ai ramassé les affaires et dévalé l'escalier. Lorsque je suis sortie, tenant le nécessaire de toilette d'une main, un sac de l'autre, deux soldats armés m'ont aussitôt entourée. J'ai cru qu'ils voulaient m'aider à traverser l'esplanade devant le château, je n'ai d'abord aperçu que l'haleine des bêtes les plus proches, étranges ces buées blanchâtres (du fait de l'obscurité je n'ai pas compris immédiatement d'où elles sortaient, elles me sont apparues comme de menus fantômes, incertains) et nous avons pénétré dans les remous denses des chevaux, je les distinguais à peine au fur et à mesure que nous avancions, une croupe bombée puis une autre, dansant sur place, elles arrivaient sur moi telles des vagues de nuit, mouvantes et consistantes, elles me frôlaient, disparaissaient dans l'ombre, encore une autre, se dérobant aussitôt, puis un chanfrein lisse, une queue agitée ou une tête dressée, le frissonnement d'une crinière, un garde immobile tenant les rênes, la lueur d'un étrier ou d'un œil inquiet (ces frayeurs soudaines chez les chevaux, pour rien), les bêtes je connais, je n'en ai pas peur mais je ne comprenais pas pourquoi l'escorte de la reine demeurait là, dehors, avec ce froid qui augmentait à vous couper la respiration et ces hommes (je croisais leurs haleines, plus ténues), qu'est-ce qu'ils attendaient donc pour rentrer à l'écurie et dans les communs, une rafale de vent a disloqué les fantômes légers, le noir toujours plus noir, j'ai failli mettre le pied sur un crottin tout frais (j'ai respiré avidement cette odeur de bran et d'étable, elle aurait presque pu me réchauffer), je ne sentais plus mes doigts tellement je serrais le nécessaire contre ma poitrine et mes chaussures prenaient l'eau à force de s'enfoncer dans cette neige tournant en boue sous le piétinement des sabots, les rangs de chevaux devenaient de plus en plus compacts, l'homme qui me précédait, avec un "han !" bref et rauque, écartait du plat de la main un arrière-train ou une encolure comme il aurait ouvert une porte quelque peu résistante, je me glissais derrière lui dans ce passage étroit, proches les souffles, les senteurs animales, des jurons étouffés (il y eut, je crois, un compliment égrillard à mon endroit), le soldat devant moi continuait à ouvrir dans l'épaisseur de la nuit des portes successives et ce fut soudain celle du carrosse à l'intérieur duquel on m'a vivement poussée, j'ai vu son profil, figé, j'ai senti qu'il valait mieux ne pas poser de questions, déjà le véhicule s'ébranlait, nous sortions de l'enceinte du château et aussitôt après – mon sens de l'orientation est excellent – nous aurions dû accomplir un demi-tour afin de revenir sur Guadalajara, il était évident que nous poursuivions vers le nord, j'en ai fait la remarque à mi-voix comme si je me parlais à moi-même et elle a juste murmuré (froide également sa voix) : nous rentrons en France, ces messieurs ont la bonté de nous accompagner. J'étais abasourdie, me demandant comment j'allais pouvoir sécher mes pieds, et seulement à cet instant je me suis rendu compte que, préoccupée de ne pas oublier le nécessaire en vermeil, posé à présent sur mes genoux tel un précieux reliquaire, j'avais laissé, suspendues dans l'antichambre de l'appartement, nos deux mantes.

Et je me le raconte ainsi en la regardant dormir (petit sac de peau ratatiné sur son ambition et sa volonté démesurées), je me le raconte ou pour une part le rêve ou l'invente, somnolant moi-même à demi, je traverse à nouveau les chevaux nocturnes, est-ce un songe comme j'en eus souvent au long de ce voyage, des songes fiévreux, poisseux, surtout durant la journée, ces journées si sombres – un ciel qui ne cessait de descendre, un ciel de neige rejoignant obstinément le sol gelé –, si sombres que j'en arrivais à préférer les nuits, la nuit au moins c'était clair si je puis dire, je ne supportais plus ces jours enténébrés ni ce carrosse qui me semblait-il ne faisait que tourner en rond et revenait toujours au même point sur la meseta balayée par les bourrasques. Comme si nous ne voulions pas partir ou avions laissé derrière nous quelque chose – les deux mantes ? – ou quelqu'un. Etrangement, ce n'est pas Jean d'Aubigny qui m'est venu à l'esprit mais la reine morte.

Ils jappent autour de moi, leur ronde tressautante m'encercle, je plonge dans une trouée entre leurs pattes tordues, m'enfuis par un couloir, tordu lui aussi, il débouche sur le grand escalier aux cent soixante-six marches de l'Alcazar, trop dangereux cet escalier, trop raide, d'un seul coup me voilà dans le cabinet des Furies, vite je ferme la porte, ils sont là cependant, autour de moi, ils ne me lâcheront pas ces chiens à tête humaine, ils bavent, retroussent les babines et sortent les crocs, et ils rient ils rient puisque ce sont des nains à tête de chien et ils parlent, ils vocifèrent, non ils aboient et je comprends parfaitement ce qu'ils racontent puisque je suis transformée en chienne, "terminées les ursinades ! ça lui apprendra, à ta princesse des Ursins, à nous avoir rognés en nombre, nous les seigneurs de l'Alcazar et de l'Escorial", et ils se rapprochent, commencent à griffer mes basques, ils vont me mordre, je crie…

La princesse me regarde, amusée :

— Vous feriez mieux d'aller dormir dans votre lit, Emilie. Vous me paraissez perturbée et je me sens déjà moins faible.

Sa voix, effectivement, a repris une inflexion à la fois ferme et suave. Quand la princesse suggère, il vaut mieux obéir. Je la redresse et la cale contre ses deux oreillers, elle dort assise afin de ne pas étouffer.

Même allongée, je ne retrouve pas le sommeil, je crains trop de recommencer ce rêve. C'est Jean d'Aubigny qui m'avait fait remarquer combien ces affreux cabots – ils pullulaient encore à l'Alcazar – avaient une dégaine semblable à celle des non moins affreux nains : cagneux, yeux de crapaud, gueules écrasées. D'ailleurs les nains, outre leurs fonctions d'espions et de bouffons (plus espions que bouffons, moi ils ne me faisaient pas rire du tout), détenaient la garde des chiens. En prenant de l'âge, les uns et les autres se croyaient obligés de se ressembler toujours davantage. On s'en serait passé de cette survivance des Habsbourg ! Je détestais croiser leur meute hybride, ils s'arrogeaient tous les droits, vous bousculaient et vous auraient fait tomber sans vergogne dans un escalier. Un après-midi, Jean me troussait à l'intérieur d'une embrasure, nous étions dissimulés par de vastes rideaux (l'Alcazar, avant que la princesse ne le fasse rénover, abondait en recoins propices, cabinets secrets, pénombre et poussière, lourdes tentures derrière lesquelles on pouvait s'infiltrer), lorsqu'un nain s'est glissé dans nos jambes, flanqué de son double à quatre pattes, le nain gloussait, le chien grognait en s'accrochant à mes jupons, Jean a dû se dégager et l'envoyer bouler d'un coup de pied, le chien gémissait, le nain piaillait :

— Je le dirai à la princesse des Ursins ! Je le lui dirai que tu forniques en plein jour avec ta chienne en chaleur.

— Elle le sait, *hijo de puta*, elle le sait depuis longtemps !

Jean était furieux d'avoir à reprendre toute son affaire, nous disposions de fort peu de temps. Ce jour-là d'ailleurs, je crois bien que nous en sommes restés là.

Jean, Jean Bouteroue dit d'Aubigny, dit don Luis. Un grand fouteur. Un grand corps souple. Oui, nos étreintes étaient rapides le plus souvent, à la sauvette, mais l'art de Jean était de savoir déployer la durée dans la brièveté. Même en quelques minutes, il prenait son temps. En m'ouvrant, il ouvrait un autre temps.

Et elle, a-t-elle également ressenti cet éclatement ?

Je me demande si, maintenant, elle rêve en français, en italien ou en castillan. Et si elle rêve de lui.

Comme j'ai admiré l'originalité de son raffinement, qu'il s'agisse de parfaire sa toilette ou d'aménager ses appartements ! Ce génie du détail piquant, provocant même. Le manchon, par exemple, lors de la fameuse réception à Versailles. C'était après cette disgrâce de 1704 qui se transforma en triomphe. Pour une fois, je l'aide à s'habiller, se parer, se coiffer. Le décolleté n'est pas dépourvu d'audace. Les reflets d'aigue-marine de la robe avivent l'améthyste du regard. Quelques gouttes de néroli entre les seins – pas trop, Louis XIV ne prise guère l'abondance de parfum. Elle s'inspecte dans la glace. Soixante-trois ans, et une prestance, une élégance rares. Je le lui dis :

— Vous êtes très belle, Madame.

— Moins que ne le fut ma mère.

Je suis surprise, jamais elle ne parle de sa mère ni des Aubry, je sais seulement que d'Aubigny détient un lointain lien de parenté avec eux. Elle tourne, recule, esquisse une révérence, sa gracieuse révérence à la Fontanges, puis fronce ses yeux de myope :

— Il manque quelque chose.

— Je ne crois pas, l'ensemble est parfait.

— Passez-moi Guapo.

— Quoi, cette ridicule boule de poils ?

— Je vais le glisser dans mon manchon.

— Vous n'y pensez pas ! Vous n'ignorez pas que le roi n'a de goût que pour les chiens de chasse et déteste ceux de manchon.

— Justement.

Elle a mis le minuscule Guapo dans son manchon et le grand roi dans sa poche. Louis XIV, paraît-il, a même daigné sourire et caresser le crâne de ce stupide animal (je n'avais qu'une crainte : et si Guapo faisait pipi dans le manchon ?). Toute la cour en est restée éberluée, la princesse fut la reine de la fête. Je ne suis pas sûre que la Maintenon ait apprécié, elle devait souhaiter que la princesse reparte au plus vite faire la reine à Madrid. Ou le roi, comme on voudra.

Ce goût du jeu chez la princesse, du défi… Elle calcule et tisse sa toile durant des semaines. Une impulsion subite, et elle se met à folâtrer ! Avec ce chien, elle s'amusait à éprouver l'ampleur de la faveur reconquise. Et pourtant, en cette année 1705, elle revenait de loin ! Louis XIV, en 1704, avait commencé par lui enjoindre sèchement de quitter l'Espagne en abandonnant ses fonctions (il faut dire qu'elle avait outrepassé les bornes en interceptant et ouvrant le courrier de l'ambassadeur de France à Madrid, c'était d'Aubigny qui se chargeait de ce genre de besognes). Oui, un défi à elle-même. Comme si, après un succès éclatant, il lui poignait une envie de risquer. Et en se précipitant à Jadraque, qu'a-t-elle donc…

J'ai dû m'endormir au beau milieu de mes ruminations, je me réveille en sursaut, pressens qu'il est fort tard et qu'est-ce que je découvre ? Madame debout, en chemise, Madame à sa fenêtre contemplant la marée montante.

— Ça bouge, c'est vivant, cela me réconforte de la regarder. Cette neige glacée était tellement immobile.

Je proteste, tâte son front encore chaud.

— Oui, oui, je vais me recoucher. Ne vous croyez donc pas obligée d'être ma camarera mayor. Je suppose que vous allez sortir afin de nous approvisionner, ramenez-moi donc de quoi écrire, ma dernière feuille a servi pour la lettre à mon frère.

La voilà qui se remet à son travail d'araignée ! Elle n'a donc pas compris que c'est terminé ? A l'automne dernier, Jean d'Aubigny m'avait laissé entendre que l'influence française à Madrid finirait un jour ou l'autre par s'estomper. Si malin qu'il fût, il n'avait pas prévu quand ni comment. Et elle, têtue comme une mule d'Espagne, s'apprête à recommencer ses combinaisons. Affamée de pouvoir, entêtée aux affaires. Sacrée bourrique… Celle que j'aime, c'est la dame au néroli ou au petit chien. Ou celle qui, à Rome, était réputée pour le raffinement de sa table et la beauté des concerts qu'elle faisait donner en son palais Orsini. Ou la grande dame qui, à l'occasion, devenait architecte et décorateur, passant des journées entières à l'Alcazar dans le bruit et la poussière au milieu des maçons et des menuisiers, ordonnant, surveillant, l'œil à tous les détails. Les Castillans n'aiment pas être commandés par une femme, avec elle ils obtempéraient.

Mais la vieille accrochée à son pouvoir, la vieille qui ne peut s'arrêter de politiquer, ah non, elle m'insupporte ! Là où elle s'est fourvoyée, à mon idée, c'est avec cette histoire de principauté. Ça ne lui suffisait pas d'être grande d'Espagne, et princesse, non Madame voulait qu'on lui donnât de l'Altesse, Madame voulait une principauté souveraine – assortie d'une jolie rente, comme de juste. La défunte reine tenait extrêmement à obtenir ce cadeau pour sa chère camarera mayor (j'ai été parfois plus jalouse de la tendresse entre ces deux-là que de celle entre Jean et la princesse). Le roi d'Espagne s'est incliné devant la volonté de son épouse – l'héroïque petite reine était aussi la colérique petite reine – et le roi de France a fini par consentir, non sans quelques réticences si j'ai bien compris ce que m'a raconté d'Aubigny. La princesse avait délégué ce dernier à Utrecht, avec pour mission de veiller au grain en ce qui concernait l'attribution de cette fameuse principauté. Là-bas, Jean a senti que tous ces beaux messieurs, les plénipotentiaires des cinq ou six plus grands pays d'Europe, le toisaient d'assez haut et s'irritaient des prétentions de la princesse des Ursins. Au retour il est passé par Versailles, il n'était pas peu fier, lui le roturier, d'être reçu par le grand roi et la Maintenon. Fort civils avec lui mais en langage de cour et d'ambassade, que Jean entendait parfaitement, on lui avait signifié que cette affaire avait assez ralenti, voire envenimé, les négociations en vue de la paix. Et donc, après plusieurs épisodes et rebondissements, adieu veau, vache, cochon, du duché de Limbourg il a fallu se rabattre sur le comté de Durbuy, et puis adieu les Flandres, leurs gras pâturages et les trente mille écus sonnants espérés, on en est arrivé à se contenter de cette souveraineté caillouteuse de Rosas et Cardona, en Catalogne. Et m'a-t-elle avoué hier entre deux accès de toux, Elisabeth Farnèse a réussi à obtenir de Philippe V l'annulation de cette dernière dotation : parties en fumée, les terres catalanes… Me voilà gueuse, a-t-elle ajouté.

J'ai failli éclater. De rire et de rage à la fois. Je me suis retenue, elle est trop éprouvée. Gueuse ! A ses doigts restent deux ou trois pierreries qui ne sont pas des broutilles. Elles me font rire – ricaner disons – ces grandes dames, née La Trémoille, princesse Orsini, duchesse de Bracciano, marquise de Roca Antica et della Venna, comtesse della Torre, de Nerola, de Monterano et que sais-je encore (le prince Orsini possédait également les îles d'Elbe et de Montecristo, des rochers arides, passons), ces grandes dames donc qui se plaignent auprès de leur femme de chambre d'être gueuse. A Rome déjà, elle pleurnichait : la succession Orsini s'était révélée très compliquée, des fagots de procès, davantage de créanciers que de tableaux signés du Titien, de Véronèse ou Van Dyck, et la pension versée par Louis XIV pour ses bons et occultes services était amputée de moitié par le change, et ses héritages français côté La Trémoille et côté Aubry étaient fort difficiles à recouvrer – d'Aubigny s'est rendu plusieurs fois de Rome à Paris afin de démêler toutes ces chicanes – et elle, n'est-ce pas, il lui fallait tenir son rang, elle ne pouvait rogner sur les fêtes, les concerts et les aumônes sous peine de déchoir. Pareil à Madrid. De surcroît, ses appointements de camarera mayor étaient modiques et, il est vrai, elle ne les touchait même pas régulièrement. Sa dignité lui interdisant de les réclamer, elle a été amenée à emprunter des sommes considérables. J'ai mis longtemps, candide que je suis, à comprendre à qui. Comme tant d'autres, je pensais qu'elle comblait Jean de bienfaits, y compris en argent. Ma foi non, c'était l'inverse : le premier créancier de la princesse des Ursins est son ancien mignon, le très beau très malin Jean d'Aubigny. Et l'un des bienfaits a consisté, je suppose, à fermer les yeux sur les procédés qui ont permis à ce drôle d'édifier sa fortune. Cul et chemise il était avec Orry et ce compère-là a dû l'initier à l'art souterrain des malversations.

En tout cas, Jean s'était acheté en Touraine une charge importante : maître des eaux et forêts. Et dans le même coin, à Chanteloup près d'Amboise, lors de ses séjours en France, de plus en plus fréquents, il surveillait la construction d'un splendide château. Pour le compte de la princesse, sur des terres qu'elle avait acquises peu à peu. Un jour – le grand âge aidant ? –, elle se retirerait dans ce domaine admirablement aménagé par son ancien galant. Et Jean se marierait – il voulait un enfant –, non pas avec une chambrière sans le sou, je suppose, plutôt avec une veuve cossue. Notable local, habitant quelque gentilhommière voisine de Chanteloup, une femme et un enfant dont, cela va de soi, la princesse serait la marraine. Edifiant tableau, je voyais cela d'ici. Au bout du compte, que les événements se soient précipités à Jadraque ne devrait pas être pour lui déplaire. Jean père de famille… J'ai tout à la fois envie d'en rire et de pleurer.

Pour en revenir à notre gueuse, elle avait les difficultés financières des personnes dont les dépenses sont par obligation, et par goût, somptuaires (mais payant honnêtement ses domestiques). Elle ne réussira pas à me faire pleurer là-dessus. A présent, elle pleure sa principauté perdue. Je sais, je sais, elle en espérait une rente solide jusqu'à la fin de sa vie. N'empêche, à Madrid, un jour où elle m'exaspérait avec ses jérémiades, je le lui ai déclaré tout de go : elle s'agrippait à cette principauté comme Harpagon à sa cassette. De fureur, ses yeux sont devenus encore plus violets. Avec l'âge et la disparition de la reine, elle s'était aigrie et roidie : Jean demeurait toujours son fidèle serviteur, sauf au lit.

Pour l'heure, il convient d'être économe. Du marché j'ai ramené des sardines, le poisson le moins cher. Elle n'en a pas voulu :

— La diète est le meilleur des remèdes.

— Voilà près d'un mois que vous jeûnez, ou peu s'en faut ! Comment voulez-vous reprendre des forces ?

— J'en ai.

Gueuse, et bourrique.

La fièvre reflue. A présent, la princesse crache des glaires mi-verdâtres mi-laiteuses. Elles me font penser à ces huîtres que j'ai vues au port, ce matin. Des pêcheurs les dégustaient sur le pouce. Ils m'en ont proposé, j'ai refusé, dégoûtée.

Le fiel s'épanche-t-il enfin ? Ni elle ni moi n'avons compris la violence de ce bouillonnement d'amertume durant cette année de deuil. Nous avons tenté de la refouler, cette amertume, de l'enfouir, alors qu'elle s'agitait en dedans. Au mois de septembre, après un siège fort long, Barcelone est enfin tombée. La princesse s'est réjouie, en apparence. Elle a dû penser à Mme Marie-Louise Gabrielle qui pendant des années avait espéré la reddition de la Catalogne. Morte sept mois avant cet ultime succès, *la Savoyana*, et l'autre, la Lombarde, qui se ramenait tranquillement – c'est le cas de le dire ! –, pour recueillir tout chaud tout cuit ce royaume enfin consolidé, unifié ou presque. Cette Elisabeth Farnèse, elle s'était fait attendre comme le messie, eh bien, elle avait réussi son coup : débarquer dans le lit du roi un 24 décembre ! Oui, il y avait de quoi l'être, acrimonieuse. Mais la princesse ne savait pas qu'elle l'était, elle ne voulait pas admettre ces remous de bile et de tristesse qui la travaillaient, à la place elle nous fabriquait des fièvres et des coliques à répétition.

Le petit Philippe aussi, à sa manière, nous disait sa détresse depuis la mort de sa mère. C'était plus grave qu'un problème de dents. Il ne mangeait plus, on l'a remis au sein. Il avait un peu plus de deux ans et avait été sevré cinq mois auparavant, cependant il avait besoin, je crois, d'être tel un poupon. Nous, on ne pouvait se le permettre.

Il aurait fallu s'en aller avant. Abandonner. Les vieilles actrices qui se refusent à quitter la scène, elles se font balayer d'un revers de main par une jeune péronnelle. Par l'ingénue fraîchement recrutée. La fausse ingénue.

C'est vrai, il y avait les infants…

Et le roi qui, tout en piaffant d'impatience, avait peur. Un obsédé de sexe et de dévotion, ce Philippe V. L'alliance d'une extrême piété et d'appétits non moins extrêmes compliquait singulièrement. Ses confesseurs n'osaient ni le limiter ni le libérer là-dessus (mon oncle, le père Daubenton, qui assura cette tâche dans les premières années du règne avant d'être renvoyé par la princesse, en était fort embarrassé, ne sachant s'il devait imposer un chiffre quotidien, et lequel ?). Il était exclu de prétendre introduire dans son lit une camériste accorte ou une maîtresse en titre, noblement titrée cela va de soi. Certains s'y aventurèrent du vivant de la reine, histoire de ruiner l'influence de la princesse, qui ne provoquèrent qu'un beau scandale. Et très vite – trop vite ? – il fallut lui trouver une seconde épouse.

Je nous revois toutes les deux à Guadalajara, la veille de nous rendre à Jadraque. La princesse avait commandé à Paris la robe de noces. Une étoffe d'argent ornée de points d'Espagne, chamarrée de menus diamants. Aux manches, des dentelles de Valenciennes. Une merveille. Je l'ai sortie d'une malle et l'ai installée sur un mannequin d'osier. La nouvelle souveraine l'essaierait dès son arrivée, la princesse avait prévu deux couturières expertes pour ajuster l'ourlet ou reprendre les pinces s'il était nécessaire.

Nous sommes restées un moment à contempler cette calme coulée d'argent. Figées, silencieuses. Du froid, me semblait-il, émanait du tissu. Non bien sûr, il provenait de la neige tombée en abondance la nuit précédente et dont la lueur se reflétait dans la pièce. Tout comme moi, la princesse était-elle en train d'imaginer le corps et le visage inconnus qui prendraient la place du mannequin ? Prendraient la place de Mme Marie-Louise Gabrielle.

Oui, j'ai pensé au corps qui allait se glisser dans cette robe. Et aussitôt au membre roidi qui pénétrerait ce corps. Je n'avais nulle peine à me représenter, j'avais vu.

Et je revois, derechef. Même ici, à Saint-Jean-de-Luz, un an après ou peu s'en faut. C'était cinq jours avant le décès. Adrien Helvétius vient d'arriver, dépêché par Louis XIV. Il examine aussitôt la reine : on l'a appelé trop tard, il ne peut plus rien pour elle, sinon tenter de soulager son agonie. Qui ne tardera guère, estime-t-il. Philippe V, jusqu'alors, se refusait à l'admettre. Moi également, quoique la princesse m'eût affirmé le contraire. Elle pressentait cette fin depuis longtemps (une fois elle m'avait déclaré : seul le roi de France, dit-on, peut guérir les écrouelles, puis elle avait ajouté que de toute façon elle n'y croyait pas, c'était un conte de bonne femme pour renforcer la foi du peuple dans les pouvoirs divins, ou magiques, du roi).

Cinq jours avant. J'entre dans la chambre de la reine afin de changer les linges imprégnés de sanie. On avait dû lui confectionner une sorte de grand béguin, une toile tendue sur une armature de bois léger, en sorte que les écoulements ne se répandent pas sur elle et dans les draps : en dedans on plaçait des tissus en charpie (nettoyez-vous les mains avec du vinaigre et du camphre, avant et après, me recommandait la princesse). *La Savoyana* n'est pas seule : à demi déculotté le roi la besogne, tellement à son affaire qu'il ne m'a pas entendue. L'espèce de cornette tressaute sur l'oreiller, à l'intérieur ballotte un visage cireux, rétréci. Oiseau en cage que je n'ose libérer. Ses yeux sont fermés, je ne sais même pas si elle est consciente, elle paraît inerte. Je suis terrifiée – elle va succomber, elle va mourir sous ces coups répétés, sous cet acharnement amoureux, peut-être est-elle déjà morte –, puis j'aperçois sa main, pendant à demi hors du lit, les doigts se crispent faiblement. Une main parvenue à rester hors de l'amour, si on peut appeler ainsi ce qui se déroule sous mes yeux. Une menotte d'enfant, je songe à celle de Ferdinand, son dernier-né. On dit tenir la main dans la mort, aurais-je dû la lui tenir dans l'amour ?

A cette époque, la mère et l'enfant étaient tous deux au sein. Pas avec la même nourrice, on craignait la contagion (et la nourrice de la reine, y a-t-elle échappé ?). A partir du moment où la mère a tété, elle a moins toussé mais n'a pas guéri pour autant. J'étais à la fois attendrie et mal à l'aise de la voir ainsi agrippée par la bouche à la gorge de cette solide Biscayenne. Il doit être étrange de connaître en son corps, à si peu d'intervalle, le membre d'un homme et le mamelon d'une femme. Déversement de lait, déversement de sperme…

Je me suis vite sauvée, honteuse non d'avoir surpris le roi dans cette posture, bien plutôt de n'avoir pu secourir la reine. Car c'était aussi une main qui implorait, une main de suppliante, délivrez-moi de cette pauvre vie ou de cet homme malheureux – je ne sais. Et pourtant tous deux s'aimaient, ce qui est rare dans ces mariages dictés par la raison d'Etat.

De Philippe V, la princesse disait qu'il n'avait de vaillance qu'au lit, à la chasse ou à la guerre. Ce jour-là j'ai pensé, bizarrement : le roi est impuissant. Ce membre qui ne pouvait trouver le repos et ne laissait nul répit à ce corps éprouvé qu'il chérissait. Et me suis-je laissé dire, si j'aime tellement l'amour avec Jean c'est qu'il le fait gaiement, sans angoisse.

J'avais vu, oui, je n'oublierai pas. Durant ce voyage épuisant, cette scène m'est revenue, m'a hantée, à l'état de veille comme dans mes rêves. Sous le poids de la fatigue peut-être, des idées extravagantes me tenaillaient. Toute cette semence que le roi avait lâchée en elle durant douze ou treize ans était remontée. Elle avait traversé et empoisonné lentement ce corps, elle était ressortie métamorphosée en pus par les glandes du cou. Du sperme poison.

Folie d'Espagne ? Ou la mienne ?

La nuit dernière, j'ai senti à nouveau rôder autour de moi le rêve des chiens. Les nains canins, la meute hybride. Les molosses du général Vendôme me faisaient moins peur que ces bêtes venues tout autant de mes songes que des Habsbourg.

Un grand paillard ripailleur, ce Vendôme. Sale, répugnant, recevant triomphalement sur sa chaise percée. Dormant avec six ou sept énormes chiens des plus vilains, vautrés dans son lit où ils répandaient leurs déjections. Au beau milieu de cette merde frétillait le petit abbé Alberoni, premier secrétaire, homme à tout faire y compris l'amour, mignon favori du glorieux descendant d'Henri IV (par un bâtard, d'Henri IV néanmoins).

Cédant aux supplications de la reine et aux instances répétées de la princesse, Louis XIV avait fini par nous envoyer Vendôme, son meilleur général. Et me disait la princesse en s'étouffant de rire lorsque Vendôme remporta une victoire décisive à Villaviciosa de Tajuña :

— Vous vous rendez compte, Emilie ? La catholique Espagne, ce pays où l'Inquisition poursuit les sodomites, y compris ceux légitimement mariés, cette Espagne-là vient d'être sauvée par un sodomite notoire qui, de surcroît, ne met pas les pieds à la messe. Et où ça, je vous le demande un peu ? A Villaviciosa ! Viciosa… Il convient de savourer les ironies de l'Histoire.

Je riais avec elle, nous étions tous dans la liesse : pour une fois l'on donna des fêtes et l'on dansa à la cour. Oui, Vendôme avait admirablement manœuvré sur le terrain mais l'Espagne avait été également sauvée par l'élan d'un peuple et la ténacité de deux femmes. La princesse badinait follement sur Vendôme, ses valets fouteurs et sa prodigieuse goinfrerie (dont il creva). Avec moi seulement, en privé. Elle n'aurait pu plaisanter de la sorte avec la reine : je détenais là ma petite revanche, il existait tout de même des limites à leur intimité.

— Vous savez, Emilie, si Louis XIV n'a pas toujours bien toléré les mœurs italiennes de son propre frère, il respecte ce gros cochon puant de Vendôme (la princesse préférait renifler un mouchoir imprégné de néroli lorsqu'elle recevait le général). Il le respecte et l'appelle "mon cousin" puisque Vendôme a pour aïeux Henri IV et Gabrielle d'Estrées. Et n'est-ce pas à mourir de rire qu'un fils de jardinier tel Alberoni encule un arrière-petit-fils d'Henri IV ?

Je l'appréciais, Alberoni, il avait le génie des sauces. Et avec ça, pétillant, facétieux. Après la mort de Vendôme, la princesse est devenue sa protectrice. Etonnante, la rapidité de la transformation ! Ce bouseux qui fit avec son maître les campagnes d'Italie, de Flandres et d'Espagne, à la dure, vivant avec lui dans la fange et les excréments, en moins de rien le voilà abbé de cour. Mâtiné de Mascarille, selon les termes de la princesse, expert en pitreries dans le style de la commedia dell'arte. De l'ordure il passe au parfum et à la poudre. Pomponné, perruqué et vous pondant des bouts-rimés à la douzaine. S'amusant – il n'était guère plus haut que les nains – avec Luisillo qui le traitait en bouffon et retrouvait avec lui un peu de sa vivacité. L'homme aux métamorphoses, disait la princesse qui estimait son esprit et son industrie. Elle lui a même obtenu le versement d'une pension par Philippe V.

Il est étrange d'en parler au passé alors qu'il y a encore un mois Alberoni, d'Aubigny et les infants faisaient partie de notre existence quotidienne. Celle qui avait disparu également, d'une certaine façon. Nous nous regroupions dans l'appartement de la princesse, nous nous efforcions d'avoir l'air enjoué et de divertir Philippe et Luisillo. Non, nous ne parlions pas de *la Savoyana*, elle nous habitait, sourdement. Je m'étais attachée à elle parce qu'une personne malade que l'on veille et soigne devient un peu l'enfant qu'on n'a pas eu. Et longtemps avant, lorsque la princesse, disgraciée, avait dû quitter Madrid, elle m'avait laissée auprès de la reine en tant que femme de chambre et, par la suite, je le suis restée. A la fois lectrice de la princesse et camériste de la reine : deux positions que beaucoup m'enviaient, moi aussi je fus courtisée ! Je me souviens avec quelle opiniâtreté Mme Marie-Louise Gabrielle, âgée de seize ans, s'est battue pour obtenir de Louis XIV le retour de sa camarera mayor. Battue comme une petite chèvre têtue. Une fois, elle m'a confié : si la princesse des Ursins est autorisée à revenir en Espagne, j'aimerais tant que, en privé, elle me dise non plus Majesté mais Louison : c'est ainsi que m'appelait ma grand-mère, dont j'étais la préférée. J'ai compris que la princesse était, certes, sa camarera mayor et sa conseillère politique et, de plus, père et mère et grand-mère d'une enfant si tôt sommée de devenir reine et femme. Parfois, elle aurait eu besoin d'être à nouveau la petite Louison de Turin.

Je n'ai pu demeurer longtemps auprès d'elle, tentant vainement de la consoler de cette absence : Louis XIV a estimé que la nommée Emilie Rocca était telle une espionne, ou du moins un relais entre la princesse des Ursins et la reine d'Espagne – bien informé, ce roi ! –, il a voulu briser cette connivence et j'ai reçu l'ordre de rentrer en France à mon tour, *la Savoyana* était furieuse (sa nouvelle camarera mayor, aussi lugubre que castillane, lui donnait, disait-elle, la migraine). Eh oui, Louis le quatorzième s'est préoccupé d'une obscure chambrière… Par moments, il était excédé, le grand roi épris de son pouvoir, de ces réseaux et agissements de femmes, la Maintenon, la des Ursins, *la Savoyana*, cette chaîne dont je fus un menu maillon. N'empêche, il a fini par s'incliner devant elles.

Je suis stupéfiée par la rapidité de sa convalescence. Plus exactement, une convalescence lui paraît superflue. Il est, prétend-elle, des maladies salutaires. Admettons… En tout cas, elle avale gaiement soupes de poireaux et fromages de brebis. La voici sur pied toute la journée, recevant et rédigeant des lettres, ses yeux vont beaucoup mieux. Elle attend de savoir, m'a-t-elle confié ce matin, si Louis XIV l'autorise à se rendre à Paris. Je crois deviner ce qu'elle suppute : le grand-père va-t-il ratifier la disgrâce infligée, cette fois, par le petit-fils ? J'ai envie de lui rétorquer : en général, dans les familles, on est solidaire même si, en secret, on désavoue. Et le roi de France se fait vieux… Je me tais.

Cet après-midi, le temps est d'une telle douceur que nous allons nous promener sur la plage. Au-dessus de nos têtes, des mouettes ricanent. Sardoniques, commente la princesse, et elles n'ont que trop raison de l'être à mon égard. Elle me désigne les vagues :

— Voyez, Emilie, elles font les fières, se dressent et se cabrent puis retombent. Aplaties, anéanties.

— Pas de doute, vous allez mieux. Vous nous fignolez de ces phrases…

Elle sourit. Je la regarde marcher le long de la grève dans sa robe toute simple. Toujours la même allure, à peine tassée. La princesse des Ursins en jupe de basin, très amusant vraiment ! La tiédeur de l'air me ramollit bêtement. Pour un peu je regretterais la neige et sa dureté luisante. On voudrait à toute force sortir de l'épreuve et lorsqu'elle s'achève on se reprocherait presque de n'en avoir point goûté une certaine saveur ou extirpé un savoir. Encore que la princesse semble vouloir tirer une morale de l'histoire avec ses fines remarques sur les hauts et les bas de l'onde. Grand bien lui fasse !

Il ne reste de neige qu'à l'écume des vagues. L'eau court jusqu'à mes pieds – je recule prestement –, elle laisse un dépôt mousseux, blanchâtre. Très vite le vent l'assèche, le sable l'absorbe. Plus rien. Au bout d'un moment je trouve stupide et lassant ce mouvement incessant. Nous tournons le dos à la mer et remontons vers le bourg. La princesse exprime soudain une envie d'orangeade chaude :

— Rien de tel pour dégager la bile, qui m'engorge, je le sens, en quantité.

— Il y a de quoi… Et comment voulez-vous que je trouve des oranges à Saint-Jean-de-Luz à la fin janvier ?

Elle en convient en riant – ah, me voilà réconfortée de l'entendre rire à nouveau – et propose un chocolat à défaut d'orangeade. A l'auberge, il nous est servi relevé d'épices, un peu trop pimentées pour mon goût. Je préférais celui de Madrid, juste agrémenté d'une discrète pointe de cannelle.

— Vous vous rappelez, Emilie, les Castillans disaient que Luisillo était un véritable Espagnol puisqu'il était nourri au chocolat.

Et elle se met à me parler de *ses* trois princes ! De la belle épée que Louis XIV a envoyée récemment à Luisillo, par son intermédiaire à elle, la gouvernante en titre, et de la jolie lettre de remerciement que l'enfant a écrite sous sa direction à son illustre arrière-grand-père :

— C'est bien un signe de la faveur dont je suis censée jouir à Versailles ?

— Oui, oui…

Je ne vais pas la contrarier là-dessus. Elle en est à soupeser le moindre indice, elle la toute-puissante dont on a guetté, pour les interpréter, l'esquisse d'un sourire, la plus délicate inflexion de voix. Comme elle avait l'art d'être pareillement affable avec tous, chacun en était pour ses frais.

— Luisillo va sur ses sept ans et demi, il va lui falloir un gouverneur. Je me demande qui on va lui attribuer.

Qui ça, *on*, maintenant ? Il faudrait tourner le dos à l'Espagne, cesser de s'interroger ou de se souvenir. Et je me souviens, malgré moi. De ce jour de printemps, à l'Alcazar. *La Savoyana* était en proie à un nouvel accès fiévreux. Afin de l'enrayer, les médecins avaient prescrit un enveloppement avec de la neige – on la faisait venir à grands frais de la sierra de Guadarrama. La reine grelottait. De fièvre ou de froid ? La princesse s'impatientait, ah non elle n'avait aucune confiance en ces médicastres, elle prenait sur elle d'ôter cette neige ! Les femmes se sont affairées, rapides et discrètes, bruissements apaisants de voix et de linges, nous avons frictionné avec du néroli ce pauvre corps nappé de sueur. La fraîcheur du parfum et la douceur des mains semblèrent ranimer la reine, peu à peu. Au sec dans une chemise et des draps propres, elle nous a souri, faiblement, puis a réclamé à boire. Je lui ai apporté de l'eau citronnée – ah oui, les citrons de Valence s'est exclamée la princesse, ils sont arrivés ce matin. Dans un patio du palais que le soleil n'atteignait jamais, il restait de la neige en réserve. La princesse ordonna d'en envoyer au chef pâtissier et commanda des sorbets. Elle surveillait les moindres détails, elle savait quels fruits frais, en provenance du Levant ou d'Andalousie, avaient été livrés la veille, elle avait connaissance de ce qui se mijotait à Londres ou La Haye aussi bien que dans les cuisines et les confessionnaux de l'Alcazar.

Les sorbets au citron sont arrivés, coiffés de blancs battus en neige. Légers, à peine granités, oui, telle de l'écume solidifiée. Nous nous sommes régalées. La reine elle-même y goûta et parut renaître, la fièvre reculait. Je fus soulagée qu'on ait enlevé cette couche de neige, elle me faisait par trop penser à un linceul. Langue gourmande, la princesse léchait son sorbet. Elle s'est interrompue pour déclarer avec enjouement :

— Au fait, puisque la guerre est en voie d'achèvement, il va falloir s'attaquer aux privilèges de ceux qui détiennent le monopole de la neige, du tabac et du chocolat.

Et elle s'est remise à son sorbet, appliquée et sensuelle – ainsi je l'imagine dans l'amour, savourant. Comme si elle avait balayé définitivement les profiteurs et les écrouelles, comme si plus rien n'existait que ce sorbet translucide. Par certains traits, elle ressemble à Jean : cette capacité à se rassembler dans l'instant, le plaisir…

Dans ma tasse de chocolat devenue tiède, je regarde fondre l'écume du sorbet, du souvenir. La princesse continue à évoquer les infants : est-ce pour ne pas parler de Jean, dont nous savons chacune que l'autre y pense ?

— Je n'ai pas aimé que l'on appelât ainsi le petit Philippe : un prénom identique à celui de ce nourrisson mort-né ou presque. Vous vous rappelez, il était difforme, avec une tumeur au cou… Il est préférable qu'il soit décédé au bout de trois jours, même si le roi et la reine en furent au désespoir.

Bizarre, pourquoi fait-elle surgir aujourd'hui ce mort minuscule né deux ans après Luisillo, elle qui, en dépit de l'âge et de sa chute brutale, est toujours du côté de la vie ? Elle insiste :

— Non, il ne faut surtout pas donner à un enfant le prénom de celui qui a disparu juste avant lui.

J'essaie de la rassurer : Philippe allait beaucoup mieux lorsque nous étions parties pour Guadalajara, ses dents le tracassaient moins et l'appétit était revenu. Elle demeure inquiète. Selon elle, Luisillo s'en sortira parce qu'il est déjà grand. Ferdinand aussi car, d'une certaine façon, il n'a pas connu sa mère ou du moins ne pourra s'en souvenir. Mais le petit Philippe, tellement vulnérable…

Demain, 30 janvier, nous prenons la route de Bordeaux. Et de là, nous rejoindrons Paris.

Hier au marché, les paysans annonçaient le retour du froid. De mémoire d'homme, ils n'ont jamais vu autant d'hivers rigoureux à la suite, ils ne comprennent pas, à l'intérieur du pays le sol est gelé en profondeur, on n'a pu semer, les récoltes seront à nouveau compromises. La princesse ayant enfin reçu les sommes expédiées par son frère, j'ai pu acheter des châles et des mantes, une couverture, des coussins : il n'est pas question de recommencer une équipée comparable à la précédente.

Cet après-midi, je suis retournée à Bayonne dégager l'émeraude et l'améthyste. Je ne demandais rien au Juif mais, de lui-même, il m'a informée (je l'intrigue, il aurait aimé me faire parler) : Maria de Neubourg a été fort malade, on a craint pour sa vie. Quant au cardinal del Giudice, il n'a toujours pas quitté Bayonne.

POTION DE LUNE

La nourrice, violente et vulgaire.

MICHELET

LAURA
Parme – septembre 1714

Elle s'en est allée et avec elle la lumière de l'été. Elle s'en est allée ma Bettina, oubliant sa potion. Celle à prendre avant ses lunes, je la lui prépare moi-même en faisant macérer des yeux d'écrevisses dans du vin de Lambrusco, je laisse reposer six semaines, je filtre, deux cuillers à jeun chaque matin durant les cinq jours précédant la date, Elisabeth est réglée très régulièrement, plutôt vingt-neuf ou trente jours, c'est facile à calculer et ça lui réussit, je vais demander à Mme Dorothée d'en faire tout de suite envoyer quatre flacons à Madrid, pourvu que ce voyage en bateau ne la rende pas malade, j'ai si peur pour elle, ma reine, je l'appelais ainsi bien avant qu'elle ne le devienne, elle a toujours été ma reine même lorsqu'elle n'était qu'une enfançonne gazouillante, mes filles en étaient jalouses, oh et puis elles en ont profité, hein, de ce que j'étais la nourrice d'Elisabeth Farnèse, après le sevrage je suis restée à Parme parce qu'elle m'était si violemment attachée et moi aussi, Mme Dorothée qui évidemment me déteste n'a quand même pas osé nous séparer, surtout après cette petite vérole durant laquelle je fus la seule à l'approcher et la soigner, jour et nuit, jalouses oui Camilla et Faustina mais elles seraient mal venues de se plaindre, au lieu de patauger dans le fumier à Pastorello les voilà femmes de chambre au palais et je réussirai à les marier au-dessus de leur condition, c'est ce qu'on a dit également pour Elisabeth, les gens sont si méchants, alors que le légat du pape est venu en personne célébrer ce mariage par procuration et lui a offert de la part de Sa Sainteté les reliques de la martyre sainte Fructueuse dans une belle cassette en argent (à mon avis, ma Bettina n'a pas besoin de la quatrième côte et des canines de sainte Fructueuse pour pondre beaucoup d'enfants, elle est faite pour ça, je l'ai vu à ses hanches dès ses douze ans), et le cortège du légat entrant dans la ville, quelle magnificence ! toute la noblesse de Parme et Plaisance en grand habit de cour, ensuite des fêtes, des feux d'artifice et des cavalcades, et la canonnade, j'espère que l'écho des salves est parvenu jusqu'aux oreilles de l'empereur là-bas à Vienne, il n'est pas du tout content de cette alliance paraît-il, depuis le temps qu'il lorgne sur Parme et la Lombardie, nous autres par ici on n'aime pas ces Autrichiens prêts à nous déferler dessus à travers les Alpes, le duc François Farnèse est si fier de ce mariage, à présent le roi de France va lui servir de rempart contre l'empereur, c'est pour cela qu'il a décrété ces dépenses extraordinaires durant les noces, histoire aussi de montrer à la France et à l'Espagne que les Parmesans ne sont pas des pouilleux (du coup il va devoir augmenter les impôts en 1715), je l'apprécie le duc François, il m'a toujours protégée contre sa femme, et Elisabeth par la même occasion contre sa mère, il a fait tampon en quelque sorte, fort bienvenues ses deux cent soixante livres, à dire vrai je n'ai jamais vu pareille haine de mère à fille et les filles qui sont dans ce cas, je l'ai remarqué, elles ont des menstrues très pénibles, ma Bettina c'est moins des douleurs qu'un gonflement de partout, une suffocation qui lui monte à la tête et l'engorge, juste avant, ensuite quand ça vient, elle est soulagée, un écoulement de sang et de larmes, bienfaisant, elle se laisse aller contre moi et je cajole la petite fille de cinq ans s'apaisant après une grosse colère, comment va-t-elle se débrouiller sans moi lorsque ses lunes arriveront ? Il y en a pour dire que Mme Dorothée n'aime pas sa fille parce qu'il aurait fallu à Parme un héritier mâle et le seul qu'elle ait réussi à fabriquer avec son premier mari, le père d'Elisabeth, il est mort très vite, et le père aussi, étouffé par sa graisse, Mme Dorothée a été obligée d'épouser le duc François, elle ne l'aimait pas son beau-frère, c'était pour assurer la succession et rien n'est venu, les Farnèse dégénèrent (les Médicis à Florence pareil, en pire, ça pue la fin de race, orgies et veulerie), les Farnèse, eux, ils deviennent obèses, ils font du mauvais lard et de la semence pâlotte, seule ma Bettina pétille de sang et de vivacité, et donc le prédateur autrichien il est là à guetter l'extinction de la dynastie pour se précipiter sur Parme et Plaisance, Mme Dorothée elle aurait préféré que ce soit Elisabeth qui meure et non ce petit garçon, moi pas, en fait entre Mme Dorothée et sa fille c'est une histoire de bien avant, j'en ai eu des enfants en nourrice et j'en ai vu des mères qui vite vite après leurs relevailles repartent à leurs bals, leurs galants et leurs toilettes, préoccupées surtout de retrouver leur taille, ces mères-là elles ne me dérangent pas – dans ce métier le plus difficile ce sont les mères et non les nourrissons, si braillards ou assoiffés qu'ils puissent être –, celles-là, les charmantes frivoles, elles passent, se penchent sur le berceau avec des mines et des sourires et des gazouillis de convention et puis s'en vont dans un froissement de jupes, le poupard ne s'en porte pas plus mal mais Elisabeth et Mme Dorothée c'était bien autre chose, elle se ramenait avec son air rêche de femme qui sait où est son devoir, elle prenait la petite dans ses bras, essayait du moins, ensuite ma Bettina vomissait ou me faisait des boutons, plus tard les dames de la cour ont raconté à leur façon, c'est parce que Elisabeth boude ou pique des crises que sa mère l'a prise en grippe et l'a reléguée là-haut dans cette espèce de grenier sous les combles, là où la chaleur cogne en été, ou peut-être ce serait à cause de ce nez busqué, le nez des Farnèse – par chance à peine busqué, je trouve joli, ça donne du caractère à son visage plutôt lombard –, et rien du côté Neubourg sauf un peu les yeux, non tout ça ce sont de mauvaises raisons, de ces raisons que l'on invente après coup, moi je sais et je dis c'est une haine d'avant la naissance, de quand on est dans la nuit du ventre et que la mère ne supporte pas son fruit qui est à la fois elle et pas elle, en plus je crois elle s'en doutait que ce serait une fille et non le fils tant espéré, ça ne s'explique pas en fait, une haine nocturne comme on n'ose même pas en ressentir dans les songes, en plus Mme Dorothée elle est bornée, pas assez cependant pour ne pas flairer chez sa fille l'intelligence qui lui manque à elle, ça l'irritait et puis c'est une Allemande, elle ne comprend rien à l'Italie, elle n'aime pas nos vins et elle boit de la bière avec du jambon ! du jambon qu'elle fait venir de Bavière, fade, rosâtre, pouah ! nos jambons à nous sont si moelleux et savoureux, d'un beau rouge couleur de vin justement, ils ont été créés pour aller ensemble, bref cette triste Dorothée de Neubourg avec ses fesses et ses lèvres pincées elle est passée à côté du meilleur de la vie, elle s'est aigrie parce qu'elle est seulement duchesse de Parme alors que sa sœur aînée était impératrice d'Autriche et la cadette reine du Portugal et sa sœur Maria a régné à Madrid (j'ai glissé à Elisabeth, si par extraordinaire vous aviez l'occasion de rencontrer votre tante Maria, n'allez pas lui faire trop de salamalecs, la reine d'Espagne maintenant c'est vous), et donc Mme Dorothée c'est la ratée de la famille, Elisabeth a failli l'être, ratée, elle commençait à monter en graine et faute de mieux on l'avait fiancée l'année dernière à ce duc de la Mirandole, l'esprit et les pieds plats, et puis Mirandole c'est ridicule lorsqu'on est née Farnèse et seule héritière de Parme d'autant que, le pauvre, il a été dépouillé de ses terres par l'empereur, dès qu'on a appris que le roi de toutes les Espagnes la demandait, passé le premier moment de stupeur, on a congédié poliment ce brave Mirandole, Elisabeth est tellement supérieure à ce benêt, bigot de surcroît (Philippe V aussi paraît-il mais au moins il est roi), ma Bettina je me souviens quand je l'avais encore au sein, j'ai senti chez elle une telle rage d'exister, une avidité, un acharnement comme si elle affirmait j'existe, j'existe ! et par la suite piaffante, trépignante, curieuse de tout, elle qui était confinée dans ce grenier, heureusement sur mon insistance le duc François lui a fait donner une ribambelle de précepteurs et répétiteurs, ça l'occupait ma petiote, il valait mieux et moi je dérobais des livres dans la bibliothèque ducale et je les lui montais en cachette, je me souviens de sa joie lorsqu'une fois, une seule, j'ai arraché l'autorisation de l'emmener à Pastorello, elle courait partout, elle dévorait l'espace, elle aurait voulu embrasser les bêtes, les collines, les odeurs du pressoir et le foin craquant dans la grange, un tel appétit de vivre chez cette enfant, une *furia* à l'italienne, ah non elle ne ressemble pas à sa rêche de mère, ma Bettina ma pigeonne envolée, j'ai tellement peur pour elle à cause de cette traversée de Gênes à Alicante, longue et dangereuse et si les vagues se déchaînent et qu'elle a ses lunes à ce moment-là ce sera l'horreur et je ne serai pas avec elle pour la consoler des fureurs de la mer, bien sûr il vaut mieux qu'elle ait ses lunes sur ce vaisseau plutôt que dans son lit de noces, pourquoi a-t-il fallu qu'elle oublie ce flacon, j'aurais dû mieux veiller à la préparation de son bagage, elle s'en est allée ma palombe et même si le soleil de septembre me chauffe (comme elle aimait la lumière d'ici, ma Bettina !) il me semble avoir déjà plongé dans une nuit d'hiver, en plus je le sens, mon retour d'âge n'est plus très éloigné, elle s'en est allée et bientôt je ne verrai plus, je tourne en rond dans ce grenier, je caresse les vieilles robes qu'elle n'a pas emportées, celle de ses dix-huit ans, ce bleu pastel faisait ressortir celui de ses yeux, je redescends et je devine dans le regard de mes filles la méchanceté de la pitié, j'ai envie de les gifler je me retiens, oui heureusement que le duc François apprécie mon franc-parler et ma façon, mine de rien, de laisser traîner mes oreilles dans le palais et d'attraper des ragots aux fentes des portes, ça peut lui servir, et même il apprécie que je lui donne mon avis sur les intrigues de cour ou les affaires de la cité, dame Laura Piscatori vous êtes plus maligne que certains de mes conseillers qu'il me dit en riant, j'ai remarqué qu'il a surtout grossi après son mariage avec Mme Dorothée, certains hommes préfèrent mettre des épaisseurs de panne entre eux et leur épouse et surtout heureusement que, il y a un an, sa sœur de Modène est devenue veuve, elle est revenue à Parme, *la serenissima di Modena*, elle s'est indignée du sort fait par Mme Dorothée à sa fille et elle a insisté pour qu'Elisabeth prenne des leçons de danse et d'équitation puis paraisse enfin dans quelques soirées à la cour, charmante cette *serenissima*, elle porte admirablement son titre, chacun a pu constater qu'Elisabeth ne méritait pas la réputation de laideron colérique que sa mère lui avait faite et qu'elle pouvait manifester beaucoup de grâce, ma Bettina elle adore danser, et monter aussi, avec les chevaux elle déploie cette fougue qu'on a tenté de refréner, bon je le lui ai dit avant son départ, cette vieille Orsini là-bas à Madrid qui, paraît-il, mène le monde par le bout du nez à commencer par le roi, ne vous inquiétez pas trop, à son âge elle finira bien par crever, tâchez d'être patiente quelque temps – je sais je sais ce n'est pas votre fort – mais ensuite, hein, ne laissez jamais se glisser entre votre époux et vous une autre femme, jeune ou âgée, gueuse ou grande dame, la reine c'est vous et avec vos seins et votre chute de reins, je ne me fais pas de souci, ma belle, vous serez la reine de cet homme.

A NE PAS PUBLIER

Mais quel malheur d'être blessée de deux vents
qui sont si souvent dans le monde,
et surtout en Provence !

MME DE SÉVIGNÉ

PAULINE DE SIMIANE
Aix-en-Provence – octobre 1714

Elisabeth Farnèse ne manque ni de grâce ni d'allure. Une grâce un peu empesée, néanmoins. Quant au visage… Comme aurait dit ma grand-mère, le premier coup d'œil est à redouter. Il est heureux que ma mère ait succombé à la petite vérole, mon père, si fort épris de sa beauté, n'eût pu supporter de la voir défigurée de la sorte. En 1701, je me souviens, mes parents avaient accueilli Marie-Louise Gabrielle de Savoie. Cette fois, mon père m'a demandé d'être à ses côtés pour recevoir Elisabeth Farnèse. Je n'y ai consenti qu'avec réticence tellement je suis absorbée par la préparation d'une édition consacrée aux lettres de ma grand-mère. Expurgée bien sûr. J'en imagine le titre : *Lettres de la marquise de Sévigné*, choisies et présentées par sa petite-fille, Pauline de Simiane. Dire que ma grand-mère fut constamment tourmentée par la crainte que sa fille ne soit atteinte de la poitrine et persuadée de surcroît que le climat de notre Provence lui était nocif. En fait, ma mère n'avait rien à la poitrine et c'est une autre maladie qui l'a emportée.

Les sautes d'humeur et les caprices de la bise en ce pays sont, il est vrai, difficiles à supporter pour qui n'y est point comme moi accoutumé dès l'enfance. Ces derniers jours, nous eûmes un vent de sud-est continu, chargé de pluie. Brutalement, pour saluer l'arrivée de la reine, un violent coup de mistral. Qui a semblé l'incommoder. J'apprécie pourtant lorsqu'il éponge l'humidité et racle le ciel. Mon père m'a rappelé que ce même vent était de la fête lors du séjour aixois de la première reine, alors chaperonnée par la princesse des Ursins.

— Laquelle attend de pied ferme à Madrid la nouvelle souveraine. L'histoire récidive : par deux fois la Méditerranée se met en furie lorsqu'une reine d'Espagne embarque afin de rejoindre sur ses terres ce pauvre Philippe V.

— Pauvre ?

— Du moins malheureux d'être roi d'Espagne et non de France.

— Comment peut-il régner s'il estime n'être pas à sa juste place ?

— Bonne question, ma fille, c'est bien là son drame. J'ai eu l'honneur de le saluer en 1702 lorsqu'il est passé par Toulon au retour de sa campagne d'Italie. Dix-huit ans, et l'air accablé d'ennui. Le marquis de Louville qui l'accompagnait m'a confié en secret que le roi se sentait exilé à Madrid. Il rêvait de revenir en France. D'où, selon Louville, ces accès de vapeurs mélancoliques.

— La longue reconquête de son royaume l'aura peut-être affermi.

— Sauf que récemment, outre son épouse, il a perdu ses deux frères : à présent, selon le droit naturel, qui n'en est pas moins divin, l'héritier de la couronne de France c'est le roi d'Espagne.

— L'histoire se répète, et sécrète des paradoxes… Mais je croyais que Philippe V avait été contraint de renoncer solennellement à ce trône de France.

— Oui, ce fut même une des conditions préalables au traité de paix signé à Utrecht l'année dernière. Vous savez, il est possible de renoncer à une renonciation, cela s'est déjà vu. Quand Louis XIV décédera, ce qui ne saurait plus tellement tarder, la question de la succession se posera de façon aiguë.

— Vous semblez oublier le jeune Louis, son seul arrière-petit-fils survivant, en France du moins.

— Il n'a que quatre ans et on le dit très fragile. Philippe V est malheureux de devoir régner ailleurs qu'en France. Il suffirait que, à la mort du grand roi, quelques ambitieux à Paris et Madrid utilisent cette souffrance pour conspirer, remettre en cause une régence et rétablir à Versailles ce Philippe V d'Espagne que d'aucuns nomment toujours Philippe d'Anjou. L'équilibre de l'Europe est aussi précaire que la santé du petit Louis, dont personne ne peut affirmer qu'il sera Louis le quinzième.

Mon père est plus affaibli – quatre-vingt-huit ans, il faut dire – que je ne le craignais : ses vues sur les affaires de ce monde me paraissent passablement troublées, pour ne pas dire chimériques. Je me suis contentée d'ajouter :

— Il nous reste donc à souhaiter que cette seconde épouse l'apaise et l'aide à accepter d'être espagnol.

— Hum, une Lombarde...

Je ne sais trop qu'en penser. S'habille plutôt mal. Prononce notre langue avec un fort accent. Ne serait cet accent, je lui crois une jolie voix. Des dents parfaites, un beau sourire lorsqu'elle consent à se détendre. L'on parvient alors à oublier cette peau si méchamment couturée (neige et nacre, m'avait dit ma mère à propos du teint de la première reine). Elle n'a pas voulu être reçue par les consuls d'Aix, craignant, a-t-elle argué, de ne pouvoir répondre dans un français suffisamment correct à leurs harangues. Mais il ne lui a pas déplu que mon père fasse tirer le canon en son honneur... On sent une impétuosité sous la contrainte de la représentation, où elle fait bonne figure. Si on peut dire avec celle qu'elle a. Par moments, elle affecte une raideur qui lui passera, j'imagine, lorsqu'elle sera davantage assurée (ou amoureuse ? peut-on l'être dans ces mariages arrangés ?). On la dit d'une dévotion sincère, dépourvue d'ostentation. Je doute cependant qu'elle soit de la même tenue que cette piété janséniste chère à ma grand-mère et à moi.

Je ne voudrais pas être à sa place. Entrer dans le lit d'un homme – un *pauvre* homme – qui fut très épris de sa première femme. Devoir le consoler de cette perte, et de celle de la France par-dessus le marché ! Etre confrontée à trois jeunes garçons. Et à la vieille des Ursins qui fait la pluie et le beau temps à Madrid. Une habile intrigante, selon mon père. C'est ce qu'affirment les hommes lorsqu'une femme s'élève. Récemment il m'a rapporté un mot de notre bon évêque de Fréjus, M. de Fleury : la princesse des Ursins ? la plus méchante femme d'Europe ! Heureusement, ainsi que l'écrivait ma grand-mère, M. de Grignan est fort honnête : il a convenu avec moi que M. de Fleury fustige chez les autres l'ambition qui le dévore en dedans. Surtout lorsque cette ambition porte robe, comme lui-même. D'une voix doucement altérée, mon père a juste glissé :

— Mais je ne serai pas là pour voir jusqu'où le mènera cet appétit de pouvoir…

En tout cas, le passage d'Elisabeth Farnèse l'a ragaillardi ! Jamais, m'a-t-il avoué, je n'aurais pu imaginer il y a treize ans que je recevrais à nouveau une reine d'Espagne dans ma bonne ville d'Aix. Cette répétition le rajeunit : le voici piaffant et fringant quoique mangé de goutte (tiens, à force de recopier ses lettres, je me mets à parler comme ma grand-mère). Il a tenu à caracoler à la tête de cinq escadrons qui ont escorté la reine d'Aix jusqu'en Arles. Aux frais de mon père, bien sûr, cette joyeuse expédition.

A ses frais également, le séjour de la reine à Marseille (je me demande pourquoi, de Brignoles, elle est allée passer par là avant d'arriver à Aix : un détour inutile et qui nous coûte cher). Le roi de France et le roi d'Espagne ne peuvent-ils assurer la dépense ? Mon père m'a expliqué que la reine aurait dû, à Gênes, être prise en charge par la flotte espagnole, Philippe V n'avait donc pas estimé nécessaire de lui adresser des sommes importantes. L'on attend, paraît-il, l'arrivée de lettres de change en provenance de Madrid. A Marseille, la reine a occupé notre maison du quartier Mazargues, gracieusement mise à sa disposition par mon père. La jeune personne se trouvant au même moment indisposée, elle a prolongé, tranquillement. Si elle s'arrête cinq ou six jours chaque fois que ses lunes débarquent, elle n'est pas près de débarquer dans le lit de son royal époux… Les menstrues en question ne l'ont nullement empêchée de se rendre à la comédie, elle a voulu voir *Le Malade imaginaire* (je dirais plutôt *la* malade imaginaire). Et s'il n'y avait eu qu'elle à héberger mais il fallait voir sa suite : plus de cent personnes !

Mon père a casé dames et demoiselles d'honneur, une bonne quinzaine plus leurs caméristes, dans notre demeure, avec la reine : grand affolement pour le linge et le couvert, notre brave gouvernante en est encore toute remuée. Chez des connaissances, qu'il a défrayées, il a logé aumônier, confesseur et secrétaire, médecin, chirurgien et apothicaire, tous accompagnés de leurs gens, sans compter le trésorier (à quoi sert-il donc celui-là ?), plus le sommelier, le maître d'hôtel et le chef d'office flanqués de leurs multiples aides. A quoi il faut ajouter les courriers, les conducteurs de bagages et les laquais, pages, gardes, valets de pied, j'allais oublier les porteurs et les balayeurs ! Mon père a dû louer plusieurs auberges afin de répartir tout ce peuple. Qui, à l'italienne, jacasse, s'agite, aime le bruit et le divertissement. Et mange d'excellent appétit, à commencer par la reine. Je dois reconnaître qu'elle a apprécié notre cuisine provençale : elle goûte fort, a-t-elle bien voulu déclarer du haut de sa royale grandeur, que le saladier soit frotté d'ail. Voilà qui pourrait me la rendre plus aimable.

J'ai assisté au départ de ce grand train, il faut près de trois heures pour mettre le convoi en marche. Et comme Elisabeth Farnèse ne semble guère pressée de s'en aller, personne ne se hâte. Souhaitons qu'elle gouverne son ménage et son royaume mieux que ses équipages… On aligne les litières et les chaises, une trentaine est nécessaire pour toutes ces dames. On entasse les coffres sur une vingtaine de charrettes. A cause des bourrasques on n'en finit pas de bâcher. Sur l'arrière, les attelages de rechange et les bêtes de somme. Des tourbillons de poussière montent au beau milieu de ce désordre, on crie, on jure, les chevaux commencent à s'énerver, les mulets de bât, j'en ai compté au moins quarante, attendent, patients, placides. Enfin je les vois tous s'ébranler vers Salon, boutés contre le mistral qu'ils affrontent de plein fouet – à croire qu'il s'en mêle celui-là pour les ralentir encore – et le soleil par-derrière éclairant des centaines de queues et de crinières ébouriffées, lumineuses. Eh bien, bon vent !

Cette quantité de bestiaux doit également être nourrie, je suppose, et tout ce monde va vivre sur le dos des intendants de chaque province traversée puisque M. de Grignan – ils doivent le maudire ! – a donné l'exemple en écornant sa fortune, et notre héritage… Je sais, je sais, je ne suis pas une bonne fille, en protestant de la sorte je lui gâte ce qui sera sans doute l'un de ses derniers plaisirs. Ainsi qu'il me l'a expliqué, ce palais ambulant aurait dû quitter la reine à Gênes et rentrer à Parme : la mer en a décidé autrement. La mer ? Vraiment ? Je comprends pourquoi dans ses lettres ma chère grand-mère s'inquiète des dépenses entraînées par la charge de M. de Grignan et, plus encore, par son goût naturel de la profusion. M. Desgranges, le maître des cérémonies dépêché il y a peu par Louis XIV afin de veiller au déroulement selon le protocole de ce voyage, a complimenté mon père pour son généreux apparat, et n'a en rien évoqué un éventuel dédommagement. Les rois sont passés maîtres en l'art de faire supporter leur entretien par leurs fidèles serviteurs.

Ce glorieux train doit être à présent arrivé à Nîmes. A la tête de ses six cents cavaliers, mon père est revenu fourbu de son expédition jusqu'au Rhône. Mais très fier : Elisabeth Farnèse l'a remercié de son accueil avec infiniment de grâce et d'effusion. C'est bien le moins. Il vient de se coucher, terrassé par un accès de rhumatismes. Sa belle faconde de courtisan, façonnée au mitan du siècle dernier, est en train de retomber. Je crains fort qu'après le passage de cette seconde souveraine, il n'ait plus guère de raisons de vivre. J'eusse seulement souhaité que la dernière femme venue traverser sa vieillesse ait détenu davantage de beauté.

Enfin délivrée de tous ces tracas, je reprends le tri et la copie des lettres. A propos de siècle dernier, je tombe sur ce passage où ma grand-mère évoque la mère de Philippe V, la dauphine venue de Bavière : morte, écrit-elle, *bien tristement, bien salement*. Une mort aussi triste que son existence. Selon ma mère, elle ne se plaisait pas à la cour, se réfugiait le plus souvent dans une solitude chagrine et ne s'est jamais départie d'un sentiment d'exil. Ce *pauvre* Philippe V aurait-il hérité de la mélancolie maternelle ? Ah, cette fois, une notation plus réjouissante : Mme de Sévigné mentionne parmi les *poulettes* fréquentant l'hôtel du cardinal de Retz notre fameuse princesse des Ursins. Poulette ? Ma grand-mère, à sa manière, suggère galamment… Voilà une lettre que je classe dans le paquet “à ne pas publier”.

Le mistral s'aplatit soudainement, comme il a surgi. Je sens revenir le vent de sud-est et sa douceur molle. J'alterne la lecture des lettres de ma grand-mère et de ma mère. A l'origine, j'avais envisagé l'édition de leurs correspondances croisées, j'ai décidé récemment d'y renoncer : je perçois trop combien ma mère s'épuise tout à la fois à répondre et à résister à cette passion maternelle. Et dans cet amour dont sans cesse la fille proteste – il n'était guère d'autre issue – je crains fort qu'on ne devine une haine secrète. Oui, il m'appartient de détruire les lettres de ma mère. Dès que j'aurai achevé de choisir et recopier celles de ma grand-mère. Dont celle-ci :

Il y a donc neuf mois que je ne vous ai ni vue ni embrassée, et que je n'ai entendu le son de votre voix ; je n'ai point été malade, je n'ai point eu d'ennui marqué ; j'ai vu de belles maisons, de beaux pays, de belles villes ; cependant je vous avoue qu'il me semble qu'il y a neuf ans que je vous ai quittée.

Non, personne ne doit savoir ce que répondit ma mère à pareille déclaration. A ne pas publier, à brûler.

LE VENT D'AUTAN

Les âmes qui semblent à Dieu ont presque toujours une porte de derrière par laquelle elles s'échappent.

SAINT-CYRAN

ÉLISABETH FARNÈSE
Toulouse – novembre 1714

“Voici donc six semaines, ma très chère fille, que vous avez quitté Parme. Ce temps m’a paru infiniment plus long et seuls le bonheur qui vous attend à Madrid et la gloire qui est maintenant la vôtre me pourraient consoler de votre absence. J’essaie de parcourir par la pensée les pays que vous traversez, d’imaginer les villes superbes où vous séjournez mais ces représentations me séparent de vous plus avant et ne sauraient qu’aviver la douleur de vous avoir perdue…” Une lettre à brûler, comme les précédentes. Découvrirait-elle qu’elle m’aime – ou aurait pu m’aimer – après mon départ ? Je lui laisse ce plaisir, je ferai même l’effort d’admettre que chez elle l’amour peut affleurer à condition d’être nourri de haine. La suite de ce beau discours ? Recommandations *maternelles* d’usage : l’hiver approche, se vêtir chaudement et ne jamais sortir sans chapeau, se purger régulièrement, éviter une chère trop abondante (tiens tiens, quelqu’un lui aurait-il rapporté que j’avais souffert d’une indigestion après avoir honoré l’excellent souper – ah ces perdreaux ! – offert par M. de Grignan ?), embrasser tendrement de sa part sa sœur Maria (et où pourrais-je, Madame ma mère, puiser la tendresse que vous ne m'avez pas donnée ?), sans doute la verrai-je avant de passer les Pyrénées, à ce propos se méfier de l'arrivée possible de la neige, il ne faudrait pas faire attendre trop longtemps mon époux, penser à des cadeaux pour les trois infants, ce serait d'une bonne politique, ma bourse pourra-t-elle y suffire ? Non, Madame ma mère, vous vous êtes bien gardée de la remplir abondamment. Quant aux sommes reçues de l'Espagne – fort tardivement ! –, elles suffisent à peine à couvrir les frais de mes équipages.

Ces lettres de change expédiées par M. Orry étaient assorties d'instructions précises : juste avant la frontière, ma maison italienne devra s'en retourner. Je n'ai pas caché à M. Desgranges que cet ordre, à mon sens, émanait de la princesse des Ursins. Nullement, m'a-t-il affirmé, cet usage prévaut toujours, ainsi en a-t-il été pour feu Marie-Louise Gabrielle de Savoie. Et il m'a assaisonnée d'un discours cérémonieux sur la nécessité de marquer la rupture avec ses gens, ses familiers, ses conseillers, avant d'aller régner en un pays étranger. Je me suis retenue de lui demander pourquoi, depuis treize ans, le roi d'Espagne était entouré de Français.

Sans doute Laura a-t-elle raison, je vais devoir m'exercer à la patience avec ma camarera mayor. Certes, c'est moi qui l'ai nommée : m'a-t-on laissée en disposer autrement ? J'entends encore les sermons affectueux de mon oncle François. Cette union si glorieuse, si imprévue avec la France et l'Espagne lui permettra, espère-t-il, de résister aux visées de l'empereur d'Autriche sur la Lombardie. Afin de souligner votre allégeance à la France vous avez tenu, mon cher oncle, à célébrer mes noces à Parme le jour de la Saint-Louis. De surcroît, au cas où je serais stupide, le noble comte poudré à frimas dépêché par ce même Louis le quatorzième à ce mariage m'a honorée d'un entretien privé. Son discours, pour être lui aussi poudré d'amabilités, n'en détenait pas moins de fermeté : la princesse des Ursins est l'intermédiaire principal entre Versailles et Madrid, ses avis éclairés sont indispensables au roi d'Espagne, et cetera. Et moi je suis le garant du pacte, j'ai compris, mon oncle, intouchable la princesse des Ursins, j'ai compris, je ne vais pas vous susciter des problèmes, vous m'avez été secourable tout au long de cette traversée du désert que furent mon enfance et ma jeunesse. Vous n'avez pu remplacer un père, cela ne se peut, mais j'ai trouvé appui dans votre affection. Vous tenez farouchement à Parme, moi également. Je sais, vous êtes prêt à vous aplatir devant Louis XIV, pour autant que votre embonpoint vous le permettrait. Moi, si je devais être la dernière des Farnèse, je préférerais en préserver la fierté. Celle des condottieres et des mécènes d'autrefois.

Que m'avez-vous dit encore dans votre dernière lettre ? Ah oui, ne pas trop m'attarder avec ma tante Maria de Neubourg, la pauvre a choisi le mauvais parti (on l'a choisi pour elle, me semble-t-il). Et à propos de cet abbé Alberoni : ce n'est pas parce qu'il est de chez nous qu'il faut lui accorder crédit. Il a quitté Plaisance il y a longtemps, fut au service du général Vendôme, est à présent le protégé de la princesse des Ursins. C'est seulement à ce dernier titre qu'il conviendra d'être aimable avec lui. Lui aussi vous a adressé une lettre où il recommande la patience. En somme, sur ce dernier point, me voici face à une quadruple alliance entre vous, Laura, l'envoyé du grand roi et cet Alberoni inconnu – comme de juste j'allais oublier Madame ma mère. D'ailleurs, avez-vous ajouté, il sera préférable, surtout dans les débuts, de ne pas trop s'entourer d'Italiens afin de n'indisposer ni les Français ni les Espagnols. J'aurais mauvaise grâce à ne pas comprendre : il convient de plaire et de se faire accepter.

Bien entendu, ce bon M. Desgranges, si vétilleux quant aux questions de protocole – d'accord, c'est son métier –, expédie à Paris des rapports sur moi, mon visage, mon langage, etc. Le représentant de Philippe V, itou, direction Madrid. Paris et Madrid, je suppose, échangent ensuite leurs impressions. Je ne sais qui, dans ma maison italienne, informe ma mère et mon oncle. Elisabeth Farnèse parcourant la France est sous haute surveillance. C'est la règle du jeu, je ne peux que la subir, en me sentant libre, cependant, comme jamais je ne le fus. Ne le serai plus ? Voyager me semble un état merveilleux. Découvrir des maisons, des pays et des villes, happer, humer des odeurs, des saveurs, approcher de multiples façons de parler et de vivre. Sans doute est-ce en partie illusoire mais, pour la première fois, je suis maîtresse de mon temps et de mes mouvements. Une jubilation toute neuve, toute fraîche. Je me lève et me couche tard, ce que Madame ma mère n'aurait pas toléré. Tant pis si M. Desgranges estime que l'heure du départ, le matin, pourrait être quelque peu avancée…

A Narbonne – ainsi en avais-je décidé –, nous nous sommes séparées. Nous : Marie-Louise Gabrielle de Savoie et moi. Lorsque, à Gênes, j'ai renoncé à rejoindre l'Espagne par la mer, j'ignorais qu'il en avait été de même pour celle qui m'a précédée. Je l'ai appris par le prince de Monaco, lors d'une étape sur son rocher. A Marseille j'ai interrogé, discrètement, M. de Grignan : savait-il où la feue reine avait franchi la frontière en 1701 ? Parfait courtisan, il m'a renseignée sans marquer le moindre étonnement : au Perthus, juste au sud de Perpignan.

Lunel, Montpellier, Pézenas, Béziers : je ne puis éviter de marcher sur *ses* traces. Béziers : j'annonce à ce très courtois M. Desgranges qu'à partir de Narbonne nous prendrons la route de Carcassonne et Toulouse. Surpris, il objecte l'allongement certain du voyage, or déjà… Ma parade est toute prête : ma tante Maria de Neubourg, la reine douairière, m'attend à Pau, il serait malséant de ma part de ne pas aller la saluer. Il s'incline.

Nos chemins ont donc enfin bifurqué. Non, je ne veux pas *la* suivre. Lui succéder en tout. Oui, je prends mon temps. Sans exagération. Il me plaît de contempler à loisir lumières et paysages. L'autre jour, entre Pézenas et Béziers, j'ai fait arrêter ma litière et sortir mon carton à dessin : ce long corps de ferme coiffé de pins parasols m'enchantait, je désirais tenter de le conserver sur le papier. Et les tuiles rousses me rappelaient celles de Pastorello. Le monde est encore plus beau et plus varié que je ne l'imaginais, recluse dans mon grenier de Parme. Lorsque je suis passée en Arles, M. de Grignan m'a raconté : au sud de cette ville, sur des terres traversées par les bras du Rhône, paissent en liberté, ou presque, des centaines de taureaux et de chevaux. Il m'est venu une folle envie d'aller galoper par là, soûle de vent, galoper jusqu'à la mer.

L'on m'a assez signifié qu'on ne me faisait que trop d'honneur en m'épousant. Je rétorque par ma lenteur – relative – qu'une Farnèse sait aussi vouloir et ordonner. Et si j'ai perdu près de trois semaines à Gênes, est-ce ma faute ? Il a fallu attendre que Louis XIV autorise sa nouvelle petite-fille à traverser, accompagnée de sa maison italienne, ses Etats du Midi. Et comme ce roi féru de pouvoir absolu a tenu au préalable à consulter là-dessus son petit-fils, j'ai été considérablement retardée. L'on gouverne l'Espagne depuis Versailles mais l'on ne laisse pas d'observer les formes : le roi de France n'entend pas cautionner mon choix de voyager par la terre sans en référer au roi d'Espagne qui en avait décidé autrement. Ils m'ont l'air d'être plutôt compliqués dans cette famille, je vais devoir me tenir sur mes gardes. En tout cas, on ne va pas m'imputer ce délai !

Il n'empêche, j'en ai bien profité de ce séjour à Gênes ! Des fêtes en mon honneur, presque chaque jour. De la musique de qualité dont une cantate de ce M. Haendel qui devient très à la mode. Je dormais sur la galère capitane qui m'avait amenée depuis Sestri Levante. Après la tempête – quelle horreur ! – j'ai savouré ce roulis berceur. Et j'ai aimé ce remue-ménage permanent dans le port, j'ai eu l'impression que l'univers entier venait se déverser là. Ou s'ouvrait à moi, qui fus si longtemps confinée. Pour un peu j'aurais souhaité embarquer et voguer vers les îles, la Sardaigne, la Sicile (tu rêves, Elisabeth, depuis le traité d'Utrecht, elles ne sont plus possessions espagnoles, tu rêves, la mer tu l'as fuie dès ta première – et dernière ? – traversée). Ainsi que me disait Laura, ma pigeonne il faut vous méfier de vos impulsions, vous sautez trop brusquement d'une envie à une autre. Gênes m'a donné le désir de séjourner à Marseille où j'ai retrouvé cette vie grouillante, excitante : une impression de mouvement, de possibles départs et aventures, de romanesque. La mer est belle vue de la terre. Si libre.

A Parme, il est vrai, nous en avons très peur, nous gens de la plaine. Madame ma mère s'agitait théâtralement à l'idée que j'allais affronter les flots entre Gênes et Alicante. Mon oncle essayait de la calmer – en vain comme d'habitude – puis de l'admonester : telle était la volonté de Philippe V, ses navires étaient en route vers le golfe de Gênes, il convenait de s'incliner. J'entendais, certes, il est déjà fort heureux d'être épousée, soyons parfaitement polis, soumis…

Depuis mon arrivée à Toulouse, il souffle en continu un vent étrange. Lourd de pluie, fatigant. On l'appelle ici le vent d'autan, il vient du sud, de la Méditerranée m'a-t-on dit. Je le trouve à la fois émollient et énervant. Je lui préférais encore cette bise provençale, glaciale, que j'ai essuyée sur la fin de mon étape marseillaise. J'avais mes lunes et quoique je n'aie pu retrouver dans mon nécessaire le vin aux écrevisses cher à Laura, je n'ai point été autant incommodée que je le craignais. Ce que c'est d'être délivrée de la mère… Certes, l'engorgement, une poussée de rage et d'angoisse. Surmontables cependant. Et à Marseille, le 25 octobre, c'était mon anniversaire, vingt-deux ans. M. de Grignan, l'apprenant à la dernière minute, s'est excusé moultement de n'avoir pas organisé de festivités. Quel homme plaisant, j'eusse aimé l'avoir pour père ou grand-père, je n'ai eu ni l'un ni l'autre. Il a sitôt fait déboucher du champagne. J'ai découvert ce vin avec émerveillement, je me suis sentie soudain légère, délivrée oui (oserais-je écrire à Laura que le champagne est plus efficace que sa potion ?). Madame ma mère ne me souhaitait pas mon anniversaire.

Voilà qui est étrange : même si elle me manque grandement, je me sens aussi, parfois, libérée de

Laura. Sans elle pourtant, je serais devenue imbécile. Ou mauvaise, vraiment mauvaise. Laura m'a sauvée de ma despote de mère. Elle a essayé de me coiffer et m'attifer moins sévèrement. Trop contente, Madame ma mère, de se débarrasser de moi, encombrante fille unique, par ce mariage. Ce qui ne l'a pas empêchée de se livrer à des débordements d'affection en public depuis qu'elle était mère d'une reine. Une consolation dans son existence étroite et son désespoir d'être sans descendance mâle. Pauvre Dorothée de Neubourg, triste Allemande exilée – elle a voulu me l'enseigner, sa langue maternelle, je n'y ai guère mordu. Moi je me sentais une Farnèse, j'aimais Parme et Plaisance et cette lumière patinée sur les tuiles, le soir, depuis les fenêtres de mon grenier. Et ce vent venu des Alpes dont je goûtais la violence. La nuit je l'écoutais, parfois je m'installais au clavecin, la musique cavalait avec lui.

Je fus une jolie petite fille, les regards me le signifiaient. A commencer par celui de Madame ma mère, comme irrité, jaloux de mon charme. Puis la grêle de la petite vérole a criblé mon visage. Madame ma mère aurait dû en être soulagée, voire m'en aimer. Je n'ai même pas gagné sa tendresse au prix de ma laideur. Elle m'a laissée frire dans l'huile bouillante de cette atroce maladie sans jamais venir à mon chevet. La *picote* dévorait ma peau et jusqu'à l'intérieur du nez et de la gorge. Je râlais, réclamais à boire, mon gosier enflammé ne pouvait rien avaler. Laura a fabriqué une sorte de pipette afin de glisser quelques gouttes entre mes lèvres gercées. Fraîcheur de cette eau, de sa voix, de sa présence. On peut bien me menacer de l'enfer, il est derrière moi. Cette brûlure constante, l'impression que ma figure avait triplé, l'angoisse de ne plus rien voir tant les yeux et les paupières avaient gonflé, d'être définitivement enrobée de nuit. Avec sa douceur ferme, Laura retenait mes mains pour m'empêcher de gratter les pustules puis les croûtes. De toute façon le ravage était accompli. Lorsque la suppuration fut achevée et que j'eus la force de me lever, Laura tenta de faire disparaître les miroirs. Elle ne put éviter que vienne l'heure de la confrontation : là, en face de moi, une autre qui était moi. Madame ma mère a dû penser que ce qu'elle appelait ma méchanceté était remontée à la surface. A fleur de peau.

A la longue, les crevasses se sont un peu atténuées. Le plus dur fut d'apprendre à apprivoiser cette autre, là, dans la glace. Il fallut abolir le visage d'avant. De ce visage antérieur, seuls les yeux de Laura sont dépositaires. Entre elle et moi un pacte indestructible.

On apprend, oui. A jouer de la voix afin de détourner les regards. A déployer esprit et grâce pour que les autres oublient cette mitraille qui a troué la figure. Ma tante de Modène – encore une à qui je dois beaucoup – m'a aidée à cet égard. Mais durant ce voyage où je dois chaque jour affronter des personnes qui me rencontrent pour la première fois, je retrouve d'anciennes affres. Ou de vieilles rages. Cette Mme de Simiane par exemple, sèche et noiraude, ah non je n'ai pas aimé son coup d'œil sur moi ! De plus, elle parlait un français qui m'était incompréhensible. M. de Grignan m'a expliqué que sa fille utilisait beaucoup d'expressions provençales. Elle aurait pu s'en dispenser en ma présence. En tout cas son regard m'a donné un avant-goût de ceux qui m'attendent à Madrid.

Hier 19 novembre, ce fut la fête de sainte Elisabeth. Les capitouls et le clergé de Toulouse ont tenu à la célébrer avec magnificence en mon honneur. La musique en la basilique Saint-Sernin m'a ravie. Je me sentais à la fois apaisée et exaltée. Les chants me rapprochent de Dieu davantage que la prière, mon confesseur m'a souvent prévenue contre cette inclination à l'effusion. Je dois, me répète-t-il, penser maintenant à mes devoirs d'épouse et de reine. De reine catholique, a-t-il insisté, chargée de défendre la foi. J'y pense, je veux me former au gouvernement. S'il est vrai que Dieu, par ce mariage, m'a désignée pour cette mission difficile. Sur ce point, mon confesseur me met derechef en garde : il me faut être reine sans nul orgueil. N'être que l'instrument de Dieu. Ah, il m'arrive de souhaiter qu'il n'y ait plus d'intermédiaire entre Lui et moi ! Parfois, dans la solitude de mon appartement sous les toits, il m'a semblé, à l'âge de quinze ou seize ans, que Sa grâce et Ses lumières me visitaient. Un éblouissement de bonheur, trop fugace.

En même temps, j'appréhende d'être séparée de mon confesseur, voilà cinq ans qu'il m'accompagne. A Pampelune, m'a-t-on prévenue, un autre me sera attribué, je trouve le procédé cruel. Et j'espère que ce ne sera pas un jésuite ! L'un des mérites du mien, outre sa rigueur douce, est de se tenir à l'écart des remous du monde afin de n'être qu'un directeur de conscience attentif. J'appréhende ce moment où la confession deviendra sans doute moins affaire privée et religieuse que politique. Et j'ai tant besoin de cette retraite dans l'ombre protectrice du confessionnal, là où un homme m'écoute sans apercevoir mon visage. Ces dernières années, j'ai trouvé secours et refuge dans la musique, la broderie – excellente pour l'exercice de la patience ! –, et dans une piété que je voulais intérieure, fort éloignée de la dévotion sèche de ma mère, laquelle s'en tient à une observance rigide des règles et des rites.

Ma camériste préférée m'a rapporté que dans l'entourage de M. Desgranges courent des bruits sur la mauvaise santé de Louis, quatorzième du nom. Ces derniers temps, celle-ci se serait sensiblement altérée. Je n'ai pu m'empêcher de penser : s'il disparaissait, mon oncle n'aurait plus le protecteur qu'il espérait. Et je mesure soudain mon ignorance en ce qui concerne l'histoire actuelle. Je lis Tacite dans le texte mais ne sais trop comment les alliances européennes seraient révisées au cas où…

J'y réfléchissais ce matin. Peut-être son petit-fils serait-il moins tenu en lisière, moins dépendant de la France ? Brusquement, je me suis ébrouée. Assez musardé, Elisabeth ! Depuis quelques semaines tu te promènes dans un trop plaisant entre-deux : entre l'Italie et l'Espagne, entre fille et femme, entre une mère et un époux. Tu es mariée, et vierge. Reine, tu en savoures les honneurs sans en assurer les devoirs. Il suffit, il ne sera pas dit que tu aies peur. D'ouvrir ton ventre à un homme ? De succéder à une autre ? De régner sans y avoir été préparée ? D'affronter avec diplomatie ta camarera mayor ? Allez, hop, remue-toi !

J'ai sauté de mon siège, je voulais donner l'ordre d'apprêter le départ du lendemain matin, et de bonne heure pour une fois. J'ai même pensé, très vite : à Pau, je ne resterai qu'une journée avec ma tante Maria. J'étais en mules, un talon a tourné, mon pied droit a suivi. Me voici immobilisée avec une belle entorse. Mon médecin m'ordonne le repos durant plusieurs jours, jambe surélevée. Les emplâtres aux herbes que l'on m'applique ne soulagent guère ma cheville douloureuse.

L'épouse de l'un des capitouls se croit obligée de me tenir compagnie l'après-midi. Selon elle, il n'est rien d'étonnant à cette entorse : quand le vent d'autan – un vent malin dit-elle – dure trop longtemps, l'on remarque ici quantité d'accidents de toutes sortes, les hommes comme les bêtes sont à bout de nerfs. Les Toulousains le savent bien, elle pourrait m'en fournir cent témoignages. Je n'en demande pas tant. Et faut-il absolument expliquer, excuser cette cheville gonflée ?

Une fois de plus, M. Desgranges s'incline avec sa courtoisie de maître des cérémonies mais je le sens contrarié de ce nouveau retard. Je n'ai quand même pas fait exprès !

La douleur m'éveille au milieu de la nuit. Elle lancine méchamment, peut-être ai-je un peu de fièvre. La musique me manque. Au moins, l'avantage de mon grenier isolé était-il de me permettre de m'installer au clavecin lorsque le sommeil me fuyait. La musique est si pleine dans le silence nocturne. J'avais parfois l'impression de la créer en la jouant (là encore mon confesseur m'a suggéré de rabattre quelque peu ma superbe).

J'ai mal et vous m'êtes présente, Madame ma mère. Je vous ai quittée il y a plus de deux mois maintenant, j'ai franchi les montagnes du Piémont et longé les criques rocheuses de la Méditerranée, j'ai traversé la Provence, si belle, et le Rhône tumultueux, j'ai parcouru les longues terres occitanes et je commence à comprendre, cette nuit, que tant de lieues ne me séparent pas de vous. Vous m'êtes fidèle, vous ne m'abandonnez pas. Tant mieux ! Vous avez forgé en moi la force dont je vais avoir besoin. Je sais, mon confesseur me répondrait que c'est en Dieu seul que je dois la puiser, mais je prends où je peux. Dans le tournoiement des ténèbres et de l'insomnie, je saisis mieux, oui : la réclusion à laquelle votre aversion m'a condamnée me sera féconde. Grand merci, Madame ma mère, d'avoir été prodigue de votre haine austère. Je la conserve précieusement dans mon bagage, je n'ai garde de l'oublier comme j'ai fait de la potion préparée par Laura.

Par moments la souffrance s'estompe et je somnole à demi. J'écoute, en même temps. Les chevaux du vent galopent, mufles humides. Au-dehors ? A l'intérieur d'un songe ? Les deux, peut-être, un étrange mélange. Vents d'antan, sifflant sur les toits de Parme, griffant les tuiles de mon grenier, éveillant, bousculant mes désirs et ma violence d'enfant cloîtrée. J'oublie ma patte blessée et je pars galoper avec eux.

LES CAILLOUX DE JADRAQUE

Fort au-dessous des Guermantes, on peut cependant citer les La Trémoille, descendants des rois de Naples et des comtes de Poitiers.

MARCEL PROUST

ANNE-MARIE DES URSINS
Gênes – mars 1716

Depuis que je réside à Gênes, il m'arrive de commencer un songe en français, de me retrouver soudain à Burgos ou Ségovie discourant en castillan, puis de me réveiller avec une phrase d'italien sur les lèvres. Mais ce matin, rêves et mots se sont estompés, ne reste qu'une impression d'amertume. Je m'examine : la langue chargée, le blanc de l'œil jaunâtre, allons, avoue Anne-Marie, ton foie n'a toujours pas toléré les douzaines d'œufs avalés entre Atienza et Hendaye – et s'il ne s'agissait que d'œufs ! Je connais le remède, des épinards à l'eau durant une semaine.

Voilà qui m'apprendra à ruminer, bêtement, sur le passé, proche ou lointain. Ces jours-ci, c'était sur mon audience à Versailles, il y a tout juste un an. L'on me recevait, on ne ratifiait donc pas totalement, en privé du moins, le congé grossier infligé par les rois Catholiques. Sur la fin de mon séjour à Saint-Jean-de-Luz, j'avais reçu une lettre de la main même de Louis XIV : ce signe réconfortant avait achevé de guérir ma fluxion de poitrine. Le grand roi, non sans délicatesse, prenait part à mon déplaisir et m'assurait de son estime et son affection. L'audience fut moins chaleureuse. Ou peut-être fus-je impressionnée par leur vieillissement à tous deux (et réciproquement ?). Mme de Maintenon sourde comme un pot : le moyen de mener une conversation à la fois efficace et élégante lorsqu'il faut répéter deux phrases sur trois ! Lui, drapé de la même dignité affable qu'autrefois. J'ai cependant reniflé l'odeur de la mort en dépit du néroli qui imbibait mon mouchoir.

J'imagine qu'après ma visite la chère Françoise a dû chevroter : cette pauvre Mme des Ursins, la voici toute cassée après ce furieux coup du sort, et puis ses années d'Espagne ont été éprouvantes, elle s'est tellement employée… Hypocrite ? Je ne sais. Louis XIV a rendu hommage à mon dévouement et mon désintéressement, il n'ignorait pas que mes charges à Madrid m'avaient appauvrie plutôt qu'enrichie et il m'accordait une rente de quarante mille livres sur l'Hôtel de Ville. Sans être considérable, c'était une sécurité. On me dédommageait, s'il était possible, de l'affront subi, du non-paiement de mes pensions et de la perte de ma principauté. Bien entendu, on ne désavouerait officiellement ni Philippe V ni Elisabeth Farnèse : avant tout l'unité et la bonne entente dans la famille, les serviteurs, fussent-ils de luxe, passent après. Rien de plus légitime, je m'y attendais. Le petit-fils était-il censé gérer seul, à présent, son ménage comme son royaume ? Et l'Espagne se détacher de la France ? Orry avait été remercié en février, je venais de l'apprendre. A Paris, l'on parlait d'une réconciliation entre Philippe V et Philippe d'Orléans : j'ai subodoré que ce dernier pourrait être le futur régent. Chacun supputait le contenu du testament rédigé par Louis XIV.

Une rencontre funèbre de fin de règne. Trois vieillards allaient passer la main. Elle quatre-vingts ans, lui soixante-dix-sept. Et moi, la jeunette de soixante-douze ans. Sans doute avais-je trop en mémoire mon précédent passage en ces lieux, dix ans auparavant, lorsque je déambulais dans la galerie des Glaces, triomphante et désinvolte, mignardant ce chiot frisotté dans mon manchon. Cette fois, ma chute annonçait leur double décès.

A leur demande, j'ai évoqué celui de Marie-Louise Gabrielle. Lorsque Adrien Helvétius avait procédé à l'autopsie, il avait constaté que les poumons étaient rongés, et selon lui depuis fort longtemps, par ce mal – une phtisie – qui, périodiquement, provoquait le bourgeonnement des écrouelles. Il n'avait servi de rien que j'aère les appartements de l'Alcazar, chasse la poussière et fasse entrer la lumière. Oui, entre nous, flottaient deux ombres légères : les deux sœurs, Marie-Adélaïde et Marie-Louise Gabrielle. Mortes à deux ans d'intervalle, un mois de février. Elles ne s'étaient jamais revues depuis que l'aînée avait quitté Turin afin d'épouser le duc de Bourgogne. Mme de Maintenon l'avait chérie et formée, j'avais procédé de même avec Marie-Louise Gabrielle. Pour chacune de nous, les deux vieillardes sans enfants, elles furent notre essentielle source de vie et de gaieté. Nous les avions aimées, vraiment aimées, tout en étayant sur elles notre pouvoir – un lien qui exaspère les hommes, qu'ils ne peuvent admettre. Oui, elles furent notre jouvence, Marie-Adélaïde et Marie-Louise Gabrielle. Elles avaient disparu et nous survivions, quelle indécence… Allez vieilles belles, la Maintenon, la des Ursins, il serait temps de quitter la scène. Galantes dévotes ou impénitentes, l'Histoire vous boute dehors, ne traînez plus. Aimables pensées inspirées par une crise de foie de plus en plus douloureuse. Mais il est moins humiliant de s'estimer congédiée par l'Histoire que par une petite jeune fille extirpée de Parme. Reste à comprendre comment, un beau jour de décembre 1714, l'Histoire a emprunté ce visage-là.

Un qui aurait bien voulu le savoir, c'était notre duc de Saint-Simon. Toujours bouillant, il s'était déjà forgé sa théorie là-dessus. Je m'en rendis compte lorsqu'il vint me visiter. Rien de plus facile, sa maison jouxtait rue Saint-Dominique celle de mon frère le duc de Noirmoutier chez lequel je logeais provisoirement depuis mon retour d'Espagne. Sur le plan des relations, c'était plus délicat. La mère de Philippe d'Orléans, cette princesse Palatine qui me détestait, sa femme et leur entourage faisaient le vide autour de moi. Et le duc de Saint-Simon, qui était l'un de ses familiers et conseillers, préféra solliciter de lui l'autorisation de me venir voir. Me le dit d'entrée, j'en souris. Nous devisâmes longuement sur les affaires d'Espagne, je ne lâchai presque rien sur Philippe V, ni sur Elisabeth Farnèse. Je préférais évoquer la feue reine ou l'ensemble de la politique européenne. Il aurait souhaité davantage de révélations sur ce qu'il appelait les dessous et finit par me dévider sa petite chanson concernant mon expulsion : elle avait certainement été commandée à distance par Louis XIV et sa morganatique épouse. Tous deux avaient pris ombrage de mes trop vastes pouvoirs. Le grand roi avait secrètement transmis l'ordre à son petit-fils. Lequel, par une missive qui m'avait échappé, avait chargé cette épouse inconnue d'être l'exécutrice des basses œuvres… Pas très glorieuse votre histoire, M. le duc. Ni pour les uns ni pour les autres. Et un peu trop simple pour être vraie. Ce qui ne vous empêchera pas d'aller la répandre auprès de qui voudra l'entendre. D'autres en fabriqueront, j'imagine, des plausibles comme des romanesques… Et encore est-il des romans détenant plus de vraisemblance que certains événements historiques, du moins est-ce la modeste leçon que, pour l'heure, je tire de Jadraque. Allons, M. le duc, l'on sait que vous haïssez Louis XIV et Mme de Maintenon : était-ce leur résistance à disparaître qui vous rendait ce jour-là le teint jaune tel du coing ? A nouveau je m'en suis tenue au sourire, que vous avez sans doute estimé être un acquiescement.

Nous nous sommes séparés en apparence contents l'un de l'autre. Ce qui avec M. le duc de Saint-Simon signifie qu'il était fort content de lui.

Le seul point que j'aurais accepté de lui concéder : sans peut-être parvenir à se l'avouer, l'aïeul et le petit-fils durent être soulagés de ma chute. Une obscure jeune femme venue de Lombardie avait réussi ce qu'ils avaient probablement souhaité maintes fois : se débarrasser de celle dont ils ne pouvaient se passer. Mes trois semaines de neige et d'épreuves m'avaient incitée à réfléchir là-dessus.

Mme de Maintenon me pria de visiter son institution pour jeunes filles, à Saint-Cyr. En tête à tête, nous évoquâmes à nouveau Marie-Adélaïde et Marie-Louise Gabrielle. Et leur douleur quand Victor-Amédée de Savoie trahit ses alliés français et espagnols, et ses filles par la même occasion, afin de s'aller jeter dans la coalition autrichienne. Je rappelai à Mme de Maintenon la lettre qu'elle m'adressa lors de cette circonstance éprouvante : le duc de Savoie, m'écrivait-elle non sans ironie, est un grand prince, il laisse aux bourgeois la tendresse pour leurs enfants. Eh oui, j'appartenais à la très haute noblesse, elle était de médiocre extraction, qu'importe, nous les avions aimées *nos* filles, avec passion. Vous avez su, me rappela-t-elle ce jour-là à Saint-Cyr, jouer et badiner avec l'enfant, ou peu s'en faut, qu'était au départ la reine d'Espagne (m'offrant à moi-même ce plaisir d'enfance) et, conjointement, l'instruire en sorte de l'élever jusqu'aux responsabilités de sa position. Oui, à travers ma correspondance, elle avait senti cela, Françoise de Maintenon, qui suscitait chez moi agacement et admiration mêlés.

Je glissai assez vite sur les trois orphelins de Madrid, essayant d'esquiver l'âcreté de cette souffrance-là. Elle me parla plus longuement du fils de Marie-Adélaïde, orphelin, lui, de père et de mère, ce Louis de cinq ans dont la fragilité l'inquiétait. Et bien que nous n'eussions plus d'avenir, nous poussâmes la coquetterie jusqu'à l'envisager. Si Louis XIV décédait avant elle, elle aurait Dieu et deux cent cinquante jeunes filles pour l'entourer jusqu'à la mort. Agréable compagnie, je l'en félicitai. Je lui enviais cette retraite intelligente moi qui, à présent, ne savais plus trop où aller. Comme je m'en ouvrais à elle, elle suggéra qu'une résidence hors de France serait une excellente solution. Cette fois encore, c'était clair : on ne souhaitait pas que je demeurasse dans les parages.

Il y avait sept ou huit ans, elle avait monté une assez jolie cabale à partir, notamment, des éléments que je lui avais fournis sur les agissements de Philippe d'Orléans en Espagne, royaume qu'il était censé défendre : il lorgnait, non sans quelque imprudence, et impudence, sur la couronne espagnole au cas où son neveu Philippe V serait par trop défaillant, ou destitué. Je sais, je sais, tout cela sans être faux avait été habilement grossi. Le jeu ordinaire… Une fois Louis XIV disparu, Mme de Maintenon craignait que Philippe d'Orléans n'exerçât des mesures de rétorsion, elle préférait donc savoir au loin sa complice d'autrefois (lors d'un banquet aviné, Philippe d'Orléans, qui ignorait la présence sur les lieux d'un de mes espions, nous avait toutes deux aimablement associées en trinquant à la santé du “con” capitaine et du “con” lieutenant). Bref, j’avais beau avoir soixante-douze ans, je n’étais pas sourde. Il me fallait partir et renoncer à Chanteloup, ce trop beau Chanteloup tourangeau qui avait dû agacer par la renommée de sa splendeur le vieux couple de Versailles. Voilà qui ferait un heureux… N’empêche, ce fut un moment éprouvant lorsque je compris que je devais abandonner la Touraine comme la France, et m’éclipser vers l’Italie. Au même moment, le grand spécialiste des yeux, M. de Saint-Yves, me laissait entendre que les miens étaient fort mal en point. Exilée, et menacée de perdre la vue ?

Me voici au cinquième jour d’épinards à l’eau et cependant les douleurs ne cessent de poigner. Si Emilie était ici, elle me tarauderait pour que j’appelle un homme de l’art. J’attends encore. A cause de cette bile qui me travaille, je repense à vous, M. de Saint-Simon l’atrabilaire. J’admire certes votre pénétration et la vivacité retorse de votre conversation (l’admiration, je crois, est réciproque), mais je n’ai guère apprécié votre fureur noire lorsque, au moment de mon retour en grâce de 1705, j’ai obtenu de Louis XIV que le titre de duc de Noirmoutier devînt héréditaire pour mon frère. Un titre héréditaire accordé à un aveugle – et sans enfants ! –, avez-vous clamé, outré. Parfaitement, à un aveugle sans descendance, et alors ? Oh, je crois deviner. Vieille de six ou sept siècles, la noblesse et la hauteur des La Trémoille sont chez moi quasi *naturelles*. Les vôtres sont légèrement plus récentes, M. de Saint-Simon, de quoi vous inciter à les amidonner jusqu'à les rendre rêches et gourmées. Ne pouvant guère vous guinder au-delà de deux ou trois siècles, vous tendez à élever l'étiquette au rang d'une religion et votre morgue vétilleuse fait merveille sur les questions de préséances. L'on sait que personne n'est plus pointilleux là-dessus qu'un émoulu d'assez fraîche date.

La souffrance, dirait-on, me rend mauvaise. Des élancements intolérables. Et à votre maître Philippe d'Orléans qui, je le reconnais volontiers, accomplit ses fonctions avec intelligence et dévouement, le "con" lieutenant a envie de dire : vous aimez foutre les femmes, M. le régent, et vous ne supportez pas qu'elles aient des vues et visées politiques. On ne saurait demander à un libertin d'être libéral en tout.

Dire que j'ai déjoué les attaques d'adversaires masculins de taille, tels Philippe d'Orléans ou le nonce du pape. Et c'est une femme qui aura eu ma peau…

L'on ne m'a pas pardonné d'être experte en séductions diverses – toilettes, fards et parfums, sans parler des raffinements érotiques – et d'occuper en même temps des places fortes réputées viriles. J'avais quinze ou seize ans lorsque ma mère me permit de lire *Les Femmes illustres*. Et je retins cette phrase où Mlle de Scudéry déclare : comment, nous aurions de l'imagination, le jugement solide, l'entendement clairvoyant, et nous nous contenterions de friser nos cheveux ? J'ai réfléchi sur le sort de ma mère, la trop belle Julie Aubry, et me le suis juré : je friserai mes cheveux et cultiverai jugement et clairvoyance. Il fallait bien un homme dans la famille. Mon père disparu. Mon frère aîné tué en Espagne, un autre dans les Flandres. Un cadet, sourd et muet, mort jeune. Un autre, le plus beau, le plus doué, aveugle à vingt ans de par ce fléau de la petite vérole. Quant au dernier, cardinal grâce à moi, un nabot difforme et débauché. Je ne pouvais que me battre en chef de maison pour tenter de maintenir l'honneur des La Trémoille. Mais j'eus assez d'esprit pour ne point le dévoiler dans toute son étendue, notamment avec certains de ces messieurs qui l'eussent mal supporté.

Et puisque j'étais née si haut, je pouvais m'accorder le luxe de déroger – eh oui, M. de Saint-Simon ! Qu'une La Trémoille, l'une des cinq ou six premières familles de France, épouse un Chalais en a laissé plus d'un confondu. Les preuves de leur noblesse ne remontaient pas au-delà de 1460, leur titre de Talleyrand était usurpé, leur prétention à celui de prince irrecevable : ils ne détenaient aucun droit de justice sur leurs terres (mon père, lui, la rendait et levait des troupes à sa guise, à sa botte, dans son fief du Poitou). Je n'en ignorais rien et me suis mésalliée, lucidement, avec orgueil de surcroît : j'étais amoureuse et n'ai point attendu.

Non, nous n'avons guère pris le temps de parcourir la carte du Tendre, Adrien et moi. Nous ne nous sommes attardés ni à *Billets doux* ni à *Jolis vers* – Adrien de Chalais maniait plus volontiers l'épée que la plume –, encore moins à *Respect*, ce n'était pas son style. *Tendres appas* à la rigueur et à condition d'y porter une main experte. J'avais dix-sept ans et mon corps s'impatientait. Adrien ne manquait pas de science, je fus une excellente élève. Le 5 juillet 1659, à toute allure, nous voilà mariés : mes parents, nous ayant surpris au lit, avaient préféré diligenter les noces. C'est ce que je voulais.

Trois ans après, ce duel absurde. La condamnation à mort, la fuite vers le Périgord puis l'Espagne. Ce coup d'estramaçon lors d'une bataille contre les Portugais, la captivité. Lorsque à Madrid j'ai retrouvé Adrien, enfin libéré, son effroyable cicatrice sur le crâne et le front, infligée par la lourde épée à double tranchant, ne m'a pas empêchée de continuer à l'aimer. Intérieurement, il était défiguré.

Adrien. L'homme des cliquetis d'armes, des duels et défis. Pour rien. Par ennui. Nulle issue pour les Chalais et La Trémoille des années 1660 sinon d'aller se cloîtrer dans les fastes et dorures des palais royaux. Adrien piaffait, estoquait, caracolait. Dans le vide. Il alliait courage et forfanterie – ah, je ne me risquerais pas à soupeser lequel de ces deux ingrédients dominait… Né trente ou quarante ans trop tard, Adrien-Blaise de Talleyrand, comte et non prince de Chalais. Que j'ai trop aimé – ah non, jamais trop ! Sous le bon roi Henri ou sous Louis le treizième, il eût fait un valeureux mousquetaire. Fringant et fidèle. Trop tard, la Fronde de nos pères avait émasculé la noblesse. Marionnettes de basse cour, domestiques de luxe à Versailles ou Marly, nos fiers aristocrates. Et toi, Anne-Marie de La Trémoille, qu'as-tu fait en Espagne sinon vider le royal pot de chambre, passer sa chemise à la reine et la chausser puisque hors le roi et la camarera mayor personne ne devait voir ni toucher ses pieds ? Mais sur cette intimité tu as su construire ton pouvoir.

Adrien de Chalais s'était trompé d'époque. Et sur son visage parfaitement ciselé planait l'ombre de cet oncle décapité pour avoir conspiré contre Richelieu. Le fil des épées et la fougue s'émoussaient. Restaient les rituels et dentelles de la cour. Pour lesquels j'avais quelque talent. Adrien, non. Il préféra – a-t-il vraiment choisi ? – un destin de duelliste proscrit et la fuite à l'étranger. Puis ce coup d'estramaçon, en Estrémadure. Qui l'achève. Il n'en meurt pas comme mon frère aîné, dommage. En dedans il est mort, je l'ai senti au sein même de nos duels amoureux qui pourtant, à Madrid, furent des plus sensuels, des plus mouchetés. Sa bravoure un peu vaine ne ferait pas d'étincelles. Le panache ne se pouvait plus rameuter. Adrien a voulu se mettre au service de l'empereur, l'aider à repousser les Turcs qui menaçaient Vienne. Tel un chevalier d'autrefois combattant les Infidèles ? En lui s'échauffaient des humeurs romanesques, sur fond de désespoir. Je l'ai suivi.

Sur la route de Vienne, nous sommes allés nous enliser dans les marécages et les fièvres de Mestre, juste à côté de Venise. Ainsi, dans les marais, disparut-il sans gloire.

En France puis en Espagne, Adrien prétendit faire reconnaître ses droits au titre de prince. J'ai tenté de l'aider, usant de mon nom, mais sans trop y croire. Auprès de la mère de Charles II, il y a plus de quarante ans, j'avais déjà sollicité une principauté. En vain. Bien des années après la mort d'Adrien, je l'ai voulue pour moi. Pour moi seulement ? De cœur, je me nomme comtesse de Chalais plutôt que princesse Orsini.

J'ai abandonné Chanteloup et la principauté promise par Philippe V est devenue aussi chimérique que l'île de Sancho Pança. Pourtant, même à présent dans ma solitude génoise, quelque chose en moi ne veut pas y renoncer, proteste, s'agrippe. L'exil raviverait-il de très anciennes souffrances ? En tout cas, celle qui vient de resurgir au côté droit, encore plus aiguë, a failli m'arracher un cri. Je dois me résigner et envoyer une camériste chercher un médecin.

Ce fut atroce. On m'a administré un peu d'opium. J'ai fini par expulser quelques menues concrétions, noirâtres. On dirait des noyaux d'olives. Je m'en amuse maintenant que je suis soulagée et les baptise les cailloux de Jadraque. Il fallait que ça sorte…

Me revoilà gaie et dilatée. Les sombres ruminations ont été évacuées avec mes petits cailloux et je ne veux plus évoquer que des moments plaisants. Le mariage de Philippe V et de Marie-Louise Gabrielle, par exemple, cette rebondissante comédie en trois actes. Durant le repas de noces, notamment, je m'étais fort divertie ! C'était à Figueras, en Catalogne, non loin de Rosas, ma principauté perdue. Deux jours auparavant, Marie-Louise Gabrielle et moi avions donc franchi la frontière, au sud de Perpignan. La première entrevue entre la fillette de treize ans et le blondin de dix-sept ans s'était aimablement déroulée. Bénédiction nuptiale puis banquet. Au menu devaient alterner plats français et plats espagnols. Le service incombait à des dames d'honneur venues de Madrid, assistées de leurs caméristes, et l'on aurait pu croire qu'on avait imposé aux unes et aux autres un concours afin d'élire les plus vieilles et surtout les plus laides.

J'ai très vite compris : ces dames avaient décidé d'infliger aux jeunes époux une intronisation sévère, à la mode castillane. Comme par hasard, elles laissaient sur une crédence ou mieux faisaient tomber, soi-disant par maladresse ou inadvertance – bruits de casse et dégoulinades –, tous les rôts et sauces à la française et ne posaient sur la table royale que des ragoûts fort épicés, et d'un gras ! J'ai goûté, il était clair qu'on avait enjoint au chef de cuisine d'avoir la main lourde avec le poivre, l'ail et le safran. Durant notre voyage, j'avais remarqué que Marie-Louise Gabrielle avait un appétit d'oiseau mais là, figée, gorge nouée, elle n'a pas desserré les lèvres. Ce qui redoubla la roguerie des nobles harpies transformées en porteuses de plats. Elles avaient une conception assez cruelle du sevrage, ces dames, elles signifiaient sans ambages à leur jeune reine qu'elle devait sur-le-champ cesser d'être piémontaise – *in petto* je me suis félicitée de n'avoir laissé venir aucune des accompagnatrices de Turin, c'eût été un beau charivari ! Ou manifestaient-elles ainsi leur exécration d'une dynastie étrangère ? J'ai flairé une cabale derrière le grotesque de ces viandes et fumets répandus sur le carrelage. Cramoisi, le roi se contenait, il fallait se donner l'air d'avaler ces couleuvres en même temps que l'indigeste *cocido*, et avait-on jamais vu un Bourbon administrer une semonce publique à des dames ? Je m'en chargerai une fois à Madrid, elles ne perdaient rien pour attendre ! N'eût été la mine de Marie-Louise Gabrielle, je me serais plutôt amusée : virez, voltez, lourdes jupes de damas et de velours – certaines ont ramassé des éclaboussures –, menez-la jusqu'à terme votre sarabande culinaire initiatique, d'ici peu vous serez congédiées de la cour. Vous me prenez pour une duègne d'occasion, censée repartir à Rome ? Vous vous apercevrez bientôt que la camarera mayor, c'est moi.

En attendant, je voyais le roi, et surtout la reine, se décomposer. Ce n'était pas le moment, on allait passer de la table au lit. Je rejoins Marie-Louise Gabrielle dans sa chambre afin de l'aider à se préparer et trouve une furie en larmes. Crise de nerfs, je ne supporterai pas plus longtemps pareil affront, ces bonnes femmes sont ignobles – je n'en voudrais pas pour frotteuses de parquet – et cette nourriture, répugnante ! Dès demain, je repasse la frontière et je rentre à Turin. Manzin, sa femme de chambre chérie, en rajoutait dans l'indignation et la suffocation. Ah, celle-là, je me mordais les doigts d'avoir toléré qu'elle demeurât auprès de sa maîtresse. Je l'ai envoyée préparer une boisson calmante. Cette fois, la petite fille s'est effondrée, criant Manzin ! Manzin ! A travers ce Manzin ! désespéré, elle appelait, je crois, père et mère et grand-mère, nourrice et remueuse et gouvernante, et toute son enfance révolue.

Tisane, apaisement temporaire. Je parlemente, cajole, badine sur ces dames plus ridicules qu'insolentes, vante la belle apparence du promis, rien n'y fait. Elle accepte seulement de rester jusqu'au lendemain midi, en dormant seule bien sûr. Et moi de courir chez le roi. Il attend, en chemise, tout congestionné. Rougeur et gonflement lui sont remontés du bas-ventre jusqu'au visage, me semble-t-il. Je me retiens de pouffer et je plaide : l'émotion, légitime chez une aussi jeune fille, les fatigues d'un long voyage, l'arrivée en ce pays étranger et par là-dessus l'impudence des mégères madrilènes. Penaud, craignant de n'avoir su plaire à son épouse-enfant, il se résigne à demeurer solitaire cette nuit-là. Je me suis réjouie que le coucher public des mariés soit une coutume française et non point espagnole : on aurait frisé l'incident diplomatique, voire une grave rupture des alliances…

Seconde journée. Je conseille au roi d'être très froid avec la reine – qui pour l'heure a renoncé à s'en retourner –, d'aller à la chasse (sa passion, à l'instar de la plupart des Bourbons) et de se retirer de bonne heure dans son appartement. Piquée, la petite fille me regarde en coin avec des yeux de chien battu. Je ne commente pas. Allez, hop, au lit et Manzin dans le sien – celle-là, je l'ai vertement chapitrée. Dans le mien, je me demande si je vais devoir repartir à Rome accablée de honte par cet échec retentissant. La veille, le marquis de Louville, un fidèle du roi, m'a raconté que Philippe V, à son départ de Madrid pour Figueras, a été acclamé par une foule en liesse qui lui criait entre autres joyeusetés : et surtout ramenez-nous la reine grosse ! Ça n'en prend pas le chemin, et de toute façon… Le peuple castillan, heureusement, est dans son ensemble plus accueillant que l'aristocratie.

Troisième soir, Marie-Louise Gabrielle accepte enfin que Philippe la rejoigne dans sa chambre. Je m'apprête à aller tirer les rideaux du lit – cela fait partie de mon rôle –, lorsque sur le seuil, je me heurte au roi. Il ressort, plus benêt et plus empourpré s'il est possible que l'avant-veille. En guise de préliminaires, son épouse lui a tenu un langage hautement politique : Philippe V se doit de confier à Victor-Amédée de Savoie le commandement des armées françaises et espagnoles qui vont prochainement combattre les forces autrichiennes en Italie.

S'il n'y consent, elle ne consentira… Le malheureux, qui ne prend aucune décision sans en référer à son auguste grand-père, en est resté ahuri et incapable d'amorcer le moindre geste conjugal.

Qu'est-ce qu'il tente de nous manigancer, ce renard de Victor-Amédée ? Par un canal secret, j'avais su que Louis XIV, se méfiant de lui, avait failli rompre les pourparlers en vue du mariage. A présent, le duc de Savoie se servirait de sa cadette comme d'un ambassadeur souterrain ? Voilà pourquoi la petite fille s'est montrée si longtemps réticente durant notre traversée du midi de la France. Chargée de mission par son valeureux père. Elle va m'entendre ! Je la trouve assise sur le rebord du lit, jambes pendantes, le regard et le menton encore arrogants mais l'air frileux, et le neigeux de sa peau marbré de rougeurs. Oh, j'ai eu envie de la prendre dans mes bras, ce chaton solitaire coupé de sa nichée d'origine, de la câliner et lui murmurer que ce n'était pas si terrible ce qui l'attendait dans cette couche. Je me roidis, prends mon ton le plus pédagogique, à la Maintenon : se marier, cela signifie choisir un époux contre un père (l'avait-on laissée choisir !). Ainsi de fille devient-on femme. Si elle avait peur de l'être, femme, et préférait réciter stupidement les leçons de son cher papa, eh bien on la renverrait fille à sa famille, à son aise si elle se couvrait de ridicule (et moi donc !).

A présent, je m'avoue que je l'ai méchamment secouée, la reine-enfant que j'aimais déjà sans le savoir. Si seule et désemparée. En dernier recours, elle avait cherché refuge dans les discours paternels. J'oubliais qu'elle avait à peine treize ans alors que j'avais sauté le pas dans ma dix-septième année, et de mon plein gré – pour autant que les mains et les lèvres d'Adrien m'aient laissé quelque once de libre arbitre. Et le blondin transi ne détenait sans doute pas la science et la fougue d'un Adrien de Chalais – ou une fougue maladroite. Aujourd'hui, délivrée de mes affreux petits cailloux de Jadraque, je peux sourire des épisodes comiques de ce mariage de Figueras qui faillit tourner au tragique.

Moins d'une heure après ma semonce, j'ai tiré les rideaux sur le couple royal. A eux deux, ils avaient tout juste trente ans. Ouf ! J'allais pouvoir écrire à Louis XIV et lui rendre compte de l'accomplissement de ma mission. Entremetteuse, mère maquerelle, noble dame Anne-Marie de La Trémoille ? La Savoie, la France et l'Espagne couchaient enfin dans le même lit.

LE DIABLE

Dehors, la neige, la nuit.

JACQUES AUDIBERTI

ÉLISABETH FARNÈSE
Madrid – décembre 1716

C'est Noël, et l'anniversaire de mes noces. Aujourd'hui, cette confusion me paraît étrange. Mais il y a deux ans, à Guadalajara, il n'en était rien, tellement j'avais hâte que tout fût consommé. De cette journée et cette nuit me reste le souvenir d'une alternance de chauds et froids. L'église emmitouflée de neige, glaciale à l'intérieur. Je ne sentais plus mes pieds et j'avais la gorge dénudée – tout absorbé par ses prières Philippe ne semblait même pas s'en être aperçu. La robe préparée à mon intention la mettait en valeur bien que ce lamé d'argent m'ait paru glacé, lui aussi. Très belle oui, cette robe, trop belle. Je me suis sentie empruntée et je n'aimais pas cette étoffe crissante, à croire que le gel était venu se prendre dans la trame.

Sitôt sortis de la messe de mariage, célébrée en fin d'après-midi, nous fûmes au lit. Tel est l'usage ici et l'on s'épargne le cérémonial du coucher public. De toute façon on ne fait pas attendre un roi – et je l'avais assez fait, paraît-il, en traversant le midi de la France. Une dame d'honneur remplaçait au pied levé la camarera mayor. L'absence de celle-ci occupait davantage le devant de la scène que la pompe du jour. Les courtisans étaient-ils figés par le froid ou par la crainte, dans leurs yeux je voyais passer des risées d'inquiétude, que s'est-il passé et quel parti prendre, un revirement peut si vite survenir… Lugubre, la dame a tiré sur nous les rideaux de l'alcôve. Cet homme, ses mains et sa peau humides, cet homme en moi à plusieurs reprises, éperdu. Lorsque je me suis relevée, talée, épuisée, rassurée cependant – plus de retour en arrière possible cette fois –, je n'ai pu m'empêcher de jeter un coup d'œil par la fenêtre. La masse sombre de ce carrosse dans lequel je l'avais expédiée, elle et sa caméristе ? Les chevaux, argent sur blanc ? Rien… Je grelottais, après avoir transpiré. Rien. La nuit la neige, et ce sang sur les draps en toile de Hollande. Le sang des Farnèse, Madame ma mère. Pas le vôtre. Bâtard oui, ce sang, mais neuf m'a-t-il semblé, et par cette béance toute fraîche un fils, un jour, serait expulsé, j'y comptais bien. L'hiver et le vent avaient plaqué sur la meseta un drap de neige. Le givre l'avait bordé aux quatre coins. Une rigueur âpre et lisse. J'avais traversé ce désert de silence, j'avais envoyé la princesse des Ursins le parcourir dans l'autre sens et j'étais là, dans cette chambre, accouplée à un petit-fils de Louis le quatorzième. Lequel petit-fils m'a entraînée à l'intérieur de ce lit clos et m'a besognée à nouveau. Chaleur, douleur – je commençais à être meurtrie –, bonheur ? Une rapide collation, même pas le temps d'une toilette, d'ailleurs ils avaient l'air fort mal équipés dans ce pays pour ce qui est de la propreté, Laura en aurait été indignée, et en route pour la messe de minuit, j'avais presque oublié que c'était Noël. Jour de naissance. Les chœurs et l'orgue résonnaient pour moi, célébrant ma venue au monde, mon avènement. La nuit mère. Le froid sépulcral de l'église, le lit bassiné au retour, Philippe plus ardent qu'auparavant. Oui, un étrange mélange dans ma mémoire, cette soirée de nos noces : la résonance joyeuse des cloches, les hennissements amoureux, tous ces gens inconnus déroulant autour de moi leurs contredanses compassées, ce membre en moi, que je commençais à connaître, menant son branle acharné, le parfum de l'encens, les odeurs fades de sang de sperme, la chaleur la froidure la sueur, les dévotions et la fornication à répétition, les chants religieux et les râles du roi, sa bouche contre mon cou, avide, léchant, suçant, mordillant et bavouillant. Je n'ai compris que par la suite : depuis plusieurs années, il n'avait pu embrasser un cou de femme, à tout prendre il s'accommodait peut-être mieux d'une vérole asséchée que de scrofules suintantes. Cette défloration entre deux messes n'accomplissait pas exactement les prédictions généreuses de Laura. Et l'alcôve était noire comme un four, qu'aurait-il pu entrevoir de la beauté de mes seins ? Non, leur phosphorescence neigeuse n'a pas éclairé notre nuit. Pourtant, j'étais délivrée. D'elle – Madame ma mère ? la princesse des Ursins ? Et lui, mon époux, se peut-il qu'il se soit senti délivré ? D'elle ? de Marie-Louise Gabrielle ? Loin déjà, sur la meseta déserte, un carrosse avançait en cahotant.

La veille, à Jadraque, j'étais beaucoup moins fière. Sur le moment, lorsqu'elle est partie, j'étais toujours dans l'excitation de mon coup d'éclat. Du haut du perron, du haut de ma grandeur toute neuve, je l'ai regardée monter dans ce véhicule. Six chevaux – pour deux femmes c'était vraiment superflu –, en tête deux pommelés superbes, le cocher tassé sur son siège ne semblait pas enchanté de la nuit en perspective. Les flambeaux allumés çà et là, les lueurs éparses sur les croupes et les crinières, l'haleine brumeuse des bêtes et des hommes, les ébrouements et l'ébranlement de l'escorte, je revois la scène avec une acuité gelée. Sa robe aussi luisait de reflets argentés, je l'avais remarqué au moment où elle m'avait fait sa révérence, sa parfaite révérence versaillaise. Les chevaux étaient ferrés à glace, parfois un sabot cognait contre un autre, j'entends encore ce tintement cristallin.

Ils se sont dirigés vers le nord, d'où j'étais arrivée une demi-heure auparavant. Joli chassé-croisé. Je tremblais en dedans cependant qu'une violence persistante me protégeait contre le froid. Alberoni est venu me tourner autour. Je l'ai balayé d'un regard, je voulais être seule pour savourer ma victoire. Un peu plus tard, depuis une fenêtre du premier étage, je n'ai pu m'empêcher de guetter derechef : et si elle parvenait à suborner l'officier qui commandait le détachement, elle, la séductrice réputée ? Si elle le persuadait de rebrousser chemin et de gagner directement Guadalajara ? Elle se jette aux pieds du roi, se trouve être la première à lui raconter notre entrevue, mon algarade... Alberoni m'a prévenue – ma tante Maria également –, elle détient autant de charme que d'esprit. Les soldats qui m'accompagnaient depuis Pampelune étaient censés obéir à mes ordres. Mais ils pouvaient craindre un rebondissement dont ils feraient les frais : Elisabeth Farnèse, on ne connaissait pas ici et nul ne savait quel serait son empire. J'avais certes perçu la stupeur et la résistance de l'officier lorsque je lui avais ordonné de conduire la princesse des Ursins jusqu'à la frontière, sans nul délai.

J'ai très peu dormi à Jadraque, durant ma dernière nuit de jeune fille comme on dit. D'une certaine façon, je m'étais dépucelée. J'avais fait le travail moi-même. Le reste, un détail, une petite opération à subir. Demain. Nuit chaotique. Bribes de sommeil. Lentes et longues phases d'insomnie. Voix familiales revenantes. Celle de mon oncle, paternelle : ne pas trop prêter l'oreille aux propos de Maria de Neubourg ou de l'abbé Alberoni. Oui, bon... Celle de Madame ma mère, rêche, crissante : fille rebelle, une fois il lui avait échappé, fille du diable ! D'autres rumeurs, vagues, lointaines : le roi de France n'est pas éternel... Et ce froid, insidieux, ce froid qui me donnait envie de faire pipi – même au bout de deux ans je ne me suis pas habituée à l'insuffisance du chauffage dans les palais espagnols (heureusement, pour me tenir chaud, il y eut l'enfant que je portais, devenu à présent le petit Carlo, Carlos, Charles, déjà si vivant alors qu'il n'a pas un an, et cet autre qui va bientôt naître).

Le diable rempli de braises qu'on avait placé entre mes draps ne distillait plus guère de tiédeur. Demain – non aujourd'hui déjà – un autre diable dans mon lit, mon ventre. Un nommé Philippe : qu'allais-je lui dire et que répondrait-il ? Voix de ma tante Maria, véhémente, confuse parfois : les poils juifs, les abus des Français, le diable et la sorcellerie, la sainte Inquisition et la défense de la religion… Et si c'était effectivement Philippe V, guidé par Louis XIV, qui avait ordonné l'exil de ma tante ? Nouvelle rafale d'angoisse : la princesse des Ursins a décidé de revenir, elle revient, retourne le roi et la situation, Philippe V pourrait encore me répudier, arguant de la petite vérole comme d'un vice rédhibitoire (on annule bien la vente d'un cheval), il se rabattrait sur l'infante du Portugal qui était, paraît-il, sur la liste des mariables et, de surcroît, jolie, *elle*, m'avait glissé Madame ma mère…

Des idées folles, absurdes, tournoyant et sifflant au creux de la nuit. Pas si folles, on en avait déjà vu des mariages annulés… Sifflant telle la bise au-dehors. Dehors, et dedans : elle passait à sa guise sous les portes, elle devait tourbillonner avec rage sur la route d'Atienza. Sinistre, ce pays. Un royaume de glace et de ténèbres. Voix éloquente d'Alberoni, il est fort difficile en Espagne de régner sans s'appuyer sur l'Inquisition… Madame ma mère à nouveau, ses recommandations essoufflées de la dernière minute : avec votre époux, soyez docile et complaisante (dit-on jamais aux filles, avant, jusqu'où doivent aller les complaisances ?), et respectueuse à l'égard de la princesse des Ursins, elle a fait votre mariage, ne l'oubliez pas… Je me suis levée plusieurs fois, croyant entendre la neige craquer sous des roues et des sabots. Le carrosse aux mantelets refermés ? La robe des pommelés, si belle, blanche et argent, sur tout ce blanc bleuté ? Le cocher et l'officier, transis, imperturbables, continuant vers le sud, vers Guadalajara ? Rejoignant le roi avant moi… Rien, un silence lisse.

Je suis retournée ruminer entre mes draps. Dans les discours embrouillés de ma tante Maria il y avait certainement à prendre et à laisser, avais-je retenu le meilleur ? Oui, il fallait en finir avec ce gouvernement de roture et les malversations des Français (je n'allais tout de même pas dire, telle ma tante, les occupants venus de France puisque enfin mon époux était le premier d'entre eux). Et défendre la religion, cela signifiait-il renforcer le pouvoir de l'Inquisition ? Ah, j'aurais aimé demander à mon précédent confesseur de m'éclairer là-dessus. Avec le nouveau, je demeurais très réservée et me confesser en français, alors que je l'avais toujours fait dans ma langue maternelle, m'était une épreuve.

C'est en français également que je devrais échanger avec mon époux, et que pourrais-je donc alléguer afin de justifier ce coup de force ? En outre, il me faudrait écrire à mon oncle, m'expliquer. Madame ma mère se lamentera, trop contente de triompher : je l'avais toujours dit, cette fille-là, indomptable, chasser cette dame qui l'a faite reine ! Parme est lâché par la France, le monstre autrichien s'en empare : ma ville natale fief impérial ? Honte à moi, Elisabeth Farnèse… Au tour de Laura : ma petiote, il faut parfois s'exercer à la patience – mon agacement quand les conseils de Laura et ceux de mon confesseur se rejoignaient ! Et ce froid, ce froid qui se glissait sous les draps. Evoquer les bûchers des autodafés ne me réchauffait pas.

Pour ma dernière nuit de vierge transie, il m'eût fallu Laura justement, sa lourde poitrine et sa chaleur. Bettina ma palombe ma pigeonne, disait-elle lorsque mon visage ravagé ravivait ma détresse, ne pleurez pas, vous avez de si jolis seins, un homme leur confiera sa joue, sa bouche, vous sentirez sur votre cou le salé de ses larmes tellement il sera heureux. Je n'y croyais guère. Et soudain, cette alliance inespérée, stupéfiante. Laura riait. Légère en dépit de sa masse ventrue, elle m'adressait des révérences plongeantes, répétant comme une enfant joueuse : mes compliments, Votre Majesté Catholique, l'Espagne et la Nouvelle-Espagne sont à vos pieds, leurs vaisseaux et leurs taureaux, leurs galions chargés d'or et d'épices, et les trésors de leurs cathédrales et les biens prélevés sur les Juifs et les butins pillés chez les Infidèles. Je m'amusai à lui répondre : dame Laura Piscatori, m'accompagnerez-vous à Madrid ? Je vous nommerai camarera mayor et vous ferai attribuer une pension aussi rondelette que vos cuisses. – Non, Majesté, une reine doit laisser derrière elle sa nourrice, et avec elle son enfance.

Je faisais la moue, Laura avait raison. On a vidé ce qui restait dans les coffres de Parme afin de pourvoir à ce mariage somptueux et l'on m'a confectionné quelques toilettes. Dire que j'ai attaqué la princesse des Ursins sur sa tenue, l'accusant de ne pas avoir revêtu une robe conforme à l'étiquette, c'était du plus haut comique ! Elle réputée à Rome, Madrid et Versailles pour son goût et son raffinement. Même chez nous, ce médiocre duché enclavé dans les terres, on savait cela et je me doutais que ma petite couturière n'était ni experte ni à la dernière mode. Il me fallait un prétexte.

Ma chance, ce fut ce regard qui en dépit de son élégante maîtrise lui a échappé. Sur mes vêtements ? ma figure ? Je me souviens seulement de ce bleu étonnant, presque violet. Bleus également, les yeux de Madame ma mère, mais tristes et froids. Juste à ce moment, j'ai revu le coup d'œil maternel sur mon visage après le désastre de la petite vérole. Ma chance, oh oui ! Il m'est remonté une fureur du fin fond de l'enfance. Chacun supputait que mise en présence de la princesse je résignerais ma conduite à ses desseins. Eh bien, je les laisserai derrière moi, eux tous, et leurs conseils, et leurs prédictions ! Oui, il fallait qu'elle parte, qu'elle disparaisse, tout de suite, sans attendre. Cette fois je déciderai, je me ferai naître. Moi seule, sans Madame ma mère. Je me suis déchaînée, je ne sais plus trop ce que j'ai dit. Sans doute lui ai-je reproché son insolence, peut-être l'ai-je traitée de folle. Derrière les portes, j'imagine, on écoutait, pétrifié.

Ensuite, durant cette longue nuit, l'inquiétude s'est mise à bourdonner telle une fièvre. Et voilà que ma douleur d'entorse se réveillait. Pourtant, depuis Pampelune, je l'avais à peu près oubliée, cette cheville abîmée, pourquoi revenait-elle maintenant ? A cause des récentes chutes de neige ? Le diable à présent était complètement froid. Et cette lourdeur dans le bas-ventre, pesanteur insistante… Ah, je n'y pensais plus ! Cette vague de rage et d'angoisse. Et ce bouton qui depuis trois ou quatre jours me titillait au coin de la lèvre… J'ai recompté sur mes doigts, Marseille, 25 octobre, je m'en souvenais avec précision puisque c'était en même temps mon anniversaire, le champagne de M. de Grignan engendrait une gaieté légère. Ensuite, euh… oui, ce fut entre Toulouse et Pau. Et aujourd'hui 23 décembre, non le 24 déjà, le 24 au matin, elle était loin la légèreté pétillante, c'était l'approche de mes lunes, ah non non, pas maintenant ! Pas au moment d'entrer dans le lit du roi ! En principe j'avais encore deux ou trois jours devant moi mais si l'émotion, la fatigue, tout ce mouvement allaient précipiter… Non, non ! Et que dirai-je tantôt à Philippe V ? Que ma camarera mayor m'avait déplu ? Maigre argument… Ça tournait dans ma tête à toute allure sans que je parvienne à agencer trois phrases cohérentes.

Je me suis levée, j'ai pris une bougie restée allumée à mon chevet et me suis regardée dans une glace. Laide à faire peur. Livide et bouffie. Dans quelques heures la rencontre avec mon époux. Affolée, j'ai envoyé une caméristе chercher Alberoni.

RELAIS

La vérité a deux visages
Et la neige est noire.

MAHMOUD DARWICH

ALBERONI
Madrid – décembre 1716

Ça y était, on me convoquait enfin ! Depuis longtemps j'attendais, dans l'ombre. Facétieux sur commande, peaufinant mes courbettes, exerçant ma souplesse d'échine. Jusqu'à ramper, s'il le fallait. Contorsions de corps et d'esprit, bouffonneries destinées à distraire les grands de ce monde, mes protecteurs éventuels. Parfait caméléon, Giulio Alberoni. Paillard avec ce bâtard de Vendôme. Rimailleur, raffiné, avec la des Ursins. Ni humeur ni honneur, ma règle première. Quand on sort du néant… Dans leur langage, je ne suis pas *né*, je n'existe pas.

Et donc ce fameux 24 décembre 1714 à l'aube, la Farnèse m'appelle. Plutôt plaisante, sa camériste. Elle, en revanche… J'accours, tout ébouriffé d'excitation, mon collet de travers, une manche à demi enfilée. Cette tête qu'elle avait, la nouvelle et toujours vierge souveraine ! Déjà pas trop gâtée par la nature – le corps, admirable, je dois reconnaître –, mais en cette fin de nuit, une figure effrayante. Et moi qui avais tant vanté ses charmes au roi ! Ah, lui disais-je avec feu, nos Lombardes nourries de pâtes et de beurre offrent des chairs appétissantes, crémeuses à souhait. Ce brave Philippe V en salivait. Dans le petit matin de Jadraque, je la salue, l'Elisabeth Farnèse, blême, le poil terne, et des boutons en sus des cicatrices. L'air empêtré, et la voix enrouée par-dessus le marché : ne serait-il pas convenable que, suite à cet… incident, le roi soit prévenu, euh… favorablement prévenu à son encontre ? Certes, et je me fais fort d'être l'éventuel messager, ou médiateur : Philippe V me connaît, m'honore de son estime (j'omets d'ajouter, grâce à celle que vous venez d'expulser avec tant d'élégance), il m'écoutera. La voilà qui se demande si une lettre de sa main, précédant son arrivée à Guadalajara, ne serait pas opportune…

Je comprends aussitôt, elle ne sait comment la rédiger (les chevaux au relais de poste, les chevaux retenus, quel malin tu es, Giulio). Vite, je vais chercher le matériel de parfait secrétaire qui m'a servi lors de mes campagnes avec Vendôme, tout en réfléchissant rapidement : attention Giulio, il importe qu'elle soit ton obligée et non qu'elle se sente humiliée, attention n'en fais pas trop, surtout ne pas se donner l'air de la lui dicter, cette missive capitale. Afin d'amorcer, je me borne à suggérer : n'avais-je pas cru entendre à travers la porte la princesse des Ursins tenir des propos désobligeants ? – Euh, oui… – Sur sa tenue, m'avait-il semblé. Or n'était-il pas évident que Sa Majesté, eu égard aux circonstances, ne pouvait être qu'en habit de voyage ? Dans une relation ultérieure, adressée au représentant de Parme à Paris, j'ai enjolivé : la des Ursins, avec une grossièreté inconcevable, avait reproché à la reine de courir la poste telle une femme du commun et dans un costume indigne de son rang. J'ai même répandu une autre rumeur : la camarera mayor avait menacé Elisabeth Farnèse d'être mise en quarantaine à Jadraque, avant de rejoindre le roi, d'autant de semaines qu'elle avait inutilement ajoutées à son voyage... Cette deuxième fausseté était, bien entendu, tout aussi avérée que la précédente. Le plus savoureux, c'est que je trouve toujours des crédules pour gober tout cru mes histoires, chacun étant persuadé d'être le seul à détenir la vérité. Et moi, après l'avoir bistournée, la vérité, je finis par ne plus savoir laquelle de mes versions est la bonne.

La bonne, ce jour-là à Jadraque, sera celle que le roi avalera le plus aisément. La Farnèse approuve ma proposition, elle la redit à haute voix comme si elle en soupesait la véracité. Je la sens reprendre du poil de la bête et moi je fais la bête, justement, celui qui en apparence prend sous la dictée, propose, modestement, un début de phrase, un changement de terme, infléchit sans en avoir l'air. Oui, affirme-t-elle à présent, convaincue, la camarera mayor lui a manqué de respect de façon outrageante, elle ne saurait commencer à vivre avec son époux sous pareils auspices – j'approuve, le roi sera sensible à cet argument. Soudain un trou, elle faiblit, bredouille. Je rappelle que Philippe V est réputé pour sa piété. La Farnèse rebondit là-dessus : et afin de préserver au sein de leur union, bénie par Dieu, la bonne entente et euh, la… – Charité, peut-être ? – Oui, et une réciproque charité (elle verrait cet après-midi, entre deux draps, ce qu'il en était de la charité conjugale et chrétienne, ça, c'était son affaire, pas la mienne qui se bornait à la mener jusque-là sans encombre), pour préserver entre eux l'amour et la charité donc, elle avait été contrainte à cette mesure… Je glisse : que le roi pouvait estimer extrême mais qui s'était révélée des plus nécessaires ? Elle opine et termine en assurant son époux de ses sentiments fervents et de son désir de lui appartenir.

Parfait. Je relis à haute voix, nous amendons encore deux ou trois phrases, la Farnèse recopie et signe, avec vigueur : *Moi, la Reine*. Vite, sécher l'encre, plier, cacheter – parfait également mon art du cachet –, tout en jubilant intérieurement : ne laisse pas cette opportunité te filer entre les doigts, Giulio Alberoni, tu as cinquante ans, il serait temps d'advenir, saisis-la, cette chance que tu as préparée.

Car peut-être mon entrée dans l'Histoire remonte-t-elle à ce jour de mai 1714 où j'ai suggéré à ma bienfaitrice et protectrice que l'héritière de Parme serait digne de devenir reine d'Espagne. La princesse des Ursins semblait alors pencher pour l'infante du Portugal.

— Charmante jeune fille à ce qu'on dit, tout de même l'alliance entre le Portugal et l'Autriche était bien fraîche…

La princesse eut beau jeu de me rétorquer qu'une tante maternelle farouche partisan des Habsbourg était un fort mauvais atout pour cette Elisabeth Farnèse.

— Oui, mais il suffirait de maintenir Maria de Neubourg en relégation à Bayonne.

J'ai brossé un tableau non point faux, un peu tronqué admettons, de ma prétendante. Elevée à l'écart du monde par une mère dévote – pour une fois je ne mentais pas –, elle ne pourrait qu'éprouver de la gratitude à l'égard de celle qui aurait provoqué son élévation et serait sa conseillère éclairée. Une éducation très soignée, elle cousait et brodait à ravir. J'ai insisté sur les travaux d'aiguille plutôt que sur les arts d'agrément. Oui, j'ai brodé sur l'image de la jeune brodeuse à demi pensive, délicatement inclinée sur son ouvrage. Cette courbe gracieuse ne préfigurait-elle pas la flexibilité d'une jeune fille qui serait soumise à son époux comme à son indispensable camarera mayor ? Il va de soi que je ne m'étais pas exprimé exactement en ces termes, j'avais évoqué, laissé flotter cette image…

En outre, le duc de Parme ne demanderait pas mieux que de se prémunir contre le joug autrichien en s'alliant aux rois de France et d'Espagne. La princesse était trop fine pour être entièrement dupe de mes beaux discours. Entre une partie de lansquenet et un échange sur l'état du commerce avec les Indes, je revenais à mon portrait, par petites touches. Elle se doutait que pour une part je tournais la sauce à ma façon – ah, ce roux aux champignons, manié avec un soupçon de crème fraîche, la feue reine et la princesse en raffolaient ! Si cette dernière avait disposé d'un plus long délai, elle aurait vérifié mes informations par d'autres canaux mais elle était obligée de décider promptement. Après trois mois de veuvage le roi, j'imagine, se branlait deux fois par nuit et se confessait à proportion, bourrelé par la hantise du péché mortel. Et de méchantes rumeurs circulaient : la princesse se chargeait de le soulager, voire tentait de se faire épouser en secret. L'ordinaire d'une cour à l'affût.

Elle avait une autre candidate dans sa manche, quelque part du côté des neiges de Pologne et Silésie. Non, ai-je avancé, aucun intérêt stratégique. J'ai emporté le morceau en rappelant qu'Elisabeth Farnèse hériterait un jour de la Toscane si la dynastie des Médicis s'éteignait. La princesse a dressé l'oreille, Philippe V également qui ne se consolait pas d'avoir dû céder lors du traité d'Utrecht les possessions espagnoles en Italie, obéissant aux injonctions de son très affectionné grand-père.

Et voilà comment le petit abbé Alberoni se retrouve le jour de Noël dans le cabinet attenant à la chambre de la souveraine, buvant en sa compagnie un chocolat fumant que la camériste vient d'apporter. La princesse des Ursins avait désamidonné l'étiquette rigide des Habsbourg, néanmoins elle eût vu un roturier à l'apparence négligée, non rasé, habillé à la va-vite, en train de partager le chocolat matinal de la reine d'Espagne, elle-même en saut de lit, elle eût été quelque peu abasourdie, la camarera mayor. Qui ne l'était plus. Qui s'était sans doute méfiée de moi mais pas suffisamment. Elle devait approcher d'Atienza, à condition que rien de fâcheux ne soit arrivé. Je préférais que ne soient pas survenues d'avaries notables, du genre carrosse versé, orteils féminins à jamais gelés, ou pis, fractures voire morts tragiques dans la neige. Ça n'aurait pas arrangé nos affaires, à nous autres Parmesans. On nous aurait accusés d'utiliser le gel castillan en guise de poison florentin.

J'achève ma tasse et salue bien bas la Farnèse : nous nous retrouverons dans l'après-midi à Guadalajara, qu'elle me fasse confiance, le roi l'accueillera avec joie. Elle me sourit. Rassérénée, elle peut être fort gracieuse. Avant de m'en aller, je prends à part la caméristе – jolie croupe – et lui prescris le silence sur cette entrevue, secret d'Etat, compris ? Une caresse chaste sur la chute de reins, le reste de ma bourse (j'en ai une autre en réserve), elle comprend. Quelques conseils non superflus : assister la reine afin qu'elle se rafraîchisse avant de prendre la route, la coiffer et l'habiller de façon un peu piquante, au besoin forcer sur les fards – elle m'a paru un peu pâle. Et prévoir un brasero dans son carrosse, il convient de nous chauffer tout cela ! Elle aussi me sourit, complice. Je n'ai plus qu'à me précipiter au relais de poste.

La veille, je m'étais arrangé pour arriver à Jadraque deux heures avant la reine et sa suite, sous le prétexte de m'assurer que ses appartements étaient correctement aménagés. Sitôt mon bagage posé, j'ai cherché le relais. L'obscurité descendait sur ce gros bourg. Même si ce n'était pas le même paysage alentour, je reconnaissais les masures de mon enfance, à Fiorenzuola. Au passage, je jetais un coup d'œil par une fenêtre ou une porte s'entrouvrant, oui, j'étais presque de retour chez moi : la pauvreté du mobilier, le sol en terre battue, le resserrement des hommes autour de la chaleur des bêtes, les noirs, ocres et bruns (ces noirs humbles et crasseux), les lampes à huile fumaillant (l'odeur âcre de cette huile grossière). Petit-fils de paysans, Giulio Alberoni, et fils de jardinier : j'en étais sorti, il s'agissait de poursuivre l'ascension.

Le maître de poste s'apprêtait à souper, j'ai reniflé le fumet lourd du *cocido*. J'ai réservé tous les chevaux disponibles en payant comptant, et grassement. Il est des circonstances où de mesquines économies ne sont pas de mise. Personne avant moi ne pourrait se rendre de Jadraque à Guadalajara, si jamais… Si quoi, au juste ? Je n'en savais trop rien, j'espérais. Il existait une mince chance et je devrais alors parer au plus vite, à l'insu de tous. Non, elle n'oserait pas. Au mieux, elle confirmerait la princesse dans ses fonctions strictement domestiques de camarera mayor traditionnelle en lui signifiant que son rôle dans les affaires et l'influence française devaient maintenant s'estomper.

La princesse serait assez futée pour se donner l'air de s'incliner, et reviendrait ensuite sur le devant de la scène. Certes, j'avais laissé entendre à la Farnèse – à mots couverts, prudence – qu'avec la des Ursins seules des mesures extrêmes pouvaient être efficaces. Tout ou rien. Elle avait paru effrayée. Je la comprenais, moi aussi j'avais peur. Très peur, et dans mes conversations avec elle j'allais glissant sur des patins (ainsi fis-je à Versailles les rares fois où Vendôme m'introduisit).

Dès qu'Elisabeth Farnèse est entrée dans le château – cette fois la nuit s'était refermée sur Jadraque –, j'ai pris à part le chef de l'escorte et lui ai enjoint de ne laisser rentrer aux écuries que la moitié des chevaux. Surpris, il m'a interrogé du regard. Ordre de la reine, ai-je laissé tomber avec aplomb, il faut toujours agir comme si on avait des cartes maîtresses dans son jeu. Il n'a pas osé exiger un billet signé de la souveraine : tout un chacun, dans le cortège royal, avait pu remarquer que l'abbé Alberoni, représentant de Parme à Madrid, était de plus en plus admis parmi les familiers de la reine. Quand même, tous ces rouages qui auraient pu se gripper, ces relais ne pas fonctionner…

Puis j'ai couru jusque dans l'antichambre, juste à temps pour croiser la princesse des Ursins – merveilleuse robe je dois dire, on l'aurait crue brodée de givre, j'ai beau sortir de la glèbe, je sais apprécier –, et la saluer jusqu'à terre. Elle et Elisabeth Farnèse se sont retirées dans la pièce voisine. L'attente, le silence. Ces deux femmes, seules.

L'une de soixante-douze ans, l'autre de vingt-deux. Cinquante ans d'écart. Cinquante ans de cour et de salon, de manœuvres et cabales : comment la jeune pourrait-elle contrecarrer l'habileté de la vieille renarde ? Et pourtant je ne pouvais m'empêcher de ruminer : pour casser ce jeu-là il fallait quelqu'un, justement, qui ne le connaisse pas. Qui bouscule les règles, tête baissée, avec grossièreté au besoin. Ce jeu subtil de haute et basse politique, de diplomatie tramée d'espionnage, de courtisanerie enrobée d'une extrême courtoisie. Sauf sur ce dernier point, je m'estimais capable de remplacer ma protectrice – *pian, pian*, Giulio, calme-toi.

Brusquement, cette voix qui montait, se cabrait, crissait. Les courtisans se sont immobilisés, automates dont les ressorts auraient cassé. L'accent de la vallée du Pô, et moi tout bouillant en dedans. La princesse des Ursins est sortie, visage souverainement impassible, plus altière et plus digne que la reine. Laquelle m'a ignoré. Ma fébrilité joyeuse s'est aplatie. C'était foutu, la Farnèse ne voudrait plus avoir affaire à moi, et ce d'autant que je l'avais poussée par-derrière, oh si peu, un léger coup de pouce, je me méfiais trop ! Elle s'attribuerait à elle seule la gloire de cet éclat, le serviteur de l'ombre n'en sortirait pas, je resterais le petit Giulio Alberoni, trop court sur pattes, trop large de crâne. De surcroît, j'avais perdu ma bienfaitrice qui allait partir sur-le-champ dans la tempête (l'escorte prête à s'ébranler, grâce à moi, l'escorte à cheval sur l'esplanade, il était essentiel que nulle hésitation ne vînt se glisser en cet instant décisif, le moindre délai eût risqué de provoquer un retournement fatal). Je l'avais perdue, oui, au double sens du terme. Non sans tendresse, j'ai repensé à mon précédent protecteur, Vendôme, l'admirable stratège transformé en une outre fétide crevant dans mes bras d'une effroyable indigestion de poisson. Vendôme bramant de rage et de douleur. Moi, je pleurais.

Et donc, au petit matin, ce revirement. Ma précieuse lettre en poche, je cours réveiller le maître de poste et je fais seller. Un rouan râblé. Pas beau, comme moi, mais, je l'espère, endurant – certainement pas autant que moi. Je vérifie les fers.

— Aucune de mes bêtes n'est ferrée à glace. Dès que le maréchal-ferrant aura allumé sa forge, on avisera…

— Non, ce sera trop long, je pars.

— A cette heure-ci, il y aura du verglas dans la montée avant Miralrio, elle est raide, je vous préviens.

— Je passerai.

Il faut que je passe. Le rouan n'apprécie pas ce départ dans le froid. Je le ménage au démarrage. Etrange de sentir entre mes jambes cette masse à demi endormie alors que dans ma cervelle ça galope à toute allure. A Madrid, il me faudra demeurer discret le temps nécessaire, tout en commençant à tirer les ficelles. Ainsi avait procédé la des Ursins lors de ses débuts où, en apparence, son rôle n'était que domestique. A mon tour de tenir celui du valet indispensable, je n'ai pas à me forcer. En même temps, il m'incombera de manéger la Farnèse à la façon dont la princesse en usait avec *la Savoyana*. Un excellent modèle, la princesse. Une femme que j'ai beaucoup admirée. Sa conversation tout en volutes et pointes vives, jamais fade. L'ampleur de ses vues sur la reconstruction et l'unification du royaume maintenant que la guerre était achevée. Eh bien, il m'incombait à présent de les mettre en œuvre ! Et pour ce qui était d'administrer, je m'estimais beaucoup plus compétent qu'elle.

La Farnèse, je l'observe depuis notre première entrevue à Pampelune, il y a une quinzaine de jours. Du feu, de la force, sans exclure le charme. Certainement capable d'établir son empire sur le roi si elle est astucieusement guidée. Là réside le nerf de la guerre, à toi de jouer, Giulio. Je la revois lors de la corrida qu'on lui a infligée dès son arrivée à Pampelune. Cette façon assurée de tendre au marquis de Santa Cruz la clef du toril. On lui avait confié ce geste symbolique, à la nouvelle reine d'Espagne. Va pour la clef, mais ensuite ? N'a pas frémi lorsque le premier taureau a jailli. J'ai seulement vu ses mains se crisper au moment où un cheval s'est fait encorner. Sinon, imperturbable jusqu'à l'estoc final, elle se doutait que les Espagnols la guettaient : la corrida, le haut rite d'initiation, celui auquel Philippe V s'était toujours dérobé. A présent, la voilà peu ou prou mon obligée. Elle n'ignore pas que je fus le premier à la proposer comme épouse. Et surtout, cette lettre au fond de ma poche. Tu n'as pas l'air de t'en douter, hein, le rouan somnolent : à chacun des pas précautionneux que tu poses sur cette neige durcie, l'Espagne passe des mains françaises aux italiennes.

Heureusement, lors de mes campagnes avec Vendôme, j'ai appris à monter par tous terrains. Il nous faut être complices, mon vieux, toi et moi. Nous avons près de douze lieues à parcourir ensemble, probablement les plus importantes de mon existence. Je te l'accorde, le temps n'est guère réjouissant mais je compte sur toi pour que nous parvenions à Guadalajara avant la fin de la matinée. Peut-être transportes-tu sur ton échine de pauvre un futur Premier ministre – et pourquoi pas un cardinal ? Je ne te mets pas tout de suite au trot, je me méfie du gel, ça trotte néanmoins dans ma tête, mon plan s'affine : le Premier ministre, il est préférable que ce soit d'abord del Giudice, ce qui ne l'empêchera pas de demeurer Grand Inquisiteur. Un gouvernement théocratique, de quoi horrifier la princesse des Ursins ! Celle-ci balayée, l'Inquisition va bien sûr reprendre du poil de la bête. Donc, se servir du cardinal, trop fat pour être très malin. Si l'on veut gouverner ce pays, il faut avoir l'Inquisition en croupe – ponctuons cette évidence d'une claque amicale sur celle du rouan ! Je déteste cette clique de fanatiques mais je sais m'allier par nécessité avec ceux que je hais. Déjà, j'ai commencé à me mettre au mieux avec le nouveau confesseur de la reine, auquel j'ai communiqué en secret le rapport de Macañaz. Dont il a été outré : c'est un homme attaché à Rome, beaucoup plus que la princesse des Ursins ne le soupçonnait – là encore, mon art du portrait tronqué s'est révélé efficace. Bref, lui et moi sommes convenus de ne pas laisser Elisabeth Farnèse prendre connaissance d'un écrit aussi séditieux. Son confesseur se charge de lui en faire comprendre les effets pernicieux dès qu'il aura gagné sa confiance. On va lui assaisonner toute cette salade politique avec le sel de la piété.

Maledetto ! Le bidet vient de glisser sur une plaque de verglas. Un peu plus, Premier ministre et cardinal en herbe se retrouvaient cul par-dessus tête. Et si je m'étais cassé une patte ? Ou lui ? Vivement le jour, que je voie venir ces plaques traîtresses. Je n'ai plus qu'à mettre pied à terre et avancer sur le bas-côté en tenant ma bête par la bride. Je dessangle légèrement, qu'il puisse respirer à l'aise, ce rouan résigné. Pour mon futur chapeau, il convient d'être en faveur à Rome : à moi de persuader la reine qu'il importe de rappeler le nonce du pape, expulsé par la des Ursins. Après quoi on s'attaque à l'économie. Trop de gens dans ce pays vivent dans l'illusion du Siècle d'or, s'imaginant que les Indes les enrichissent toujours, ils délirent, ce sont chimères à la don Quichotte. Tiens, le roussin pisse, pourquoi pas moi ? L'économie, donc : on reconstruit une flotte, on crée des routes et des manufactures. S'il faut faire venir des artisans protestants, on les convertira que diable ! Une bonne paye vaut bien une messe. On relance le commerce, l'urgence serait d'abolir les barrières douanières entre l'Aragon et la Castille. Je me souviens d'en avoir discuté avec la princesse des Ursins, elle savait qu'on allait entamer là des privilèges et particularismes provinciaux des plus coriaces. Ça ne m'effraie pas, il me suffit d'avoir l'appui de la reine et donc celui du roi. La besogne, je m'en charge, je m'imagine aisément en Colbert, ou même en Richelieu : voilà l'homme qu'il eût fallu à l'Espagne du siècle dernier. Nos Castillans de vieille roche mettent leur *punto* à refuser de se consacrer à des entreprises pratiques. Il leur plaît d'être héroïques dans la gloire du vide et la frénésie de l'absurde. Conséquence : des étrangers, bouseux comme moi de préférence, sont nécessaires afin de prendre en main les questions d'intendance. T'as fini le rouan ? Moi également, en route ! Excellents mes projets, mais si je veux les accomplir il vaudrait mieux arriver à Guadalajara et en une heure ou presque je n'ai pas parcouru une lieue. A ce train-là, l'Espagne n'a pas fini de stagner.

De plus en plus opaque cette fin de nuit. Et dans ce vallon encaissé, la neige semble de velours sombre. En dessous, le cuir tanné de la Castille, aussi résistant que le mien. Sur ce versant, le vent s'est atténué, la tempête doit s'être dirigée vers le nord, escortant triomphalement la princesse des Ursins sur le chemin de l'exil. Bientôt Miralrio, ensuite j'avancerai beaucoup plus vite. Sortir des ténèbres et du verglas, de mon obscurité. La Farnèse, j'ai vite compris que je l'amusais, une chance de plus. Elle aime m'entendre saupoudrer la conversation de tournures parmesanes. Et tout comme moi elle apprécie Tacite que j'inclus volontiers dans mon discours, à petites doses – ah, cette densité lapidaire ! J'ai commencé à lui apprendre le castillan : avec mon épouvantable accent lombard, je ne suis pas le professeur le plus compétent. Peu importe, ce biais m'a permis d'entrer plus avant dans son intimité.

Car au début, à Pampelune, j'ai déchanté, moi qui mijotais de fonder ma fortune sur son arrivée ! A mon égard, elle se maintenait sur la défensive, Maria de Neubourg l'aurait-elle prévenue contre moi ? (auquel cas elle allait y rester, à Bayonne, la chère tante !). Etape après étape, la Farnèse a commencé à m'interroger. Sur le roi, les infants, la cour et ses usages, le Conseil de Castille, et cetera. Silence sur la camarera mayor. Jusqu'à ce qu'un soir, à Soria, débarque cette question au beau milieu de la leçon de castillan : Philippe V pourrait-il envisager de se passer de la princesse des Ursins ? (attention, Giulio, attention à ta réponse, modère-toi). J'ai contourné, à ma façon : personne n'est indispensable, le roi, de par les circonstances, s'est trouvé pris entre la feue reine et la camarera mayor d'un côté, son glorieux grand-père de l'autre, une situation délicate, certes, difficile à dénouer… Le roi, ai-je insisté, ne manque ni de sens ni de jugement – là non plus je ne mentais pas (je n'ai pas ajouté que son entendement est trop souvent obscurci par un excès de scrupule et qu'il détient l'opiniâtreté stupide des faibles). Cependant, il est parfois, euh… indécis, précisément par crainte de ne pas adopter le bon parti. La Farnèse est loin d'être une sotte, en aurait-elle déduit : voilà un homme qu'il convient de placer devant le fait accompli ? Bref, j'ai poursuivi la leçon de langue. A la fin de celle-ci, j'ai ajouté, négligemment : personne n'a jamais pu faire tomber la princesse des Ursins, pas plus le nonce que des cardinaux, des ambassadeurs que des généraux, tout un chacun, français ou castillan, prince du sang ou grand d'Espagne, s'y est cassé les dents. Cette femme, la Farnèse, j'ai senti qu'il fallait l'aiguillonner. Je connais ce genre de cavales, je les aime assez : éperonner, léger léger, et lâcher la bride…

Dis donc, le roussin rossinante, faudrait y aller maintenant. Sur ma gauche, une molle promesse de jour. Ciel et neige blêmes, encore endormis. Et là-dedans, le rouan et moi, bien vivants. Une route presque plate, cette fois le verglas est derrière nous. Je ressangle, je monte, je pique. Pas mal, ce cheval. Un trot dur, mais il avale du terrain, mine de rien. Et hop, et hop, on a trouvé le rythme tous les deux, au trot, et hop, et hop, au trot de mon ambition, il vient sur la main, de toute façon j'ai trop froid aux doigts pour trafiquer des subtilités dans les rênes, au trot au trot dans ce tournant de l'Histoire. Douze lieues en tenant compte de la neige ? Six heures environ. S'il ne survient pas d'anicroches, j'arriverai juste avant le dîner du roi. Mon éloquence convaincante relaiera les termes de la lettre – oui toujours là, au chaud dans ma poche –, et hop c'est parti, le rouan est passé de lui-même au galop, il semble réveillé cette fois, et gai. Comme moi.

Décidément, l'une de mes spécialités, en dehors des culinaires, est d'être le premier à porter aux puissants de ce monde les messages d'importance : c'est moi qui, courant d'Espagne à Versailles, suis allé annoncer à Louis XIV la mort de son beau cousin Vendôme (non, ce n'était pas beau à voir, une effroyable odeur de putréfaction, la princesse des Ursins s'est empressée de le faire transporter au Pourrissoir de l'Escorial, pour ce qui est de la décomposition le travail était déjà fort avancé). Tiens, cette bête a un galop souple, allongé, beaucoup plus agréable que son trot, on devrait s'entendre tous les deux, hein le rouan complice d'une conspiration ? Si on peut dire. Même pas, en fait : de menus coups de pouce, des rouages et engrenages qu'un Alberoni remonte et déclenche, discrètement, au bon moment. Très plaisant, oui, ce galop mat sur cette couche de neige. De bon augure. Nous allons regagner le temps perdu. Casas de San Galindo est en vue, l'auberge entrouvre un œil, je m'offre un vin chaud à la cannelle.

Ce valdepeñas distille un feu agréable à mon gosier et je me délecte en imaginant la tête des secrétaires de chancellerie à Londres ou La Haye quand leur tombera dessus ce nom infernal à prononcer, ce nom à coucher dehors qu'ils ne sauront comment écrire : Quadraque ? Guadraqué ? Xadraqué ? Et lorsqu'ils apprendront comment la précieuse, indispensable, princesse des Ursins a été jetée dans un carrosse par un temps à ne pas mettre un chien dehors, justement… Rions, un second verre et en route !

Padilla de Hita, ni bourrasques ni chutes de neige, la chance est toujours ma compagne. J'accorde à ma monture un train semi-ralenti, une nouvelle claque affectueuse sur la croupe, une pensée émue pour celle de la camériste. La Farnèse, je l'ai remarqué, mange de bon appétit, voilà qui me servira. Un soir, après une étape assez rude, elle s'est plainte du repas spartiate qu'on lui servait, une soupe grossière et des saucisses. Ajoutant : la feue reine, piémontaise, était sans doute frugale, nous autres Lombards goûtons des nourritures abondantes. Elle ne s'est pas gênée, hein, pour leur signifier qu'elle n'était pas *l'autre*… Qu'elle existait, elle ! Ce n'était pas des plus délicats, sa remarque – dans la mémoire de tout un chacun, le cadavre de *la Savoyana* était loin d'être refroidi –, même si Elisabeth Farnèse s'était exprimée avec une fermeté tranquille, presque souriante. Pas des plus délicats, non, mais je la comprenais et ça m'a fait dresser l'oreille. Cette pouliche ne se laisserait pas aisément brider. A suivre.

Au moins deux lieues que je n'ai vu la moindre masure, ce qui me remet en mémoire des propos de Vendôme durant notre campagne de 1710.

Nous parcourions une région aride au nord de Burgos.

— Mon cousin Louis m'envoie défendre le royaume de ses petits-enfants très aimés. Voulez-vous me dire, l'abbé, ce que nous sommes censés sauvegarder ? Bientôt dix lieues que nous chevauchons et je n'ai aperçu âme qui vive. Un vent sec, des rivières à l'avenant, une terre aussi nue que le ciel, ni arbres ni cultures, quant aux maisons elles ont disparu…

— C'est qu'elles sont écrasées dans le sol, Monseigneur, comme avalées par lui. Mais je vous montrerai certaines églises, leurs trésors et les chasubles de leurs sacristies toutes raides d'or et d'argent, vous comprendrez.

— Racaille de prêtraille, grommelait Vendôme.

Pour cela également je l'aimais, pour cette sainte horreur de ce qui était d'Eglise. Quand je pense qu'il a réussi à supprimer l'Inquisition en Catalogne ! Certes, il avait la force de son côté, il venait de réduire Barcelone à merci et avait imposé la disparition du Saint-Office dans les conditions de reddition. A croire que seul un sodomite mécréant pouvait avoir cette audace ! Liberté de mœurs, liberté d'esprit ? C'était trois ans avant la mort du malheureux Charles II et l'avènement de ce non moins malheureux Philippe V. Lorsque la Catalogne est repassée sous le contrôle des Habsbourg, ces messieurs les Inquisiteurs sont revenus, funèbres et fulminants. Plus tard, Vendôme m'a confié :

— Vous savez, l'abbé, l'Inquisition espagnole est impossible à déraciner. Sauf, peut-être, de par l'intervention d'une armée étrangère victorieuse, tout comme je l'ai fait en 1697.

Eh bien, ce ne sera pas de sitôt compte tenu de mes projets actuels (en ce moment dorment à poings fermés des marranes ou des molinistes qui seront jugés, condamnés peut-être au bûcher, ils dorment, ignorant que leur destin s'est joué durant ce quart d'heure entre deux femmes). Avec Vendôme j'ai appris l'intendance aux armées, campements, fourrages et fournitures, qui ne l'intéressaient guère et dont il me laissait le soin. Excellente formation pour qui ambitionne de reconstruire l'économie fatiguée d'un pays saigné par la guerre. Traversant aujourd'hui ce désert pétrifié par le froid, j'ai la même impression qu'en 1710 sous la canicule : le temps et le silence semblent être devenus complices pour sécréter du vide, enliser hommes et bêtes. Sauf le rouan et moi. Neige et nuit, Noël et noces, l'étrange mélange. Et cette blancheur qui prétend se donner des airs de calme chasteté, voire de pureté virginale… Encore que la luisance du gel persistant par éclaboussures et traînées m'évoquerait plutôt du sperme à demi séché (espérons qu'au lit, d'ici quelques heures, tout se passera au mieux).

Hita, un village somnolent. Un bon tiers de fait. *Hita, Hita*, un rythme qui m'invite à repartir d'un trot enlevé, *Hita, Hita*, et ensuite un galop soutenu jusqu'au rio Badiel. Alberoni, macaroni, l'ai-je entendue cette bonne plaisanterie depuis que j'ai quitté l'Italie ! Ainsi m'injuriait un autre secrétaire de Vendôme qui me fit donner une furieuse bastonnade par des valets appointés, jaloux qu'il était de ma position de favori. J'ai encaissé et suis resté, mon cuir s'est épaissi depuis fort longtemps. Depuis les barnabites de Plaisance. En fait, mon histoire n'aurait-elle pas commencé ce jour de mes treize ans où j'ai livré au principal couvent de la ville les légumes paternels ? Tirant une charrette à bras chargée de concombres, choux et carottes. Arrivant épuisé tant il y en avait. Un jeune barnabite m'ouvre, m'aide gentiment à porter les cageots jusqu'à l'office. Frère Bartolomeo me demande si je sais lire. – Non. – Aimerais-je apprendre ? – Oh oui !

Ai-je compris d'emblée que son désir n'était pas seulement éducatif ? En tout cas j'ai appris, très vite, dans tous les domaines. Le père supérieur m'a affecté aux cuisines – le mien, de père, s'était refusé à payer le moindre écot, encore qu'il fût soulagé d'être débarrassé de moi, piètre jardinier. Quelques moines se sont payés sur la bête. Plus, à l'occasion, fouet ou taloches, à quatorze ans je savais le latin et servais la messe. Astiquer le cul des chaudrons, prêter le mien, acquérir quelques tours de main comme gâte-sauce, ça rentrait vite. C'est parce que tu as une tête démesurément large, il faut bien loger tant d'intelligence, commentait frère Bartolomeo en me caressant. Je l'aimais. Il est mort. La petite vérole.

Vendôme raffolait de mes saillies, verbales ou autres, ainsi que de mes macaronis à la tomate et au basilic (juste une pointe d'ail, pas trop). Les hommes d'Etat mésestiment l'importance de la bouche et du cul. Personne ne soupçonne le grand politique sous le bouffon doublé d'un cuisinier. La princesse des Ursins savait apprécier mes roux légers, mes bouts-rimés pétillants et mes considérations sur l'état des routes. Une femme exceptionnelle (espérons qu'elle n'a pas attrapé une fluxion). Cette éloquence insinuante et de surcroît fondée en raison. Son esprit vaut le mien, c'est dire. Et retorse, si nécessaire, masquant la cautèle sous le raffinement. Cependant elle fut prisonnière de sa fidélité à ses rois et de son honneur façon La Trémoille. Mon avantage sur elle : nulle fidélité, ce luxe pour ceux qui sont *nés*, ne me tient en lisière. Si, afin d'assurer ma fortune, il eût fallu, au lieu de Vendôme, braquemarder la princesse, toute barbouillée de rouge qu'elle fût à soixante-dix ans, je me serais dévoué sans réticence, je marche au poil et à la plume. Bas courtisan, disent-ils. Laissez-moi rire, comme s'il y en avait de haut !

Carogna ! En sortant du pont traversant le rio Badiel, le rouan se met à claudiquer. Je mets pied à terre, il a perdu un fer à l'antérieur droit, *rocín de mierda ! hijo de puta !* A Torre del Burgo, un relais misérable. Le patron abruti et goitreux. L'écurie, une porcherie. Remettre un fer ? Il faut aller quérir un forgeron à Cañizar. Je vois, l'indolence espagnole aidant, ce sera l'affaire d'au moins quatre heures. Et il est déjà plus de neuf heures. Dans la porcherie trois chevaux dont un malade, couché sur le flanc. Les deux autres blessés au garrot. Je déteste poser une selle sur une plaie. Pas le choix, je prends celui qui me paraît en voie de cicatrisation. Un aubère, une tache blanche à chaque postérieur.

— Deux balzanes, il est vicieux. J'exige un rabais.

— Jamais de la vie ! Il est franc comme l'or.

Il a raison, le patron : j'invente n'importe quoi afin de lui faire baisser son prix, la cameriste et le relais de Jadraque ont allégé ma bourse d'une bonne partie de ses pistoles. Bon, j'en sors à nouveau pour payer cet aubère qui ne me plaît pas. Plus un picotin d'avoine destiné au rouan, j'attends qu'il l'avale devant moi, je me méfie du goitreux. Oui, j'ai de la tendresse pour ce rouan, avec lui je me sentais en confiance et ça m'attriste de l'abandonner dans pareil fumier. Je lui caresse les naseaux, veloutés poilus, plonge mes yeux dans son regard de mercure, lourd et doux. Tu divagues, Giulio Alberoni, tu prétends gouverner un jour ce royaume et tu te ramollis bêtement sur le mufle d'un canasson. En selle ! Me revient le dicton :

Balzane deux, cheval de gueux
Balzane trois, cheval de roi.

Un gueux porte un message de la reine au roi. La reine, après son coup de force, a peur de manquer son entrée. Le roi est impatient de couvrir la reine. Le messager ambitionne de n'être plus gueux. Cinquante ans qu'il l'est, suffit.

Tiens, il amble cet aubère, je m'en doutais qu'il était un peu bizarre. Sur ma droite, la vallée du rio

Henarès : régulariser son cours ? Utiliser ses eaux afin de créer des fabriques à Guadalajara ? Le problème sera de dénicher un ingénieur à l'étranger. Réflexion faite, ce cher del Giudice, il est préférable de ne pas le laisser revenir immédiatement. Progresser pas à pas, ne pas donner trop vite l'impression qu'avec l'arrivée de la Lombarde, tout le pouvoir passe brusquement aux mains des Italiens. Je vais proposer à la Farnèse et à Philippe V de garder Orry encore un mois ou deux. Ça atténuera l'effet fâcheux de l'expulsion d'hier et ça amadouera peut-être le grand-père, là-bas à Versailles. Celui-là, il risque d'estimer que sa nouvelle petite-fille n'y va pas de main morte ! Et puis Orry aux finances est très efficace, il pourrait m'enseigner quelques tours avant de faire son bagage. Quant à Macañaz, il passera à la trappe, ouste ! L'idée que moi, le petit Giulio, sodomite adorant les femmes, je puisse un jour, en Espagne, succéder à un Grand Inquisiteur, persécuteur des consciences et des mœurs, me dilate particulièrement. Oui, le cardinal del Giudice c'est la transition nécessaire. Del Giudice qui, à cette heure, doit déguster à Bayonne son chocolat ou célébrer une messe pour le repos éternel des malheureux grillés par ses soins, ignorant que sa disgrâce est sur le point de prendre fin. Et si je suggérais au roi et à la reine de le nommer également gouverneur du prince des Asturies, ce gentil Luisillo héritier du trône ? Le cardinal est tellement glorieux qu'il sera enchanté de cumuler autant de charges. Dans lesquelles il s'empêtrera. Je lui tendrai des panneaux, discrètement, et un de ces jours, hop, je le culbute, le cardinal, et je tire les marrons du feu. Ceux qui ont brocardé, méprisé, bastonné, enculé le gueux, le faiseur de sauces, le prestolet macaroni, l'homme sorti de la lie du peuple – ainsi me désignent-ils –, eh bien tous ceux-là auront lieu d'être surpris.

Il galope sans allant, sans esprit, ce bidet. Pourtant, rien à dire, il maintient un train régulier. Tortola de Henarès, je traverse au pas sans m'arrêter, j'aurais volontiers mangé un morceau mais, je le sens, ce n'est pas le moment de lui casser la cadence, à l'aubère ambleur. Taracena à présent, ensuite ce sera tout à fait plat, je filerai droit au but. La tête du roi, quand même, lorsqu'il apprendra… Pourvu que la Farnèse ne soit pas trop gourde au lit – je ne crois pas, sait-on jamais ? *Taracena, Taracena*, parfait ce rythme pour allonger le galop. Ma monture semble avoir compris que de bonnes raisons me pressent.

Quelques hameaux ont allumé leurs feux, fumées grises sur ciel gris. Enfin, au loin, les églises et les toits de Guadalajara, encore indécis dans une semi-brume qui semble sourdre de la neige. Je les devine et, surtout, j'entends. Les cloches, Noël. Après mes apprentissages variés chez les barnabites, j'ai été nommé sonneur à la cathédrale de Plaisance. Clerc sonneur, une promotion pour le fils du jardinier. Une élévation, certes, je m'attachais à la corde et me laissais décoller. Bondir, retomber, rebondir, toujours plus haut, saltimbanque élastique. Cravacher, éperonner. L'aubère accélère. La lettre, nichée dans ma poche. Ça y est, l'Histoire me convoque enfin ! Il me reste à devenir le Richelieu de l'Espagne. Sur la haute voltige en politique, je me fais fort de leur en remontrer.

Seconde partie

LES INFANTS

DERNIÈRES NOUVELLES DE MADRID

L'Espagne plongea dans le noir
qui lui va si bien.

FLORENCE DELAY

ÉMILIE
Paris – décembre 1716

— Raconte-moi, Jean, c'était comment à Madrid lorsque tu en es parti ?

— Tu sais, ça remonte déjà à un certain temps. Je me souviens d'une plaisanterie qui circulait : chaque matin, à l'Alcazar, se joue une mascarade dans laquelle la princesse des Ursins s'est déguisée avec une soutane et Orry avec une robe de pourpre. A ces détails de toilette près, rien de changé.

— Ah, je vois ! Alberoni tient la reine qui tient le roi. Et le cardinal del Giudice fait office de Premier ministre.

— Plus pour longtemps, à mon avis. En coulisse, Alberoni travaille à la chute du cardinal.

— Plutôt comiques les conséquences de Jadraque.

— Sauf que les autodafés se multiplient.

— Tu crois que la reine goûte l'odeur du Juif grillé ?

— Je n'en sais rien. Peut-être s'est-elle trouvée dépassée par les événements qu'elle a déclenchés sans en mesurer véritablement la portée. Philippe V a fait une déclaration publique par laquelle il se rétractait et rétablissait dans toutes leurs fonctions ces messieurs les Inquisiteurs.

— Quand je pense que la princesse avait tenté de rogner leurs pouvoirs ! Et comment est-elle, cette Elisabeth Farnèse ?

— Toujours grosse.

— C'était à prévoir. A part ça, elle ressemble à quoi ?

— A un cheval sur l'œil : elle tourne la tête à gauche à droite, comme si elle se sentait menacée.

— On doit la guetter sur tout, j'imagine. Et Luisillo ?

— A pour gouverneur del Giudice.

— Oh non ! Notre Luisillo, si fin si doux, aux mains d'un Grand Inquisiteur…

— Qui heureusement n'a guère le loisir de s'en occuper. Ni même de traiter les affaires, tant il s'efforce de dénigrer Alberoni auprès du pape afin que ce bougre n'obtienne pas son chapeau de cardinal.

— Pauvre Espagne… Tu sais, récemment, un plumitif est venu me voir. Il m'a offert une jolie somme pour que je lui raconte des histoires savoureuses, salaces de préférence, sur la princesse des Ursins, sur les dessous et intrigues de l'Alcazar.

— Ta fortune est faite, Emilie. *Mémoires d'une camériste à la cour d'Espagne*, voilà qui se vendra au mieux. D'autant que Philippe V et le régent Philippe d'Orléans sont à nouveau brouillés. Alberoni s'y emploie, il isole le roi et l'a empêché de recevoir son ancien familier, le marquis de

Louville dépêché par Philippe d'Orléans. Il va jusqu'à intercepter les lettres que le régent adresse à son royal neveu.

— Dis donc, Jean d'Aubigny, autrefois à Madrid n'entrait-il pas dans tes fonctions de surveiller tous les courriers sans te gêner pour les ouvrir en secret ? Quant à l'isolement du roi, Alberoni fut à bonne école avec la princesse, tu ne crois pas ? Moi en tout cas, cet écrivailleur, je l'ai renvoyé. Toute gueuse que je sois, je ne mange pas de ce pain-là.

— Noble Emilie…

— Et toi, tu as pu ramener tous tes biens en France ?

— Ne t'inquiète pas pour moi, ma belle. J'ai vendu au mieux ma maison de Madrid, là où nous avons tant forniqué tous les deux. Comment disait-elle déjà, la princesse, à propos de Madrid en été ?

— Une ville de feu et d'ordure. Et toi, tu ajoutais : Madrid, un gros village. Empuanti par le bétail et le fumier, un village qui avait grandi trop vite.

— Eh oui, rien de tel que le feu, l'ordure et la fiente pour aviver certaines voluptés… Rappelle-toi, Emilie, cette fin de juillet, la canicule, les relents de l'écurie juste sous nos fenêtres, la chambre tel un chaudron de sueurs et d'odeurs surchauffées, rappelle-toi notre fièvre et cette senteur âcre qui montait, t'excitait…

— Bas les pattes, Jean ! Arrête ! Tu es marié, tu m'as même présenté ta femme, toute fière de son ventre déjà rebondi.

— Et tu l'as trouvée plutôt bourgeoise, hein, c'est ça ?

— Qu'importe, si elle a du bien. Chanteloup t'appartient, à présent ?

— Oui. Comme tu sais, la princesse me devait des sommes considérables. M'en doit encore d'ailleurs : Chanteloup en a comblé une bonne part mais pas la totalité.

— En somme, le principal bénéficiaire du coup de Jadraque, c'est toi.

— Tu veux rire ! Pas autant que le nommé Giulio Alberoni. Un de ces jours, il va obtenir un évêché, Málaga ou Séville.

— Dont les bénéfices lui rempliront grassement les poches.

— Et à Rome, on est en train de lui façonner son chapeau de cardinal, le roi et la reine prodiguent courbettes et concessions au pape à cet effet.

— Notre petit abbé, si facétieux…

— Un drôle, oui. Un coquin consommé. Je n'ai jamais rencontré quelqu'un qui mente avec une telle sincérité.

— Et Macañaz ?

— L'Inquisition a lancé contre lui un mandat d'arrêt. Il aurait réussi à s'enfuir, m'a-t-on dit, en passant par l'ambassade d'Angleterre. Et toi, tu ne vas pas rejoindre à Madrid ton cher oncle le père Daubenton, à nouveau nommé confesseur du roi ? A bouleversement politique, changement obligé de confesseur… Alberoni, d'ailleurs, craint tellement Daubenton qu'il le caresse dans le sens du poil. Ces deux-là se surveillent et se cajolent, il faut voir !

— Mon oncle me procurerait aisément une excellente place à Madrid. Je n'en veux pas, pas après Jadraque. Je vais retourner au service de la princesse. De Gênes, elle m'a écrit qu'elle craignait de perdre la vue et ne saurait souffrir d'autre lectrice que moi.

— La fidèle Emilie…

— Et toi, Jean Bouteroue, l'infidèle ! Une femme qui a fait ta fortune, qui…

— Non, fidèle : je n'aimerai personne comme j'ai aimé Anne-Marie de La Trémoille, princesse des Ursins. Mais j'ai plus de cinquante ans, Emilie, je veux des enfants et avoir le temps de les élever.

— C'est beau, Chanteloup ?

— Splendide, j'achève les aménagements. Tu te souviens de cet ami peintre, Henri de Favanne ?

— Celui qui a failli pourrir dans une geôle de l'Inquisition ?

— Oui. Il va venir exécuter la décoration intérieure, à la mode actuelle : des teintes claires, des rinceaux légers. Et tu te rappelles ces bois pour les parquets du palais que la princesse avait commandés à Paris ? Faute d'avoir été payés par Orry, ils étaient restés entreposés aux Tuileries. Je me suis débrouillé pour les racheter à bas prix.

— Toujours malin, à ce que je vois. Les parquets prévus pour l'Alcazar de Madrid sont maintenant en Touraine, dans la demeure princière d'un rotu…

— D’un roturier et d’un espion, je sais. Peu m’importe, à présent je suis maître des eaux et forêts.

— Et maître de Chanteloup. Adieu, Jean Bouteroue.

— Adieu. Lorsque tu arriveras à Gênes, transmets tout de même ma tendresse à la princesse. Une très vieille, très grave tendresse.

CENDRE ET POURPRE

La nuit m'enneigeant
Je l'ai enneigée.

JEAN-CLAUDE RENARD

ANNE-MARIE DES URSINS
Gênes – avril 1717

Je ne suis toujours pas guérie de l'Espagne. Souffrante, n'y voyant presque plus, j'enrage. Avoir été chassée telle une aventurière de basse extraction, passe encore. Mais que Philippe V soit allé à Canossa ! Qu'il se soit humilié devant un del Giudice, avilissant cette majesté royale que je m'étais efforcée d'affermir. Ces placards imprimés par les presses de l'Inquisition, affichés dans tout le pays. Cette rétractation officielle, le pouvoir temporel rabaissé par l'ecclésiastique et l'Espagne à nouveau plongée dans la nuit inquisitoriale. Celle-là même, ai-je l'étrange impression, qui me rend aveugle ou peu s'en faut. Sur ce fond nocturne, je devine de menus points fulgurants. Lueurs des bûchers ? A l'époque où je gouvernais, elles s'étaient considérablement atténuées, l'Inquisition classait ses archives davantage qu'elle n'instruisait de procès.

Mon aveuglement… Alberoni fut plus malin que moi, bien que je fusse loin de lui accorder entièrement crédit. J'aurais dû me méfier de ma fatigue, et surtout de ma détresse après la mort de

Marie-Louise Gabrielle. En apparence je tenais bon, sans doute la douleur avait-elle émoussé ma vigilance. Alberoni l'insinuant s'est immiscé dans ce deuil, ce vide, en a tiré parti. Chapeau, l'abbé ! Il convient d'être belle joueuse et de rendre hommage à l'habileté de l'adversaire. Mais je ne saurai jamais ce qui s'est mijoté au juste entre Elisabeth Farnèse et l'un des meilleurs cuisiniers qu'il m'ait été donné de rencontrer.

Chapeau, c'est le cas de le dire ! L'un de mes fidèles, demeuré à Madrid, me mande que certains Castillans, las déjà de la faction italienne, commencent à me regretter. Ma fermeté se veloutait d'aménité, reconnaît-on un peu tardivement. La reine et son impétueux acolyte ne seraient pas coutumiers de ces délicatesses… Mon correspondant ajoute avoir eu connaissance d'une lettre codée adressée à Paris par l'ambassadeur de France : l'on ne tardera pas à coiffer d'un chapeau le derrière. J'en ai ri, malgré ce fiel qui trop fréquemment m'engorge. De toute évidence, le derrière désigne Alberoni. Ils m'amusent avec leurs messages prétendument secrets, Jean maniait le chiffre avec autrement de subtilité. Enfantin celui-là, transparent ! Alberoni est plus futé qu'eux. Il l'aura son chapeau et se le mettra au bon endroit, s'efforçant de faire oublier que son branle du cul auprès de Vendôme fut une étape de son érection.

Depuis Rome cette fois, l'on m'informe que mon cher frère le cardinal La Trémoille, cardinal grâce à mon entregent, se remue, tout frétillant, en faveur d'Alberoni – solidarité entre sodomites oblige, je suppose… Mon petit frère le bossu n'a guère le sens de la famille. Ni de l'honneur. Une amertume supplémentaire à digérer.

Emilie vient d'arriver, sous une furieuse tempête :

— Quoi, une pluie glaciale à Gênes, en avril ? Et moi qui croyais quitter les frimas parisiens pour me chauffer au soleil italien !

En France, me dit-elle, l'hiver fut derechef très rude. Ici aussi, chaque année le printemps tarde et le froid nous enserre. Heureusement, les cheminées ont été ramonées. Je retrouve mon Emilie chaleureuse et enjouée, un peu vieillie néanmoins – que doit-elle penser de moi ! Dans son bagage, des gouttes prescrites par M. de Saint-Yves : un remède inédit de sa composition conçu spécialement pour mes yeux paraît-il. Plus du néroli, et des livres récents, dont *Gil Blas de Santillane*, et des tissus aux couleurs changeantes, et des nouvelles de la capitale, de mon frère, de Jean.

— Alors, cette Mme d'Aubigny ?

— Dodue, dondon ! Elle est grosse, il est vrai, mais c'est l'étoffe qui est grossière. Quant à cette fadeur de conversation… Par-dessus le marché, mise à faire rire !

— Pourvu qu'elle nous fabrique un petit qui ressemble à Jean.

Nous nous regardons, un peu émues – une ombre de mélancolie ? –, puis nous voilà reparties, caquets, médisances, oh les méchantes commères, ce que c'est d'avoir été abandonnées par le même homme ! Nous plaisantons, nous cancanons, et chuchotons que Jean n'a jamais connu mieux que nous deux. Vous vous souvenez, Emilie, la jeune femme de ce maître à danser venu de Paris à Madrid et dont Jean s'était entiché ? Pffft, Madame, cela faisait illusion et des mines et des grâces à n'en plus finir, eh bien je l'ai vue en chemise, cela vous avait la cuisse molle et le genou cagneux. Et nous pouffons, plaisir de la complicité puisque nous n'avons plus ceux du lit (moi du moins, Emilie ne tardera pas à se dénicher un Génois gaillard). Mon amie Ninon de Lenclos eut des amants fort avant dans son grand âge, je suis trop désenchantée pour suivre son exemple. Je crois cependant avoir adopté sa maxime : être quelquefois une honnête femme et, toujours, un honnête homme. Agir avec la clarté d'esprit et la volonté ordinairement attribuées à ces messieurs me fit souvent suspecter de n'être pas femme honnête. Contrairement à l'opinion des dévots, la galanterie exige élégance et rigueur.

Emilie ne tarit pas sur la mode de Paris. Tout change sous cette Régence qui a tourné le dos au style versaillais. Balayées ces ridicules coiffures en hauteur, ces échafaudages maniérés ! A présent, les cheveux ondulent en souplesse, presque naturels. Sur la nuque, une écume de frisons mousseux, agrémentés à l'occasion d'un petit nœud de velours noir, très coquin. Et de là, de cette nuque si… si voluptueuse s'évase un large manteau fluide, oui parfaitement, fluide, taillé dans ces étoffes-ci – bannis les lourds brocarts ! –, oui, je vous assure, dans ces tissus aux reflets mouvants, voyez, on ne saurait dire s'ils sont roses ou verts ou bleus, ils se transforment selon la lumière, et les femmes elles aussi se métamorphosent, elles semblent glisser, légères, elles passent et virevoltent, plus libres… plus femmes, quoi !

— Allons donc Emilie, la légèreté des tissus ou des mœurs ne rend pas une femme libre. Elle le devient à condition de le décider et surtout de s'en donner les moyens. Même sous les lourds brocarts, comme vous dites, je pouvais à ma guise…

— Oui, oui, mais ces étoffes ! Regardez, touchez, cette merveille de soie, fuyante, caressante…

Je cède, j'accorde cette satisfaction à Emilie, et à moi : je vais en commander d'autres à Paris et renouveler ma garde-robe. Puis me décider à tenir salon beaucoup plus régulièrement. Gênes, ce lieu de passage, n'est pas désagréable au bout du compte, les idées, les livres et les marchandises circulent aisément. Je déplore seulement l'humidité marine néfaste à mes articulations.

Depuis quelques semaines, je sens l'étau de la disgrâce se desserrer autour de moi. Les représentants des grandes nations me rendent volontiers visite et laissent venir à mes oreilles quelques rumeurs de chancellerie. L'on goûte ma conversation, et mon opinion sur les affaires de l'Europe. Il est sensible que l'on se défie moins de moi – c'est aussi une façon de me signifier que l'on m'estime finie… Et je viens d'apprendre que mon neveu Louis de Chalais, interdit de séjour en Espagne à la suite de Jadraque, serait sous peu autorisé par Philippe V à reprendre du service dans l'armée. Quelques signes favorables ? J'essaie de rassurer Emilie qui ne semble guère apprécier Gênes : patience, nous retournerons bientôt à Rome.

Les teintes pastel, les frisons souples, le nœud de velours ? Voilà qui eût convenu à la vivacité et la petite taille de Marie-Louise Gabrielle. C'est vrai, elle fut écrasée par ces coiffures absurdes et ces robes de cour trop rigidement brochées. Ecrasée par tant d'autres contraintes. Quand donc cessera-t-elle de peser dans mon souvenir, la toute légère ? Ninon la belle est devenue poussière. Me revient cette question de Luisillo peu avant que je ne sorte brutalement de son existence : il se demandait en combien de temps le cadavre de sa mère achèverait de se décomposer à l'Escorial. Je ne le sais toujours pas, je sais seulement que la douleur poigne sans crier gare (Philippe V, lui, doit être consolé, grâce à son Elisabeth aux hanches dansantes). J'attends que Marie-Louise Gabrielle devienne en l'urne de ma mémoire cendre fine et douce.

L'on ne parle en ville que de cet événement. Un autre déchu vient d'arriver à Gênes, inopinément : mon ancien ennemi, le cardinal del Giudice ! Cet éphémère Premier ministre a été renvoyé par les rois Catholiques sans être autorisé à les saluer avant de s'en aller. Il répand les pires rumeurs sur le couple royal, leur dépendance à l'ambitieux Alberoni et leur prostitution au pape afin que la pourpre soit attribuée à leur protégé (qui fut votre complice, n'est-ce pas, M. le cardinal ?). Sans parler du désir d'Elisabeth Farnèse de promouvoir son propre fils aux dépens des enfants du premier lit. La bassesse de ce del Giudice me répugne. Le comble, il a osé solliciter auprès de moi une entrevue ! J'ai souri lorsque Emilie m'a lu sa lettre : Maria de Neubourg et lui-même sont totalement étrangers à ce qui s'est passé à Jadraque, c'est le seul Alberoni qui a tout manigancé… L'on se refile le costume du traître. Une comédie à l'italienne dans laquelle une Farnèse, un Alberoni et un del Giudice tiennent chacun leur partie. Derrière cette comédie, légère si l'on veut, rougeoie la tragédie enfumée de l'Inquisition.

J'ai répondu à del Giudice que je ne saurais recevoir quelqu'un congédié par le roi et la reine d'Espagne, j'espère qu'il a savouré l'ironie de mon billet. Que croyait-il ? Que nous allions papoter et comploter ensemble, tel lui-même à Bayonne avec la brave marchande de bière ? Le cercle génois des exilés madrilènes ? Allons donc, après une disgrâce aussi éclatante que la vôtre ou la mienne, M. le cardinal, il ne reste que la dignité du silence. Depuis plus de deux ans, personne n'a pu m'arracher une parole contre Elisabeth Farnèse ou Philippe V. Et votre effondrement ne me réjouit même pas : l'Inquisition demeure en place, Etat dans l'Etat inexpugnable.

Non, je ne digère pas ce retour en arrière ! Vous, la cavale piaffante, si vous n'étiez pas montée sur vos grands chevaux à Jadraque, j'aurais pu vous enseigner deux ou trois petits préceptes. Par exemple qu'il vaut mieux éviter la collusion de la pourpre et du pouvoir. Même les Habsbourg, ces ardents défenseurs du catholicisme, n'en avaient pas fait une règle impérative. Il aura fallu une Elisabeth Farnèse quasi inconnue, originaire d'une petite ville lombarde, pour réussir pareil cumul. Et au début de ce siècle-ci ! Sa seule excuse, peut-être, l'ignorance. Mais plus maintenant.

Maria de Neubourg déplorait que j'eusse introduit des bourgeois et des juristes dans les rouages de l'Etat. Sa très chère nièce va renchérir sur moi avec son Parmesan extirpé du néant (j'y ai contribué…). Il ne tardera pas, je renifle cela, à être nommé Premier ministre. Dès qu'il aura coiffé le chapeau. Au moins détient-il nettement plus d'industrie que son prédécesseur.

Les cardinaux ? A mettre dans son lit plutôt qu'au gouvernement. Une maxime des plus morales et des plus politiques à laquelle je fus fidèle. Je me souviens d'un propos d'Innocent XI, il y a fort longtemps. Plus inepte qu'innocent, il laissait entendre que je croquais aisément deux cardinaux à mon déjeuner. Pauvre pape, il eût aimé n'être que cardinal et s'inviter à ma table, réputée la meilleure de Rome (me vient soudain un désir de printemps romain – Emilie a dû me contaminer –, oui, un désir aigu de lumière, de vastes jardins et de fontaines bruissantes, ici une pluie tenace ne cesse de nous engluer, je n'aperçois même plus les bigaradiers sur ma terrasse).

A Rome justement, j'en ai croqué deux de cardinaux, et de la meilleure eau. César d'Estrées, qui fit mon mariage avec le prince Orsini. César d'Estrées, sa prestance superbe et sa science en toutes choses, y compris au déduit. Nous fûmes complices, pour les plaisirs du lit comme pour la défense des libertés gallicanes. Et beaucoup plus tard, Portocarrero le Castillan que j'avais rencontré lors de mon premier séjour à Madrid, dans ma vingt-cinquième année. De Madrid, il vint à Rome en 1698 – cette fois j'approchais la soixantaine –, il me tâta, en tout bien tout honneur : il souhaitait savoir, Charles II persistant à agoniser, si la France soutiendrait l'Espagne contre l'Autriche au cas où, n'est-ce pas, le testament se révélerait être en faveur de Philippe d'Anjou. Je me fis fort de garantir l'appui de Louis XIV et même de rallier un certain nombre de princes italiens à cette idée d'une dynastie française en Espagne – avais-je déjà imaginé les fonctions qui pourraient m'être dévolues au sein d'une alliance familiale Versailles-Madrid ? Portocarrero s'engageait par ailleurs à intervenir en ma faveur lors d'un procès lié à l'épineuse succession du prince Orsini. Nous scellâmes le pacte sur un canapé de mon petit salon.

Je revois le regard sombre – velours et braise – de ce portrait signé du Titien que je contemple durant nos ébats et qui nous fixe sévèrement, me donnant une aimable envie de rire.

Et j'ai ri derechef lorsque à Madrid, en 1703, je les ai retrouvés, le Français et le Castillan. César d'Estrées toujours vif à soixante-quinze ans, crinière blanche et beauté altière, fier d'être envoyé par Louis XIV en tant qu'ambassadeur extraordinaire chargé de démêler les affaires d'Espagne. Vraiment ? Il allait voir ! Je l'ai regardé s'empêtrer dans ce guêpier auquel, tout homme d'esprit qu'il fût, il ne comprit rien – l'un des mérites de Françoise de Maintenon, je dois le reconnaître, est d'avoir, elle, pressenti depuis son obscur cabinet versaillais à quel point ces affaires-là étaient délicates et compliquées, et que moi seule serais capable de les débrouiller.

Quant à Portocarrero, son crédit à la cour commençait à s'effriter, je m'y employais. Une tâche point trop ardue, il était moins fin que César d'Estrées, et trop opiniâtre pour flairer à l'avance la brigue que je lui montais en sourdine. Il se serait vu volontiers à la tête des conseils et des différents départements. Non : il avait beau m'avoir appuyée lors de ma nomination au poste de camarera mayor, je ne le laisserai pas tenir sur la scène sombre du théâtre de Castille le rôle du cardinal d'Espagne. Non, pas de confusion entre le chapeau acquis à Rome et le ministère à Madrid, jamais ! S'il fallait quelqu'un en robe afin de gouverner ce royaume, ce serait moi. Revêtue non de pourpre mais de velours incarnat, ou de taffetas gorge-de-pigeon (plus flatteuse au violet de mes yeux, cette dernière nuance).

Je les ai joués l'un contre l'autre, mes anciens galants. Amusant, et risqué. Marie-Louise Gabrielle avait beau n'avoir que quinze ans, elle a vite deviné les ressorts de mon intrigue – sans en goûter tout le sel, ignorant que mes deux adversaires avaient autrefois joui de mes faveurs. Ah, l'allègre passacaille des cardinaux ! Il me vint une facilité de manège, coulante, telles des figures de danse s'enchaînant aisément l'une sur l'autre. J'affecte une négligence détachée. Discrets pas de menuet, j'avance en douceur. Feinte poudrée, je recule : oh vous savez, je peux m'effacer et m'en retourner tout tranquillement à Rome… L'on me supplie de n'en rien faire. C'est le moment de contre-attaquer, sur un rythme plus enlevé, *allegro ma non troppo*. Je provoque et pousse Portocarrero, outré des manières hautes de ce cardinal d'Estrées venu de France qui ne se méfie pas assez de l'ombrageux caractère castillan. La gaillarde s'accélère, prend tournure. Escarmouches feutrées, puis cliquetantes entre mes deux prélats. Empourprés, cette fois de rage, ils ont saisi trop tard qu'il leur eût fallu s'unir contre moi au lieu de s'affronter. Fini le pas de trois, je tire ma révérence. Et reste maître du terrain.

Ulcéré, César d'Estrées est reparti en France, furieux contre moi et contre lui-même. Portocarrero s'est retiré dans son diocèse de Tolède. Puis s'est rapproché des Autrichiens et de Maria de Neubourg qui n'avait pas encore été reléguée à Bayonne. Maria de Neubourg qu'il haïssait depuis si longtemps… Je fus attristée de ce revirement, voire titillée par une pointe de remords. Le cardinal avait été jusqu'alors parfaitement fidèle à Philippe V, lequel lui devait pour une bonne part sa couronne. Serait-ce moi qui, en humiliant Portocarrero, l'aurais acculé à ce reniement dont il dût souffrir ? D'autant qu'il n'avait cessé de m'aimer…

Il est mort cinq ou six ans plus tard. Sa sépulture dans une église de Tolède consiste en une simple dalle foulée par tout un chacun. Pour seule inscription, une épitaphe en latin : *Ci-gît de la cendre, de la poussière et rien.* Aujourd'hui, disgraciée à mon tour, exilée, je la remâche, cette épitaphe. A croire qu'elle s'adressait à moi, la vieille maîtresse déchue ? Dernière revanche, ultime coquetterie du très noble cardinal Portocarrero, primat de toutes les Espagnes ? Ah, je ne sais…

Tout de même, d'Estrées ou Portocarrero, cela vous avait une autre allure qu'un del Giudice ou un Alberoni !

Je ne veux plus y penser. Arrive à propos un ouvrage que j'avais commandé à Amsterdam :

— Emilie, nous laissons de côté le *Gil Blas*, si plaisant soit-il, et vous me lisez incontinent les *Mémoires* du cardinal de Retz.

Retz, l'ami et le compagnon d'armes de mon père durant la Fronde. Il est étrange de rencontrer ses parents dans un livre. Comme si on les enterrait pour la seconde fois. J'avais une dizaine d'années à l'époque, je devinais des conciliabules orageux entre père et mère, une fois j'ai entendu celle-ci adjurer son époux de ne pas se compromettre davantage avec Retz. A présent, je comprends mieux pourquoi mon père se plut tant à fronder et fut si fortement attaché à Retz : une camaraderie joueuse, joyeuse, les voluptés du risque et de la bravade. Sans cesse ils emmêlent les cartes, se chamaillent ou se travestissent, se trahissent et se réconcilient, tissent galanterie et conspiration (et toi, Anne-Marie ?), excitent le peuple et réussissent quelques coups d'éclat. Brillants, et brouillons, ils se croient sur une scène de théâtre. Ou dans un roman, *L'Astrée* notamment, que mon père cite volontiers. Mais ces vastes tumultes et ces éclairs d'héroïsme n'auront guère provoqué que de petits fracas. Non, mon père n'est pas la belle figure que j'avais tenté de ciseler dans l'exaltation de l'enfance. Et Retz écrit mieux qu'il n'agit, a-t-on jamais vu quelqu'un échouer avec semblable magnificence ? Mazarin, qu'ils prétendent éliminer, est plus politique qu'eux. Et gagne. La Fronde aura abouti au renforcement de l'autorité royale.

Mon père, qui a tant combattu le Mazarin, aurait-il supporté que sa fille devienne la Mazarine enjuponnée de l'Espagne ?

Troublée, j'écoute Emilie me lire les passages où Retz évoque mon père, son charme et son impétuosité, sa légèreté de jugement. Et parce que le portrait est maintenant figé dans l'écrit, dessiné, définitif – alors qu'il flotte, confus parfois, dans ma mémoire –, il m'apparaît soudain que ce pourrait, tout aussi bien, être celui d'Adrien. Aurais-je été de ces filles qui chérissent trop leur père pour épouser un autre homme ? Ah, M. de Retz, vous qui fûtes un cardinal roué (je les préfère à un fanatique fagoté de pourpre), qu'avez-vous ravivé là, avec vos phrases habiles, perfides à l'occasion ?

L'envoyé d'Angleterre et sa femme sont venus souper chez moi, j'ai enfin repris goût aux préparatifs d'une réception raffinée. Ils ont séjourné récemment en France et s'empressent d'informer la provinciale que je me donne l'air d'être devenue : à Paris, les *Mémoires* du cardinal de Retz font fureur, la Régence tend la main à la Fronde par-dessus les quelque soixante ans de ce qui est maintenant considéré comme un règne despotique. M. l'envoyé a convenu avec moi du caractère quelque peu fallacieux de ce rapprochement. Certes, Philippe d'Orléans louvoie habilement entre grands seigneurs et gens de robe, jésuites et jansénistes, entre l'alliance anglaise et le maintien des liens avec son neveu espagnol. Mais ainsi que moi, M. l'envoyé estime que le régent transmettra au jeune Louis un pouvoir royal solide. Et si cet enfant de sept ans disparaissait ? M. l'envoyé me picotait avec diplomatie pour connaître mon opinion sur les éventuelles prétentions de Philippe V à régner en France au cas où… Je suis demeurée gracieusement lointaine. L'Angleterre ne tient pas, c'est évident, à ce que se rétablisse le pacte de famille entre la France et l'Espagne.

Cette nuit, au cours d'une calme insomnie, je ne songe plus à l'Europe ni aux menaces qui pèsent sur son équilibre. Adrien resurgit. Sa faconde et sa fougue amoureuse. Ses mains expertes au combat et à la caresse. Il ne sait rien faire d'autre, ou presque, Adrien de Chalais. Si, danser. Fin janvier 1662, nous sommes invités au bal donné par Monsieur lors de l'ouverture du carnaval. Une algarade à l'entrée, six jeunes gens se défient et s'excitent, bêtement, pour une bagatelle de préséances, à l'aube les voilà derrière la chartreuse du faubourg Saint-Germain, dégainant, tout échauffés dans la clarté de cette nuit cristalline, esquives et cliquetis, souffles rauques, et que reste-t-il à une femme en cette occurrence sinon attendre en sa maison, bêtement, impuissante ? Frère et mari se battent contre des lames réputées, prévoyante, elle a mandé un chirurgien – images de l'acier pénétrant dans les chairs et perforant un organe vital –, elle a donné l'ordre de seller le cheval le plus endurant, elle tourne en rond, la jeune Mme de Chalais, elle enrage et s'angoisse – imbéciles ! ils ont entre vingt et vingt-cinq ans et narguent l'édit du roi –, en robe de bal, gorge dénudée (cinquante ans plus tard, en robe de cour, seins à l'air ou presque, jetée dans un carrosse par une nuit bien plus froide),

Mme de Chalais descend à l'écurie, vérifie le mors et les brides, s'appuie contre l'encolure et respire l'odeur tiède du pelage, cherchant dans cette douceur un réconfort. Son destin se joue à la pointe des épées. Elle ne le sait pas. Frère et mari légèrement blessés, un mort, la fuite précipitée puis l'exil.

Si ce duel surgi d'un rien n'avait pas eu lieu, point de princesse des Ursins. Point de Bourbons d'Espagne ?

Et si Adrien m'avait rendue mère, je ne serais sans doute pas partie le rejoindre à Madrid. Retirée sur mes terres de La Ferté-Milon, exclue du monde par le crime d'un époux, obscure à jamais.

Nous venons d'apprendre la naissance, à Chanteloup, d'une petite fille. Emilie verse quelques larmes. De bonheur, Madame, de bonheur, affirme-t-elle en se croyant obligée de sourire. Je vais commander à Paris, chez Launay, une timbale en vermeil gravée à son nom : Adélaïde d'Aubigny. Emilie n'a pu s'empêcher d'évoquer le Luisillo nouveau-né, puis celui de sept ans, jouant avec l'épée offerte par Louis XIV : la mine belliqueuse, il pourfendait d'imaginaires et féroces Catalans (nous en avions ri sous cape, songeant à don Quichotte). Fort sèchement, j'ai intimé à Emilie l'ordre de ne plus m'en parler. Je consens à ruminer quelques souvenirs mais, pour le moment, pas celui-là, non, pas les infants !

Aux dernières nouvelles, le cardinal del Giudice aurait quitté Gênes afin d'aller à Vienne offrir ses services à l'empereur. A mon sens, cette envie le tenaillait depuis longtemps, le mariage et la venue d'Elisabeth Farnèse l'en avaient détourné en lui faisant miroiter l'espérance d'une glorieuse ascension en Espagne. Il n'est point de grande carrière pour les hommes qui confondent la morgue et l'honneur. Du moins je le veux croire. Cette belle âme révèle sa face de transfuge. Cendre, poussière, et rien.

Ma vue est déjà moins enténébrée. L'effet des gouttes prescrites par M. de Saint-Yves ? Lorsque mes yeux sont par trop irrités, je m'allonge à nouveau dans la pénombre. Derrière les paupières, j'ai par moments l'impression d'une fine poussière farineuse. Telle une neige cendreuse. Elle tombe lentement sur tant de néant.

DRAPS DE NEIGE

Je vois ce carrosse qui avance toujours
et qui n'approchera jamais de moi.

MME DE SÉVIGNÉ

ÉLISABETH FARNÈSE
Madrid – décembre 1717

Il neige sur Madrid. Une silencieuse neige tiède. Je l'imagine tiède parce que le froid règne à l'intérieur de l'Alcazar. Sauf dans certains salons où ont été aménagées des cheminées à la française. A l'instigation de la princesse des Ursins, m'a-t-on rapporté. Aurais-je plus chaud si je ne l'avais pas chassée ? Voilà une pensée étrange, une bizarrerie de femme enceinte dirait Laura.

Trois ans tout juste que je suis arrivée et j'en suis au sixième mois de ma troisième grossesse. Une fille, affirme Laura. Pour Carlos et François elle ne s'était pas trompée, elle avait prédit des garçons.

François a vécu à peine un mois. Cette peau bleutée, ce souffle raréfié. Les doigts minuscules qui me paraissaient toujours glacés. Il est inhumé à l'Escorial. Que je déteste. Où nous résidons peu, fort heureusement. Philippe envisage la construction d'un autre palais en dehors de Madrid, moins austère. Je ne veux pas habiter un cimetière.

Des flocons paisibles, une douceur d'ouate. Une fille, oui, une petite fille pour me consoler de Madame ma mère. De la mort de François. Nous avons décidé de la nommer Marie-Anne Victoire. Comme la mère de Philippe. Dont la vie fut une défaite. Une fille que j'aimerai autant que Madame ma mère m'a haïe et pour laquelle je tisserai une enfance lumineuse.

Victoire. Je me bats pour que l'Espagne reprenne pied en Italie. Philippe est tellement mortifié d'avoir été obligé de renoncer par le traité d'Utrecht aux possessions espagnoles dans la péninsule. Contraint par son grand-père, m'a-t-il expliqué, alors que le testament de Charles II recommandait à son successeur de ne rien aliéner des territoires transmis. Il n'a pas trop tardé à disparaître, le vieux, le grand-père. Avant de mourir, il a pourtant pris le temps de recevoir celle que j'avais expulsée, quel affront pour moi ! Philippe m'a affirmé qu'il ne pouvait en être autrement : les services rendus, les égards dus à sa très haute naissance, et cetera. Quitter une famille pour entrer dans une autre, imbue de ses rites et de ses règles, je n'avais pas mesuré l'ampleur de l'épreuve. De surcroît, Louis XIV m'a fait sentir par un courrier trop bien tourné que mon refus d'accorder la principauté promise à la princesse des Ursins était dépourvu d'élégance : la grandeur, a-t-il laissé entendre, eût été de reléguer ses ressentiments… La gifle à distance, cette lettre. Depuis Versailles, on m'administrait une leçon de morale et de style. Céder là-dessus eût été perdre le bénéfice de mon succès à Jadraque ! Philippe se devait de me soutenir, moi sa nouvelle femme, contre son trop puissant aïeul. Et s'affirmer ainsi en époux et en monarque indépendants. Je désirais tant qu'il se délivrât de cette vieille emprise et sache mettre à profit mon coup de force pour s'affranchir et ne plus abdiquer. Qu'il soit un homme, quoi ! Et un roi. J'ai cru avoir réussi.

Il est vrai qu'il a abdiqué en même temps face à l'Inquisition. Sans doute était-ce inévitable avec le retour du cardinal del Giudice. Convenait-il cependant de descendre à ce degré d'humilité ? Philippe fut tellement apaisé par cette rétractation officielle. Soulagé, se tourmentant moins pour le salut de son âme. J'ai compris que rien ne lui était plus essentiel. Et selon lui, l'Inquisition épargne à l'Espagne les guerres de Religion qui ont tant déchiré la France.

Au bout du compte, je n'ai guère apprécié ce del Giudice que ma tante Maria a eu le tort de me recommander. Il aurait pu user de son triomphe avec davantage de mesure. Et toi, Elisabeth, as-tu mis la sourdine à ta volonté d'exister ? Ah, mais c'est que j'arrivais, toute neuve, je ne revenais pas, comme lui. Il me fallait m'affirmer aux yeux de la cour et du gouvernement ! Selon Alberoni, del Giudice m'a par la suite calomniée tant et plus, répandant que j'étais une marâtre pour les enfants du premier lit. J'ai appris que l'on peut être trahi par ceux-là même dont on a favorisé l'élévation.

Luisillo, je n'ai pas eu trop de mal à l'amadouer. Lorsque je dispose d'un peu de temps – trop rarement – je lui fais répéter son clavecin, il détient une bonne oreille et il apprécie que je le guide en chantant. Vous avez une jolie voix, m'a-t-il dit hier : peut-être son nouveau gouverneur, un Italien placé là par mes soins, le lui avait-il suggéré, néanmoins à dix ans, et si timide, Luisillo a su tourner le compliment avec grâce. Le bon gros Ferdinand, avec ses trois ans tout ronds, ne sort guère de son appartement, sa gouvernante l'élève très correctement. Je veille à ce qu'il parle et le français et le castillan, à l'instar de ses deux aînés. Seul le petit Philippe me répond à peine (ces yeux si beaux, intenses, ceux de sa mère ?). Il est souvent souffrant, se replie sur lui-même. Je sais, il mange peu à cause de ses mauvaises dents, j'ai demandé au médecin des infants d'y remédier, il n'y parvient guère.

Avant tout, je me dois de songer à l'avenir de Carlos. Et au mien si jamais je devenais veuve, les étranges maladies de Philippe m'inquiètent de plus en plus. Parme serait le seul lieu possible pour Carlos. Alberoni a raison, il faut reconquérir nos anciennes possessions afin de contrebalancer les ambitions de l'empereur. Afin également de soutenir tous ces grands seigneurs dépossédés de leurs terres en Italie par ce traité d'Utrecht humiliant. Sujets du roi d'Espagne, demeurés fidèles, ils se sont réfugiés ici. Philippe se considère comme leur suzerain, se devant de les aider à recouvrer leurs biens. Déjà, il y a quatre mois, nous avons établi une tête de pont en Sardaigne. Oui, Alberoni voit juste, et large : une vaste puissance méditerranéenne, soutenue par le pape et levant haut l'étendard du catholicisme contre ces nations mécréantes que sont l'Angleterre protestante et cette France tombée aux mains du régent, un impie, un libertin. Alberoni est outré – et Philippe très malheureux – que la France ait conclu cette alliance avec ceux qui furent il y a peu les ennemis de notre royaume, l'Angleterre et l'empereur d'Autriche. Lequel, avec outrecuidance, persiste à inscrire dans ses titres "roi de toutes les Espagnes", ce Charles VI se prend pour Charles Quint ! Tandis que le souci premier de Philippe est de mériter aux yeux du pape et de la chrétienté le beau nom de roi Catholique. La présence d'hérétiques à Gibraltar lui est une souffrance.

Mais régner en Espagne est aussi pour lui source de douleur, j'ai fini par le comprendre. A ses yeux, son oncle le régent est un usurpateur. S'il arrivait malheur à ce petit garçon censé devenir Louis le quinzième – ah, depuis la mort de François je n'aime pas penser à celle d'un enfant, surtout dans l'attente d'un autre –, Philippe pourrait prétendre au trône de France : non, ne pas laisser un Orléans s'en emparer, surtout pas ! Alberoni se fait fort de parvenir à renverser le régent. Philippe, duc d'Anjou avant d'être Philippe V, ne manque pas, dit-on, de partisans en France : des princes du sang, des bâtards légitimés, des maréchaux – avec de l'argent on soulèverait aisément l'armée, affirme Alberoni –, une bonne partie de la noblesse bretonne, il suffirait d'infiltrer des hommes et des subsides, d'autant que le parlement de Rennes serait prêt à contester les renonciations d'Utrecht. Et à Paris, notre ambassadeur le prince de Cellamare pourrait ourdir une conspiration.

Philippe regarde vers la France. Moi, vers la Lombardie. Oui, s'implanter en Italie. Parce que je déteste les Allemands, n'est-ce pas Madame ma mère ? Afin de protéger contre l'empereur cet oncle qui m'a si tendrement protégée contre cette mère. Afin d'établir Carlos. Mon Carlos qui va sur ses deux ans. Si vif, si charmant. Déjà son petit nez s'allonge et prend la courbure Farnèse. Avec ce nez-là, il se doit de régner à Parme ! Et moi avec lui, en cas de veuvage. Luisillo serait alors roi et je ne veux pas subir le sort traditionnel des reines douairières espagnoles : la relégation dans un couvent ou, au mieux, dans un château isolé. A propos, je devrais écrire à ma tante Maria, je ne l'ai que trop négligée durant cette année qui fut tellement éprouvante.

Il neige, et revient le songe du carrosse. Il a commencé à me poursuivre l'année dernière, supplantant celui des hommes vêtus de noir. Des roues crissent sur le sol couvert de givre. J'entends, et ne vois rien. Ou bien, si fugitif, le frémissement d'une croupe pommelée, d'une crinière ébouriffée. La voiture tourne un angle, disparaît. Une fois, une seule, elle s'est rapprochée et même arrêtée. Je me suis éveillée avant que la porte ne s'ouvre.

Laura n'a rien su de ce qui s'était passé entre Alberoni et moi à Jadraque. Mais elle s'est doutée, je pense, elle est si fine pour tout ce qui me concerne. Si fine qu'elle ne m'a pas questionnée là-dessus.

Mon bonheur lorsqu'elle est arrivée il y a deux ans, juste avant la naissance de Carlos. Je pouvais me blottir en petite fille dans ses bras et n'avais plus peur de l'accouchement. Laura me rassurait, me cajolait (par moments, on aurait envie de redevenir un enfant lorsqu'on en porte un). Vos seins sont encore plus beaux qu'avant, ma reine ma pigeonne, vous voilà glorieusement en majesté ! Elle posait ses mains sur ce ventre qui me pesait tant et je me sentais plus légère.

Elle a voyagé par mer et n'a pas été malade. Dans son bagage, ces confitures de figues qu'elle réussit à merveille. Et la potion de lune, naturellement. Reléguée dans un cabinet à présent. Avec les confitures, je me suis régalée, elles avaient goût de soleil et d'enfance.

La nuit dernière, le carrosse ressemblait à un gros scarabée noirâtre dodelinant sur le désert blanc de la meseta. Il se fit énorme, menaçant. J'ai sursauté, me suis redressée. Des murmures dans la pièce, l'un des rideaux du lit était entrouvert. Philippe avait appelé le père Daubenton et se confessait. Depuis ses récentes crises, il craint de disparaître en état de péché mortel :

— Mon père, j'avais promis à la défunte reine, sur son lit de mort, d'accorder à la princesse des Ursins une principauté. Et je me suis parjuré.

Ce fin politique de Daubenton absout. A près de soixante-dix ans, il est parfois épuisé par ces nuits entrecoupées. Moi, je n'absous pas, j'ouvre les cuisses. Autre remède à l'angoisse. De peu de durée. Ni plus ni moins que la confession.

On m'aurait dit lors de mon mariage à Parme que je dormirais avec un jésuite dans la chambre conjugale… Après une défloration entre deux messes, j'aurais dû me douter que dévotion et fornication seraient indissolubles.

Durant la dernière maladie de Philippe, l'ambassadeur de France m'a pressée de lui accorder une audience : le régent était beaucoup mieux disposé à l'égard du roi d'Espagne que certaine faction en cette cour-ci ne semblait vouloir m'en persuader (je me cabre dès qu'un Français attaque Alberoni). Philippe d'Orléans interviendrait volontiers auprès de l'empereur afin que la succession de Parme soit garantie à mon fils. L'empereur renoncerait même à ses droits – ce qu'il estime, lui, être ses droits ! – sur la couronne d'Espagne. En contrepartie, celle-ci devrait entrer dans ce traité général censé assurer la paix et l'équilibre européens (l'Europe qu'Alberoni risque de mettre en combustion, j'ai appris à entendre ce qui n'est pas dit).

J'avoue avoir été troublée, fallait-il saisir cette chance pour Carlos ? Non, non, m'a soutenu Alberoni, c'est un piège tendu par le conseiller du régent, ce Dubois aussi mécréant que son maître.

Non, il vaut mieux jouer la carte de l'alliance avec la Suède et la Russie. Lesquelles me paraissent des plus lointaines. Il me manque, je le crains, les éléments me permettant de tout comprendre, tout englober.

Alberoni est prodigieux. Sous son aiguillon, l'Espagne commence à renaître. Les archives réorganisées à Simancas, des arsenaux en Biscaye, des fabriques de voiles en Galice, un collège à Cadix afin de former des officiers de marine, une flotte et une armée enfin bien équipées et payées, une manufacture royale de cristaux implantée à San Ildefonso et plusieurs fabriques créées dans la capitale. Dont une pour les toiles de Hollande. Mon époux a longtemps tergiversé sur ce dernier dossier, il me venait de ces impatiences ! Philippe étudie longuement chaque point, hésite, ajourne – j'attends en piaffant –, reprend, se perd dans les détails ou oppose des arguments trop souvent empêtrés de scrupules. Est-il possible d'être aussi tenace dans l'indécision ? Alberoni propose de faire venir des artisans hollandais qui apprendront les méthodes les plus récentes de tissage à quatre cents religieuses de Madrid.

— Des huguenots, jamais ! proteste Philippe.

— Vos religieuses les convertiront ! Chacun y gagnera, et surtout votre royaume qui ne sera plus obligé d'acheter à l'extérieur.

Alberoni a réponse à chaque objection, résout grands et petits problèmes. Je l'appuie et me félicite d'avoir fourni à la fertilité de son génie l'occasion de se déployer. Il travaille dix-huit heures par jour, secondé par ce Grimaldo que je n'aime guère mais dont je dois reconnaître les qualités de grand commis de l'Etat. Et Philippe tient à Grimaldo, déjà en place sous la des Ursins : il me faut sans cesse biaiser, composer, me contraindre. Ce qui tour à tour amuse et agace Laura. Lorsque Philippe sort de ses périodes léthargiques, il est ragaillardi à l'idée que l'Espagne est en train de redevenir une nation puissante, cette fois moins par ses possessions d'outre-mer que par son industrie.

Je n'ignore pas à quel point Alberoni est honni. Et moi avec. Ma tante Maria, lors de mon passage à Pau, évoquait son malheur d'avoir été la seconde : je commence à comprendre, et répugne à penser que l'histoire pourrait se répéter.

Alberoni est trop bouillant et bondissant pour ces Espagnols compassés. A leurs yeux, et surtout à leurs nez, il pue la sueur et le labeur incessant – et même le graillon puisqu'il trouve encore le temps de me confectionner des raviolis à la parmesane. Le parfait courtisan, n'est-ce pas, doit toujours se contrôler, affecter des airs lisses et détachés. Parfums, dentelles et hypocrisies m'ennuient. Et c'est moi, la perfide Italienne – ainsi disent-ils dans leur langage tout fait –, c'est moi qui suis accusée de dissimulation ! Je sais, Alberoni peut avoir des emportements qui scandalisent aristocrates et ambassadeurs (j'apprends à modérer passablement les miens). De surcroît, il a supprimé certains privilèges, dont ceux du tabac et de la neige qui profitaient à quelques grands : là résidait plutôt le véritable scandale ! D'aucuns, je le devine, en viennent à regretter la princesse des Ursins et ses manières propres à emmieller les bords de la coupe (je revois, je revois : cette révérence raffinée, le mouchoir odorant irritant mes narines, cette robe qui paraissait poudrée de neige argentée).

Et pourtant, comme ce pays est beau et comme je pourrais l'aimer ! En septembre, nous fûmes chasser dans la sierra de Guadarrama. Un automne limpide et doré, une orgie de lumière. De bonheur, presque (à ma demande, Laura avait essayé de savoir : non, *elle* ne montait ni ne chassait). Philippe admire la rapidité avec laquelle j'ai appris à galoper par tous terrains, traversées de fourrés, plongées abruptes dans des ravins, brusques changements de direction pour traquer la bête. Sa voix s'anime lorsqu'il me raconte les grandes chasses de sa jeunesse en compagnie de ses deux frères dans les forêts de Marly ou de Fontainebleau. L'essentiel de lui-même est resté là-bas. Une fois, nous étions côte à côte à la garde-robe (nos deux chaises percées sont nos seconds trônes, parallèles, je plaisante volontiers là-dessus avec lui), il a sorti de sa poche une feuille séchée et l'a caressée doucement :

— Mon aîné, le duc de Bourgogne, me l'a envoyée peu de temps avant sa mort. Une feuille de chêne cueillie par lui à Fontainebleau.

Il était au bord des larmes. Cet homme m'émeut. Par sa souffrance et son obsession d'accomplir son salut. Parfois je lui reconnais de l'allure, une noblesse certaine. D'un seul coup, je le vois s'effondrer et vieillir sous mes yeux : on le croirait happé par un autre temps. Lors de ces chevauchées derrière un cerf ou un sanglier, il rajeunit, retrouvant sa patrie d'origine et les joies d'autrefois. Il est dommage que les chasses à courre soient rares en ce pays, le terrain est trop rude.

Oui, c'était magnifique en ce début d'automne dans la sierra. J'exultais, non de ce que le chevreuil ait été tué mais de cette jubilation de la lumière et du mouvement. La curée me plaît beaucoup moins que la poursuite. Soudain j'ai adressé un signe de connivence à Philippe et j'ai éperonné, plantant là écuyers, grands et valets, piqueurs, sonneurs et toute la meute. J'imaginais leur stupéfaction, j'en riais – parfois j'étouffe tellement ! J'ai gravi une gorge de plus en plus étroite. Me suis arrêtée à un col. Philippe était juste derrière moi, je lui ai désigné la splendeur du paysage déployé devant nous. Lignes de crête si pures, si nettes, escarpements de bronze mordoré, perspectives dessinées à l'image de certains tableaux italiens. Enfin, je respirais !

Brusquement, au loin, je l'ai distingué. Ce rectangle rébarbatif. Cette masse grise, granitique. L'Escorial. Philippe II, sa passion de la mort. Le Pourrissoir, le Panthéon et leurs ombres. Non ! J'ai commandé à mon alezan brûlé une demi-volte et suis repartie, dévalant la pente à toute allure. Les troncs dansaient autour de moi, je me penchais pour éviter les branches basses et laissais ma monture tracer son chemin, lui faisant confiance. Tant de beauté, et comme s'ils nous poursuivaient, les Habsbourg et leur goût du funèbre. La mort en Espagne semble si vivante. En bas l'escorte attendait, figée autour du cadavre. Les chiens en laisse, presque pétrifiés.

Par la suite, à cause de l'enfant dans mon ventre, Philippe n'a plus voulu que je l'accompagne à la chasse. Lui me chevauche deux jours avant ou après mes couches.

Jadraque, cette nuit blanche à goût de neige et d'insomnie.

Le carrosse tourne, s'éloigne puis revient. Je n'arrive pas à me rendormir.

La noche la nieve. Etrange de me réveiller avec ces deux mots castillans résonnant en moi. Et pourquoi pas *la notte la neve* ? Les termes italiens seraient-ils moins doux et moins denses que les espagnols ? Ou parviendrais-je à présent à mieux habiter cette langue, ce palais ?

Moi qu'ils nomment l'étrangère, la Lombarde. Ils me donnent envie de rire : depuis deux siècles leurs rois sont venus d'ailleurs.

J'ai interrogé Philippe : il rêve toujours en français. Il m'a avoué avoir pleuré lorsqu'il a franchi la frontière, à l'âge de dix-sept ans. Moi non. Je serrais les dents (ce froid à Roncevaux, ces flambeaux qui trouaient la nuit).

Comment a-t-elle fait, *la Savoyana*, en arrivant ici, presque une enfant, face à cet époux inconnu et une cour hostile ? Eh oui, elle avait auprès d'elle la princesse des Ursins… Qu'est-ce qui me prend d'évoquer ces deux-là ? Non, cette grossesse n'est pas aussi paisible que la neige ourlant le rebord des fenêtres. J'appuie mon front contre la vitre, je fixe les ombres et me retrouve soudain trois ans en arrière. Les deux pommelés surgis de la nuit, si beaux.

Le carrosse-scarabée n'était plus dans mon dernier songe qu'un point imperceptible sur une surface immaculée.

Les draps. Les draps phosphorescents. C'était en mars dernier, peu après l'enterrement de François. Philippe m'a appelée d'une voix étrangement altérée. Laura était en train de me coiffer, nous nous sommes précipitées. Philippe nous montrait le lit. Terrifié, balbutiant :

— Les lueurs, là, dans les draps ! Elles bougent, elles tremblotent…

Laura et moi stupides.

— Regardez donc ! On dirait une lumière qui aurait traversé une couche de neige. Une lumière venue de si loin.

Laura a voulu en avoir le cœur net, elle a soufflé

les bougies de part et d'autre de l'alcôve. Il était tôt, à peine un peu de jour pénétrait par la fenêtre, la pièce restait plongée dans une semi-obscurité et Philippe répétait, furieux de notre aveuglement :

— Mais si, vous voyez bien, les draps éclairent la chambre.

Dans quelle nuit était-il immergé pour apercevoir pareille clarté ? Laura a posé la main sur les draps, elle les avait changés la veille.

— Non, non, ne touchez pas ! C'est Marie-Louise Gabrielle. Elle revient, elle implore. Je l'entends à présent, je l'entends, elle supplie que l'on fasse dire des messes pour le repos de son âme.

Il s'est mis à hurler, puis à pleurer. Higgens l'a calmé avec du laudanum. Philippe a dormi très longuement. A son réveil, je lui ai promis que toutes les messes nécessaires seraient célébrées. Oh oui, mille et mille messes s'il le fallait, au besoin je les paierai sur ma cassette personnelle, mille et mille messes pour qu'*elle* ne revienne plus ! Moi qui avais expulsé sa camarera mayor tant aimée. Qui avais même évité de suivre ses traces en traversant le midi de la France.

Elle était là. Passe encore pour la présence du père Daubenton la nuit dans la chambre royale, mais *elle*… Un teint semblable à de la neige fraîche m'avait avoué une camériste que j'interrogeais – ah, je n'aurais pas dû enquêter là-dessus, moi dont la peau est si vilainement grêlée ! Et maintenant ces lueurs à travers je ne sais quelle neige venant troubler l'esprit de Philippe. C'est lui, je crois, l'âme en peine.

Laura a tenté de me rassurer : le roi avait été vivement affecté par la disparition de François, il s'agissait d'une crise passagère, il convenait d'être patiente, aimante. Je pense l'être. Après tout, moi aussi il m'arrive d'être poursuivie. Par ce carrosse crissant sur le sol gelé. Mais je sais que c'est un rêve.

Les messes ont été célébrées à travers toute l'Espagne et jusque dans les Indes lointaines. J'ai payé.

Oui, sans doute, le contrecoup du décès de François. Après les obsèques, pour la première fois, Philippe m'a parlé du second fils qu'il avait eu de *la Savoyana* : un petit Philippe, mort très vite lui aussi. Je l'ignorais. François a dû faire resurgir le Philippe enterré il y a huit ans. Ainsi que la mère de ce dernier. Laura avait raison, ce n'était pas aussi grave que je le craignais. En revanche, je m'inquiète pour le Philippe de cinq ans, je n'ose dire bien vivant tant il est silencieux, souffreteux. Il me regarde calmement, oh sans animosité, j'ai le sentiment qu'il ne me voit pas ou cherche une autre à travers moi.

Habités par *la Savoyana*, les deux Philippe ?

J'ai essayé d'oublier cet épisode qui m'avait bouleversée. Philippe allait nettement mieux, surtout après que nos troupes eurent occupé la Sardaigne, il se sentait à nouveau roi, et digne de l'être. Brusquement, en octobre, cette nouvelle crise. Un rayon de soleil l'avait ébloui et quasiment aveuglé avant de traverser son cerveau. Pourquoi voit-il des lumières lorsqu'il s'enténèbre ? Les lumières de la grâce divine ? J'ai tenté d'en parler avec mon confesseur, que j'estime plutôt borné, et qui demeure très circonspect là-dessus : l'Eglise, n'est-ce pas, se méfie d'une possible confusion entre délire et mystique. En fait, je crois avoir compris, il se garde d'empiéter sur le terrain du père Daubenton, ce jésuite tellement en faveur à Rome.

Suite à cet éclair qui, disait-il, l'avait blessé en profondeur, Philippe est resté prostré durant plusieurs semaines, s'affaiblissant à l'extrême. Higgens ne répondait plus de rien. Aussi, dès son rétablissement, ai-je suggéré que, peut-être, un testament… Philippe avait recouvré son bon sens, il en a volontiers convenu. Alberoni et moi l'avons aidé à le rédiger, dans le plus grand secret. Si un malheur survenait, je serais régente jusqu'à la majorité de Luisillo. Ce qui me donnerait le temps et le pouvoir d'établir Carlos à Parme.

Une douce neige enveloppante. Il me semble que si j'ouvrais la fenêtre un peu de chaleur entrerait dans ce salon. Accompagnée du chuchotement des flocons. *Neve, nieve*. Une musique quasi silencieuse. Parfois, je suis fatiguée par toutes les langues qui s'entrecroisent ici.

J'arrive à Madrid afin d'être reine d'Espagne et découvre peu à peu que mon époux regrette de ne pas régner en France. Avec lui, je converse en français. Qui est sa langue maternelle et non pas la langue de sa mère. A la cour, on use tour à tour du français et du castillan. J'apprends l'italien à Carlos qui, je l'espère, sera un jour duc de Parme mais il convient qu'il sache également le français et l'espagnol. Ma camarera mayor – plus sombre s'il est possible que celle de ma tante Maria – n'entend que le castillan. Heureusement avec Laura, en privé, je peux échanger en italien. Qui est ma langue maternelle sans être la langue de ma mère. Afin de m'amuser, Laura utilise à l'occasion des termes de ce dialecte des collines qui a résonné à mes oreilles dans ma petite enfance, des termes rien qu'à nous deux. A l'origine, la mère de Philippe et la mienne parlaient allemand. Quant à Alberoni, il fabrique un baragouin volubile où s'entrechoquent gaiement des mots latins, français, italiens et castillans. Et de temps à autre, j'entends l'étrange parler de ces Irlandais résidant à la cour, tel Higgens, même s'ils usent avec nous du français.

Il m'est reposant de m'isoler dans la musique. Un langage entre Marie-Anne Victoire et moi. Avant qu'elle ne soit embarquée dans tout ce commerce. Nous avons encore trois mois devant nous. Je m'installe avec elle au clavecin, c'est notre temps à nous deux, il s'arrondit doucement. J'essaie d'imaginer que la courbe de la mélodie est semblable à celle de son corps, blotti au creux du mien. Et que l'une accompagne l'autre.

J'aimerais trouver un toucher léger, léger tel un flocon de neige, pour tisser la racine d'un cheveu (à six mois, trop tôt ? je l'ignore et qui le sait ?). J'égrène dix ou douze autres flocons – une montée chromatique en douceur – afin d'amorcer son premier souffle (respire-t-elle, je ne le sais pas plus, serait-il possible qu'elle vive sans respirer ?).

Elle est vivante. Et je le suis avec elle sans être menacée par la mort ou la folie. Le temps d'achever cette passacaille et peut-être un quart d'ongle aura-t-il poussé ? Je voudrais reprendre sans fin le mouvement lent, m'enfouir à l'intérieur ainsi que ma fille l'est en moi. Une musique qui loin de s'écouler reviendrait sur elle-même. Comment pourrais-je tout à la fois mesurer le temps avec rigueur (non, je ne triche pas avec le tempo, je le respecte) et en créer un autre qui, lui, ne vieillisse pas ? Mais si je veux que mon enfant naisse, il me faut bien la laisser grandir et vieillir à l'intérieur de mon ventre – vieillir, déjà ? Ah, je m'empêtre…

Et si Laura se trompait, si c'était un garçon ?

Je recommence ce passage. Afin de rester, illusoirement, hors de la durée ? Dans l'orbe de la seule musique avec celle qui s'appelle dès à présent Marie-Anne Victoire ? J'essaie d'oublier qu'il faudra, elle aussi, l'établir, la doter, la marier – ah non, pas trop vite ! Elle partira sans doute pour ne jamais revenir. Comme moi, comme *la Savoyana*, traversant une ou plusieurs frontières, découvrant d'autres langues et d'autres nourritures.

Philippe me fait appeler par son secrétaire. Il supporte de moins en moins que je m'absente de lui, fût-ce au clavecin. Avant de le rejoindre, j'entrouvre rapidement une fenêtre et respire l'odeur du froid. Encore quelques flocons égarés, mais la neige se tait et se fond dans la nuit.

Le carrosse-scarabée cahote sur les chemins du rêve. Je ne sais qui se dissimule à l'intérieur.

Alberoni, toujours informé de ce qui se passe ailleurs, a commandé à Paris, discrètement, plusieurs livres. Dont un roman, *Gil Blas de Santillane*. L'histoire, me dit-il, se donne l'air de se dérouler en Espagne, en fait c'est plutôt une façon d'évoquer et critiquer les mœurs de la France actuelle. Voilà qui m'intéresserait, surtout si nous devons un jour quitter Madrid pour Versailles. Je propose à Philippe de le lui lire, un chapitre chaque jour, espérant le distraire et chasser les humeurs noires. Non, il s'y refuse, préférant s'en tenir à *L'Imitation de Jésus-Christ* :

— Il me reste sans doute peu de temps à vivre, je veux le consacrer à l'essentiel. En outre, je me méfie de tout ce qui provient de cette France-là, cette France libertine du régent. L'Inquisition a raison d'interdire l'entrée des livres pernicieux.

Le soir, dans notre chambre, je prends mon ouvrage, de la broderie le plus souvent, Philippe lit à haute voix *L'Imitation*, nous commentons, je pose mon napperon et lis à mon tour, Philippe semble apaisé, presque heureux, nous prions côte à côte, puis nous couchons ensemble et nous endormons.

Hier cet aveu, dans la tiédeur de l'alcôve : la couronne d'Espagne lui est échue par une malencontreuse erreur, son grand-père n'aurait pas dû accepter le testament de Charles II. Lui, Philippe d'Anjou, n'a même pas été consulté. Expédié ici, où il estime n'être qu'un usurpateur alors que le trône de France serait le seul auquel il pourrait légitimement prétendre.

— Mais je me sens trop coupable de vivre en pensant à la mort éventuelle de mon neveu, le jeune Louis.

— N'est-il pas normal de l'envisager puisqu'il a été fort malade récemment ? On dit qu'Adrien Helvétius l'a sauvé d'extrême justesse. Songer à cette mort ne signifie pas que vous la souhaitiez.

— Est-ce tellement différent ? Non, il me faut renoncer et aspirer au seul royaume des cieux.

— Que voulez-vous dire ?

— Abdiquer, et n'œuvrer en votre compagnie qu'à mon salut éternel.

Je me suis retenue, je n'ai pas poussé les hauts cris (en moi une bête traquée hurlait, de rage, d'affolement). Avec Philippe j'ai appris à contourner et ne revenir à la charge qu'après un long délai. Je tremblais, comme si le froid traversait les rideaux. Non, je ne suis pas sortie d'un grenier lombard pour me cloîtrer avec un époux mélancolique dans une demeure à l'écart du monde. J'ai vingt-cinq ans et deux enfants bientôt, je ne me laisserai pas enterrer vive !

Il importait de rassurer Philippe : je lui ai donné mon accord et promis le secret. Puis j'ai suggéré, avec prudence, qu'il vaudrait peut-être mieux surseoir jusqu'à la majorité de Luisillo, voire son mariage. Philippe a admis qu'il devait encore réfléchir, s'en ouvrir au père Daubenton, ultérieurement consulter le pape. Et attendre ce qui va advenir de son neveu ? Je n'ai pu m'empêcher de songer : ici, attendre se dit *esperar*…

Comment savoir si Philippe envisage une abdication pour retourner en France ou pour sauver son âme ? Il ne le sait pas lui-même, je le crains. Trop douloureusement écartelé. Me faudrait-il pousser Alberoni à précipiter le cours des événements de l'autre côté des Pyrénées ? Les nobles bretons sont-ils véritablement prêts à prendre les armes contre le régent ? Je n'ai pas compris grand-chose à ces histoires de faux sauniers censés, selon Alberoni, servir en Bretagne d'agitateurs et soutenir la révolte. Alberoni affirme également que l'ambassadeur Cellamare tisse sa toile à Paris et que, grâce à ses agissements, il sera aisé de renverser Philippe d'Orléans.

Dans la nuit m'est venue une pensée terrible : la mort de mon époux serait pour moi préférable à une abdication que je serais contrainte de partager. Une pensée qui mériterait d'être avouée en confession… Mais je ne puis parler à qui que ce soit de ce projet. Non, pas même à mon confesseur, je n'ai pas confiance. Et j'estime que, sur ce point, Philippe a tort d'accorder la sienne au père Daubenton.

Quel âge avait donc Charles Quint lorsqu'il s'est retiré dans un couvent en Estrémadure ? Cinquante-six ans, je crois. Philippe n'en a pas trente-cinq.

Cet après-midi, nous nous rendons à Notre-Dame d'Atocha pour une action de grâces. Comme toujours dans ces circonstances, grand déploiement de fastes, de chevaux et de gardes. Précédant le carrosse où Philippe et moi prenons place, celui du grand écuyer. Derrière le nôtre, une voiture vide – ainsi le veut l'étiquette –, dénommé carrosse du roi et tiré par quatre pommelés. A la suite, les véhicules où s'installent ma camarera mayor, puis Laura, puis les dames d'honneur.

Nous traversons une partie de Madrid. De cette ville, j'ignore le vrai visage, balcons et façades sont pavoisés. Il m'arrive de souhaiter connaître ce qui grouille derrière. Me parviennent seulement des odeurs de fumier et de vidange, à vous lever le cœur, heureusement l'époque des nausées est passée.

Viva el rey !

Nous roulons lentement. Les cahots sur les pavés provoquent des élancements douloureux dans mes reins, bientôt le septième mois. Je pense au destin de Carlos qui ne pourra pas être roi d'Espagne. A celui de cette enfant dans mon ventre. A François, scellé dans les ors et les marbres de l'Escorial. François à qui j'avais donné le prénom de mon oncle.

Viva el rey… y la Savoyana !

J'ai parfaitement entendu, j'ai l'ouïe fine. La seconde moitié de l'acclamation est venue en écho assourdi de la première. Qui a osé ? Cet orfèvre sur le pas de sa porte ? Ce commerçant devant sa boutique de jambons et saucissons suspendus ?

Viva el rey ! Viva la Savoyana !

Bien distincts, cette fois. Philippe présente un profil impassible. On me hait, me le fait savoir. Grossièrement. Ma tante Maria (j'ai à nouveau oublié de lui écrire) était honnie pour avoir soutenu au mauvais moment la dynastie des Habsbourg. Moi qu'ils appellent l'Italienne, je lutte pourtant contre l'empereur. Ils n'ont donc pas compris eux tous, là dans la rue ou à la cour, que s'opposer aux empiètements autrichiens en Italie est le meilleur moyen d'assurer la grandeur de l'Espagne ? Ils se plaignent de la clique parmesane sans voir qu'Alberoni va leur fournir du travail, des routes, des rentrées d'argent. Ce peuple est si lent, si lourd à remuer. Et ma petite fille, soudain, pèse fortement sur mon bas-ventre.

Viva la Savoyana !

Plus lointain, affaibli, mais j'entends. Philippe demeure silencieux. En quoi une Lombarde serait-elle plus étrangère qu'une Piémontaise ? Nous approchons du sanctuaire de la Vierge noire. Ah non, nul désir en moi d'actions de grâces, trop de rage ! (il me faudra aussi l'avouer, la confession va-t-elle devenir un rite vidé de son sens ?). Et à qui Dieu dispense-t-il donc sa grâce ? Plus à moi (lorsque j'avais quinze ou seize ans, c'était telle une onction mêlée de feu, un miel brûlant coulant au fond de moi).

Brusquement surgit une idée extravagante. *Elle* est là, juste derrière nous, dans cette voiture vide. La foule *la* voit, *l'*acclame. Et m'ignore. Non, ce n'est pas le carrosse du roi, c'est celui de la reine morte. Pour elle, de superbes pommelés.

Ils crient *vive le roi* et ne savent pas que cet homme ne veut plus l'être. Qu'il s'est déposé lui-même, par avance. Un fantôme de roi. Habité par un autre fantôme.

Viva el rey, viva la Savoyana…

LE LAIT LE SANG

Il y a trop de tristesse en Espagne,
les oiseaux n'y sont pas heureux.

MICHEL DEL CASTILLO

LAURA
Madrid – décembre 1718

Si c'était un homme, il ferait taire ces clameurs indécentes. Un homme et un roi, à quoi lui sert donc cette compagnie de gardes qu'il paye si cher ? Peut-être ça lui plaît, hein, de les entendre, ces *Viva la Savoyana* ? Lorsqu'on aime une femme, on laisse celle d'avant où elle est. Dans son Pourrissoir, qu'est-ce que c'est que cet Escorial je vous demande un peu, à la fois un couvent, un cimetière et une résidence royale, on n'habite pas avec les morts, en voilà des façons de tout mélanger, ces Espagnols sont d'un lugubre, et leur nourriture ! Pas moyen de trouver du poisson frais ou du beurre qui ne soit pas rance, l'huile pue, la viande est découpée n'importe comment et pour revenir à ce Philippe V, il doit avoir un recoin pourri dans sa tête, son petit pourrissoir à lui où il se la garde *la Savoyana*, sa Piémontaise aux écrouelles, sa scrofuleuse, ce n'est pas sain et puis cet homme il fornique trop pour n'être pas châtré, je confierais cette idée à quelqu'un on me traiterait de folle, je sais ce que je dis pourtant, ma Bettina c'est pas un homme qu'elle a, c'est un cerf des Apennins au printemps, constamment collé à elle en elle, ne supportant pas qu'elle s'éloigne d'un pas, elle encaisse vaillamment mais une grossesse par an ça commence à suffire, mon lambrusco aux écrevisses ne lui sert plus à rien, retour de couches et hop ! la voici prise, je devrais lui souffler des moyens d'espacer, en plus cet homme il ne peut ni choisir ni décider, toujours le cul entre deux chaises, il ne sait pas s'il est français ou espagnol, il est affolé d'Elisabeth et il laisse l'autre revenir dans ses draps, ce n'est ni propre ni honnête, des draps dont j'avais surveillé moi-même la lessive, des draps en belle toile de Hollande séchés au soleil, ensuite, après cette crise affreuse, il est resté avachi dans son lit – des vapeurs noires à ce qu'on dit – et lorsque la nuit il avait ses sueurs d'angoisse et se mettait à hurler, le seul moyen de le calmer c'était que je m'installe dans la chambre conjugale à laver ses chemises, je m'en charge ai-je déclaré à Elisabeth, il ne faut surtout pas qu'on le sache dans l'Alcazar et pour moi c'est pareil qu'un nourrisson bramant de détresse, j'ai l'habitude ça ne m'effraie pas, mais je peux bien frotter, presser, tordre, rincer, essorer, blanchir, ça n'évacuera pas tout ce noir dans sa tête, je me demande s'il l'a amené de France ou attrapé ici, dans ce palais la tristesse suinte des murs et des tapisseries, cela flotte dans l'air se respire se renifle et pourtant m'a confié une vieille femme de chambre c'était beaucoup plus sombre et pesant il y a vingt ans, à l'époque du roi précédent, ce Charles II qu'on appelait l'*Hechizado*, et l'on commence à murmurer que Philippe V le serait également, ensorcelé, je ne le rapporte pas à ma Bettina parce que je n'aime pas ces histoires de bonne femme, j'écoute et je me tais, comme à Parme mes oreilles traînent dans les corridors et les antichambres, on ne me prête pas trop d'attention, même si j'ai été nommée première caméριste de la reine, parce que je m'emploie à garder mes airs de brave grosse paysanne sortie de Pastorello et j'en entends ! Mes filles sont arrivées depuis peu et je leur ai recommandé de les ouvrir grand elles aussi, futées Camilla et Faustina, elles se débrouillent, sur le compte du cardinal Alberoni j'en ai ramassé un paquet, par exemple qu'il ne s'est pas gêné pour faire accoucher sa maîtresse dans son propre lit, propre ? si on peut dire ! et de surcroît notre cardinal, évêque de Málaga et de Séville (il a réussi à cumuler les bénéfices de ces deux évêchés sans y mettre les pieds), ce cher cardinal et Premier ministre donc s'oppose à ce que me rejoignent mon mari et mon fils, il ne veut pas de la famille Piscatori à Madrid, ni d'autres Parmesans d'ailleurs, le Giulio tient à préserver son emprise, je vois clairement la façon dont il procède (à l'instar de la maligne Orsini d'autrefois, à ce qu'on m'a raconté), il isole le roi et la reine et même il les rend méfiants et prisonniers l'un de l'autre, toujours à se surveiller mutuellement, je n'aime pas cela mais bon silence patience, j'en ai à revendre et je sais attendre (en août dernier avec cette retentissante défaite navale au large de la Sicile, il a failli être culbuté le cardinal, le roi était furieux de la destruction par les Anglais de sa belle flotte neuve, Elisabeth a dû se battre pour maintenir Alberoni), et puis nous autres à Pastorello là-bas dans les collines on déteste ceux de la plaine du Pô, les gens de Fiorenzuola et de ces villages entre Parme et Plaisance qui nous traitent de rustres, le petit Giulio trapu il s'imagine que sa pourpre lui confère l'impunité, aux yeux de Rome et des rois Catholiques peut-être mais pas aux miens ! Camilla et Faustina m'ont amené en secret un billet du duc Farnèse qui m'a conservé sa confiance, j'ai vite saisi ce qu'il me suggérait : pour le moment il s'appuie sur sa nièce et sur Alberoni, cependant si l'empereur menaçait Parme trop dangereusement et si l'Espagne risquait d'être mise à l'écart à cause de la politique aventureuse d'Alberoni, eh bien il conseillerait à Elisabeth la modération vis-à-vis de la France et la réconciliation avec le régent Philippe d'Orléans. A mon avis, il a raison le duc François d'être circonspect à l'égard du Giulio même si ce dernier lui a expédié beaucoup d'or afin de lever des troupes, donc j'attends je furète, moi aussi j'amasse des pistoles et j'avance mes pions afin de marier au mieux Camilla et Faustina, oh je devine combien c'est difficile pour Elisabeth, la folie impétueuse d'Alberoni fait contrepoids à la folie mélancolique de son époux, le feu l'ébullition d'un côté, l'apathie de l'autre, il travaille à un rythme endiablé ce Giulio, je suis obligée de le reconnaître et il est capable de descendre dans les moindres détails, commander à Parme les meilleurs jambons ou en France un excellent champagne, l'œil à tout jusqu'au linge des nourrices et aux chaussures des précepteurs, persuasif, fertile en *combinazioni*, et facétieux (moi qui le déteste je ris de bon cœur à ses lazzis), cette ardeur qui sans cesse pétille ravigote ma Bettina, pourtant je la sens inquiète, elle me cache quelque chose, parfois je vois ses mains s'agiter dans le vide, des oiseaux qui s'efforcent d'échapper à cette cage dorée et lorsqu'elle se met au clavecin, ses mains volettent sur les touches, fébriles, affolées, à Parme elle jouait plus sereinement et le son était moins grêle, j'entends je me tais, j'en suis à me demander si elle n'était pas plus libre dans son grenier, d'accord elle a les enfants, elle les aime comme je l'ai aimée elle au même âge, sauvagement, elle se battra à mort pour eux, non cette cour maussade ne lui convient pas et les Espagnols ne l'apprécient pas que ce soit le peuple ou la noblesse et pourtant ma Bettina, à vingt-six ans, elle porte à la fois un demi-fou, un royaume et des petits dans son ventre, je ne peux qu'admirer son courage. Quant à sa camarera mayor ! Un monument ambulant aussi funèbre que l'Escorial, la comtesse d'Altamira, à cinquante-deux ans elle en paraît presque quatre-vingts, toujours à ses patenôtres, un chapelet en guise de bijou, vêtue telle une religieuse (c'est la coutume ici pour les veuves, encore qu'Elisabeth l'ait contrainte d'ajouter dans cet attirail de deuil à faire peur une touche de blanc, oh très discrète !), avec ça incapable de concevoir avec un peu de goût les toilettes d'Elisabeth, aucune conversation ni occupation si ce n'est de surveiller les dévotions des dames d'honneur, une brave femme au demeurant l'Altamira mais elle distille une tristesse poisseuse, heureusement dans tout ce sombre a surgi une lumière, un rayon de miel et de soleil, Marie-Anne Victoire si gracieuse et blonde et tendre, elle est née au début du printemps et les gens affirmaient que depuis des années on n'avait eu un printemps à ce point précoce et sec et chaud à croire que le monde sortait enfin d'une éternité de froidure, oui elle est arrivée tel un soleil de plus dans cet ensoleillement, Marie-Anne Victoire ma palombe roucoulante, une merveille d'enfançonne, déjà tellement sérieuse à neuf mois, l'air de savoir qu'elle est une Bourbon (moi j'ai sitôt vu qu'elle ressemblait à l'Elisabeth d'autrefois), rieuse également, surtout avec sa remueuse qu'elle adore, c'est drôle elle s'appelle doña Maria de las Nieves la remueuse, Marie des Neiges quoi ! et justement la peau de Marie-Anne Victoire est si blanche, si fraîche, Maria de las Nieves la berce, la cajole et sera par la suite sa gouvernante, par contre, pour la nourrice quelle histoire ! Une nourrice c'est du lait de qualité, hein ? Ici non, pas du tout : au bon lait ils préfèrent le sang pur, *la limpieza de sangre* qu'ils disent, leur peur c'est que la nourrice ne soit pas *vieille chrétienne*, qu'elle ait une goutte de sang juif ou maure, la terreur du mélange les tenaille ces Espagnols, bref la femme que j'avais choisie, j'étais certaine qu'elle était parfaitement saine, elle avait accouché et elle allaitait lorsque Marie-Anne Victoire est née, j'avais pu vérifier l'état du mamelon, la saveur et la consistance du lait, eh bien non, ils me l'ont refusée parce que, soudain, ils ont eu un doute sur ses origines et il a fallu en trouver une autre précipitamment, non vraiment un pays de fous et de fanatiques et quand je pense qu'ils ont néanmoins quelque chose de bon, du lait de bufflonne savoureux, et qu'ils ne sont pas capables de fabriquer avec ce lait de la mozzarella…

LES NOURRICES

Savez-vous ce que c'est que de se mettre à l'âtre pour remuer l'enfant ?

MME DE MAINTENON

ANNE-MARIE DES URSINS
Gênes – décembre 1719

Cela pépie, jase, caquète, vocifère. Une immense volière ? Non, point d'oiseaux mais, fort étrangement, des gorges de femmes : un monstrueux assortiment, menus pis de chèvre gonflés, tétons bovins, rosés ou blanchâtres, ils débordent, ballottent, envahissent, comment s'arracher à ce cauchemar ? Toujours les pépiements. Lointaine, une ritournelle. Peut-être une berceuse ? Soudain, un hurlement suraigu me tire du sommeil. J'appelle Emilie qui m'aide à me lever et m'accompagne sur la terrasse. Ah, je comprends : les oiseaux saluent le soleil, ce soleil réconfortant que l'hiver génois nous prodigue enfin. Dans mon rêve, j'ai sans doute confondu leurs chants avec les cris et gazouillis de cette quantité de poupons à l'époque où je m'occupais des nourrices destinées à Luisillo.

Un cauchemar, certes, ces nourrices ! J'avais moins de tracas avec mes cardinaux. Je contemple les bigaradiers tout luisants – il a plu hier soir –, la fragilité cotonneuse des premières fleurs de mimosa, la mer vivante, luisante elle aussi, en contrebas. A soixante-dix-sept ans, savourant cette clarté neuve et ces senteurs acides, je me sens presque rajeunie et ne voudrais songer qu'à mon retour à Rome. Pourquoi faut-il que ce rêve me ramène en arrière, fragment d'Espagne et de nuit ?

— Emilie, vous souvenez-vous à quel moment Clément, vous savez l'accoucheur, est arrivé à Madrid en 1707 ?

— En juin ou juillet, je pense, puisque Luisillo est né le 25 août.

Juillet, la canicule écrase Madrid, ainsi que la pauvre Marie-Louise Gabrielle à laquelle Clément enjoint de rester allongée durant les dernières semaines. A ma demande, Mme de Maintenon nous a adressé cet accoucheur réputé qui, à Versailles, assista Marie-Adélaïde, la sœur aînée de Marie-Louise Gabrielle. Dans une lettre, Mme de Maintenon a même précisé : Clément vous apprendra le bon goût et la consistance que doit avoir le lait…

Pouah ! Qu'est-ce qu'elle croit, la chère Françoise ? Que je vais à la fois faire face à la guerre, aux intrigues de cour et à des poitrines de paysannes ? Il a fallu y passer. Plusieurs mois à l'avance, dépêchant des médecins dans les provinces du Nord, je m'étais mise en quête de nourrices. Après différents tris, j'en compte une bonne douzaine rassemblées à l'Alcazar. Certaines ont déjà accouché, elles allaitent. Relents âcres des aisselles, rigoles de sueur entre les mamelles, bavouillis et régurgitations, linges imprégnés de diarrhée, odeurs et chaleur suffocantes, le néroli se révèle impuissant. D'autres femmes promènent des ventres pleins à craquer qu'elles me collent sous le nez avec une ostentation naïve. Je suis de plus en plus incommodée. Par cet air épaissi de remugles. Par ce triomphe placide de la femme grosse ou fraîchement accouchée. Un poupard se met à pleurer, la contagion gagne à toute allure, piaillements et braillements, les nourrices jabotent, bercent et chantonnent – mais oui la voilà, ma volière nocturne ! Imperturbable, le beau Clément m'administre une leçon sur la propreté du mamelon, les soins à donner en cas d'inflammation, je m'efforce d'être bonne élève et réprime un haut-le-cœur lorsqu'il m'invite à goûter.

Oui, régir cette douzaine de femmes fut plus épineux que de gouverner ou cabaler ! Disputes, jalousies, rivalités : laquelle aurait l'honneur de tenir l'héritier de la couronne agrippé à son téton ? Clément et moi nous accordâmes pour constituer une réserve : si l'une ou l'autre avait les fièvres, fréquentes à Madrid en été, si la gale survenait et le lait tournait… J'ai insisté pour que nous gardions des Navarraises et des Biscayennes, les plus saines et les plus robustes. Et surtout, sans risque d'erreur, elles étaient *vieilles chrétiennes*. Ce problème-là, je ne l'ai pas exposé à Clément, il aurait ouvert de grands yeux.

Par lettre, j'en ai touché un mot discret à Mme de Maintenon. J'aurais eu envie de lui dire : ici le lait est moins une affaire d'hygiène que d'Histoire. Une Histoire tragique. Où l'on aurait tellement voulu ne pas avoir été contaminé. Impur, le sang maure ou juif. Les morisques ont été expulsés il y a tout juste un siècle, ce n'est pas si lointain vous savez, cela laisse des traces – et quelques bandes de brigands de par les grands chemins. Déjà je me suis fait attaquer pour une ridicule histoire de perruque où aurait pu se glisser un cheveu juif, vous vous doutez que maintenant je multiplie les précautions : cet enfant à naître, le futur roi d'Espagne, tétera un sein marqué de l'estampille *vieux chrétien*. Je pourrais vous conter cette histoire que l'on m'a rapportée lors de mon premier séjour en ce pays et que je n'ai eu garde d'oublier : celle de cet homme condamné et brûlé pour avoir dissimulé – ou ignoré ? – que sa nourrice était non point *pure* mais *nouvelle chrétienne*. Ici, la foi ne sauve pas. Ici le sang passe dans le lait, et souille. Et réciproquement.

Non, je n'ai point trop importuné Françoise de Maintenon avec ces difficultés locales qui étaient de mon ressort. Je me suis par ailleurs appliquée à suivre ses conseils, elle qui était une remarquable éducatrice, avec les jeunes filles de Saint-Cyr comme avec les enfants en bas âge. L'ébreneuse des bâtards royaux, me glissa, il y a longtemps, M. de Saint-Simon en veine, et en verve, de méchanceté. Ces messieurs ne sauraient comprendre que torcher la merde puisse contribuer à l'élévation.

Quant à Luisillo, il fut admirable, réussissant à naître le 25 août, jour de la Saint-Louis. De quoi combler son illustre arrière-grand-père !

Clément m'apprit à bercer. Luisillo avait sa remueuse attitrée mais je devais veiller à ce qu'elle s'y prenne selon les règles de l'art. La nourrice fut atteinte d'érysipèle, son lait se gâta. Il fallut en choisir une autre. Je revois notre Luisillo de dix semaines refusant ce sein qu'il ne connaissait pas. Clément venait de repartir pour la France. Ne sachant trop comment procéder, j'eus l'idée d'habiller la seconde nourrice avec les vêtements de la première. Peine perdue, Luisillo nous signifia qu'il avait trop d'esprit pour céder à un leurre d'une telle grossièreté. Et voilà Marie-Louise Gabrielle et moi, bien que fort inquiètes, nous émerveillant d'une intelligence aussi précoce ! Ce fut une troisième nourrice qui eut gain de cause : même goût du lait ou même odeur que la première ? Je me suis félicitée d'avoir encore en réserve une Biscayenne détenant ses quatre doigts de graisse *vieille chrétienne*, comme disait Sancho Pança.

Ainsi l'intrigante, la toute-puissante princesse des Ursins, transformée malgré elle en matrone, se retrouva-t-elle complètement abêtie devant cet enfançon. Attendrie par l'éloquence de ses mines, l'éveil de sa curiosité, la grâce et l'avidité de ses menottes. A soixante-cinq ans, j'ai découvert à travers Marie-Louise Gabrielle les plaisirs et les angoisses de la maternité, tardif apprentissage.

Pour la naissance des autres infants, j'étais aguerrie. Mme de Maintenon m'invitait, sourdement, à me cantonner dans un rôle de gouvernante, je lisais entre les lignes de ses lettres. Les robes de la reine et les mamelons des nourrices eussent dû me combler. On n'aime pas en France que les femmes se mêlent des affaires – politiques s'entend –, me mandait-elle tout uniment. Pareille phrase sous la plume de celle que Louis le quatorzième consultait depuis un quart de siècle ne manquait pas de sel ! Je m'en serais amusée si la France, dans cette période, n'avait menacé de lâcher l'Espagne. Je lui ai répondu sur le mode de la raillerie : tant mieux si les femmes sont exclues des affaires, de la sorte on ne leur reprochera rien. Le malheur, ajoutai-je, veut qu'elles détiennent plus d'honneur que les hommes et soient trop souvent victimes des erreurs commises par ces derniers. J'ai donc continué à tenir ferme le gouvernail, ce n'est pas Françoise de Maintenon qui réussirait à me confiner au domestique !

Elle est morte en avril dernier dans sa maison de Saint-Cyr. Les fossoyeurs de l'Histoire, j'imagine, nous fourreront toutes deux dans le même sac. La des Ursins ? ah oui, la complice à Madrid de la Maintenon : le parti dévot et la vieille cour, leurs idées et leurs préjugés d'un autre âge… Eh bien non ! Lorsqu'elle m'écrivait, Dieu n'est plus avec nous, Madame, Dieu en a décidé autrement et nous a abandonnés, ce Dieu-là ne me concernait pas. Mettez des religieuses en prières, me conseillait-elle tandis que je réclamais des troupes à cor et à cri (j'ai fini par obtenir Vendôme). Oui, je ne comptais que sur mes propres forces, et sur celles de Marie-Louise Gabrielle tant que la maladie ne les avait pas rongées. A la morosité fataliste, volontiers pleurarde, de Françoise de Maintenon, j'opposais ma gaieté et mon opiniâtreté, tout ordinaires : les remèdes humains me semblent plus efficaces que la volonté divine. Par mon refus d'une docilité aux décrets supposés de la Providence, je prétends relever moins du siècle passé que de celui qui commence. Où je sens poindre des lueurs nouvelles. Que je ne verrai point.

Admirez du peu l'outrecuidance de cette vieille surannée ! Elle n'est plus de rien, elle a été refaite par l'Histoire, elle ne tardera pas à mourir et la voilà qui sans vergogne compose son éloge funèbre !

Je me garderais de l'avouer à mon confesseur (je les choisis étrangers à toute obédience, jésuite, janséniste ou quiétiste) : en secret, je crois préférer le bonheur au salut. Ou du moins tendrais-je à penser que le salut prend source dans le bonheur. Blasphème ! dirait un Inquisiteur… L'enjouement me paraît une vertu et la déréliction un péché. Ce dernier, je le reprochais à Mme de Maintenon en essayant de rendre ma plume badine. Je me souviens de cette lettre où, en guise d'avertissement, elle me glissait : les affaires dans lesquelles la religion se mêle sont les plus difficiles à débrouiller. Certes, et combien davantage en Espagne ! Mais j'avais décidé de traiter le religieux tel du politique. Sans plus.

Il paraît qu'à Paris, dans l'entourage du régent, la mode est de préférer le Grand Etre à Dieu. Si ça les amuse… Dieu m'a toujours été plus proche par la musique que par la messe. Une réflexion qu'à Madrid je ne me fusse pas hasardée à proférer de vive voix ! J'aime en Italie le tour aimable que prend à l'occasion la religion. Les très âpres controverses théologiques des abbés et cardinaux fréquentant mon palais romain portaient sur la question de savoir s'il est licite de boire du chocolat durant le carême. En Espagne, le chocolat était tellement sacré qu'on ne se gênait pas pour en consommer, y compris le mercredi des Cendres, cependant que l'on vous grillait pour l'ombre d'une hérésie.

Peut-être le régent et moi nous sommes-nous manqués ? A Madrid, autrefois, nous nous gracieusâmes lorsque nous fûmes parrain et marraine de Luisillo. Tout en même temps, compère et commère s'observaient et se défiaient l'un de l'autre. Allons, M. le régent le roué, vous avez bel et bien louché sur la couronne de la catholique Espagne, signant vos proclamations de général "don Philippe, petit-fils de France et d'Espagne", nouant des alliances avec les aristocrates qui m'étaient le plus hostiles. Quant à votre neveu Philippe V, il lorgne depuis quelques années sur celle de France. Un curieux jeu de miroirs, cette symétrie inversée des deux Philippe. Un jeu redoublé par leurs acolytes respectifs, Dubois et Alberoni. Ces deux-là réussissent de surcroît à se ressembler, de par leur origine roturière, leur talent, considérable, et leur ambition, non moins extrême. Dubois n'est point encore cardinal, mais cette érection pourprée ne saurait tarder. Ce Dubois qui après avoir tenté il y a des lustres, à Versailles, de me courtiser, me voua une haine féroce de ce que je l'eusse éconduit, et me calomnia vilainement.

Les dépêches viennent d'arriver de France. On a arrêté des nobles bretons qui avaient fomenté une révolte, appuyée par Madrid, contre Philippe d'Orléans. Quelques têtes vont tomber, je suppose. Il convient de le reconnaître, cette fouine de Dubois a une excellente police. Il y a un an, ce même Dubois avait déjoué un complot ourdi à Paris par le prince de Cellamare et ne prétendant rien moins qu'à remplacer Philippe d'Orléans par Philippe d'Anjou, roi d'Espagne. Cellamare, le neveu de del Giudice : charmante famille… Une assez ridicule conspiration de boudoir, parcourue de frémissements frondeurs, pour autant que j'aie pu en juger depuis ma retraite. Brouillonne, fagotée en dépit du bon sens. A croire que notre Alberoni se serait ingénié à faire en sorte qu'elle échouât ! J'en ai souri.

Par contre, je fus atterrée quand, cette année-ci, la France et l'Espagne sont entrées en guerre l'une contre l'autre. Anéantis, tous mes efforts des années passées afin que ces deux nations liées par le sang demeurassent unies ! Très affectée, j'ai écrit à mon neveu Louis de Chalais en le suppliant de ne pas se battre contre son pays, lui qui avait enfin repris du service dans les troupes espagnoles. Philippe V, paraît-il, était convaincu que, dès qu'il apparaîtrait à la frontière et ferait déployer des drapeaux à fleurs de lys, les soldats français déposeraient les armes et le salueraient comme leur roi légitime. Elisabeth Farnèse et Alberoni l'auraient-ils entretenu dans ces chimères ? Je suppose que les chimères en question grouillaient déjà dans cette tête malade. Bien sûr, ces diverses menées souterraines et expéditions militaires se sont terminées en déconfiture pour l'Espagne.

Emilie est descendue au port. Elle en revient avec des épices et, je le devine à son air, des nouvelles d'importance :

— Alberoni a été congédié par le roi et la reine.

— Voilà un beau sujet de rire, non ?

Un léger tremblement à la commissure des lèvres. Je l'interroge du regard, les larmes semblent proches. Elle hésite puis lâche tout à trac :

— Le petit Philippe est mort.

PARENTHÈSE

La neige est profonde comme une tombe.

JACQUES AUDIBERTI

ÉLISABETH FARNÈSE
Madrid – décembre 1719

Depuis des mois ce rêve m'avait désertée. Cette nuit, le carrosse s'est à nouveau approché et je savais – une évidence limpide, tranquille – que vous étiez à l'intérieur. Vous aviez entrepris ce long voyage afin de veiller le petit Philippe, souffrant ces derniers temps. Je me suis avancée pour vous accueillir. La morsure d'une autre évidence m'a soudain extirpée du songe et du sommeil : le petit Philippe est mort.

Un redoublement de fièvre. Les médecins ont eu recours à un enveloppement de neige. Lorsqu'on nous a appelés, mon époux et moi, tout était terminé. Les cloches sonnaient dans la nuit, cloches de deuil. En entrant dans la chambre, j'ai aperçu ce baquet de neige à demi fondue, grisâtre, où l'on avait tenté vainement de noyer les bêtes malignes de la fièvre. La toilette mortuaire était achevée, le petit garçon silencieux. Ainsi l'avais-je presque toujours connu. Ses paupières fermées sur le regard de sa mère. Je suis ressortie comme si je craignais l'ombre portée de la mort sur l'enfant qui vit dans mon ventre. Vous n'en avez point eu,

Madame, dans votre ventre, me pouvez-vous comprendre cependant ?

Non, ne repartez pas sitôt, je ne vous chasse point, pas cette fois-ci. Certaines nuits Philippe s'épanche auprès du père Daubenton, pourquoi ne pourrais-je converser quelques instants avec vous qui avez le mérite d'être lointaine ? Je vous vis si brièvement – par ma faute, je sais, je sais... Jadraque, cinq ans déjà. En ce mois de décembre, nulle neige sur Madrid mais ces rafales glacées que nous expédie la sierra de Guadarrama. Et moi de me représenter ce que sera la réclusion hivernale à la Granja où nous allons construire, le terrain est acheté. A vous, je peux confier sans risque aucun ce secret oppressant : Philippe envisage d'abdiquer. Si je ne parviens pas à l'en dissuader, nous nous retirerons à la Granja. Vous imaginez, toute l'année dans cette sierra, à trois mille sept cents pieds ? Cinq mois par an sous un linceul de neige, la pesanteur sombre de la montagne, le silence, la solitude... Vous savez, j'aime les fêtes, la danse, la musique. Lorsque vous gouverniez mon époux – à présent j'en ai compris la nécessité –, a-t-il parfois laissé affleurer ce désir de renoncer ?

Est-ce à cause du départ d'Alberoni (non, je ne souhaite pas revenir là-dessus) et du décès de l'infant Philippe, presque simultanés ? Ou de cette quatrième grossesse ? Je me sens fragile en ce moment. Vulnérable, encline à balancer. Quoique le fléchissement ne soit guère dans ma manière, vous vous en êtes aperçue à Jadraque. Je tranche, bouscule, je fais face et ne m'embarrasse généralement ni de scrupules ni d'hésitations. Pourtant cette nuit, après m'être éveillée afin de vous recevoir – voilà de quoi vous faire sourire, je suppose –, il m'est venu une curieuse réflexion : si n'avait pas surgi cette tempête entre Sestri Levante et Gênes, si donc je n'avais pas rencontré ma tante Maria à Pau ni n'avais rien ouï au sujet du cardinal del Giudice, Jadraque serait resté ce bourg inconnu, enseveli dans la neige et l'obscurité. J'en conviens, rien de plus absurde que ces *et si*, mais en cet intermède étrange ils me poursuivent, sournois. J'aurais débarqué à Valence ou Alicante. Laura est venue par Valence, elle m'a raconté. Le parfum du jasmin. Les oranges et citrons nourris de soleil, juteux, merveilleux tels les fruits des Hespérides. Et les grenades, elle en était encore éblouie ! Les grenades, insistait-elle, un écrin à l'apparence terne que l'on ouvre pour découvrir à l'intérieur des gemmes de rosée, de grenat, de rubis, tout en même temps transparentes et rutilantes. Un jour, il faudra que je descende vers le Levant et l'Andalousie. Ah oui, goûter ces fruits sur place, me remettre à la peinture en profitant de cette clarté. La difficulté, vous vous en doutez, sera de parvenir à convaincre Philippe.

En somme, je suis entrée dans mon royaume par la mauvaise porte, la plus froide, la plus sombre. Vous m'aviez préparé, m'a-t-on dit, une arrivée lumineuse… Je peux bien vous le confier en cette nuit-ci – une nuit entre parenthèses –, lorsque, à

Pau, j'ai contemplé les Pyrénées, j'ai cru que, après avoir franchi ce rempart de pics, je découvrirais au-delà un jardin verdoyant et un éternel printemps. J'ai vu ! Ce n'est pas à vous que je décrirai ce gel scintillant sur la meseta. Concernant l'histoire et la géographie, j'étais plutôt ignare. A votre différence, je n'avais jamais voyagé. Lorsqu'on m'a présentée à vos yeux comme une jeune fille gauche et candide, ce n'était pas totalement faux. *On*… Nous savons vous et moi de quel *on* il s'agit, habile à dissimuler. Il n'est pas aisé de reconnaître s'être trompée, surtout auprès de vous. Ou que l'on a été trompée ? A vingt-sept ans je ne me suis point encore départie de cette vieille naïveté.

A vous seule je l'avouerai : j'ai été émue par la disparition du Philippe de sept ans, par la douleur de son père (évoque-t-il la mère, *la Savoyana*, va-t-il à nouveau s'enliser dans les marais de la mélancolie ?), et davantage par le désespoir de Luisillo. Emue oui et, secrètement, je me suis réjouie : entre Carlos et le trône d'Espagne, ne restent que deux infants, Luisillo et Ferdinand. Est-il monstrueux d'y avoir songé ? Pouvez-vous le comprendre, le pouvez-vous ?

Je repense à la mort de François, mon second fils. Et bizarrement à cet autre enfançon que je n'ai point connu, mon frère aîné. Madame ma mère m'a conçue alors qu'elle portait toujours en son sein ce menu cadavre. Il a bien fallu que je m'en accommode. Que je me fasse une place, avec violence au besoin. Cela également, j'aurais aimé que vous le compreniez.

Je le sens remuer à l'intérieur de moi. Laura, cette fois, ne s'est risquée à aucune prédiction. Quel qu'il soit, fille ou garçon, lui aussi veut exister. Pour lui comme pour Marie-Anne Victoire (si vous saviez comme elle est belle !), je me suis efforcée d'oublier le petit François décédé à l'âge d'un mois. Si celui que j'attends est de sexe masculin, Philippe a résolu de le nommer Philippe. J'ai résisté : cette substitution ne me plaît pas et je suppose que vous ne l'apprécierez pas non plus. On ne remplace ni ne répare jamais rien, vous ne l'ignorez pas. Je commence à l'apprendre.

Cependant, je n'ai oublié ni votre principauté perdue ni vos pensions impayées. Au moins pour ces dernières, est-il en mon pouvoir d'influer sur mon époux. Je me promets de lui en parler.

UN HOMME, DE NUIT

Les gens de ce pays aiment
cette odeur de grillé.

GONZALO TORRENTE BALLESTER

ANNE-MARIE DES URSINS
Gênes – avril 1720

Au premier abord, je ne l'ai point reconnu. Emilie l'avait fait entrer dans mon petit salon, après souper. Ce visage douloureux ? Ces yeux enfoncés, ardents ? Un homme croisé il y a quelques années. Osseux et lunaire… Devenu l'ombre de lui-même. Une ombre dessinée avec force pourtant. Mais oui, Melchor Macañaz, mon complice d'autrefois ! Macañaz qui s'était émacié jusqu'à ressembler à certains personnages du Greco.

Il ne faisait qu'une brève étape à Gênes et tenait à me remercier : si je n'avais pas réussi à obtenir ce droit d'asile à l'ambassade d'Angleterre, il croupirait dans l'*in pace* d'un couvent, ou pis… Depuis peu, le cabinet noir de Philippe V le chargeait de missions secrètes. J'ai compris, il convenait de ne poser aucune question. Il a simplement ajouté :

— Le plus souvent auprès de nations protestantes. Demain, je pars pour la Hollande en passant par Genève.

Oui, il était informé de la chute d'Alberoni. Non, ce renvoi ne modifierait en rien les pouvoirs de l'Inquisition, elle avait été remise en selle, elle continuerait à fonctionner, sereine, implacable. La gent jésuite s'infiltrait de plus en plus dans ses rouages, sans en modifier sensiblement le fonctionnement. Je me suis laissé dire que, même en Espagne, rien n'était tout blanc ou tout noir : un ancien excommunié, condamné par le Saint-Office, pouvait être utilisé en tant qu'émissaire clandestin, bien sûr en direction des pays d'hérésie.

D'emblée, j'ai employé avec lui le castillan. Comme si je retrouvais une langue maternelle, ou presque. Je lui ai proposé un chocolat, il a accepté avec plaisir – avait-il besoin, lui l'exilé permanent, d'une nourriture d'enfance ? J'ai recommandé à Emilie d'en surveiller la préparation, qu'il soit tel qu'on le confectionne à Madrid. Macañaz a paru se détendre quelque peu.

Nous étions assis de part et d'autre de ma table-bureau. Le chocolat fumait entre les deux bougeoirs. Macañaz a rendu un hommage discret à la politique intérieure d'Alberoni :

— Au bout du compte, il aura poursuivi une partie des réformes que nous avions amorcées vous et moi avant notre effondrement.

— On peut seulement regretter que ce travail ait été accompli par un étranger et non par un Espagnol.

Sourire et geste las. Macañaz en vint à évoquer les crises qui de plus en plus fréquemment abattaient le roi :

— Chez lui, l'excès de dévotion alterne avec la mélancolie, tentant de conjurer cette dernière.

— Que voulez-vous dire ? Qu'une piété exacerbée le pourrait protéger de ses angoisses ?

— Sans doute. D'une certaine façon les condamnations des hérétiques le rassurent. Ou du moins étayent sa conviction d'être le roi Catholique, défenseur de la vraie foi. Moins coupable, dès lors.

— Dangereuse, une culpabilité qui va quérir chez les autres ses victimes propitiatoires.

— Eh oui… Ce n'est pas tant son royaume que lui-même qu'il cherche à purifier. Ou les deux ensemble. Tant qu'à trouver des victimes, sur le mode par exemple des sacrifices païens antiques, les corridas seraient préférables aux bûchers.

Folie d'un homme ? D'un peuple, dont l'histoire fut si particulière ? Une bougie a commencé à grésiller. Le silence s'est prolongé. Un ton plus grave, Macañaz a repris :

— L'Espagne est plus juive qu'elle ne le croit. Une Juive honteuse. D'où son drame, et son génie.

La lueur des flammes creusait ses orbites. Je n'osais plus le fixer, j'avais le sentiment qu'il évoquait une tragédie personnelle. Comme il était resté espagnol bien que vivant dans l'errance, hors de sa patrie. Il aurait pu devenir un remarquable législateur, il était condamné à des pérégrinations occultes. Homme de l'ombre, Macañaz. Plus sombre encore, la voix a repris :

— Il se peut que je sois un descendant de *conversos*…

Je me suis efforcée de ne pas manifester ma surprise, m'enfonçant dans mon fauteuil et me demandant : cet aveu ne serait-il pas l'objet véritable de cette visite nocturne ?

— Dans la région d'Albacete et d'Hellín, où je suis né, existait une forte proportion de Juifs convertis.

— Mais dans beaucoup d'autres provinces aussi… Et vous êtes un fervent catholique, n'est-ce pas l'essentiel ?

J'avais conscience de lui répondre par des platitudes : peut-on comprendre pareille interrogation lorsqu'on est née, tout benoîtement, La Trémoille ? J'étais décontenancée. Ce regard à la fois liquide et brûlant, cette voix qui, étrangement, me donnait l'impression d'être passée de majeur en mineur :

— Mon frère est un dominicain, inquisiteur zélé. Oh, rien de féroce chez lui ! Un homme épris de rigueur et de légalité. Fort ardent néanmoins, à croire qu'il persécute ce qu'il serait sans le savoir : un *converso* qui se remue trop, comme s'il fallait dissimuler, et à lui essentiellement, son origine. Ardent à faire flamber les autres, et son propre secret avec…

— Vous semblez le dire vous-même : vous n'êtes pas certain que cette origine soit avérée.

Il s'est contenté d'un geste évasif. La bougie fumaillait, dégoulinait. Quelques gouttes de cire ont débordé, trouant le tapis de ma table-bureau. L'odeur du feutre grillé m'a incommodée. J'aurais dû appeler Emilie et lui demander de changer cette bougie, je suis restée immobile, silencieuse.

Jean d'Aubigny, je m'en suis souvenue à ce moment-là, fréquentait certains bourgeois madrilènes : selon lui ceux qui, passionnés de la loi, étaient devenus des juristes avaient souvent pour ancêtres des Juifs convertis. Melchor Macañaz et son frère, opposés en apparence, proches pourtant, faisaient-ils partie de ces *nouveaux chrétiens* ?

Traqué, cet homme. Probablement par un sbire de l'Inquisition qui devait suivre ses pas, prêt à provoquer sa chute au moindre écart. Traqué également par une vieille, très vieille histoire ? Il s'est levé soudain, m'a remerciée avec chaleur pour mon accueil et le chocolat. Puis est reparti dans l'obscurité.

Impossible de m'endormir. Cet oiseau de nuit au profil anguleux m'a troublée. J'essaie d'imaginer son frère : les mêmes traits, ce même noir étonnant des yeux, un noir presque lumineux ? Et je repense à ce que Jean me racontait de ses expéditions dans des provinces reculées ou dans les bouges de Madrid : les marranes cachés et les descendants clandestins des morisques. Cette Espagne souterraine, il l'avait beaucoup mieux connue que moi, trop confinée à la cour (et pourtant, dès mon premier séjour à Madrid, je me souviens avoir remarqué chez des chambrières ou chez certaines grandes dames des signes éloquents : toi, doña de San Estevan de Gormaz, chacun vante la beauté de ton regard et nul ne veut savoir de quel croisement lointain – juif ? mauresque ? – proviennent cette intensité lourde, mouvante, ce sombre mercure et ces cils de velours).

Brusquement, me voici revenue à Jadraque. Ressassant, butant sur une phrase qui remonte sans crier gare. N'aurais-je pas déclaré à Elisabeth Farnèse : vous me trouverez toujours *entre* le roi et vous ? Bien sûr, je voulais lui signifier : je serai à vos côtés, vigilante, afin d'aplanir toute difficulté susceptible de surgir entre vous qui arrivez, innocente, ignorante, et cet homme taciturne et meurtri, empêtré dans un passé trop présent et des désirs contradictoires. *Entre*… Le terme n'était-il pas malheureux, lourd d'ambiguïté ? Qu'avait-elle compris au juste, la jeune femme à la grâce piaffante ? Ai-je précisé, avec doigté, le sens de cet *entre* ? Oui, certainement. En fait, qu'importe ce qu'elle a entendu puisqu'elle n'écoutait rien…

Le vent souffle de la mer, chargé d'humidité, et je perçois ces rafales sèches qui labouraient le plateau castillan. N'aurais-je pas commis, bêtement, une faute de langage ? Je ne parviens pas à me souvenir : est-ce à cet instant, rebondissant sur cet *entre*, qu'elle s'est déchaînée comme si les bourrasques sévissant au-dehors faisaient irruption dans la pièce où nous nous étions retirées ? Tu rabâches, Anne-Marie de La Trémoille, tu rabâches, en vieille bête sénile que tu ne vas pas tarder à devenir. Tant qu'à divaguer, poursuivons avec les *et si* ! Par exemple, si au lieu de courir à Jadraque, assoiffée de curiosité, j'étais restée au chaud dans mon lit à Guadalajara. Ou si le valeureux lieutenant Amezaga avait osé déclarer à la reine qu'il ne pouvait prendre le risque d'exécuter un ordre aussi périlleux ? Un écheveau de *si*, une cascade d'aléas, de menus faits. Pour une part, je les ai engendrés. Je préfère m'estimer responsable, plutôt que victime, des hasards.

Arrête de dévider ces sornettes, dors ! Tes rêves seront moins absurdes que ces suppositions. Mais comment trouver le sommeil alors que règne une telle agitation en dedans de moi et à l'extérieur ? Le vent jette des paquets de pluie aux vitres. La Méditerranée gronde, rauque, rageuse – ah oui, et si une tempête n'avait pas éclaté, à la fin septembre 1714 sur cette côte ligure, non loin d'ici…

— Madame, Madame, Alberoni est dans la ville !

Fort excitée, Emilie ouvre les rideaux du lit. J'ai dû m'assoupir à l'aube, épuisée.

— Eh bien tous les chemins, semble-t-il, mènent à Gênes. Del Giudice, Macañaz, Alberoni, sans parler de moi… Il serait temps de prendre celui de Rome.

— On dit en ville que le pape est furieux contre Alberoni et dépêche des hommes afin de l'arrêter.

Le pape s'aperçoit un peu tard qu'il a conclu un marché de dupes. Alberoni avait réussi à lui faire accroire que la superbe flotte espagnole croisant en Méditerranée était destinée à combattre une éventuelle invasion turque, les rois Catholiques levaient l'étendard contre les Infidèles… Une belle promesse qui a permis à notre abbé madré de coiffer le chapeau rouge. La flotte était au service moins de la chrétienté que de la reconquête par l'Espagne de la Sardaigne et la Sicile, ce n'était pas sorcier à deviner. Alberoni chassé, Madrid vient enfin d'entrer dans cette alliance générale qui devrait garantir la paix européenne, au moins pour quelque temps. Dubois, le ravaudeur infatigable, le patient négociateur tissant les fils de cet accord depuis un bon moment, a triomphé d'Alberoni le furieux agitateur. Je me demande de qui Dubois aurait pu se servir à Madrid afin de persuader le roi et la reine de lâcher leur bouillant cardinal-ministre. Après les échecs de la diplomatie officielle, un relais occulte lui a certainement été nécessaire, copieusement arrosé de pistoles cela va de soi. Qui ? Cet esprit fort de Dubois est assez jésuite pour utiliser un jésuite comme intermédiaire. Aurait-il circonvenu cette place stratégique qu'est le confessionnal ?

— Emilie, avez-vous des nouvelles récentes de votre oncle ?

— Une lettre, il y a deux mois. Son écriture m'a paru altérée. Il se plaint d'avoir perdu le sommeil, le roi le fait souvent appeler dans la nuit.

— Votre oncle ferait mieux de dormir dans l'alcôve royale.

— Oh, Madame… En tout cas, il se dit très fatigué, il atteint ses soixante-douze ans et de surcroît devient sourd.

— Fâcheux pour un confesseur, effectivement. Ou préférable…

La piste Daubenton me paraît peu vraisemblable. La vieille renarde cabaleuse que je n'ai cessé d'être, même réduite à l'impuissance, enrage de ne pas savoir.

J'attends. Depuis quatre mois. J'attends une réponse de Luisillo. Je lui ai écrit peu après le décès de son cadet. Je me souvenais d'un garçonnet de sept ans, récitant La Fontaine et me questionnant sur la décomposition. Comment m'adresser à un Luisillo inconnu, et qui dans sa treizième année venait de perdre son frère ? Sa détresse fut telle, m'a-t-on rapporté, que le roi son père a ordonné à la cour de cesser le deuil et a enjoint de supprimer toutes les draperies noires. Je ne suis pas certaine que semblable mesure atténue la souffrance. Pas celle d'un enfant de treize ans du moins. Enfant ? C'était l'âge de sa mère lorsqu'elle est devenue épouse et reine. Aurait-il préféré que je ne me manifeste pas ? Peut-être n'a-t-il pu grandir qu'en oubliant sa mère et sa gouvernante, ces femmes omnipotentes. Fallait-il m'abstenir de lui rappeler mon existence par cette missive de condoléances ? Ce Luisillo qui m'a appris la petite enfance…

Mon frère le cardinal s'est éteint à Rome en ce début d'année. Je n'en ai éprouvé qu'un médiocre chagrin. Le dessèchement de la vieillesse ne permettrait-il qu'une douleur à la fois ? J'en ai de reste avec le silence de Luisillo et la disparition du petit Philippe. Peut-on mourir, lentement, d'avoir été privé de sa mère ? Je ne saurai même pas de quelle maladie il était atteint. Ni qui fut près de lui durant son agonie. Adrien Helvétius, lorsqu'il vint à Madrid tenter de sauver Marie-Louise Gabrielle, me demanda si nous avions préservé ses trois fils de la contagion. Oui, lors des dernières semaines. Aux souffrances de la reine s'ajouta celle de ne plus pouvoir embrasser ses enfants. Et antérieurement ? Les écrouelles étaient apparues avant la naissance de Luisillo… Je songe à Ferdinand : né d'un corps qui cinq mois après serait transformé en cadavre, survivra-t-il ?

Me voici à nouveau ramenée vers l'Espagne. Le retour à Rome me préservera-t-il de ces retours en arrière ? Si j'avais su parer au coup lors de l'entrevue de Jadraque, si j'étais restée dans la place, l'infant Philippe aurait-il pu échapper à la mort ? Allons, Anne-Marie, trêve d'arrogance, ta toute-puissance n'allait pas jusque-là.

Arrive une lettre de Madrid. Pas celle que j'espérais. De Grimaldo. Ce tâcheron efficace résiste vaillamment à tous les changements de ministres. Il m'annonce l'envoi de deux mille pistoles : l'arriéré de ma pension de gouvernante pour l'année 1714 ! La fin de la disgrâce est officiellement signifiée.

Une aumône, ces deux mille pistoles… Fort bienvenues cependant, au moment où je prévois quantité de frais afin de me réinstaller à Rome. La somme permettra au plus la remise en état des cheminées – je veux bien mourir mais pas de froid – et la rénovation des tentures et tapisseries : comme moi, elles doivent avoir pris un coup de vieux. Bientôt vingt ans que je suis partie, toute glorieuse, dans ce carrosse qui m'avait coûté les yeux de la tête, afin de rejoindre à Nice Marie-Louise Gabrielle de Savoie.

L'envoyé d'Angleterre vient de me visiter, porteur de rumeurs contradictoires. Alberoni se cacherait dans l'arrière-pays. Non, il aurait été incarcéré et serait bientôt remis aux agents du pape. Pas du tout, il se serait enfui par la mer… Nous en avons souri : même déchu, cet archifripon réussit à faire parler de lui. Pourtant, nous en sommes tombés d'accord : quoi que nous pensions de ce dangereux boutefeu, il nous déplairait que la république aristocratique de Gênes livrât un exilé au pouvoir papal.

La conversation est venue sur ce Parmesan, Annibal Scotti, dépêché l'année dernière en Espagne par le duc François Farnèse. Selon M. l'envoyé, il aurait joué un rôle dans le renvoi d'Alberoni. En principe, ce Scotti est chargé à Madrid des fêtes et de la musique, la reine veut un opéra à l'italienne, et ce que veut la reine… Cependant, il se pourrait que cet Annibal-là connaisse une autre musique. D'autant qu'entre Parme et Madrid, il s'est offert un petit détour par Paris où il aurait rencontré Dubois : mon Anglais affirme tenir cette information d'un canal sûr. Serait-ce la bonne piste, Parmesan contre Parmesan ?

Une fort belle journée de printemps : c'est l'occasion de se purger en douceur – jus de cerfeuil et de chicorée – et de songer à son testament. Avant de partir, je tiens à régler les questions financières, autre forme de purgation. D'Aubigny, à qui je dois encore une somme considérable, s'est chargé de vendre en mon nom l'île de Noirmoutier. Le duc de Bourbon se porte acquéreur, m'annonce Jean dans son dernier courrier. Parbleu, ce Bourbon-là a édifié une fortune colossale grâce à l'agiotage sur la compagnie du Mississippi, à Paris le Pactole se nomme à présent Mississippi. De plus, renseigné au mieux, il a transformé sa monnaie de papier en lingots d'or juste à temps. Ce que c'est d'être proche du pouvoir et initié aux affaires ! Eh bien, Noirmoutier, ce fief des La Trémoille, va passer aux mains d'un Bourbon et la princesse des Ursins remboursera enfin son ancien amant. Il ne sera pas dit qu'elle aurait été entretenue par un mignon. Jean pourra doter grassement la petite Adélaïde qui, paraît-il, pousse à merveille. A part cela, il me faut décider laquelle de mes bagues je léguerai à Emilie. Laquelle, tout essoufflée, arrive de la ville :

— Cette fois, c'est sûr ! Alberoni a disparu.

— Mais encore ?

— On dit qu'il se serait réfugié en Suisse.

— Sans doute a-t-il craint que les sbires du pape ne parviennent à l'enlever.

— J'allais oublier : la reine d'Espagne a accouché.

— Une seconde infante ?

— Non, un garçon. Ils l'ont baptisé Philippe. Comme l'autre. Le nôtre…

DES CHEVAUX ET DES HOMMES

La nuit est une affaire de famille…
On se dispute l'héritage.

CHARLES DOBZYNSKI

ALBERONI
San Clemente – octobre 1720

Parfaites, ces cailles. Dodues sans être trop grasses. A l'image de ma logeuse. Parfaite, cette Agatina. Outre le mérite extrême d'être veuve, elle a compris, écus à l'appui, qu'il convenait de rester discrète sur ma présence ici. J'ai pris un faux nom, un habit d'abbé, voilà qui me rajeunit – pas tant que ça, mon ascension fut tellement fulgurante ! Bologne est à une dizaine de lieues. Dans ce havre de San Clemente, village à l'écart, paisible, je patiente en espérant que tôt ou tard s'affaleront les colères, s'étayant les unes les autres, des rois Catholiques, du duc François Farnèse, du pape et de l'empereur. Ça fait beaucoup pour un seul homme, mais j'en ai vu d'autres. Attendre à San Clemente la clémence de Clément XI… ou qu'il crève. A soixante et onze ans, malade, il ne devrait pas trop tarder. Avoir osé lancer des spadassins contre un homme d'Eglise, mordieu, cet obèse ramolli se prend pour un Borgia ! A Gênes, toujours écus à l'appui, j'ai répandu quelques faux bruits sur mes allées et venues de façon à glisser entre les mailles du filet. Je dois reconnaître que la sérénissime république, après avoir tergiversé, m'a laissé décamper sans s'incliner devant les exigences de Rome. Il est tout de même quelques honnêtes gens.

Les cailles seront meilleures revenues dans du beurre, m'a recommandé Agatina avant de s'en aller à la foire au bourg voisin. Elle a découvert avec étonnement mes petits talents au fourneau, maintenant elle me passe volontiers son tablier. Dans cette région de l'Emilie, on cuisine au beurre plutôt qu'à l'huile, ça me change de l'Espagne. Une mince barde de lard ne leur nuira pas, à ces bêtes. Philippe V et la Farnèse demandent au pape de faire tomber de ma tête ce chapeau qu'ils ont tant brigué en ma faveur il y a trois ans. Les princes sont moins conséquents que les bougres comme moi, sortis du peuple. Nous avons au moins l'excuse de devoir vivre d'expédients en fonction des oscillations de la fortune. Je n'en suis plus là : je détiens l'impunité conférée par la pourpre – seul un collège de cardinaux, mes pairs, la pourrait lever – et des richesses immenses. Où donc Agatina range-t-elle ses bouts de ficelle, que j'attache mes bardes très serrées ? Ah, voilà ! Prévoyant, et ce bien avant ma chute, j'avais transféré des sommes considérables d'Espagne vers l'Italie. Et en déguerpissant de Madrid, j'ai rempli de pierreries mes poches et mes sacoches. Tous ces biens sont répartis chez des banquiers à Genève et à Florence, je suis tranquille. Agatina a confectionné la pâte de la tourte avant de partir, je n'ai plus qu'à foncer le moule. Une petite julienne de carottes et céleri, et si j'ajoutais un peu de blettes ? La cuisine et la politique m'amusent à condition de ne pas suivre à la lettre les recettes traditionnelles. Afin de sortir du répétitif conflit Habsbourg contre Bourbons qui m'assommait, j'ai tenté d'introduire des ingrédients nouveaux en recherchant l'alliance avec la Russie et la Suède. Patatras, une décharge d'arquebuse et le roi de Suède commet la malencontreuse bévue de me claquer entre les doigts !

Pour avoir été présent à Jadraque, je me doutais que la disgrâce me dégringolerait dessus aussi brutalement qu'elle s'était abattue sur la des Ursins : je l'avais vue à l'œuvre, la Farnèse ! Le coup est parti du régent et de Dubois. Relayé par qui ? Et si je faisais rissoler légèrement les blettes, sinon elles rendront de l'eau à l'intérieur de la tourte et la pâte amoureusement préparée par mon Agatina se ramollira. Oui, ça m'est tombé dessus : un billet du roi me mandant de ne plus me présenter devant lui et d'avoir à quitter Madrid dans les huit jours… Antérieurement, lorsque j'avais vu arriver dans la capitale ce gros bouffi d'Annibal Scotti, j'avais sitôt compris : François Farnèse avait de plus en plus peur de possibles représailles autrichiennes sur la Lombardie, il voulait que sa nièce et moi calmions le jeu. J'en ai discuté avec la Farnèse, je savais qu'elle tiendrait bon, même en se donnant des airs de modération, à cause de sa petite merveille de Carlos. Non, le Scotti, en dépit de ses deux cent cinquante livres, ne faisait pas le poids auprès de la reine. De toute façon, je menais une stratégie moins d'expansion que d'intimidation, pas de quoi fouetter un chat ! Et vous croyez commode de gouverner flanqué d'un Janus bigleux, un œil vers Paris l'autre vers Parme ? (je les revois à table, lui s'empiffrant de rôts à la française, elle de jambons et fromages moelleux que je commandais dans notre pays natal). Non, je ne souhaitais nullement que Philippe V allât régner en France : il aurait fallu ménager le Parlement, les princes du sang, les bâtards légitimés, tout ce beau monde, non, très peu pour moi ! Alors qu'en Espagne, fort de mes positions ecclésiastiques, j'étais maître à bord après avoir réduit quasiment à rien les conseils et les grands (à cet égard, l'aimable princesse des Ursins avait travaillé pour moi et m'avait même amorcé quelques réformes, ne soyons pas ingrat).

Expulsé de Madrid, remontant vers l'Aragon, je suis repassé par Jadraque un 14 décembre. Cinq ans après, ou peu s'en faut : ironique anniversaire, n'est-ce pas Mme des Ursins ? J'ai savouré ce parcours à rebours. La route de Madrid à Guadalajara était nettement meilleure qu'en 1714. Allons, j'aurai laissé quelques traces en ce pays (je les entends d'ici, les voyageurs étrangers, ils continueront à dévider leur sempiternelle lamentation : exécrables, les routes espagnoles, quand elles existent...). Guadalajara – une manufacture royale de draps fins, toute neuve –, Taracena, Tortola de Henarès, mais oui le cours du rio Henarès était en voie d'aménagement. Hita, Casas de San Galindo, toujours aussi pouilleux. Je repensais à ce brave canasson, ce rouan qui en sens inverse m'avait conduit vers le pouvoir. Du genre serviteur fidèle et silencieux. Tel Grimaldo, tiens, qui continuera sans doute à expédier les affaires courantes. A l'ouest, un amoncellement de nuages compacts. Miralrio. Mon grison et ma petite escorte commençaient à traîner la patte. Un ciel étrangement bas. Il allait certainement accoucher d'une neige lourde.

Non. En arrivant à Jadraque, ce fut une pluie oblique, tellement épaisse qu'elle me parut grasse, ne lavant rien, encrassant plutôt masures, bêtes et gens. La boue et la misère, collantes. J'ai regretté la nuit neigeuse d'autrefois. Et le coucher au château, l'auberge était sordide. A défaut d'une chère convenable, j'ai offert quelques bouteilles à mes valets et aux personnes présentes. Si l'on m'avait laissé à la tête de l'Etat trois ou quatre années de plus, auraient-ils un peu moins crevé de faim, les manants d'ici et d'ailleurs ? Je n'en étais pas certain, il y avait trop à faire. Ces culs-terreux s'étaient battus, parfois avec leurs gourdins et leurs piques de bouvier, afin de maintenir à Madrid un roi étranger et qui donc, au bout du compte, était l'un des principaux bénéficiaires de cette guerre apparemment dynastique ? L'Angleterre ! Elle avait acquis par le traité d'Utrecht des privilèges conséquents pour son commerce maritime. La guerre, ravageuse, s'était déroulée ici, sur cette terre usée, et l'enjeu essentiel était sur mer… J'aurais eu envie de le leur crier, à ces abrutis, ils n'auraient rien compris, j'ai continué à remplir leurs verres et le mien. Il valait mieux en rire, et boire. Quant à l'autre grand gagnant, Victor-Amédée de Savoie, après avoir marié puis trahi ses deux filles – mortes toutes deux Marie-Adélaïde et Marie-Louise Gabrielle –, il s'était retrouvé roi de Sicile, sur leurs dos. Remarquez, concernant l'art de la trahison je n'ai de leçons à recevoir de personne. Et si je n'avais pas complètement redressé l'économie espagnole, j'avais en peu de temps amassé une jolie fortune.

On m'a désigné comme un bouffon fauteur de troubles mais dites donc, princesse des Ursins, vous ne croyez pas que cette guerre menée par vous et quelques autres afin d'assurer le trône à ce Bourbon inconsistant fut de tout le règne de Louis XIV l'une des plus coûteuses en or et en hommes ? Vous et votre charmante complice – *la Savoyana* têtue et colérique, charmante néanmoins je n'en disconviens pas –, l'idée vous a-t-elle jamais effleurées que ce conflit aura été effroyablement meurtrier ? A quel prix, hein, cette glorieuse succession ? Des centaines de milliers de morts, je parierais. Les victimes de l'Inquisition, en comparaison, dérisoire… Vous, princesse, votre joli nez délicatement chatouillé par le néroli, vous ne l'avez jamais plongé dans la merde ou la pourriture, je suppose ? La guerre, moi je l'ai connue en compagnie de Vendôme sur ce territoire ibérique où chaque combat se colorait de cruauté extrême. Plus qu'en Italie ou dans les Flandres, je ne saurais dire pourquoi. Oui, ce 14 décembre 1719 à Jadraque, je me suis soûlé. Je repensais à la bataille de Villaviciosa qui s'était déroulée non loin de là. Villaviciosa de Tajuña : vous vous rappelez, princesse, cette belle victoire dont vous avez tant félicité Vendôme en décembre 1710 ? Vendôme, le restaurateur de l'Espagne, avez-vous proclamé haut et fort. Non, vous ne pouvez vous souvenir. Le martèlement du canon et des sabots. L'odeur de la poudre brûlée, la poussière qui s'élève. Les premiers cadavres vaillamment enjambés. Et les chevaux. Leurs yeux révulsés. Ces yeux où semble s'engouffrer l'horreur montante. Leurs robes trempées de sueur, d'angoisse. Se cabrant soudain, retombant. Figés de terreur, juste ce tremblement dans les antérieurs. Fourbus, ils ne peuvent plus se rebeller contre la folie qui les cerne : si jeunes ils ont été dressés par l'homme, contraints de choisir son parti et il faut bien qu'ils la fassent la guerre, puisqu'ils aiment les hommes, cette espèce inhumaine. Imaginez un peu, princesse. Les bousculades et les écrasements – même atteints, épuisés, les chevaux essaient de ne pas marcher sur la piétaille ou les cavaliers tombés à terre –, des bras ou des postérieurs fauchés par la mitraille, des corps mutilés, étripés, un crâne éclaté, un chanfrein fracassé, des entrailles répandues, la viande et la chiasse – humaines ? animales ? on ne distingue plus – mélangées à la terre, bêtes et gens embourbés de concert dans la fange et la mort. Je me soûlais, j'entendais les hurlements des blessés refusant de se laisser recouvrir par la vigueur des hennissements et dans la déchirure d'un voile de fumée j'apercevais les yeux des chevaux quand sifflaient les balles. Cet œil capable de paraître immense. Dilaté, immense oui. Comme s'il était chargé d'absorber l'épouvante et la nuit. Des yeux enténébrés par la violence des hommes. Les ruades d'affolement lorsque se rapproche la canonnade. Bientôt elles deviendront saccades d'agonie.

Et encore, à Villaviciosa de Tajuña, nous fûmes vainqueurs. Je revoyais Vendôme hilare, hurlant de plaisir, partout présent, retrouvant presque la superbe de sa jeunesse, poussant son cri de ralliement *Felipe Quinto !*, Vendôme jubilant, humant le succès de sa subtile manœuvre tournante qui disloqua la massive infanterie autrichienne juste avant l'encerclement par l'obscurité. Vainqueurs, en quelques heures : de quoi estimer que la charogne sentait la rose et que les gémissements des blessés étaient une musique suave. Mais tout en buvant je me représentais les monceaux de cadavres, pattes et jambes entremêlées, sous les remparts de Lérida, Valence ou Saragosse. Oui, je me suis soûlé. Je me souvenais des chevaux davantage que des hommes à l'heure de la chamade et des grandes débandades.

Mes expéditions sur la Sardaigne et la Sicile ? Des broutilles en comparaison ! Elles m'auront permis par ailleurs de faire passer discrètement en Italie quelques œuvres d'art. Ce qui n'aura estropié personne. Ah, j'allais oublier : deux ou trois baies de genièvre à l'intérieur de chaque caille. Antonello les cueille dans les collines. Je l'apprécie fort, le fils de ma logeuse. Délicieux croisement de pâtre et de faune. Charmantes petites fesses, et charmantes complaisances. Moi que l'on a accusé de vouloir embraser l'Europe en remettant en cause le traité d'Utrecht, eh bien non, je n'aime pas la guerre, je l'ai faite. Lorsqu'en juin 1719 les rois Catholiques sont allés caracoler à la frontière des Pyrénées – l'armée du régent était massée de l'autre côté –, j'ai déployé tous mes efforts afin d'empêcher Philippe V, fort ulcéré de n'avoir pas été acclamé par les soldats français, de déclencher l'affrontement. Je me suis jeté à genoux, le suppliant de ne rien engager, j'ai même versé quelques larmes, elles me viennent aisément. Il résistait, buté. La Farnèse s'est jointe à moi, nous voilà tous les deux aux pieds du roi, sanglotant de concert : scène sublime… Ou grotesque, comme on voudra. J'avais laissé entendre – elle seule avait fini par l'admettre – que, au mieux, quelques déserteurs franchiraient les lignes afin de toucher les quatre pistoles promises et non, pour ce prix, se rallier à ce Philippe d'Anjou dont ils se moquaient éperdument. Oui, elle avait compris que son époux n'accéderait pas au trône de France rien qu'en galopant aimablement devant les troupes adverses, bannières fleurdelisées claquant dans le vent. Chez Philippe V la candeur était à la mesure d'un désir de grandeur qu'il n'avait pas les moyens de soutenir. J'étais contraint de flatter ce désir, quitte à le modérer par la suite. Un jeu risqué, auquel est condamné le serviteur du prince. Aujourd'hui, humilié, yeux dessillés, Philippe V me poursuit furieusement par l'intermédiaire du pape.

Cette fois-là, à la frontière pyrénéenne, le conflit était entre la branche cadette, les Orléans, et la branche aînée des Bourbons, de quoi vous horrifier, hein, princesse ? Que ce soit Habsbourg contre Bourbons, ou Bourbons contre Orléans, peu me chaut. La vieille rengaine des frères ennemis… On amuse le bon peuple, ou on le détruit, avec ces chansons-là. Moi le pouilleux enluminé par la pourpre, je préfère construire des ponts ou des routes. Bon, mes cailles nichées dans cette odorante julienne saupoudrée d'origan, le tout blotti à l'intérieur de la tourte, je rabats la pâte par-dessus, ménage au centre une petite cheminée et hop, au four !

Après mon départ, ils ont dû crever de trouille, les rois, les grands et même le menu fretin. On me savait instruit de moult secrets, d'Etat ou d'alcôve. Parvenu en France puis en Italie, j'ai compris, à certains bruits qui transpiraient, ce que l'on redoutait le plus : des révélations sur les mœurs amoureuses du roi et de la reine. Ridicule ! Il n'était pas besoin d'être grand clerc pour en respirer l'odeur. Aucune naissance entre le printemps 1718 – l'infante – et celui de 1720 : Philippe. Auparavant, la grande jument poulinait chaque année entre janvier et mars. Il fallait que nos souverains très catholiques aient eu recours à ces expédients réprouvés par l'Eglise et traqués férocement par l'Inquisition. Pauvre Daubenton, je parie qu'il a accentué sa surdité afin de ne plus entendre pareilles horreurs. Basta, ni le pape ni ces messieurs du Saint-Office n'iraient fourrer leurs nez dans la royale bougrerie. Et si Philippe V y prend goût, ce n'est pas moi qui l'en irais blâmer !

Ce malheureux se serait volontiers posé en roi saint. Oui, le saint Louis de l'Espagne, pourfendant les protestants européens comme les Infidèles de la Méditerranée. Plus espagnol que les Espagnols, si possible. D'ailleurs cette année-ci, pour la première fois, il a accepté une invitation à un autodafé, ce qu'il avait toujours refusé. On aura quand même vu un Bourbon assister à cette joyeuse représentation. A croire qu'il lui fallait, plus que jamais, apaiser sa conscience. Mais à trop vouloir approcher le divin, si l'on peut dire, on risque parfois de faire la bête. Il a beau tenter d'adopter la maxime de son ancêtre Philippe II – *mieux vaut ne point régner que sur des hérétiques* –, il est loin de détenir l'altière et morose grandeur de ce dernier.

La Farnèse avait une autre raison, légitime celle-là, de me craindre et me poursuivre : j'avais emporté une copie du testament qui l'instituait régente au cas où Philippe V disparaîtrait. Quelques imbéciles sont allés raconter que j'aurais volé le fameux testament de Charles II afin de le remettre à l'empereur : absurde, on n'allait pas revenir vingt ans en arrière ! L'autre, celui que j'avais contribué à rédiger, était certes d'importance pour la reine, elle ne tenait pas à ce que le contenu en fût ébruité. De fait, à Lérida, me sont tombés dessus cinq officiers dépêchés de Madrid, chargés de m'arracher cette copie. Il a fallu céder. Ah oui, elle devait être dans une belle rage à mon encontre ! Carognes de femmes, disait Vendôme.

Après quoi, en Catalogne, je fus assailli par une bande de miquelets. Qui donc les aurait avertis de mon passage et des petits trésors contenus dans mon bagage ? Un mauvais coup, n'est-ce pas, peut si vite survenir… Avec Vendôme, j'ai appris à me battre. Je me suis défendu, non sans hargne, mes gens de même, les miquelets ne m'ont rien dérobé. Par prudence, c'est à pied, déguisé en homme du peuple (je porte cette livrée avec naturel), que j'ai passé Gérone, Figueras puis la frontière : jolie sortie d'Espagne pour un cardinal. Vous voyez, princesse, vous et moi aurons connu l'aventure sur les routes hivernales de l'exil. Nous en deviserons lorsque je pourrai sans risque regagner Rome : j'apprends par les gazettes (Antonello va me les chercher à Bologne) que vous êtes de retour dans la ville du pape. Toutes les disgrâces prennent fin, la preuve.

Ma salade de tomates, à présent. Je les ai cueillies très tôt ce matin, leur parfum d'arrière-saison est incomparable. Nous mangerons à l'ombre de la treille. L'automne à San Clemente détient l'odeur et la saveur d'une femme en sa maturité. Entre Agatina et Antonello, me voilà menant une douce vie de famille, revêtu de ma vieille soutane. Je suis passé du rouge cardinalice au noir râpé, et j'espère un de ces jours revenir à l'écarlate, les métamorphoses obligées m'amusent. L'éphémère Richelieu de l'Espagne s'accorde un intermède bucolique. Richelieu, ou Mazarin, ou Colbert, comme on voudra. J'en profite pour rédiger un rapport circonstancié, destiné au pape et au doyen du Sacré Collège, sur mon dévouement au bien public et au lustre de la nation. Il me faut ruiner l'accusation selon laquelle j'aurais voulu provoquer une guerre généralisée. C'est moins les bruits de bottes que l'essor économique imputable à mon labeur qui a vivement inquiété les Anglais et les Français – fort intéressés, ces derniers, à vendre à l'Espagne leurs produits manufacturés et donc à la maintenir dans une semi-incurie. Ce pourquoi il fallait à tout prix me faire tomber, n'est-ce pas cher collègue et adversaire Dubois ? J'énumère les grands travaux effectués par mes soins, œuvre de paix s'il en fut (glissons sur les arsenaux et les fonderies de canons, encore qu'ils n'aient pas peu contribué au redressement du pays). Les réformes des impôts, de la justice et de l'administration. L'assainissement des hospices et des finances, le prodigieux développement des fabriques et du commerce. De quoi inquiéter Paris, à l'évidence. Quand je pense que, juste avant ma chute, j'avais engagé en Hollande un excellent ingénieur afin de rendre le Manzanarès navigable – je déteste qu'une entreprise tombe à l'eau, c'est le cas de le dire !

La forme classique de l'apologie me convient à merveille : défense et illustration de moi-même, un genre où j'excelle. L'hyperbole ne s'y glissera qu'à proportion des imprécations de mes détracteurs. Et je crois savoir comment je terminerai : *quel grand corps est l'Espagne lorsqu'elle a une tête !* C'est le moment de faire couler par la cheminée de la tourte une petite louche de crème fraîche qui rendra l'ensemble plus moelleux. Je remets au four, dans une demi-heure la cuisson devrait être achevée.

Bon, passer l'hiver ici, caché, tranquille. Affiner ce mémoire justificatif, relire à loisir Tacite et Horace. Les tragédies du pouvoir et les bonheurs rustiques. A propos de guerres et de pouvoir, ma retraite me permet de réfléchir à l'échiquier européen. J'aurais aimé en modifier les règles, j'ai échoué. L'Europe est une affaire de famille. Tous sortis de la queue de Charles Quint. En ligne directe ou non. Copulant et s'entretuant allégrement : les Habsbourg, les Bourbons, la maison de Savoie, les Neubourg, les Orléans. J'oubliais les Wittelsbach d'où sont issues la mère du régent et celle de Philippe V. Une Europe galante et incestueuse. Il faut les entendre – puisque enfin je les ai un peu fréquentés – se donner du très cher et très aimé cousin. Sous leurs brocarts, leurs dentelles et leurs cuirasses damasquinées, la violence sauvage d'un clan. Les Atrides, leurs ramifications sans fin. Leurs répétitives rumeurs d'empoisonnement. Des Atrides s'acharnant à dépecer et remembrer leur héritage à coups de conflits et de mariages. Leur héritage, le fabuleux et démentiel empire de Charles Quint. Louis le quatorzième épouse sa cousine germaine. *La Savoyana*, petite-nièce par sa mère dudit Louis XIV, se marie avec son petit-fils. Quant au régent, neveu du même, il a été contraint de convoler avec la fille de celui-ci, une bâtarde d'accord, sa fille néanmoins. Faut pas s'étonner si de temps à autre la folie pointe son nez, sournoise ou explosive.

Un soir de grande beuverie, je vous ai accusée, princesse, d'avoir été une grande massacreuse : comme tant d'autres vous avez été prise dans la logique de ce jeu meurtrier. Moi le roturier, j'ai eu envie d'insuffler un peu d'air là-dedans. Qu'on respire, qu'on s'amuse à d'autres *combinazioni* ! D'où mon recours à Charles de Suède ou au tsar Pierre le Grand. Difficile, hein, d'échapper… Tenez, ce Philippe V que vous avez tant soutenu : un Bourbon sans aucun doute, amateur de chasse, grand bâfreur et fornicateur, à l'image de son grand-père. Et pourtant, j'ai senti poindre le Habsbourg en lui – il l'est par sa grand-mère et son arrière-grand-mère. Sous l'aspect avenant de ses jeunes années, le funèbre des Habsbourg d'Espagne était déjà tapi.

Leur velours noir de la mélancolie. Le cheminement lent mais sûr du délire. La Farnèse a beau avoir apporté là-dedans du sang neuf – encore qu'elle soit aussi une Neubourg –, plus sa véhémente énergie, elle est prise dans ce filet et je ne vois pas comment elle pourrait s'en dépêtrer. Tout de même, elle aurait mérité mieux que ce bouc cagot – voyez, je ne suis pas rancunier ! D'aucuns affirment qu'elle le conduit en lisière et le persécute. Lui aussi, réciproquement, à sa façon à la fois molle et opiniâtre. La folie exerce une terreur plus absolue que le pouvoir royal.

Ma retraite actuelle me rappelle celle de l'hiver 1709 (ce froid ! le vin gelait dans nos verres) au château d'Anet, près de Dreux, où Vendôme, en semi-disgrâce auprès de Louis XIV, passait le plus clair de son temps. Avec quelques autres de sa petite cour, auteurs de théâtre, poètes et bardaches, l'on s'empiffrait, foutait et rimaillait ferme, tentant de désennuyer Vendôme, rongé de goutte et de grande vérole par-dessus le marché. La morosité nous gangrenait tout autant, peu à peu. Je l'ai senti le jour où Vendôme a proposé de m'obtenir une cure dans un village voisin : des dévotes rancies à confesser, non, très peu pour moi ! Il convenait d'aviser. J'ai suggéré à mon maître d'écrire à la des Ursins, là-bas à Madrid, qu'elle se remue donc pour le faire venir en Espagne. C'est moi qui l'ai rédigée, cette lettre. Elle s'est remuée, la dame, elle a obtenu la nomination de Vendôme. Lequel s'est entendu au mieux avec Philippe V, et ce fut le triomphe de Villaviciosa (je raffole de ce nom !). Au fond, mon entrée dans l'Histoire, souterraine, date de ce courrier envoyé d'Anet. Comme quoi, on finit toujours par trouver un expédient pour sortir du confinement.

Bien dorée, ma tourte. L'odeur excite mes narines et mon appétit. Il serait temps que mon Agatina et mon Antonello reviennent de la foire. Et ça va continuer, Bourbons, Orléans, Habsbourg et compagnie, leur réseau d'alliances et leurs rivalités, leurs pactes de famille, leurs filles à la peau tendre, pubères ou non, expédiées dans le lit où fut fécondée l'une de leurs aïeules. Et le pape d'accorder sa bénédiction afin que la cousine soit troussée en toute légitimité. Quant aux gueux de mon espèce, extirpés de la poussière, je vois mal comment ils pourraient avoir leur mot à dire dans cette histoire de sang.

NOCES

La nourrice était fine, adroite.

SAINT-SIMON

LAURA
Madrid – février 1722

Elle s'en est allée, Marie-Anne Victoire. Notre rayon de soleil et de miel du printemps 1718 (je me souviens, elle est née à l'aube, toute la nuit j'ai tenu la main de sa mère). Elle s'en est allée épouser son cousin. Son beau cousin le roi de France. On le dit très beau, de fait, ce Louis le quinzième dans sa douzième année. A eux deux ils devraient avoir une descendance magnifique. Elle qui tétait il n'y a pas si longtemps, notre mariée de trois ans et demi. Finie la guerre, place à l'amour. Façon de parler, l'amour elle ne le connaîtra pas de sitôt, je n'ai pas eu besoin de prévoir dans son bagage ma potion de lune. Maria de las Nieves et moi avons préparé son trousseau : ses béguins et ses petites chemises, des habits douillets et des mantelets pour la route, plus la superbe robe d'apparat qu'elle revêtira lors de la présentation à son royal époux. Nous avons ajouté quelques poupées, et ce ruban rose qu'elle a besoin de tripoter au moment de s'endormir. Eu égard à cet âge tendre, Maria de las Nieves a été autorisée à l'accompagner et à demeurer auprès d'elle à Paris, quoique soit prévue là-bas une vieille gouvernante, cette Mme de Ventadour qui a élevé le jeune roi. On a vite complété le peu de français que connaissait notre infante-reine, ou reine-infante, je ne sais comment il convient de dire. Elle s'en est allée, et la lumière avec. Une autre nous est arrivée à la place, cette Louise-Elisabeth d'Orléans qui convole avec Luisillo. Celle-là, j'ignore si elle a des lunes ou non mais elle présente les traits les plus déplaisants d'une jeune personne de treize ans, boudeuse, fantasque, mettant de la mauvaise grâce en tout, refusant de paraître au bal donné en son honneur. Elisabeth s'efforce d'être aimable avec elle, et n'en pense pas moins : d'une fille du régent, on ne pouvait rien attendre de bon… Je le sens, elle va vite en être excédée de sa belle-fille, enfin, la femme de son beau-fils. Des yeux vifs, cette Louise-Elisabeth, effrontés même, pas vraiment jolie, rien de comparable avec la beauté laiteuse de Marie-Anne Victoire, non, nous n'avons pas gagné au change ! A propos d'échange, il s'est déroulé à l'île des Faisans sur la Bidassoa : c'est la tradition, a commenté Elisabeth, déjà il y a plus d'un siècle se sont croisées dans cette île à la frontière Elisabeth de France et Anne d'Autriche (celle-là, si j'ai bien compris, c'était la grand-mère de Philippe d'Orléans et l'arrière-grand-mère de Philippe V, on n'en sort pas de la famille, ça les regarde mais à la longue…), plus tard au même endroit a été décidé le mariage de Louis XIV avec Marie-Thérèse et maintenant c'est au tour de cette Louise-Elisabeth et de notre Marie-Anne Victoire. Cet échange des princesses, comme on dit, a eu lieu le mois passé sous un soleil radieux – de bon augure, j'espère –, ensuite sur la route de Bayonne notre infante-reine, paraît-il, s'est mise à pleurer après avoir eu des vomissements, Maria de las Nieves a réussi à la consoler en la faisant jouer dans le carrosse avec ses poupées. En plus – Elisabeth me l'a expliqué tandis que je la coiffais –, les Anglais voyaient d'un très mauvais œil ce double mariage qui renforce l'alliance entre la France et l'Espagne, alors on leur a accordé une concession importante : le monopole pour le commerce des esclaves. La petite fille à la peau si blanche troquée contre la traite des nègres… Ce sont leurs affaires mais ça ne me plaît guère. Elisabeth serrait les dents lors du départ de sa fille (six ans de toute façon que je la vois serrer les dents, ma Bettina). C'est un duc et pair, un M. de Saint-Simon, qui est venu à l'automne dernier afin de représenter la France et régler le contrat de mariage. Ce bas-du-cul a été fait grand d'Espagne. Son second fils aussi, encore plus petit. Et l'ordre de la Toison d'or par-dessus le marché ! Il convenait n'est-ce pas de récompenser M. l'ambassadeur extraordinaire pour ses bons offices, grâces et compliments, ses discours parfaitement huilés, ses triples révérences lors des audiences solennelles, ses ronds de jambe, de bras, de phrases, et cetera (ne parlons pas des tics qui lui sautillaient sur la figure, on ne saurait se contrôler en tout). Avec lui, je l'ai remarqué, Elisabeth se piquait d'esprit, elle en a de reste lorsqu'elle n'est pas contrainte. Le roi et la reine ont proposé au noble étranger de visiter leur belle maison de campagne en construction, M. le duc a beaucoup admiré les jets d'eau et les jardins à la française. Il est vrai, ce que je préfère à la Granja c'est la profusion et la fraîcheur des eaux, alimentées par les neiges au-dessus. Eh bien, Marie-Anne Victoire ne connaîtra pas la Granja achevée… Elle s'en est allée, l'enfant de l'aube et du printemps, tout enluminée de blondeur bourbonienne (moi, elle me rappelle plutôt la Bettina d'autrefois, celle d'avant la petite vérole, la Bettina à la peau lisse). Il fallait la voir, notre infante, durant la signature du contrat. Nous avions dû la réveiller de sa sieste et j'avais glissé à Maria de las Nieves qui avait été admise à rester derrière son fauteuil : au cas où vous la verriez se trémousser, presque à la dérobée d'elle-même, c'est qu'une envie de pipi poindrait et il faudrait aviser rapidement. Pensez, près de deux heures à écouter ces galimatias de notaire et de chancellerie, un ennui effroyable, même Elisabeth s'impatientait, mais bon, il paraît que Marie-Anne Victoire n'a pas bronché ! Digne et droite. A la fin, Elisabeth lui a tenu la main afin de l'aider à parapher son contrat de mariage. Ses frères devaient lui céder le pas depuis qu'elle était reine, y compris le prince des Asturies, l'héritier du trône (ce pauvre Luisillo, gracile et guindé comme s'il sortait d'un tableau et désirait y retourner au plus vite, semble fort embarrassé de sa lunatique épouse). Après ce cérémonial de la signature, quand j'ai vu notre enfançonne regagner son appartement à travers la presse des courtisans, l'air fort haut dans sa robe à fines rayures gris-de-lin, je me suis laissé dire : elle est trop précoce pour une petiote de cet âge, elle nous joue trop à la perfection le rôle attendu. Ça me mettait prodigieusement mal à l'aise… Oui, la fierté de celle qui aurait elle-même décidé du destin que deux grandes nations lui avaient forgé et qu'elle venait de sceller sur le papier. Dans ses yeux j'ai saisi une lueur étrange, ses yeux qui ressemblent à ceux d'Elisabeth, puis soudain j'ai compris : ce bleu virait au gris, le gris d'acier du côté Neubourg, de Mme Dorothée. Et j'ai songé, nous l'avons déjà perdue même si elle ne part que dans deux semaines. En plus, ai-je déclaré à Elisabeth, l'époque est fort mal choisie : et si la neige survient, et si le carrosse est bloqué et que sa fille aille prendre froid ? Elisabeth s'est durcie, ça devait lui rappeler certains souvenirs, le gel sur le plateau castillan, mais semblait-il on ne pouvait rien changer, tout était organisé, la fille du régent, depuis Paris, s'était mise en route escortée d'une suite considérable et donc elle s'en est allée en plein mois de décembre, notre fine fleur de lait et de miel. Le père Daubenton (il baisse beaucoup ces derniers temps) était fort agité car les dispenses tardaient à arriver de Rome – Louis le quinzième et Marie-Anne Victoire sont cousins germains –, enfin ouf ! le pape s'est décidé à les envoyer. C'est lui, Daubenton, qui aurait mené les tractations afin de conclure ces deux mariages, néanmoins j'en suis persuadée, l'instigateur essentiel ce fut Dubois. Très adroit ce Dubois, je m'en suis aperçue il y a un peu plus de deux ans lorsque j'ai culbuté Alberoni. Très adroit, et contrôlant un joli réseau d'agents clandestins. Le Giulio, hein, il était ulcéré que mon homme et mon fils aient été autorisés par Elisabeth à me rejoindre à Madrid, il me tendait des chausse-trapes, me décochait des coups de patte mouchetés, je le voyais venir : bientôt, ce serait ou lui ou moi ! En outre, il risquait de faire chavirer mes projets de mariage pour Camilla et Faustina. Je savais qu'Elisabeth ne pouvait se passer de lui – un peu pour la cuisine surtout pour les affaires –, ce qui ne l'empêchait pas d'être sourdement agacée de cette dépendance, je la connais trop depuis l'enfance, je renifle lorsqu'elle commence à mal supporter d'être bridée, bref il me fallait en profiter. Et les événements extérieurs volaient intelligemment à mon secours : l'ambassadeur Cellamare déconfit et renvoyé de Paris après avoir raté sa conspiration, l'échec de la guerre, les arsenaux détruits par les Anglais, les nobles bretons en fuite ou décapités (Philippe V en était malade, lui qui est coupable de naissance), une autre flotte coulée par une tempête en voguant toutes voiles dehors vers l'Angleterre. Cette répétition de l'Invincible Armada n'était pas, je dois le reconnaître, de la faute d'Alberoni mais elle m'arrangeait on ne peut mieux. Depuis un bon bout de temps, j'étais de mèche avec certains Français, soit de l'ambassade, soit des envoyés secrets de Dubois, les uns et les autres me courtisaient, non sans largesses, l'on savait à Paris que j'étais la seule à pouvoir approcher la reine en privé et la persuader, après quoi elle se débrouillerait avec le roi. Quant à mon bonhomme à moi, il ne se mêlait de rien, ne parlait que l'italien et restait dans les communs à finir les bouteilles. Il est assez malin pour se donner l'air demeuré, personne à l'Alcazar ne lui prêtait attention. Un soir, il me montre une énorme bourse, rien que de l'or. Un émissaire de Dubois ? Sourire madré. J'ai compris, à moi de jouer. Le plus délicat était de parvenir à m'isoler assez longuement avec Elisabeth : même dans les moments un peu tranquilles où je la coiffe le roi risque de surgir, il ne supporte pas qu'elle demeure dix minutes avec une autre personne que lui – pareil durant la confession d'ailleurs, pas plus de respect ! Un matin, elle a dû se rendre précipitamment à la garde-robe, elle en était au cinquième mois et le petit Philippe pesait de plus en plus lui donnant souvent besoin. Je l'ai suivie. Par chance, le roi était en train de se faire raser. Et là, j'ai vidé ma besace sur le cardinal Alberoni : ses filouteries, son *bambino* caché, ses mœurs au poil et à la plume. Les odeurs montaient, ce fumet accompagnait à merveille mes révélations sur les scélératesses du Giulio, pots-de-vin, prévarications, sommes prélevées sur les fournitures, je précisais les dates et les chiffres, j'ai une excellente mémoire lorsque je hais quelqu'un. Elisabeth en avait terminé mais restait sur sa chaise percée, abasourdie : pourquoi ne m'en as-tu pas parlé plus tôt ? – Vous n'auriez pas voulu l'entendre. Elle n'a pas répliqué. Un silence. Elle s'est levée, a rajusté ses jupes, elle résistait encore : quand même, tu ne peux nier qu'il œuvre sans se ménager pour la rénovation de l'Espagne ? – Ben oui, tout en se servant copieusement au passage… Effarée, ma pauvre Bettina. Ce qui l'avait aveuglée, je crois, c'était le mode de vie frugal du cardinal, il amassait sans dépenser. Plantée là, les mains sur les reins, s'étirant, un peu arquée (ça me rappelait lorsque à Pastorello je me redressais après avoir longtemps sarclé, depuis j'en avais accompli un bout de chemin !). Vite, vite, j'ai repris : les tableaux et les objets d'art qui, sous couvert des expéditions en Méditerranée, ont filé vers l'Italie (j'ai failli dire à l'étranger), chez lui, chez *nous*, voilà de quoi vous faire haïr derechef par les Castillans, hein, ma belle ? J'ai deviné une risée de rage dans son regard, elle a prisé un bon coup – une nouvelle manie chez elle et qui me déplaisait fort, surtout en cours de grossesse. J'ai emporté le morceau grâce à Carlos : si vous maintenez Alberoni, vous allez vous mettre l'Europe à dos, alors que le régent Philippe d'Orléans serait disposé à vous soutenir afin d'établir votre aîné – le parfum du tabac couvrait à présent les autres relents – et vous ne l'ignorez pas, c'est l'opinion de votre oncle, il vous avait dépêché le marquis Annibal Scotti à cet effet… Son oncle, son fils, je me doutais qu'ils étaient ses hommes préférés, je l'ai sentie fléchir enfin ma Bettina, et moi doucement émue de retrouver l'enfant qui, autrefois à Parme, soudain cédait, s'abandonnait. Bon, j'avais attendu le temps nécessaire – nous autres dans les collines avons appris la patience –, cette fois je l'avais sa peau, au cardinal-ministre ! Peut-être qu'entre Elisabeth et le Giulio s'était tramé comme un accord avant mon arrivée à Madrid, peut-être, je n'en saurai rien. Mais entre ma Bettina et moi, signor Alberoni, existait un pacte bien antérieur, tissé de lait, de peau, de sang, et cela, aussi habile que vous fussiez, vous étiez incapable de le comprendre et de le déjouer, il n'était pas du même ordre que cette quadruple alliance entre grandes puissances, France, Autriche, Angleterre, Hollande, que vous aviez tenté par tous les moyens de contrecarrer, c'était un pacte scellé à travers les tétées, les diarrhées et les veilles de la prime enfance, renouvelé par les souffrances et le venin de la petite vérole, par les tristesses liées aux premières lunes et ma présence lors de la naissance de Carlos et des suivants. Certes, maintenant, il m'arrive de ruminer : si je n'avais pas contribué à la chute d'Alberoni, la grande réconciliation de l'Espagne avec la France n'aurait peut-être pas eu lieu et donc pas de double mariage, Marie-Anne Victoire serait toujours parmi nous, rieuse, insouciante, j'espère qu'à Paris ils vont la laisser être une enfant et ne pas l'obliger trop vite à faire la reine, et qui saura lui préparer ce lait à la rhubarbe dont elle raffole ? A propos de double mariage, un autre se mijote. Au milieu de l'émotion suscitée par le premier, il demeure inaperçu, je préfère d'ailleurs. Camilla épouse le marquis Cogorani, Elisabeth m'a promis pour lui l'ambassade de Suède, c'est neige et nuit en hiver dans ce pays paraît-il, qu'importe, devenir marquise et ambassadrice lorsqu'on sort de Pastorello, il y a de quoi vous réchauffer la femme la plus frileuse ! Quant à Faustina, les tractations avancent, elle sera fort bien lotie également avec son marquis de Campo-Florido, excellente famille sicilienne. Les sommes acquises en secret grâce aux agents français ont fini par constituer des dots conséquentes et l'on sait que par mon entremise la reine accordera des faveurs à mes gendres, tout s'achète n'est-ce pas cardinal Alberoni ? Pour revenir aux noces royales, il fallait voir la liesse extraordinaire durant ces mois de janvier et février tandis que notre enfantelette roulait à travers son royaume : à chaque étape, nous a-t-on rapporté, le peuple de France accueillait sa reine en grande pompe, à l'heure qu'il est elle doit approcher de Paris, pourvu qu'elle ne soit pas trop éprouvée par ce long voyage ! Ici, les festivités ont été organisées par Annibal Scotti, des mascarades, des cavalcades et des feux d'artifice prodigieux (tiens, pour une fois, je n'ai pas entendu dans la foule de *Viva la Savoyana*), par contre ce qui m'a fort déplu c'est cet autodafé du 22 février, juste au moment où les réjouissances venaient de s'achever, je ne me suis pas gênée pour le dire à Elisabeth : vous n'auriez pas pu le faire supprimer ou du moins le retarder ? Empêtrée, ma Bettina, me répondant que c'était du seul ressort de l'Inquisition et puis d'abord si le roi avait assisté, une fois une seule, à la proclamation des sentences et aux exhortations pour amener les hérétiques à l'abjuration et à la réconciliation avec l'Eglise, il ne s'était pas rendu sur les lieux de l'exécution, aux confins de la ville. D'accord d'accord j'ai rétorqué, c'est très joli toutes ces nuances mais voulez-vous me dire ce que ça change, hein ? non vraiment cet autodafé tel un point d'orgue aux célébrations des deux mariages, la dernière illumination en quelque sorte, il m'est resté en travers du gosier ! Huit jours auparavant, sur la Plaza Mayor, on avait donné une représentation magnifique, à dix heures du soir on y voyait comme en plein jour. L'éclat des flambeaux faisait reculer la nuit. N'aurait-on pu éteindre pour cette fois – au moins une fois – les flammes des bûchers ? Bon, je n'en ai plus reparlé à Elisabeth, je la sens trop atteinte en ce moment, le départ de sa fille, les soucis concernant l'avenir de Carlos, peut-être un secret qu'elle s'obstine à me cacher ? Quand je la vois ainsi, hérissée – d'ailleurs dans ce cas j'ai le plus grand mal à placer ses cheveux –, j'ai l'impression de retrouver un soupçon du rêche et rogue de Madame sa mère, ce n'est que passager j'espère, le plus souvent elle pétille, j'ai bien deviné que ce M. de Saint-Simon appréciait la vivacité de sa grâce par rapport au renfrogné du roi qu'elle sait à merveille tempérer. Et puis elle estime Grimaldo un peu terne, il l'agace – Grimaldo, c'est connu, n'aime pas les Italiens et leurs manèges – même si, admet-elle, il ne manque ni de zèle ni de conscience. De toute façon, derrière Alberoni n'importe qui paraîtrait insipide. Le matin, je tire les rideaux de l'alcôve, je renifle aussitôt les odeurs de la nuit – heureuse ? hargneuse ? –, j'apporte un bouillon enrichi de jaunes d'œufs et de cannelle, histoire de les restaurer tous les deux, je redresse leurs oreillers, leur passe leurs robes de chambre plus un ouvrage de tapisserie pour Elisabeth puis j'introduis notre Grimaldo rubicond, il dispose ses paperasses sur la couverture au beau milieu des pelotes de laine, lui aussi flaire, circonspect, affaire de savoir s'il y a de la brouille ou non dans le couple, tous les trois se mettent au travail, examinent et discutent les dossiers, le roi et la reine demeurant pendant ce temps dans leurs draps, cette manière de procéder, je m'en suis rendu compte, a fort surpris notre si petit grand d'Espagne, eh oui M. de Saint-Simon, ici le gouvernement passe par le lit, et sur le lit et les lunes j'ai l'œil ! A propos, j'ai appris que Mme Grimaldo avait reçu de mon Dubois de très beaux bijoux, suite aux signatures préliminaires en vue des deux mariages dont Grimaldo l'année dernière s'était occupé avec diligence, c'est l'usage mais comme je disais tout s'achète. Même les petites filles. Ainsi elle s'en est allée, notre infante au regard gris bleuté, la jeune épousée aux fines dents de lait. Avec elle nous avons perdu une fraîcheur printanière, une odeur de sève et de rosée. Non ce n'était pas l'innocence dans nos murs, tant s'en faut, mais à la regarder jouer ou à l'écouter roucouler puis babiller, on pouvait s'en donner l'illusion, quelques instants du moins. Elle s'est envolée, notre tourterelle. Vers le nord. Elle s'en est allée, celle née à l'aube un beau jour de printemps. Et maintenant, bien que les jours allongent, il me semble revenir vers la noirceur de l'hiver.

FIÈVRES

Car l'ombre est la neige obscure
l'impensable silencieuse neige noire.

XAVIER VILLAURUTIA

ANNE-MARIE DES URSINS
Rome – novembre 1722

Le pape est le chef des Chrétiens. C'est une vieille idole qu'on encense par habitude.

Je glousse de plaisir cependant qu'Emilie s'interrompt et me glisse un coup d'œil perplexe pardessus ses lunettes (eh oui, elle approche la cinquantaine, mon Emilie).

— Ne prenez donc pas cet air marri. Voilà une jolie impertinence qui devrait me guérir de ce vilain rhume. Vous le savez, la contrition n'est pas une vertu à mon usage. Et n'est-il pas réjouissant que vous me lisiez ce passage des *Lettres persanes* précisément dans la ville du pape ?

Où je suis heureuse. Pour autant qu'on puisse l'être à quatre-vingts ans. Emilie prétend que mon retour à Rome m'a rajeunie. Oui, j'ai consacré une énergie féroce à réaménager ce palais (au fond, j'aurais aimé être architecte, comment une femme le pourrait-elle ?). Mes réceptions sont appréciées, on se presse aux concerts que je fais donner – Haendel demeure ma plus vive passion. Oui, je trotte dans les jardins, trotte-menu, mais avec le constant plaisir de goûter la lumière et les odeurs. Et puis ? Je me farde, presque outrageusement, et découvre mes épaules. Non par aveuglement ou défi au temps, mais pour mieux en souligner les ravages. Une mise en scène ostentatoire de la dérision. La princesse des Ursins ? Une vieille idole abusant du blanc et du rouge, encensée par des cardinaux fanés.

Lesquels se sont aimablement agités lors du conclave de 1721 en vue de l'élection du nouveau pape. Innocent XIII a succédé à Clément XI. J'ai assisté aux mêmes compromis et tractations qu'autrefois entre factions rivales, romaine, italienne, germanique, gallicane – sauf qu'à cette dernière je n'avais plus de part. Et qui a-t-on vu resurgir lors de ce branle inspiré comme on sait par le Saint-Esprit ? Del Giudice, rejeté sans ménagement par l'empereur. Ainsi que notre Alberoni, discret pour une fois, autorisé par ses collègues à venir prendre part au vote : ces messieurs, fort jaloux de leur impunité, se sont soigneusement gardés de créer un précédent en excluant l'un des leurs pour cause de mise en accusation par le souverain pontife. Alberoni s'est ensuite éclipsé. Plus pour longtemps, à mon avis. Son procès s'enlise en douceur, le nouveau pape temporise et les rois Catholiques semblent se lasser de le relancer là-dessus.

D'autant qu'ils ont été très occupés par ces deux mariages et le sont à présent par un troisième : l'infant don Carlos épouse la cinquième fille du régent. Les gazettes annoncent sa prochaine arrivée à

Madrid où elle retrouvera sa sœur aînée Louise-Elisabeth (dire que notre Luisillo a pris femme !). L'on s'est haï, l'on s'aime, du moins essaie-t-on. Cette jeune Philippine ignore sans doute le rôle de caution qui lui a été dévolu : Philippe d'Orléans, en liant le sort de sa fille à celui de don Carlos, s'engage encore plus nettement à ce que celui-ci devienne un jour duc de Parme. Philippe, Philippine…

Tu le sais trop bien, Anne-Marie, ce qu'il en est d'être prise dans l'histoire d'un père. Ai-je assez réparé la fronde insolente du mien en servant avec une fidélité sans faille mes deux rois, de France et d'Espagne ? J'estimais être tel un grand féodal, conseiller du prince, se devant de le protéger contre ses ennemis : l'un de mes ancêtres n'est-il pas mort à la bataille de Pavie en faisant rempart de son corps afin de sauver François Ier ? Eh bien, avec Philippe V, j'aurai réussi contre ses adversaires extérieurs mais non contre ceux de l'intérieur, les coriaces Inquisiteurs. Et le crime d'Adrien, ce duel, cette bravade imbécile d'un jeune homme qui ne comprenait rien au changement de style monarchique, pouvait-il être, lui aussi, réparé ? Il me répugnerait de penser que lors des événements de Jadraque les fautes d'un père et d'un époux, par un effet lointain, seraient retombées sur moi, fille de frondeur, femme de proscrit.

Emilie vient de recevoir une lettre de son oncle Daubenton, tout fier d'avoir réussi ce touchant enchaînement de mariages entre enfants.

— Réussi quoi, Emilie ? Votre oncle s'est fait entortiller par Dubois. L'Espagne est maintenant aspirée dans l'alliance entre la France et l'Angleterre, Londres et Paris mènent le jeu.

— Moi qui vous croyais attachée au pacte de famille entre la France et l'Espagne !

— Réfléchissez donc. La mignonne tendronne expédiée de Madrid à Paris est âgée de quatre ans : Louis XV n'aura pas de descendance avant une dizaine d'années au mieux. Si jamais, d'ici là, il disparaissait…

— Cela fait bientôt dix ans que l'on entend cette petite phrase, Madame.

— S'il disparaît, qui, cette fois, a de fortes chances de monter sur le trône de France ? Un Orléans. Croyez que le régent et Dubois n'ont pas manqué d'y penser. La France enferme l'Espagne et la branche cadette vient de gagner dix ans : l'émouvante combinaison que votre oncle nous a mijotée avec ces noces qui font se pâmer le bon peuple à Paris et à Madrid ! Le bon peuple que l'on a régalé de fêtes et de feux d'artifice. L'infante-reine que l'on a exhibée tel un gracieux écureuil en cage dans le jardin des Tuileries. A mon sens, Daubenton a trouvé en Dubois plus jésuite que lui.

— Et à mon avis, votre ancienne inimitié à l'égard de Philippe d'Orléans refait surface.

— Mais non ! J'admire plutôt comment les filles sont chargées de résoudre et achever les histoires de leurs bonshommes de pères. Depuis la mort de ses deux frères, Philippe V rêve de régner en France : son enfançonne va en devenir la reine. Philippe d'Orléans a guigné la couronne d'Espagne et sa fille en épouse le futur roi, notre charmant Luisillo d'autrefois. Le bel échange de femmes à l'intérieur de ce jeu de miroirs entre un dévot et un débauché ! Et voulez-vous que je vous dise, Emilie ? Ces deux-là, si différents soient-ils – notamment par l'ampleur et l'ouverture d'esprit que je reconnais certes au seul Philippe d'Orléans –, ces deux-là sont des fouteurs tristes, rien de pire. Dans la frénésie conjugale comme dans celle de la luxure. Vous vous rappelez les termes employés par la princesse Palatine à propos des coucheries de son fils ?

— Ah oui ! Qu'il allait aux femmes ainsi qu'on va à la chaise percée.

— Ce qui est encore plus lugubre pour l'homme que pour la femme.

Nous restons silencieuses, je soupçonne Emilie de songer à ce grand fouteur des plus gais que nous nous partageâmes non moins allégrement. Je vais mourir mais j'aurai eu cela… Brusquement, Emilie revient à la charge, à croire qu'il lui tient à cœur de sauver l'honneur de son oncle :

— Ce délai dont vous parliez à l'instant, ces dix années garanties sans descendance, pourraient également profiter à Philippe V.

— Sauf qu'il lui faudrait au préalable abdiquer. De plus, résidant à Madrid, il risquerait d'être pris de court par le décès de Louis le quinzième, c'est ce qui s'est passé à la mort de Louis XIV. Mais si votre supposition est fondée, voilà un bon père qui se servirait habilement d'une innocente de quatre ans. Je serais curieuse de connaître l'opinion d'Elisabeth Farnèse sur ce joli trafic.

— Bah, devenir la belle-mère du roi de France devrait flatter sa vanité…

Sans doute. De quoi compenser la perte de sa fille ? Tel est le sort des parents royaux mais qui saurait dire si la gloire atténue la souffrance ? Ai-je fait le bonheur ou le malheur de cette femme que j'ai extirpée de l'obscurité et qui m'a précipitée dans le néant ? Un, en tout cas, qui devrait être satisfait, c'est Dubois : enfin cardinal et, depuis peu, Premier ministre. Il est plaisant que le régent, ce libertin, se soit prostitué à Rome pour le chapeau de Dubois autant, sinon plus, que les rois Catholiques pour celui d'Alberoni. Des cardinaux de mes amis, des mieux informés, m'ont parlé de quelque huit millions de livres dépensés à cet effet par le Trésor français auprès du Saint-Siège. Pourpre ou petites filles, tout s'achète. Dubois qui ne sait même pas dire la messe… De quoi, j'imagine, grandement amuser Philippe d'Orléans. Je dois vieillir de plus en plus mal car je n'en ai pas ri, même du bout des dents.

L'année dernière, dès l'annonce de son mariage, j'ai adressé à Luisillo une lettre de félicitations. Je pensais qu'il lui serait plus facile, à l'âge de quinze ans, de répondre à une telle missive qu'à celle de condoléances pour son petit frère. Toujours rien.

Et comme si je n'étais pas une fière La Trémoille, je viens de lui écrire à nouveau, toute honte bue, le complimentant du mariage de son demi-frère don Carlos. Moi qui ai appris à Luisillo ses premières fables et l'ai instruit sur la grandeur de sa lignée, je m'abaisse à lui exprimer mon tendre et respectueux attachement en osant espérer que son silence ne signifie pas l'oubli de celle qui fut sa gouvernante attentionnée…

L'extrême de l'âge serait-il voué à ce ridicule : à quatre-vingts ans, quémander une once d'amour auprès d'un très jeune homme ? Mais qu'est-ce que j'attends pour en finir ?

Elle avait bien raison, la belle Ninon de Lenclos qui, à Paris, me disait : on demeure tout autant attachée à un corps affreusement dégradé qu'à celui qui, autrefois, aimait séduire, forniquer, jouir.

J'attends la mort et refuse la maladie.

Terminé le bel automne romain. Décembre approche, la grisaille et l'humidité me ramènent au coin du feu, toute rassotée dans mes pantoufles. Se mettre à l'âtre pour remuer l'enfant, m'écrivait Mme de Maintenon. Je ne remue plus que des braises de mémoire, je tisonne au petit bonheur, elles rougeoient par à-coups. La braise de l'été 1706, Marie-Louise Gabrielle et moi fuyons Madrid menacée et tentons de rejoindre Burgos. Une petite escorte, fort insuffisante, quelques officiers, trois ou quatre dames d'honneur dans de méchants carrosses, des mules, lentes, trop lentes, et puis, au beau milieu des valets et fourriers, un aristocrate quasi centenaire, allongé dans son cercueil à l'intérieur d'un chariot bâché, il déclare préférer mourir par monts et par vaux plutôt qu'à Madrid tombée aux mains de l'ennemi. Etonnants, ces Castillans : ils ont eu des Habsbourg sur le trône durant près de deux cents ans mais l'idée que des soldats autrichiens puissent occuper la capitale leur insupporte, qu'ils soient grands ou manants ! Depuis des siècles, la Castille n'a pas été envahie, non, leur fierté ne le tolérera pas (c'est notre chance, à nous autres Français). Et donc il a résolu de se faire transporter en cercueil, ce vieux fou émouvant, farouchement fidèle à sa souveraine. Chaleur et poussière entre Jadraque et Atienza (ah oui, je le connais ce trajet !), d'Atienza nous espérons rejoindre Aranda de Duero, non, impossible, on nous avertit qu'une armée portugaise s'en est emparée, nous cherchons une autre route en direction de Barconès – route ? le terme est pompeux, un chemin des plus malaisés –, nous évitons de tirer vers l'est où les Autrichiens ont des avant-postes, garez-vous à gauche ma reine garez-vous à droite, il nous faut nous glisser entre les deux fronts. Barconès, Berlanga de Duero, qui n'est passé par là sous la canicule (je sens la fièvre monter, fièvre de mémoire ?) ne saurait imaginer semblable désert, ni arbre ni eau, rien que des épineux agressifs et la densité du silence, Marie-Louise Gabrielle est stupéfaite de découvrir pareille aridité, plus loin des villages rabougris, de pauvres villes engourdies, nous voilà heureuses de trouver un plat de lentilles ou une omelette au lard, chaleur poussière et misère, murs de torchis et puits saumâtres, et toujours le vieux fou qui se refuse à crever sinon glorieusement aux côtés de *la Savoyana*. Ah, j'allais l'oublier celui-là, ce vicomte de Bragelonne dans le lit duquel la reine coucha : nous étions parties si précipitamment, munies d'un équipage fort réduit. Plutôt que le cercueil du duc de je ne sais plus quoi, Marie-Louise Gabrielle accepta le lit de campagne offert galamment par ce Bragelonne, d'où venait-il donc ce lieutenant-colonel ? Sans doute d'un de ces lambeaux d'armée mi-française mi-espagnole, errant de-ci de-là après les défaites subies, ou peut-être me suis-je laissé dire, sortait-il d'un roman d'aventures tout en rebonds et zigzags, à l'image de notre voyage. Notre maigre troupe poursuit sa route cahoteuse, nous sommes contraintes d'éviter Soria dont les coalisés, paraît-il, se rapprochent puis de traverser en partie la sierra de Cabreras, l'étau se resserre, la petite fille aux humeurs caprines tient bon, souriante, fière, pour un peu je vais voir de menues cornes pousser sur son front têtu, montées interminables, lumière écrasante, misère et poussière, Hontoria del Pinar, des tournants périlleux, notre voiture manque de verser, Salas de las Infantes, le duc cireux et centenaire s'obstine à résister, Barbadillo del Mercado. Moi qui me suis délestée de tant de visages et d'événements, me reviennent maintenant ces noms de lieux, ils chantent et sonnent dru – dernière musique avant de disparaître ? –, ce sont moins des bourgades perdues au fin fond de la Castille que les étapes d'une épreuve partagée avec ma reine. Cuevas de San Clemente, à présent Burgos n'est plus très éloignée. C'était l'époque héroïque et folle, la petite fille, bien qu'épuisée de fatigues et d'angoisses, serrait les dents et la flamme dans l'eau de son regard ne fléchissait jamais. C'était l'Espagne héroïque et folle, la seule que j'eusse voulu conserver au fond de moi.

Ah, j'en ai assez d'être la vieille qui remâche ses souvenirs en somnolant près de la cheminée ou en espérant une lettre de Luisillo… Sans compter Emilie qui m'enveloppe de sa sollicitude :

— Vous avez le front brûlant, vous devriez vous allonger.

— Pour m'affaiblir un peu plus ?

Le pire est que je me laisse faire. Moi qui rêvais d'une mort à la don Quichotte, nichée dans un cercueil brinquebalant sur un chemin dénudé de la Castille, me voici tout bêtement dans mon lit. J'exige cependant d'Emilie qu'elle poursuive la lecture de ces *Lettres persanes*.

— Cela risque de vous fatiguer, Madame.

— Depuis quand des réflexions assaisonnées de l'esprit le plus piquant me pourraient-elles nuire ? Ne m'enterrez donc pas si tôt.

Certaines phrases font mouche et m'atteignent au plus vif :

On s'est mal trouvé en Espagne d'avoir chassé les Juifs… Les Espagnols sont si dévots qu'ils sont à peine chrétiens.

S'imprime à présent ce que j'osais à peine me murmurer en secret. Par là également, je mesure combien je suis devenue surannée. Et j'enrage de devoir mourir sans savoir qui est l'auteur de cet ouvrage anonyme ! D'autres découvriront ce qu'il écrira par la suite.

Barbotant dans une fièvre spongieuse, j'émerge d'un demi-sommeil les yeux tout humides (c'est si rare depuis des années). Je rêvassais sur Jadraque mais cette fois il s'agissait de ce curé de Jadraque qui, dans les années tragiques de 1709 et 1710, avec ses autres confrères castillans, avait prêché ses ouailles afin de les inciter à contribuer à l'effort de guerre. Il avait adressé à Madrid une somme assez conséquente, eu égard à la pauvreté de la région. Marie-Louise Gabrielle en avait été bouleversée jusqu'aux larmes. Et me semble-t-il, ce sont ces mêmes larmes qui humectent aujourd'hui ma cornée desséchée de vieille femme. Une tendresse émolliente, telle une rémission – le plus âpre ne reste-t-il pas à venir ? Grâce à ce brave curé et aux pleurs de *la Savoyana*, me voici, je crois, enfin délivrée de Jadraque. L'autre, celui de décembre 1714. Balayé ce dernier, ainsi que l'étrange violence d'Elisabeth Farnèse.

Je me sens moins épuisée mais garde la chambre. Emilie entre avec une lettre :

— De Luisillo ?

— Euh, non… D'Alberoni.

— Lisez toujours.

Le voici donc installé à Rome, réhabilité – du moins faut-il entendre qu'en ce qui concerne ses indélicatesses en Espagne et ses provocations belliqueuses on a passé comme chat sur braise. Pfft ! effacées, oubliées… Il se souvient avec plaisir de nos soirées d'autrefois à l'Alcazar et serait enchanté de retrouver ce tour d'esprit inimitable, si délié, qu'il prisait tant dans ma conversation. De surcroît, il a une nouvelle recette à me faire découvrir, une tourte aux cailles à la bolognaise, un délice ! Et pour finir, le plus succulent : il n'a trempé en rien dans l'affaire de Jadraque laquelle, en son entier, fut ourdie et conduite par Maria de Neubourg depuis Bayonne. Je ne peux me retenir de rire, quoique cela me soit une souffrance. Si rire devient douloureux, mieux vaut mourir. Ce que je déclare à Emilie. Qui se croit obligée de protester.

Pauvre Maria de Neubourg, l'exilée, la délaissée. C'est lui faire beaucoup d'honneur que lui imputer ma chute. De ces femmes qui s'agitent et ne maîtrisent rien. Je n'ai pas remarqué que sa nièce chérie l'ait extraite de sa relégation, laquelle prend des allures d'enterrement définitif. Allons donc, cardinal Alberoni, si la marchande de bière avait été l'essentiel auteur de ma chute, elle serait incontinent revenue à Madrid. Non, je ne goûterai pas à vos cailles avant de sombrer dans le néant. Plus encore que l'approche de la mort, une ancienne fierté, demeurée chevillée à ce corps décati, m'interdit de vous recevoir.

Etonnant Alberoni ! Son imagination supplée à sa mémoire. Il vous estropie la vérité dans le même temps qu'il vous tourne une sauce. Ou plutôt, il invente des fictions au fur et à mesure de ses propres aventures et revirements. Le plus amusant c'est qu'il finit par y croire et donc par en persuader tout un chacun – quel fameux romancier n'avons-nous pas perdu ! Après tout, de quoi l'Histoire est-elle tissée, pas à pas, cahin-caha ? De petites histoires récrites par l'un ou l'autre, ravaudées et rapetassées, cousues ensemble, de fil blanc parfois, suivant la passion ou la logique – ou les deux à la fois – de chaque conteur.

Del Giudice passant par Gênes en 1717 ne m'avait-il pas mandé qu'Alberoni était le seul responsable de Jadraque ? Ce del Giudice qui, après avoir été caracoler à Marly et Versailles, Madrid et Vienne, est maintenant fort rabaissé. Cardinal de comédie et de carrousel, à jamais ensablé dans sa médiocrité. Mais qui nous aura calciné bien du monde. En comparaison, j'inclinerais à regretter que cet habile cuisinier politique d'Alberoni n'ait pu trouver l'office où exercer pleinement ses talents.

Je ne crois pas me tromper : ces douleurs poignantes annoncent des coliques néphrétiques. A Gênes, il y a six ans, j'avais réussi à évacuer mes petits cailloux mais à mon âge est-on capable de lutter ? Je me souviens, à Mestre j'ai eu la force de me battre contre la malaria : j'avais moins de trente ans. L'été 1670, Adrien et moi arrivons d'Espagne et voulons embarquer à Venise. Nous nous arrêtons quelques lieues avant. Il eût fallu fuir Mestre et ses marécages.

Je m'enlise, oui, je m'enlise dans cette fièvre marécageuse. Adrien essuie mon front, mes cheveux, moites. Il répète qu'il m'aime, que je guérirai, je lui ai toujours été fidèle. Je le quitte pourtant, je pars ailleurs, parcourant des étendues de givre, grelottante, une fournaise brusquement, je suffoque, ne sais plus où je suis, j'erre en quête des mains, des yeux d'Adrien, ils ont disparu et je cherche à quoi m'agripper, je traverse des limons d'éponge et de ténèbres, peut-être ma propre fange échappée de moi malgré moi, elle m'absorbe m'engloutit, peut-être déjà la boue noire de la mort, plus tard je patauge dans une neige molle qui en fondant brûle ma peau et ma gorge.

Lorsque j'ai réussi à m'extirper de cette neige obscure, une servante m'a soutenue pour me conduire jusqu'au cercueil, dans une chambre à l'écart. Juste avant qu'on ne le referme, vite, vite, à cause des miasmes, effroyables.

Le relent de ce cadavre. Les remugles des écrouelles. Cette pestilence chez les deux êtres que j'ai le plus chéris. Ensevelis si jeunes, l'un et l'autre. Mestre, la chaleur plombée de juillet. Madrid, février 1714, le froid à l'intérieur de l'Alcazar. Les flocons épaississent et lentement tapissent le rebord des fenêtres. Demain, Marie-Louise Gabrielle sera emmenée au Pourrissoir.

Adrien n'avait pu résister à la malaria. Mort afin de me permettre d'exister ? Il m'a contaminée de sa fièvre amoureuse. M'a permis de me tremper à l'épreuve de l'exil et de découvrir l'Espagne. S'est éclipsé, me laissant m'envoler, seule. Un demi-siècle après, il est trop aisé de se narrer ainsi l'histoire. Sur le moment, on n'est qu'une mauvaise héroïne de roman, abîmée dans les pleurs et la prostration.

Non, Jean ne m'aura pas servi à oublier Adrien. Plutôt à le maintenir ardent, vivant en moi. Par la vigueur de cette fièvre charnelle. Jean d'Aubigny, parfait secrétaire, habile à déchiffrer les dépêches comme les secrets du corps féminin…

Avec le néroli, j'ai tenté de masquer l'odeur fétide de Mestre, marais et charogne entremêlés. Personne ne devait flairer sur moi le parfum de la mort, enfoui en profondeur mais tenace. La mort à Mestre, près de Venise. Ses effluves de vase et de pourriture. L'essence du bigaradier ne les a nullement recouverts, pas à mes narines du moins. Le souvenir ne perd jamais la perfection de sa puanteur.

Dans trente ou trois cents ans, qui aura mémoire d'Anne-Marie de La Trémoille ? Mais le néroli, si volatil, restera.

Les douleurs lancinantes s'estompent. Emilie m'a fait boire une potion après le passage du médecin. Elle éponge mon front, la racine des cheveux. Je m'enlise doucement, me raccroche à je ne sais quelle berge. La main d'Emilie, celle d'Adrien ? Je m'enlise. La fange mouvante de la fièvre. Plus loin, une lueur dans la nuit. Le regard limpide de la petite fille ? Plus loin, rien. D'étranges marécages de neige sombre.

LA SAVOYANA

Les œuvres du soleil sont noires.

CLAUDE LOUIS-COMBET

ÉLISABETH FARNÈSE
Madrid – décembre 1722

Philippine a découvert la neige en arrivant ici. C'est si beau, dit-elle, si beau, étincelant ! Tout l'émerveille, quelle différence avec sa sœur aînée… Mon Carlos est beaucoup mieux loti que Luisillo. D'ailleurs ma tante Maria (à propos, ne pas oublier, comme la dernière fois, de lui répondre), ma tante, qui a reçu lors de leurs passages successifs à Bayonne Louise-Elisabeth puis Philippine, m'écrit combien la seconde lui a paru plus plaisante que la première.

Les filles du régent ont la réputation d'être à demi folles, et folles de leur corps, mais Philippine semble imprégnée d'une douceur sereine. Souhaitons que la puberté n'altère pas ce charme qui a d'emblée subjugué mon aîné. Et ces yeux ! Humides et longs, tels ceux des gazelles à la ménagerie de la Casa del Campo. Elle apprend très vite le castillan (Marie-Anne Victoire l'a-t-elle déjà oublié ?). J'ai recommandé que l'on serve à Philippine des plats à la française, du moins dans les premiers temps. Mais non : voyant Carlos se régaler avec du chorizo, elle a voulu y goûter, affirmant que son époux et elle se nourriraient pareillement. La saveur piquante ne lui a pas déplu. J'espère que Maria de las Nieves, à Versailles, veille à saupoudrer de cannelle le gruau du matin destiné à Marie-Anne Victoire, sinon celle-ci fera la grimace, Laura me le rappelait encore hier. De temps à autre, Laura (ne devrais-je pas l'inviter à se taire ?) évoque l'odeur de noisette et de crème fraîche qu'avait la peau de mon enfant. Je n'ai pas su en profiter lorsqu'elle était parmi nous. Un parfum à jamais perdu.

Ces jours-ci quelques boutons sont venus à Philippine, des plus bénins. Le contrecoup, je pense, du changement de climat et d'alimentation. Sa sœur, peu après son arrivée, nous avait vivement inquiétés avec cette inflammation au visage et au cou, accompagnée d'une forte fièvre. Philippe était terrifié par ces gonflements, j'ai sitôt deviné : il songeait aux écrouelles, sans doute revoyait-il les glandes tuméfiées de *la Savoyana* (pour laquelle je continue à payer des messes). De mon côté, je pensais plutôt à une maladie d'origine vénérienne, quand on connaît les mœurs du père… M. de Saint-Simon s'est employé à nous rassurer, son rôle d'ambassadeur impliquait de garantir la qualité de la marchandise qu'il nous livrait avec d'emphatiques démonstrations d'amitié. Au bout du compte, ce fut un érysipèle. Higgens prescrivit du bouillon d'écrevisses. Laura veillait à sa préparation et je le portais deux fois par jour à Louise-Elisabeth qui gardait un silence morose au fond de son lit.

Autant que je me souvienne, je n'ai pas fait de réaction cutanée lors de mes premières semaines en Espagne. L'on pourrait me rétorquer que j'ai eu l'éruption de Jadraque… Tiens, il y a peu, le rêve du carrosse crissant sur la neige m'a de nouveau poursuivie. Je savais que la princesse des Ursins était à l'intérieur. Une jeune femme, me semble-t-il, l'accompagnait. Ce songe reviendrait-il à cause du renforcement récent de nos liens avec la France ? Il m'a fallu l'accepter, ce pacte de famille. Mon époux éprouvait un tel besoin de se réconcilier avec son pays natal. Et avec lui-même : la guerre contre la France et l'exécution d'une partie des gentilshommes bretons l'avaient affecté au point que Daubenton a dû le conforter et l'absoudre maintes fois. Philippe déléguant à sa fille son désir de devenir roi de France ? S'apaisant enfin après plusieurs périodes mélancoliques des plus graves. J'ai compris depuis peu qu'elles resurgiront toujours, par cycles, telles les lunes (au moins, nos lunes à nous, peut-on les prévoir !).

J'apprends à l'usage que régner c'est aussi se renier. Savoir traiter les renversements d'alliances, sans trop perdre la face. Aurais-je pu supposer, il y a trois ans, que je prendrais soin de deux filles du régent ? Que je correspondrais avec sa mère et sa femme en échangeant des nouvelles de nos enfants respectifs ? La mode ici, autrefois, était de se délecter des *Philippiques* rédigées par Lagrange-Chancel, un pamphlet des plus venimeux contre Philippe d'Orléans. A présent, je couve et chéris la tendre Philippine. Dont nous venons de fêter les huit ans. Carlos aura sept ans dans un peu plus d'un mois.

Eblouis l'un par l'autre, Carlos et Philippine. Je les regarde se regarder et m'interroge : serait-ce cela que l'on nomme amour ? Cette fraîcheur dans la ferveur ? A trente ans, il serait temps de se poser semblable question… Paisiblement éblouis : ainsi de Dante et Béatrice qui avaient moins de dix ans lors de leur première rencontre ? Ils ne cherchent jamais à se rapprocher ou s'embrasser (bien sûr, confesseurs et gouverneurs me recommandent de ne pas les laisser trop souvent ensemble). La seule présence les comble, telle une évidence lumineuse. Ce matin, depuis une fenêtre du premier étage, je les ai observés en train de jouer avec des boules de neige dans l'une des cours intérieures. Vifs, rieurs. Ils criaient, couraient, gambadaient, animaux heureux simplement d'exister. Brusquement, ils se sont interrompus et se sont contemplés, graves. Comme s'ils méditaient l'un en l'autre. Le froid paraissait annulé. Puis, d'un unique élan, les voilà repartis dans leurs bondissements capricieux de poulains. Ils me fascinaient. Même si je me savais exclue de leur félicité, j'aurais voulu demeurer là, tentant de capter ce qui émanait d'eux. Philippe m'a appelée, c'était l'heure de notre messe quotidienne.

Marie-Anne Victoire, m'écrit la princesse Palatine, est une merveille de grâce et de gentillesse.

Et cet esprit fort au-dessus de son âge, cette précocité de manières et de langage ! La mère du régent est réputée pour sa rude franchise, je veux croire qu'elle ne cherche pas à flatter. Elle apprécie, ajoute-t-elle, d'avoir avec ma fille des conversations sérieuses, puis de s'amuser avec elle, à loisir : à soixante-dix ans, elle se permet le plaisir de rentrer en enfance – et moi qui n'ai pas su, avant la séparation, m'accorder semblable récréation. Tout de même, pourvu que Marie-Anne Victoire ne soit pas trop soucieuse de séduire. Dans une lettre, Maria de las Nieves me conte une anecdote : on avait réuni quelques fillettes en vue de la distraire. Après la collation, elle leur aurait déclaré : "Allez, jouez maintenant mes petites, moi non, je suis la reine." Ah, je voudrais qu'elle eût dit cela comme un jeu, précisément. A quatre ans, quel rôle possible sinon faire semblant d'être reine ? Elle verra assez vite ce qu'il en est. J'ai vu. La mère du régent me mande d'autres réflexions charmantes qui ravissent la cour et la duchesse de Ventadour. Cette dernière affirme n'avoir jamais eu de jeune prince ou princesse aussi facile à élever. A qui pourrais-je avouer que ces compliments tout à la fois me réconfortent et me blessent ? Que je ne goûte guère ces mots d'enfant colportés. Enjolivés ? On va me la gâter. Et puis qu'importe, je ne la reverrai pas.

A son arrivée, elle a résidé au Louvre. Depuis le début de l'été, le régent et le cardinal Dubois, le roi accompagné de son gouverneur, les courtisans ainsi que ma petite fille sont allés s'installer à Versailles. Ce retour, je suppose, n'était pas dénué de signification politique : Louis le quinzième devait être bientôt sacré à Reims, on renouait avec la tradition du grand roi. Au moins, maintenant, a commenté Laura, Marie-Anne Victoire bénéficie d'un air pur et de vastes espaces verdoyants pour ses promenades. Le dernier courrier de la princesse Palatine est des plus rassurants : Mme de Ventadour a plusieurs fois arraché le jeune Louis à la mort, autrement dit aux médecins, je peux être tranquille en ce qui concerne la santé de mon enfant. Qui d'ailleurs respire le bonheur de vivre. Je devrais me réjouir…

J'essaie de me représenter comment elle s'est fabriqué une nouvelle famille. Le mieux pour elle serait de nous oublier. Je peux le lui souhaiter mais en souffrir. Madame ma mère m'a rejetée. Ma fille va me rejeter de sa mémoire. Peut-être cet effacement est-il déjà accompli ? Autrefois, j'avais imaginé pouvoir la retenir dans le filet souple de la seule musique. D'autres rets se tissent : son père a voulu pour elle un confesseur jésuite et l'a obtenu du régent. Toujours l'influence du père Daubenton. On m'a rapporté que la princesse des Ursins, il y a des lustres, était parvenue à renvoyer ce dernier en France. Très forte, vraiment, celle que j'ai expulsée. Comment ai-je pu réussir mon coup avec elle ? Oui, il fallait que ce soit une éruption, ce coup de Jadraque ! Un coup de sang, un coup de lune ?

Elle rirait bien, la princesse des Ursins, si elle savait la vérité : dans un an, en janvier 1724, Philippe transmettra sa couronne à son fils aîné. Luisillo aura alors seize ans révolus. Je me suis battue longuement, arguant qu'on ne quittait pas une place où Dieu nous avait mis. Sans parler de la responsabilité vis-à-vis de nos enfants et de l'image que nous leur donnons. Daubenton, je dois reconnaître, appuya dans ce sens puis s'inclina, et moi également. En compagnie de mon époux, j'ai dû m'engager à abdiquer, lors d'une brève cérémonie, secrète mais solennelle. Ce fut le 20 juillet 1720. Oh oui, je me souviens de cette date ! Et il a fallu que Philippe choisisse l'Escorial pour prêter ce serment, devant Daubenton, après que, côte à côte, nous ayons écouté la messe et communié. Jamais Philippe ne reviendra sur une promesse entérinée par l'Eglise, d'autant que chaque année nous la renouvelons, religieusement. J'ai perdu. Elle rirait, certes : l'avoir fait chuter et chuter moi-même, neuf ans après…

Bientôt la Granja à longueur d'année. Neige et mélancolie. Une cour réduite à l'extrême. Philippe a résolu de renoncer à la chasse, je n'aurai plus cette échappée (quand je pense qu'il avait acheté ce terrain, en dépit de mes réticences, parce que la région était particulièrement giboyeuse !). Un emploi du temps sévèrement réglé, comme en un couvent. Les exercices de piété à heures fixes qui me rappellent la dévotion étrécie de Madame ma mère. *L'Imitation de Jésus-Christ* pour toute pâture.

C'est de cet ouvrage que Philippe a extrait un fragment venu étayer sa décision : *Il y a dans les affaires un danger terrible pour l'âme…* Je l'ai néanmoins persuadé qu'il conviendrait de guider Luisillo durant les premiers mois de son règne. Il ne se doute de rien, le frêle et fragile Luisillo, et je crains qu'il ne soit accablé par cette charge. D'autant qu'il ne pourra s'appuyer sur son épouse, laquelle n'est pas seulement capable de diriger ses caméristes.

Philippe a donc commencé à rédiger un testament destiné à son fils. Il lui enjoint de toujours honorer la Sainte Vierge, moi-même et la sainte Inquisition – me voilà en fort bonne compagnie. Par ailleurs, il lui recommande de ne pas oublier les vexations et exterminations dont furent, et sont encore, victimes les Indiens et de tenter, si possible, de les réparer (et les Juifs, ai-je pensé sourdement ? peut-être lui est-il plus aisé de s'inquiéter pour un prochain aussi lointain que le sont ces Indiens, chrétiens de surcroît, que pour les Juifs : ceux-ci lui font d'autant plus peur qu'ils sont, dit-il, cachés).

Depuis plus de deux ans, je m'efforce de tenir les rênes et de faire bonne figure cependant que pèse sur moi l'échéance de cette abdication. Ce mur contre lequel je vais venir buter. Janvier 1724. Personne, bien sûr, ne saurait comprendre mes impatiences (déjà qu'elles sont chez vous des plus naturelles, glisserait Laura tout en me cajolant). Ma rage rentrée : comment établir mes deux fils lorsque je n'aurai plus de part au gouvernement ? Il me faudrait agir vite, très vite, avant d'être reléguée. Les derniers Médicis risquent fort de disparaître sans descendance : Carlos pourrait hériter de la Toscane en sus de Parme. Au printemps, j'avais envisagé de l'envoyer, accompagné d'une petite troupe, dans ma ville natale auprès de mon oncle. Une flotte avait été armée à Barcelone, officiellement en vue de combattre les Barbaresques. C'est alors que s'est décidé le mariage de mon fils avec Philippine. J'ai sitôt compris, le régent et Dubois traversaient mon projet. Je les entends d'ici : même privée d'Alberoni, l'impétueuse, la belliqueuse Farnèse s'agite ? Nous allons tenter de la calmer ! Afin de contrecarrer sa petite expédition, expédions-lui une tendre épouse pour son fils, une épouse gage de soutien en ce qui concerne l'avenir de ce dernier. Daubenton et Grimaldo (trop content ce dernier d'entraver des initiatives italiennes) n'ont pas eu de mal à persuader Philippe là-dessus. Une fois de plus, la France triomphe. Ah, j'en suis convaincue, Alberoni ne se serait pas laissé enfermer de la sorte ! A présent l'Espagne est à la remorque de la France, j'avais de plus vastes ambitions pour notre royaume, et Philippe également me semblait-il. Mais que puis-je contre sa démission et la toute-puissance d'une famille ?

La France qui m'a pris ma petite fille. Qui enserre toujours Philippe dans son giron. Il me l'a raconté : lorsqu'il a quitté Versailles en 1700, son grand-père lui a prescrit d'aimer les Espagnols, et de ne jamais oublier qu'il était français. Comment se dépêtrer de cette double injonction émanant d'un aïeul aussi redouté qu'affectionné ? Certes, depuis le serment de l'Escorial, mon époux affirme à nouveau ne vouloir accéder qu'au seul royaume des cieux, estimant que l'Espagne lui convient mieux que la France pour accomplir son salut. En réalité, le royaume des cieux, ce paradis auquel il aspire, ne serait-ce pas la France de son enfance, une chimère d'une certaine façon ? *Sa* chimère, que je ne saurais partager avec lui.

Et moi, avec Parme ? Parme, la douceur de sa lumière. Et les magnifiques collections des Farnèse, et leur bibliothèque, je ne vais tout de même pas accepter qu'elles risquent un jour de passer aux mains des Autrichiens ! Hier, tandis qu'elle me coiffait, Laura a laissé tomber :

— En quelque sorte, vous vouliez envoyer à votre oncle le fils qu'il n'a pu avoir avec Madame votre mère. L'héritier tant désiré.

Laura peut être redoutable. Elle détient l'art de m'enrober dans son giron, d'où elle me décoche, sans crier gare, une flèche bien ajustée, une vérité à bout portant. Laura – je m'en rends compte un peu tardivement – espionne un peu trop et connaît des secrets en tous genres. J'ai néanmoins écouté, non sans complaisance, ce qu'elle m'a rapporté sur Louise-Elisabeth. Surprise de la voir descendre vers les cuisines, Laura l'a suivie. Personne à l'office, Louise-Elisabeth a ouvert les armoires à provisions et s'est empiffrée de façon éhontée. Une sorte de folie, racontait Laura ébahie, une gloutonnerie de bête. En vrac, tout ce qui lui tombait sous la main : piments et concombres, crèmes et pâtisseries, des navets crus, des raisins secs, du saucisson, des citrons et des oranges, elle mordait sauvagement dans la peau, plus de la cire à cacheter, et du vin et du vinaigre par là-dessus ! Après quoi, elle est allée se faire vomir dans un recoin en s'enfonçant deux doigts dans la gorge. Un peu plus tard, elle lavait avec frénésie ses mouchoirs et ses chemises dans une auge. La future reine d'Espagne occupée à sa lessive dans les communs… Avec ses femmes elle n'a aucune pudeur, s'exhibe en leur compagnie aux fenêtres, à demi déshabillée. Et c'est entre les mains de cette écervelée – dévergondée serait plus exact – que je vais devoir résigner ma position de souveraine (avoue, Elisabeth, tu as pourtant étouffé un fou rire lorsque, dans les jardins d'Aranjuez, Louise-Elisabeth a déclenché sans prévenir le mécanisme des jeux d'eau : tu as vu ta camarera mayor, l'austère comtesse d'Altamira, se faire arroser inopinément, énorme chauve-souris empêtrée dans un fatras d'étoffes noires, battant des ailes et piaillant d'indignation, avoue, même si tu as estimé par la suite devoir sermonner ta bru, tu t'es esclaffée en te cachant derrière ton mouchoir, parfois tu éprouves un tel besoin de rire, et tu t'es souvenue de ce que l'on t'a un jour laissé entendre : celle qui aurait pu être ta camarera mayor, la princesse des Ursins, elle, était gaie).

Et c'est Laura encore qui m'a transmis cette petite phrase échappée à notre duc de Saint-Simon : il conversait avec un autre Français de moindre importance, délégué également par Dubois à l'époque du double mariage (je m'aperçois maintenant à quel point Laura a des accointances avec nombre de Français, il est vrai qu'elle leur a toujours été favorable, par haine de l'Autriche, je pense). Tous deux discutaient, précisément, de l'opportunité d'une tentative en direction de Parme, avec Carlos. M. de Saint-Simon n'en était pas partisan, estimant que ce serait livrer Carlos aux mains des Parmesans *comme une fille qu'on marie à l'étranger*, a-t-il déclaré à ce Français, qui l'a rapporté à Laura.

Eh oui, nous autres filles découvrons tôt ou tard ce qu'il en est d'être gage ou otage, monnaie d'échange de plus ou moins de prix. Moi, la fille mariée à l'étranger, il me reste si peu de temps pour ériger mon aîné en duc de Parme et croyez qu'après la perte de Marie-Anne Victoire, je me passerais d'avoir à me séparer de Carlos ! Non, il ne manquait pas d'impertinence, notre ambassadeur extraordinaire : lors d'une entrevue privée avec Philippe et moi, il s'est permis une fine allusion aux quelques nobles bretons réfugiés ici après l'échec de la rébellion fomentée par nous. J'ai souri, l'air entendu, j'ai plaisanté en légèreté cependant que Philippe arborait son air pesamment accablé. Eh oui, j'ai appris dans ces circonstances à glisser et badiner, j'ai appris, moi l'impulsive, bientôt ce pauvre savoir ne me servira plus de rien.

Comme une fille disiez-vous, M. de Saint-Simon, *comme une fille…*

Notre ambassadeur à Rome vient de nous adresser un courrier : la princesse des Ursins a succombé à une crise de coliques néphrétiques, compliquée de pneumonie. Philippe le taciturne ne commente pas. Tout de même, cette femme lui a permis de conserver son royaume… Et pourquoi est-ce moi, soudain, qui suis en proie à une montée d'anxiété ? Non, inutile d'évoquer mes lunes, elles ne viendront que dans une dizaine de jours. Des mots bourdonnent, lancinants : elle est morte, elle est morte et je ne saurai pas ce qu'elle a pensé de moi.

Je parviens à m'isoler, ouvre le clavecin, hésite, ma fébrilité intérieure envahit l'extrémité des doigts. Je me contrains à jouer, la musique ne distille pas l'effet calmant espéré. Répétitive, une phrase recouvre le thème de cette fugue que je m'acharne à déchiffrer, maladroitement : elle est morte, celle qui aurait pu être une mère aimante (mais quelle extravagance d'imaginer cela maintenant !), ou un père sagace, un conseiller politique éclairé ou bien une plaisante compagnie, elle est morte, nous nous sommes manquées. Je joue, je joue, de plus en plus nerveusement, le thème de la fugue erre et s'éparpille, c'est moi en réalité qui divague…

Philippe m'appelle : un second message, en provenance de Paris. Deux annonces de décès dans une seule journée ! La mère du régent… Philippe paraît davantage atteint, cette fois il s'agit de sa famille, quelle durée de deuil serait-il convenable d'observer ? A moi, suggère-t-il, incombe d'informer Louise-Elisabeth et Philippine que leur grand-mère paternelle n'est plus. Devoir affronter cette épreuve m'oblige à me faire lisse, me rassembler. J'appréhende, ô combien, les larmes de la plus jeune…

Elle s'est écroulée : oh non non ! grand-mère Liselotte en allée peu après mon départ, ah je n'aurais jamais dû la quitter… Je l'ai câlinée, embrassée, je l'ai laissée pleurer longuement puis nous avons prié ensemble. Ce matin, elle a retrouvé son regard de gazelle et la fraîcheur de son teint. Carlos est rasséréné. Quant à l'étrange Louise-Elisabeth, elle n'a guère manifesté d'émotion, on ne saurait deviner ce qu'elle ressent.

Elles auront trépassé à trois jours d'intervalle, ces deux vieilles ennemies. La princesse Palatine accusait Mme des Ursins d'être la cause, avec sa complice Mme de Maintenon, de la défaveur encourue par son fils auprès de Louis XIV. Mon époux me l'a expliqué, ajoutant seulement : de l'histoire ancienne…

En aparté, je me suis laissé dire : au moins ma petite fille aura permis à la rugueuse Palatine de goûter à un plaisir d'enfance dans les ultimes mois de sa vie.

La neige qui avait accompagné l'arrivée de Philippine a fondu. La disparition de sa clarté rend la nuit plus obscure. Vous êtes partie dans la nuit la mort, Madame. Là-bas, à Rome. Le lent, très lent crépuscule de l'abdication m'attend.

Depuis ces derniers jours, j'essaie de m'apaiser, de réfléchir. Si vous étiez restée ici, aurions-nous pu prévenir cette démission du roi ? Voyez, je dis *nous*… L'alliance de deux femmes était-elle nécessaire pour étayer mon époux, l'empêcher de s'effondrer ? Comment vous dire : j'ai eu le sentiment de lutter contre une force en lui venue de trop loin. Massive, impérative. Une si lourde force de répétition. Qui détenait saveur de mort.

Il n'est guère dans ma manière de revenir en arrière. Mais comme je n'ai plus d'avenir… Lorsqu'en 1714 vous m'avez élue reine, saviez-vous que ce cadeau était empoisonné, le saviez-vous, Madame ? Vous et *la Savoyana*, l'aviez-vous déjà affronté cet accablement de la mélancolie ? Amenée de France, réchauffée en Espagne ? Terre d'élection cette dernière, terre où la lumière avive les vapeurs noires ? De votre temps, il est vrai, Philippe était acculé à défendre son royaume : de quoi, j'imagine, éperonner cette volonté qui maintenant défaille. Parfois, il m'avoue regretter de ne plus pouvoir guerroyer et rêve d'aller combattre les Maures par-delà le détroit de Gibraltar.

Elles furent si lourdes, mes premières années ici. J'étais grosse en permanence mais pesaient davantage les remords de Philippe, et ses angoisses dont je découvrais peu à peu l'acuité. Ainsi que ce réseau de pouvoirs entre la royauté, la papauté, l'Inquisition, ces rivalités si difficiles à démêler. J'aurais aimé savoir séparer le religieux du politique. Au moins pour moi, à l'intérieur de moi. Auriez-vous pu, Madame, m'aider à cet égard ? Alberoni poussait vers l'Italie, moi aussi, Philippe semblait partie prenante et en secret – il me l'a confessé beaucoup plus tard – il écrivait au pape, implorant pardon et absolution pour nos expéditions en Sardaigne et Sicile. J'aurais eu besoin, je crois, de vos lumières. Il est bien temps d'y songer à présent que vous êtes anéantie dans une ombre dense. Vos lumières sur ces questions de religion et d'Inquisition, tellement enchevêtrées, enténébrées. Dans mon enfance, la foi me paraissait une clarté paisible, semblable à celle qui dorait les toits de Parme. Et cette clarté, lentement, s'est estompée.

Vous est-il arrivé de repenser à notre unique rencontre ? Après avoir été chassé d'Espagne, Alberoni a raconté à qui voulait l'entendre que lui seul avait manigancé l'affaire de Jadraque, longtemps à l'avance. Et même dès la célébration de mon mariage, à Parme… L'écho m'en est revenu par divers canaux. Je suppose qu'à Rome il vous a visitée : quelle version vous a-t-il servie, trafiquée, relevée de ces épices dont il a le secret ? Moi, au bout du compte, je me suis retrouvée dépossédée de mon acte.

Chimère certes, mais j'aurais aimé qu'avant votre décès, une fois, une seule, nous puissions parler de notre entrevue. Nous, les deux actrices censées connaître ce qui s'est joué à Jadraque. De votre côté, autant que je puisse en juger, vous êtes demeurée fort discrète. Vous voici à jamais silencieuse. Et moi, étrangement, je ne suis plus très au clair. A vous, je puis l'avouer. Avouer plusieurs vérités qui ne le sont qu'à demi et se bousculent en désordre. J'ai voulu exister. Exercer mon autorité toute neuve. Me prouver qu'une Farnèse détenait assez d'audace pour intervenir dans les combinaisons de ces glorieux Bourbons. J'ai ambitionné de rendre indépendant cet époux dont à travers les propos d'Alberoni j'entrevoyais l'irrésolution, prétendant l'affranchir d'une sujétion française et familiale : ces derniers points, j'en conviens maintenant, ce sont les excellentes raisons qui viennent vous justifier après coup et au regard des récents événements, elles deviennent risibles et dérisoires, mes trop bonnes raisons ! Que pourrais-je ajouter ? Ah oui : j'ai souhaité en finir avec Madame ma mère. D'ailleurs mes lunes étaient proches (vous avez été femme, Madame, me comprenez-vous, bien que ce ne soit là qu'un détail trivial, dérisoire lui aussi ?). Tant qu'à être dépossédée, je préfère, vous voyez, m'en charger moi-même.

Bientôt Noël. Ironique anniversaire, n'est-ce pas ? Il y a tout juste huit ans, je vous ai expulsée vers la France. Il y a un an, bon gré mal gré, j'ai dû envoyer ma petite fille en ce pays (heureusement, il faisait moins froid qu'en décembre 1714).

D'ici un an, je préparerai mon bagage en vue de l'ensevelissement à la Granja.

Puisque j'ai prêté serment. Quand nous sommes sortis de la fraîcheur sombre de l'Escorial – la cérémonie a eu lieu dans une chapelle, non loin du tombeau de *la Savoyana* –, la chaleur de juillet m'a écrasée. Il m'est venu un éblouissement. Pourtant je ne suis pas femme à défaillir. Sur cette esplanade, fournaise de soleil, les rayons me blessaient, flèches chargées d'une incandescence mortelle. J'aime la lumière. Celle-là était noire. Ténèbres au cœur de la braise.

Philippe dort profondément comme souvent après avoir forniqué plusieurs fois. Crucifié sur moi, sans joie me semble-t-il, dans l'exaspération de sa mélancolie. Déversant en moi, vainement, cet excès d'épaisseur nocturne qui l'engorge. Une stupeur funèbre alors même qu'il s'agite furieusement. J'ai eu le désir de m'en dégager et d'aller m'installer au clavecin. Le salon de musique est éloigné de notre chambre, j'espère que Philippe restera enrobé dans le sommeil. J'aime cette partition de Haendel, des suites. Il y a quelques mois, je me la suis fait envoyer de Londres.

Je prélude en douceur, et, peu à peu, le songe de la nuit précédente affleure, porté en quelque sorte par les remous sonores. De ces rêves nécessaires qui vous réveillent soudain, vous laissant moins sur une angoisse que sur une évidence. Les chevaux pommelés sont sortis de l'ombre. Ils ont ralenti dans un silence étrange. Je savais que le carrosse allait s'arrêter et n'en ressentais aucune crainte. Une jeune femme s'est penchée par la porte entrouverte. C'était à la fois une jeune femme et une enfant, l'obscurité autorise ces dédoublements de l'apparence. Suffisait-il que vous soyez morte, Madame, pour que ce rêve enfin parvienne à terme ? Je l'ai reconnue, cette jeune femme, et pourtant je ne l'avais jamais vue. *La Savoyana*, bien sûr. Qui d'autre à Jadraque aurais-je pu vouloir chasser avec semblable violence, sinon cette morte trop vivante ? (autrefois, toute petite, il m'avait fallu évacuer ce cadavre si présent pour Madame ma mère, mon frère aîné). Elle et vous avec, cela va de soi. Je n'allais pas vous séparer. Vous deux, et cette histoire antérieure dont vous fûtes le nerf. Cette histoire où j'allais m'empêtrer, croyant pouvoir l'effacer. Voilà, c'était tout simple. Si l'on peut dire. Il m'aura fallu huit années pour approcher cette vérité. Huit années, et votre décès.

Et comme drainé par ce songe, un souvenir à présent remonte. Lorsque, à Jadraque, j'ai regardé du haut du perron la voiture s'ébranler, j'ai pensé, très vite : tiens, elles sont deux… Or je savais que votre camériste s'en allait avec vous puisque, après avoir donné l'ordre, dans un bel élan de fureur, de vous faire partir seule, j'ai fléchi et suis revenue sur ma décision. Cependant, juste avant de regagner mon appartement, une interrogation m'a effleurée : qui donc serait montée avec elle ? Vous savez, cette impression d'absurdité qui pourrait être révélatrice si l'on ne s'empressait de la fuir. J'étais assaillie par tant de mouvements confus où la peur le disputait au triomphe. Oui, il était tombé dans les oubliettes, ce souvenir, réminiscence obscure d'un moment déjà obscur par lui-même. Bien que, dans le secret de ma mémoire, les lueurs des flambeaux n'aient cessé de danser sur les croupes et les crinières.

Je continue à jouer, apaisée d'avoir accouché de ce songe. De vous l'avoir confié. L'aigreur, la rage se pourraient-elles émousser ? A présent, me semble-t-il, la musique coule de mes doigts avec davantage de sérénité. Dans cette suite de Haendel, mon bonheur le plus vif surgit au cours de cette variation si fluide où le thème initial semble perdu (si je m'obligeais à être plus attentive, je parviendrais à le discerner mais je me refuse à le traquer de la sorte). Disparu, ou peu s'en faut, source ténue au sein d'un vaste courant. Je peux croire que cette variation serait née de rien, échapperait du moins à la répétition. Ecoutez : avec désinvolture elle prend la liberté de s'éloigner, insouciante de ce qui a été donné au départ. Elle s'en moque du thème, elle en rit, encore qu'elle ne l'ait pas effacé. Ah oui, quel bonheur, car dans ma vie semblable variation n'est pas advenue.

J'avais envisagé d'apprendre la musique à Marie-Anne Victoire. Elle sur mes genoux, nos mains côte à côte sur le clavier. Elle découvrant, jubilante, la relation entre telle touche et tel son, puis comment les notes s'aiment ou se haïssent et, parfois, les deux ensemble (ainsi de moi et Madame ma mère ? et peut-être Madame ma mère a-t-elle véritablement souffert de mon départ ?). Je pensais que le tissu musical qui nous relierait de la sorte réparerait la déchirure des tissus de chair à la naissance (cet arrachement surgi du tréfonds, cet énorme ahan, tellement plus violents que pour Carlos, François et Philippe, même si ce fut elle la plus menue). Oui, j'imaginais.

Tout récemment – à cause de Philippine ? – m'est venu le désir d'un enfant. D'une fille (je sais, je sais, Marie-Anne Victoire restera irremplaçable). Non, je dois renoncer puisque nous nous retirons du côté de la mort. De l'impuissance du moins.

La sarabande à présent. Sa plénitude sereine. Je joue dans le silence de la nuit. Seule. Heureuse, presque, de l'être. Je joue pour les absentes : vous Madame, ma petite fille, *la Savoyana*.

PASSAGES

Tout ce que j'ai souffert. Toujours seule, oubliée.

VICTOR HUGO

MARIA DE NEUBOURG
Bayonne – mai 1725

Une nouvelle stupéfiante ! J'en suis abasourdie, je suffoque... La duchesse de Linarès vient de me l'apprendre, tout comme moi elle en est bouleversée. La nouvelle la plus imprévue, la plus incroyable, la plus singulière, la plus effroyable ! L'événement va déclencher indignation et scandale, semer la zizanie entre la France et l'Espagne, provoquer la légitime colère des rois Catholiques. Un affront à leur égard, un indigne camouflet ! Et cette enfant, marquée à jamais par la honte, l'humiliation... J'en souffre pour elle, je sens remonter l'âcreté des mortifications que l'on m'a infligées. Une fille de France traitée de la sorte ! A entendre ma camarera mayor, on ne parle que de cette annonce dans Bayonne : ma petite-nièce, la délicieuse Marie-Anne Victoire, ma petite-nièce répudiée ! Renvoyée à ses parents, grossièrement. Telle une marchandise gâtée ou une jument chez laquelle on aurait découvert un vice rédhibitoire. Alors qu'elle est la perfection même, je l'ai pu constater lorsqu'elle est passée ici il y a trois ans, en route vers son époux. Eh bien, l'époux en question est tombé malade, une fois de plus : depuis une quinzaine d'années ce jeune Louis a pour spécialité d'affoler son entourage par ses malaises soudains, suscitant à chaque épisode des craintes ou des espoirs insensés. Le duc de Bourbon a pris peur. Depuis que le cardinal Dubois et Philippe d'Orléans sont morts, ce duc de Bourbon promu Premier ministre appréhende que le décès du roi n'amène sur le trône un Orléans, le fils de l'ancien régent. Ou qu'on ne reparle des prétentions de Philippe V… Pris de panique, il congédie Marie-Anne Victoire et nous marie Louis XV – promptement rétabli selon son habitude – avec une Polonaise errante, sans dot ni beauté paraît-il, mais âgée de vingt-deux ans et donc propre à lui assurer dans les plus brefs délais une descendance bourbonienne. Une vache à vêler en somme, affublée de surcroît d'un nom impossible à prononcer, Maria Leszczyńska. Et moi, lorsqu'on m'a mise en 1690 dans le lit de Charles II, n'étais-je pas la vache sommée de vêler ? En fait, ce duc de Bourbon n'est qu'un médiocre. Il gère admirablement ses propres affaires – la fortune édifiée juste avant la banqueroute de ce M. Law lui a permis d'acheter Noirmoutier à la des Ursins (enfin crevée, la perverse, funeste intrigante !) – et avec nettement moins d'efficacité les affaires de l'Etat. Quant à Louis XV, il ne s'intéressait pas, dit-on, à sa trop jeune épouse, l'en voilà débarrassé.

Elisabeth n'avait vraiment pas besoin de cette catastrophe après les années éprouvantes qu'elle vient de traverser : l'abdication (là encore, l'Europe et moi avons été stupéfiées par ce coup de théâtre), l'avènement de Luisillo, sa disparition huit mois plus tard, foudroyé à dix-sept ans par la petite vérole. La lutte acharnée de ma nièce pour empêcher que le pouvoir ne soit transmis à Ferdinand, âgé d'à peine onze ans. En moins d'une semaine, d'une poigne ferme, Elisabeth ramène son époux de la Granja à Madrid, fomente une manifestation populaire qui acclame Philippe V et réclame son retour au trône, fait intervenir le Conseil de Castille, plus une assemblée de théologiens afin de délier le roi de son serment religieux. Enfin, elle a recours au nonce, à défaut du pape, dans l'espoir de lever les ultimes scrupules. Le nonce réussit à rassurer Philippe V quant à la possibilité de se consacrer en même temps à son propre salut et au bonheur de son peuple, ouf ! Ma nièce a dû avoir chaud – en plus c'était à la fin août et au début septembre de l'année dernière – et user, j'imagine, de toutes ses armes, des larmes au lit (à propos, je remarque que, à partir de la promesse secrète d'abdication, Elisabeth n'a plus été grosse, je me demande comment elle s'arrange depuis cinq ans).

Bien que j'aie toujours mes informateurs à Madrid, j'ignore quel rôle le nouveau confesseur du roi, un jésuite espagnol, a pu jouer durant cette période agitée. Daubenton a disparu peu de temps avant l'abdication. Sans doute très affecté par cette décision dont il avait été le confident et le garant, il avait cru devoir, par un courrier secret, en avertir le régent. Lequel écrit à Philippe V, l'adjurant de ne pas renoncer. Furieux d'avoir été trahi, le roi accable le malheureux Daubenton qui en tombe gravement malade et en meurt. Du moins, c'est ce qu'on m'a raconté. De toute façon, il était âgé et surtout épuisé : devoir diriger un homme aussi tourmenté et travaillé de contradictions ! Je ne sais comment Elisabeth résiste au jour le jour. Car le fait est connu maintenant, même à l'étranger, les maladies du roi sont moins du corps que de l'âme. Là-dessus les bruits vont bon train. Certains rendent la reine responsable, l'accusant de persécuter et séquestrer son époux. Selon d'autres, il aurait été ensorcelé. Tel mon pauvre Charles II ?

Durant sa retraite à la Granja, Elisabeth m'a écrit plus souvent qu'auparavant. Une certaine communauté de situation – la relégation, une solitude relative, la déchéance succédant à la puissance – incite à davantage de tendresse et de compassion (il n'empêche, je demeure l'oubliée de Bayonne). J'ai cru deviner à travers ses lettres qu'elle tentait de continuer à tenir les rênes par l'intermédiaire de Luisillo, avec lequel elle avait établi des relations amènes. Pour autant qu'elles puissent l'être de belle-mère à beau-fils… Luisillo, Louis Ier : il a fallu que ces Bourbons nous lèguent, ne fût-ce que huit mois, un roi prénommé Louis ! On n'avait jamais vu cela ici (voilà que je dis *ici*, comme si je résidais encore en Espagne). A son décès, Elisabeth a dû songer : cette fois, entre Carlos et le trône, ne reste plus que Ferdinand – ne serait-ce pas pécher que de prêter à ma nièce pareille pensée et ne devrais-je pas m'en ouvrir à mon confesseur ?

L'on m'annonce l'arrivée prochaine des deux filles de l'ancien régent, Louise-Elisabeth et Philippine. Réexpédiées de Madrid à Paris. C'était prévisible. Le roi est ulcéré par le renvoi de Marie-Anne Victoire. Elisabeth, paraît-il, a été saisie d'une colère théâtrale. Ordonnant l'expulsion immédiate de tous les Français, s'emparant du portrait de Louis XV, le jetant à terre et le piétinant. Il y a un quart de siècle, je fracassai les miroirs de l'Alcazar, hurlant ma rage contre la France…

Au bout du compte, seuls les consuls ont été sommés de passer la frontière. Ma nièce a fini par se calmer. Philippe V, m'a-t-on rapporté, aurait eu une conduite non dénuée d'ironie pour un homme réputé passablement dérangé. Après cette explosion de fureur, Elisabeth le rejoint dans leur appartement et le trouve en train de préparer son bagage avec l'aide de son valet français (depuis le temps, il pourrait avoir pris un Castillan !). Elle s'étonne, il réplique : ne venez-vous pas de décréter le départ des ressortissants français et ne suis-je pas le premier d'entre eux ? Elle a souri, s'est apaisée. Il n'empêche, même s'il ne s'agit que d'une plaisanterie à usage conjugal, la phrase révèle trop bien de quel côté ce Bourbon continue à se situer !

Cependant, aux dernières nouvelles, l'Espagne, outrée de l'affront subi, rompt l'alliance avec la

France et se tourne vers l'Autriche. Les Bourbons d'Espagne réconciliés avec les Habsbourg, une volte-face incroyable ! On envisagerait même le mariage de don Carlos avec une archiduchesse autrichienne. Mon ambitieuse nièce – il faut bien qu'elle le soit, flanquée d'un époux aussi velléitaire – doit déjà imaginer son Carlos en Charles Quint de ce siècle-ci.

Pauvre Carlos, pauvre Philippine : Elisabeth m'avait écrit qu'ils éprouvaient l'un pour l'autre la plus vive tendresse. A quelque chose malheur est bon, ce revirement politique favorisera peut-être mon rappel à Madrid. Ma camarera mayor me conseille de ne pas trop espérer. Toujours rabat-joie, ma fidèle duchesse de Linarès.

Je ne reverrai pas Marie-Anne Victoire lors de son retour dans son pays natal, retour que l'on traite avec le plus de discrétion et de promptitude possible. Quel contraste avec son passage par ici, il y a trois ans ! La suite qui avait accompagné Louise-Elisabeth d'Orléans depuis Paris jusqu'à la frontière prenait en charge l'infante-reine à l'île des Faisans afin de la conduire vers son époux. De toute évidence, le régent et Dubois avaient voulu marquer ce double mariage par un déploiement ostentatoire : une suite beaucoup plus considérable que celle de ma nièce en 1714. La voiture de Louise-Elisabeth était tirée par huit chevaux, comme pour un carrosse royal ! Outre la vieille

Ventadour, si vétilleuse sur les questions de préséances, une demi-douzaine de gouvernantes et sous-gouvernantes (j'ai bien senti que doña Maria de las Nieves s'inquiétait de cette concurrence), un régiment de caméristes caquetantes, sans compter repasseuses, empeseuses et couturières (ces dames surenchérissaient de raffinements pour leurs toilettes), j'allais oublier les coiffeurs, et un bataillon de médecins et chirurgiens, plus les apothicaires – à croire que l'on prévoyait abondance de dérèglements féminins durant ce long voyage aller et retour –, et surtout, une armée prodigieuse de chefs de cuisine, hâteurs de rôts, potagers, gâte-sauce et maîtres fromagers, flanqués d'une nuée de marmitons (incroyable à quel point ces Orléans sont portés sur la mangeaille !), et des dizaines d'artisans chargés d'entretenir meubles, berlines et charrettes, plus une valetaille de tout poil, une suite tellement fastueuse qu'une escorte de voleurs rôdait non loin derrière, telle une queue de cortège dépenaillée. Quant à ce bon M. Desgranges, le maître des cérémonies qui avait été chargé du protocole lors du voyage d'Elisabeth huit ans auparavant, il s'affairait afin que ce train aille au mieux.

Marie-Anne Victoire m'avait donc visitée avant de s'en aller vers Bordeaux. A manger, cette enfant, tant elle était jolie ! Une peau dont je ne saurais dire si elle était laiteuse ou neigeuse. Des yeux gris-bleu, avivés de larmes mal essuyées, bien qu'elle s'efforçât à la plus grande dignité tout en serrant contre elle une poupée. Le gris-bleu des

Neubourg, je l'ai sitôt reconnu. Avec moi, elle hésitait de façon charmante entre le français et le castillan, troublée par sa toute récente traversée de la frontière. Et j'ai songé, la regardant s'éloigner : ce carrosse monstrueux, ces huit chevaux pour une minuscule reine de moins de quatre ans… Il m'en est resté un sentiment de malaise même si l'apparat de ce palais ambulant était censé proclamer la gloire d'une illustre famille réconciliée.

Hier, ce sont les deux filles de l'ancien régent qui ont pris la route en direction de Bordeaux, après une collation dans mon jardin. Louise-Elisabeth a dévoré massepains et croquignoles. Philippine n'a accepté qu'un peu de sirop d'orgeat. Elle me faisait peine. Des yeux rougis, flétris. Les paupières vilainement gonflées. Elle n'a pas cessé de pleurer depuis Madrid, a confié sa camériste à la duchesse de Linarès. Il paraît qu'à Jadraque, leur troisième étape, cette camériste ne savait plus à quel saint se vouer pour la calmer. Philippine n'a pas dormi de la nuit, une crise de nerfs affreuse, un tremblement des membres, et des sanglots, et des cris inarticulés, entre deux suffocations elle appelait Carlos et gémissait : mais pourquoi la maman de Carlos m'a-t-elle jetée si vite dans cette voiture sans me dire au revoir ni m'embrasser ni me laisser embrasser Carlos, je croyais qu'elle m'aimait, pourquoi, pourquoi ?

En aparté, sa sœur m'a laissé entendre que ma nièce avait préféré précipiter le départ et surtout éviter de part et d'autre toute effusion larmoyante. L'étrange jeune personne que cette Louise-Elisabeth ! Elle a été mariée. Elle fut reine, durant huit mois. A seize ans la voilà veuve, et reine douairière. Au cours de leur séjour en Espagne, elle et Philippine ont perdu leur grand-mère, puis leur père. Elles n'ont plus de protecteur – de quoi me rappeler ma triste situation en 1700 – et leur mère va être fort empêtrée de ces deux filles qu'on lui retourne tels des paquets sans valeur. Cependant, tant d'événements fâcheux semblent avoir glissé sur cette Louise-Elisabeth. Je souhaite que ses pensions lui soient payées plus régulièrement que ne le sont les miennes…

Bien qu'en grand deuil, elle portait ce collier somptueux dont je lui avais fait cadeau lors de sa venue, il y a trois ans : j'espérais alors qu'elle intercéderait en ma faveur auprès de ma nièce et que, dans la liesse des noces, une grâce me serait enfin accordée. Un collier pour lequel j'avais dû emprunter… Quand même, je n'aurais jamais pu imaginer que deux reines douairières d'Espagne converseraient un beau jour de mai en ce jardin, l'une de seize ans, l'autre de bientôt soixante ans – je vieillis, oh oui, et j'ai si peur de mourir hors d'Espagne ! Bien évidemment, comme elle détient un rang égal au mien, je l'ai fait asseoir. Et je fus des plus embarrassées vis-à-vis de Philippine qui, en règle stricte, ne pouvait prétendre à un siège en ma présence et celle de sa sœur : elle n'est que princesse du sang et n'a pas été véritablement mariée à don Carlos. Je le lui ai donné néanmoins, ce fauteuil. Oh, j'entends d'ici les criailleries qui ne manqueront pas de percer à ce propos – faut-il ou non tenir compte de ce fauteuil indûment attribué à Bayonne par cette inconséquente Maria de Neubourg ? Elle nous a créé un fâcheux précédent ! Oui, je les entends par avance s'indigner et clabauder, les duchesses de Ventadour et compagnie, si sourcilleuses là-dessus, et plus encore ce cher duc de Saint-Simon qui me salua, lui aussi, au passage, tout infatué de son ambassade extraordinaire. Eh bien oui, j'en ai usé à mon aise avec l'étiquette. Je n'ai plus de pouvoir et j'ai eu l'audace de m'arroger celui-là ! Non, je n'aurais pu supporter de laisser debout cette malheureuse dont le maintien et la figure témoignaient d'une détresse extrême. Parfaitement, elle s'est assise ! Et même assoupie, épuisée de chagrin et de fatigue, à l'abri d'un platane. Dans l'abandon de ce sommeil, sur ce visage de dix ans qui s'apaisait, j'ai vu affleurer, lentement, la douceur d'un répit, telle une grâce naturelle retrouvée. La lumière était très belle, la brise ténue, les ombres légères des feuilles caressaient cette enfant endormie et je me suis sentie presque heureuse.

Me voici à nouveau solitaire et remâchant mes rancœurs. Le vieillissement et l'exil, couleur de nuit. Un double exil. Ma vie désertée. Les meurtrissures infligées à Louise-Elisabeth, Philippine et Marie-Anne Victoire ont ravivé les miennes. Des trois, peut-être ma petite-nièce, à cet âge tendre, oubliera-t-elle plus aisément sa mésaventure ? La perte du titre le plus haut. Ces longs voyages où elle fut brimbalée. Oui, j'espère qu'elle oubliera. Mais moi, je repense à cet échange des princesses, il y a trois ans, à l'île des Faisans. Deux filles se croisent, l'une n'a pas quatre ans, l'autre en a treize, à peine le temps de faire connaissance, juste une révérence – j'épouse ton demi-frère Luisillo, et moi ton beau cousin qui est également le mien, Louis, quinzième du nom –, les grands seigneurs chargés de régler la transaction raffinent sur des vétilles de préséances et procédures, les filles attendent, patientes, par chance il fait un chaud soleil pour la saison en ce 9 janvier 1722, enfin le cérémonial se déroule, dernières révérences, demi-tours et puis s'en vont, allez, hop, en route ! carrosses et chariots bâchés se mettent en branle, le déploiement de fastes masque les souffrances rentrées de la séparation, les filles ravalent quelques larmes, à chaque ville traversée elles saluent et sourient avec grâce, roulez carrosses, médecins et apothicaires sauront bien soigner les malaises qui ne manqueront pas de survenir – fièvres soudaines, coliques, vomissements –, l'une vient d'avoir ses premières lunes, l'autre connaît seulement celles qu'elle a vues croître et décroître dans le ciel de Madrid. Roulez, et fouette cocher, les épousées sont attendues, promises à un destin glorieux.

Renvoyées, à présent. Les filles passent et repassent les Pyrénées. Et moi, immobilisée juste à côté, que me reste-t-il sinon de les regarder aller et venir ? De leur proposer des croquignoles, ou un malheureux fauteuil ? Non, ce n'était pas un siège que j'aurais souhaité offrir, c'était mon giron ! Je voulais l'installer sur mes genoux, cette émouvante Philippine, l'embrasser, la cajoler. Ils m'ont bernée, eux tous, bafouée, expédiée d'un pays à l'autre, reléguée depuis des années, et qui me dira maintenant si je suis de Bavière, de France ou d'Espagne, qui ? Où sont ma langue et mon lieu véritables ? Même en rêve je n'ai plus d'origine, je passe d'une contrée à une autre, je franchis des frontières inconnues. Une descendance aurait pu me tenir lieu d'enracinement. Rien. J'avais imaginé retourner à Madrid, ma nièce aurait pu être telle ma fille, je lui aurais servi de mère aimante (je doute que Dorothée en ait été une, je me souviens trop de ses froideurs et rebuffades lorsque nous étions jeunes). Oui, j'avais imaginé… Ils m'ont dupée tous tant qu'ils sont, ils ont mis dans mon lit mon ventre un malade stérile moi qui, telle Elisabeth, avais les hanches larges et des seins généreux, un corps créé pour aimer et porter des enfants, ils m'ont dépossédée mais nul ne saurait comprendre à quel point j'aurais voulu serrer dans mes bras cette petite fille éplorée et l'enrober d'une très vieille tendresse inemployée.

PRINCESSE DU BRÉSIL

L'infante sa fille, qui ne peut manquer d'être une des plus belles et des plus parfaites jeunes personnes…

CERVANTÈS

MARIE-ANNE VICTOIRE
Madrid – novembre 1728

Je suis l'infante. Autrefois j'étais reine. On m'a destituée.

J'étais la reine. La preuve : à Versailles, l'on m'avait attribué l'appartement de Marie-Thérèse, celle d'avant moi, l'épouse de Louis XIV. Un bel appartement rayonnant de lumière. A l'Alcazar, tout est sombre.

En France, ils affirmaient que je détenais infiniment plus d'esprit et de beauté que cette pauvre Marie-Thérèse : Louis XV serait beaucoup mieux loti que ne l'avait été Louis XIV. Et puis ils ont mis une vieille dans son lit ! Une Polonaise obscure, une moins que rien. Moi, on m'a tellement répété que j'étais fille de France, et reine, et digne de l'être.

Madame ma mère ne m'aime pas. Si elle m'avait aimée, elle ne m'aurait pas laissée partir lorsque j'étais toute petite. Mon père, lui, c'est différent : il est français, c'est normal qu'il ait désiré me voir régner dans son pays.

Je ne tolère pas que Madame ma mère me touche ou m'embrasse. Je deviens froide en dedans. Je me contente de lui adresser une belle révérence, celle que Mme de Ventadour m'a enseignée : une révérence à la Fontanges, me disait-elle, comme sous le grand roi mon arrière-grand-père.

Marie des Neiges me supplie d'être un peu plus affectueuse avec Madame ma mère. Je dis Marie des Neiges parce que j'ai décidé de parler seulement le français. Madame ma mère n'est qu'une Italienne, je déteste son accent.

Au début, à Paris, j'ai habité le Louvre avec Mme de Ventadour. Elle m'expliquait ce qu'une reine doit savoir : les titres, les grandes familles de France et leurs liens de parenté, les rangs et les préséances, les fauteuils et les tabourets et qui a le droit ou non de s'y asseoir, tout ça. C'est très important.

En été, elle me proposait de prendre mon dîner dehors, dans le jardin des Tuileries. Les gens de Paris étaient massés derrière une grille, pas loin. Avec des airs gourmands, ils regardaient leur reine avaler son potage. J'avais quatre ans et je me tenais bien droite dans ma robe de dauphine-à-bouquets. Pourtant, je suais à cause de la chaleur. Il convenait que je prenne cette peine afin que mon peuple me voie.

J'étais la reine. La preuve : quand la maman du régent est morte, j'étais assise à côté de Louis le quinzième afin de mener le deuil et recevoir les saluts des courtisans. Tous vêtus de longues mantes noires, tous silencieux, juste une grande courbette en défilant un à un devant nous, le couple royal. Très impressionnant. Je n'ai pas pleuré en public et cependant j'avais plein de tendresse pour Mme Liselotte. Seul le régent avait les yeux rouges. Lui, il l'aimait sa mère. Louis et moi, impassibles. Nous faisions notre travail de roi et de reine.

A mon retour je n'ai reconnu personne. Sauf Laura. A cause de son odeur et à sa façon de me serrer dans ses bras. A sept ans il m'a fallu apprendre un père, une mère, des frères. C'est étrange : chacun prétend que ce sont les vôtres. Je me suis appliquée à le croire.

Ils m'ont dit : Luisillo est mort durant votre absence. Je n'ai rien ressenti, je l'avais oublié.

Mon demi-frère survivant s'appelle Ferdinand. C'est lui qui sera roi d'Espagne, un jour. Je le trouve lourdaud. Louis le quinzième est tellement beau. Lui, je ne saurais l'oublier.

Marie des Neiges me dit qu'il a été très malade, elle n'avait pas osé m'en parler avant. On a même craint qu'il ne meure, aussi le roi mon père avait-il écrit au Parlement de Paris afin que soient reconnus ses droits sur la couronne de France. A présent il est complètement guéri et mon père s'est retiré dans ses appartements, je ne le vois plus. Des vapeurs noires, selon les médecins.

Lorsque le roi de France est menacé, mon père s'agite. Et si mon bien-aimé est sauvé, mon père s'effondre. Je me demande si beaucoup de filles de mon âge se sont trouvées dans cette situation.

Oui, je la chérissais Mme Liselotte. Toute rougeaude et carrée, mais affectueuse ! Mme Palatine, c'était un peu dur et sec à prononcer pour mon goût, elle m'avait autorisée à l'appeler par son prénom. Liselotte, j'aimais beaucoup. Elle me proposait des choses bizarres à manger : du hareng cru ou de l'oie fumée qui provenaient de son pays natal, accompagnés de pruneaux confits par-dessus le marché ! J'affirmais que c'était délicieux.

Tout de même, j'aurai eu une grand-mère. Pas longtemps.

Elle avait une chienne épagneul, très belle, qui dormait dans son lit puisqu'elle n'avait plus de mari. Elle l'avait baptisée *Reine inconnue*, je ne sais pourquoi. Et moi je la caressais : pauvre de toi, tu as déjà quinze ans et tu n'es qu'une reine inconnue tandis que moi, à quatre ans, je suis la reine d'un puissant pays. Mme Liselotte riait. Peut-être que je fabriquais des phrases afin d'amuser les grandes personnes. Ça me plaisait de gracieuser. Maintenant, non.

Plus tard, durant cet horrible voyage de retour, Marie des Neiges m'a expliqué : à Madrid, au moment où j'ai signé mon contrat de mariage, on m'appelait la reine-infante. Par contre, à Paris, puis à Versailles, ils préféraient me nommer l'infante-reine et même certains me donnaient le titre d'infante-reine *future*. Dans mon dos, bien sûr. Ils m'ont trompée. Il ne fallait pas employer les mots n'importe comment. Ni tricher avec le temps.

Lorsque je suis revenue, ils ont entrepris de m'apprendre le castillan. Réapprendre, disaient-ils. Je n'ai rien voulu entendre. Je ne comprends que le français. Et je déteste la nourriture d'ici – cette quantité de chocolat, écœurant ! Et leur cannelle, pouah…

En fait, je mange et parle le moins possible. Je maigris. Attention, m'avertit Marie des Neiges, il ne faudrait pas que votre charme s'altère, on vous remariera. Non.

Carlos est le seul avec lequel je puisse converser : comme moi, il a tout perdu. Il aimait Philippine, il l'aime toujours. Si jolie, dit-il. Ses longs yeux, ses longs cils. Le velours de sa tendresse.

Dommage, à douze ans, il commence à devenir laid. Son nez s'étire en courbe au-dessus des lèvres. Un nez triste. Peut-être à cause de l'absence de Philippine ? Madame ma mère en est très fière, de ce nez, il vient paraît-il du côté Farnèse. Je n'ai rien à voir avec ces gens-là – des bâtards à l'origine –, je suis une Bourbon. Madame ma mère est une mégère, elle tourmente et séquestre mon père.

Je venais d'avoir sept ans lorsque, à Versailles, on m'a annoncé que je n'étais plus reine. Répudiée, renvoyée. Louis le bien-aimé et moi n'aurions jamais d'enfants ensemble (je m'en souviens parce que, le même jour, j'ai perdu ma première dent de lait). A présent, j'ai dix ans et demi. Je suis très vieille, ai-je déclaré ce matin à Marie des Neiges. Elle a souri. Vieille, parfaitement ! Avec tout ce qu'on m'a déjà fait vivre.

Madame ma mère ne m'aime pas. D'ailleurs, à peine étais-je rentrée de France, elle s'est empressée de donner naissance à une seconde fille. Et sitôt après, à un garçon, Luis Antonin. Marie-Thérèse s'efforce, disent-ils, de ressembler à celle que je fus toute petite. Elle n'y parviendra pas. J'étais très belle.

A ce qu'on m'a raconté, j'ai eu un demi-frère, Philippe. Il est mort. A présent, j'ai un *vrai* frère, Philippe également. Autrefois, il y a eu Luisillo, maintenant il y a Luis Antonin. En somme, ils s'arrangent pour remplacer ceux qui disparaissent en leur donnant le même prénom.

Marie des Neiges s'ingénie à me guérir – c'est elle qui emploie ce terme –, pourtant je vais très bien. Aujourd'hui, elle m'a servi de la panade aux confitures, mon dessert préféré à Versailles, elle avait veillé elle-même à sa confection. J'en ai goûté un peu, juste pour faire plaisir à Marie des Neiges qui ne m'a jamais abandonnée.

J'étais la reine. J'habitais les appartements de la reine. Si clairs si vastes. Ici, c'est or et noir et cramoisi. Pesant. Je m'ennuie. Madame ma mère veut que j'étudie le clavecin, je déteste.

J'étais la reine puisque j'étais présente au sacre, à Reims. Une cérémonie magnifique. Ensuite le roi mon époux a touché les écrouelles d'une quantité de malheureux. J'avais peur pour lui, et s'il allait les attraper ces plaies et suintements ? La maman de Ferdinand est morte de cette maladie. Si mon père avait été roi de France et non d'Espagne, est-ce qu'il aurait pu guérir sa première épouse ? Mais alors je ne serais pas née. J'aurais préféré, je ne serais pas devenue cette poupée brimbalée à droite à gauche, au gré de leurs changements d'humeur et d'alliances.

Depuis longtemps je n'ai pas vu mon père. Madame ma mère le persécute, j'en suis certaine. Marie des Neiges, aujourd'hui, affecte un air sérieux pour me parler. Elle me supplie de garder le secret : le roi est malade, très malade, ça se passe dans sa tête. Non, ce n'est pas la faute de Madame ma mère comme certains le prétendent à la cour. Le roi refuse qu'on le lave, le rase, l'habille et même – elle a hésité – qu'on lui coupe les ongles, imaginez leur longueur. Elle a encore hésité : et les odeurs… Une fois, il a tenté de s'enfuir du palais, en chemise. Surtout, surtout, ne dites pas que je vous l'ai dit, c'est seulement afin que vous compreniez par rapport à Madame votre mère.

Je ne sais pas si j'ai envie de comprendre. Maintenant je me méfie de ce qu'ils racontent, eux tous. Même Marie des Neiges. Pourtant ses lèvres ont tremblé au moment où elle a ajouté : il y a peu le roi s'est cru mort, menacé par le diable, il s'est mis à hurler de terreur. Madame votre mère ne le quitte pas, d'autres, je vous assure, fuiraient ou se protégeraient. La nuit, elle reste à son chevet puis fait face dans la journée aux devoirs de sa charge tandis que le roi dort, il inverse de plus en plus le jour et la nuit.

En somme, si telle est la vérité, je serais la fille d'un monstre. Ou du moins d'un homme qui, par moments, se transforme en monstre. Ce soir, je relirai mon livre de contes, on doit y trouver des histoires de ce genre.

Je me suis racornie en dedans, desséchée. Ça changera quand le sang viendra, affirme Marie des Neiges. Je ne pense pas. Et puis je n'en veux pas, de leurs lunes.

A Versailles régnait le soleil. Apollon, partout. Peint ou sculpté, Mme de Ventadour me l'avait expliqué. Ici, lorsqu'on va séjourner à la Granja, je les entends répéter : la Granja n'est-elle pas un peu à l'image de Versailles ? Je ricane, silencieusement. Oui, lorsque les arbres auront poussé pour de bon, certains endroits du parc seront passables. J'aime bien la fontaine des dragons : les sculptures ont été exécutées par des Français. Celle du petit garçon sur un hippocampe aussi. C'est à peu près tout. Ils me font rire avec leur Versailles raté, prétentieux. Pas d'espace, aucune perspective. L'ombre de la montagne, même en été. Et pourquoi sont-ils allés mettre la chapelle au beau milieu du palais ? A Versailles elle est sur le côté. Selon votre père, m'a affirmé Marie des Neiges, c'est Dieu qui doit être au centre et non le roi. J'aurais voulu que mon père se tienne au centre. Droit et fier.

Hier Carlos – toujours en français – m'a confié un secret. En accord avec lui, Philippine s'était donné un prénom espagnol : je ne suis plus la fille de mon père mais ta femme, donc je deviens Carlota. Elle était heureuse à l'idée de s'en aller à Parme, plus tard, avec lui, elle voulait qu'il lui apprenne l'italien. Eh bien, la Carlota, elle a été renvoyée par Madame ma mère. Comme une malpropre, elle aussi.

J'ai été appelée par le roi mon père. Il m'a paru plus vieux qu'avant. Bouffi, tassé. Ses ongles étaient ras. Sa voix un peu sourde :

— Nous vous marions avec le fils du roi du Portugal.

— Et vous m'échangez contre qui, cette fois ?

Il a pris son air gêné, malheureux :

— Votre demi-frère Ferdinand épouse l'infante du Portugal, Barbara de Bragance.

— L'échange des princesses aura lieu, je suppose, sur une rivière, selon l'usage ?

— Euh, oui… Le rio Caya, à la frontière de l'Espagne et du Portugal. Votre titre sera princesse du Brésil. Plus tard, vous deviendrez reine du Portugal. C'est une belle alliance…

Je lui ai fait mon impeccable révérence, à la Fontanges.

Princesse du Brésil ? Ridicule ! Avec des perroquets dans les cheveux, peut-être, et des ananas en guise de bijoux ? Princesse du Brésil, une contrée lointaine où je n'irai jamais. Princesse du Brésil après avoir été reine de France ? Ils se moquent de moi. Ça ne m'intéresse pas de régner sur un petit pays pluvieux. Je voudrais seulement revoir le soleil reflété par le Grand Canal.

J'avais moins de quatre ans, Madame ma mère, lorsque vous m'avez abandonnée. Bientôt je vais repartir, franchir à nouveau une frontière. Grand merci, Madame ma mère, de votre abandon premier. En lui je puiserai la force de vous haïr et vous oublier une seconde fois.

Mon bien-aimé a déjà fabriqué trois filles avec sa Polonaise. Madame ma mère affirme que, tant que Louis XV n'aura pas un fils assurant la succession, mon père continuera à songer au trône de France et à s'en rendre malade. Ce n'était pas la peine de m'envoyer là-bas à sa place s'il n'est toujours pas guéri de cette vieille blessure.

Laura est venue me prendre dans ses bras. Elle dévidait quantité de phrases, un salmigondis de castillan, d'italien et même – pour m'amadouer, je suppose – de ce mauvais français qu'elle baragouine avec un drôle d'accent. Quand je veux, quand c'est Laura, je comprends à peu près les autres langues. Des mots sucrés, un peu trop, ça me rappelait sa confiture de figues. Ma tendre fleur de printemps, mon agnelette, la petite fille qui fut autrefois de lait, de miel et de lumière, qu'est-ce qu'on a fait de vous dans ce vilain Versailles ? Vous voilà maintenant de nacre, de givre et de verre filé. Vous m'effrayez ainsi, dure, et si fragile. Il ne faudrait pas vous briser, à force. Et vos cheveux qui commencent à se décolorer (comme moi en dedans, j'ai pensé), lin et argent à présent votre chevelure. Allons, laissez-moi vous câliner, vous pétrir, vous baisoter, que vous redeveniez celle d'avant, douce et fondante, la Marie-Anne Victoire âgée de deux ans que l'on venait de sevrer.

Je consens. Pas longtemps. Il ne faut pas que je m'abandonne.

C'est confirmé, au mois de janvier, on m'échangera sur le rio Caya avec cette Barbara de Bragance. Une excellente musicienne paraît-il, elle viendra avec ses deux clavecins et son professeur, un nommé Domenico Scarlatti. Grand bien lui fasse. J'espère qu'à Lisbonne je pourrai en finir avec ces leçons qui m'assomment. Marie des Neiges est très affairée, elle prépare mon trousseau. Elle me demande ce que je veux emmener. Rien.

Je l'ai interrogée pour savoir si les autodafés existaient aussi au Portugal. Oui, pareil qu'ici. J'avais pensé que peut-être, à la longue, les pluies auraient éteint les bûchers. Non. En France, le grand roi mon arrière-grand-père avait interdit l'Inquisition, le régent un jour me l'a expliqué.

Après l'échange, Madame ma mère, le roi mon père, mes frères et ma petite sœur partiront s'installer à Séville. Madame ma mère prétend que le changement de climat sera bénéfique à mon père. Moi, j'ai sitôt compris : elle préfère l'éloigner de Madrid, elle craint qu'il n'adresse une lettre d'abdication au Conseil de Castille. Ils s'en vont vers le soleil de l'Andalousie et moi vers les pluies de l'Atlantique.

Marie des Neiges m'a annoncé qu'elle ne m'accompagnerait pas au Portugal. Une future reine doit se séparer de sa famille, sa remueuse, son enfance, et cetera… Ils en ont de bonnes : je suis l'infante qui n'a pas eu d'enfance.

Le marquis Annibal Scotti – cet obèse répugnant à la parmesane – prépare de somptueuses réjouissances afin de célébrer mon second mariage. Avant que je ne m'en aille, des artificiers venus de Bologne projetteront dans le ciel au-dessus de Madrid un immense V avec leurs fusées. Le V de Victoire. Les grandes personnes s'amusent.

Je suis l'infante, avant j'étais la reine. Je n'apprendrai pas le portugais, je resterai silencieuse. Dans ma tête, je continuerai à parler et rêver en français. A chérir Louis le bien-aimé. Je n'ouvrirai ni les cuisses ni la bouche. Pour personne.

Muette, l'infante.

ÉPILOGUES

ÉMILIE
Paris – 1733

J'apprends le mariage d'Adélaïde d'Aubigny avec le marquis d'Armentières, promis dit-on à une belle carrière militaire.

Jean est mort il y a un an. Auparavant, il avait confié le soin d'établir Adélaïde à Philibert Orry, le fils de son ancien compère et complice en Espagne. Excellent financier et administrateur comme son père, ce Philibert, mais à l'inverse réputé fort honnête. Eh bien, de nos jours, en possession d'une immense fortune et du superbe château de Chanteloup, la fille d'un espion roturier devient aisément marquise.

Six mois avant de disparaître, Jean vint à Paris régler diverses affaires. Il me fit une brève visite. Le teint gris, terreux. Tournant en rond, me lanternant de bagatelles. Brusquement :

— C'est moi qui à la fin novembre 1714 ai suggéré à Philippe V d'adresser à Elisabeth Farnèse cette lettre lui conférant tout pouvoir sur son escorte. Je ne sais pas si tu te souviens, à l'époque la princesse était souvent souffrante, à demi retirée dans son appartement. J'ai laissé supposer au roi que l'idée provenait d'elle.

— Tu avais hâte de rentrer définitivement en France, hein, Jean Bouteroue ? Tu voulais avoir au plus vite la jouissance de Chanteloup et tu as trahi…

— Allons donc, ce n'est pas ce billet qui a déclenché toute l'affaire de Jadraque.

— Non. Mais en l'absence de ce billet, le lieutenant Amezaga n'aurait sans doute pas obtempéré à l'ordre d'Elisabeth Farnèse.

— Qui peut l'affirmer ? En même temps j'avais mis en garde la princesse, lui répétant qu'elle avait tort d'expédier Alberoni au-devant de la reine à Pampelune.

— Disons que tu as mené double jeu. Et pourquoi venir maintenant me raconter cette histoire ?

Il n'a pas répondu. Il allait mourir, le savait. Sur le tard, il avait eu Adélaïde et Chanteloup. Plus cette pagode qu'il avait fait construire dans son parc lorsque sévissait la mode des chinoiseries. Eh bien restera de lui cette ridicule pagode !

Adélaïde d'Aubigny, marquise d'Armentières : joli titre pour un roman à la mode…

Au creux de ma mémoire, quelques souvenirs, bleuis par le froid. Le long voyage, la longue nuit cahotante. La neige lente sur le plateau castillan. Plus loin, plus tard, après la frontière, la minuscule maison de Saint-Jean-de-Luz, le bruissement rassurant de la mer. Blottie là, je commence à me réchauffer.

Moi, la vieille solitaire et frileuse, il me reste une bague. Une améthyste sertie de diamants. Celle que j'avais gagée à Bayonne. Je ne la porte pas, je la regarde de temps à autre. J'aime ce violet lumineux. Tels les yeux de la princesse lorsqu'elle était en colère. Ou amoureuse.

ALBERONI
Ravenne – 1735

L'ouvrage de M. de Voltaire, *Histoire de Charles XII*, me parvient enfin. Je n'ai pas tardé à repérer les passages élogieux me concernant. L'esprit le plus brillant et le plus éclairé d'une Europe qui commence à s'ouvrir aux lumières de la connaissance me qualifie de *puissant génie*. Que n'écrit-il pas à mon sujet ! *En moins de deux ans, on le vit changer la face de l'Espagne, lui rendre son crédit en Europe*. Mais oui, en moins de deux ans : il fallait un M. de Voltaire pour souligner la prodigieuse rapidité de cet essor. Voilà de quoi me rengorger et me dilater agréablement. Je m'empresse d'adresser à l'auteur une lettre de remerciement.

Lors d'un conclave, je me suis amusé à poser ma candidature et j'ai même obtenu quelques voix. Avouez, le petit Giulio élu pape, c'eût été savoureux ! Faute d'être pape, j'en suis le légat, en Romagne, où je conduis des travaux colossaux afin d'assainir la ville de Ravenne et ses environs : un vaste système de canaux destiné à drainer les eaux dormantes et assécher les marais, de façon à purger la région de ses miasmes. Si un poète de l'envergure de Dante vient se promener par ici, au moins il ne crèvera pas comme lui de la malaria. A plus de soixante-dix ans, je pétille autant qu'à Madrid en 1717, toujours animé par la passion d'œuvrer et de construire. Cette entreprise-ci coûte fort cher et je paye pour une bonne part de ma poche. L'or ramassé en Espagne trouve un noble et utile accomplissement.

Ma fortune aura également servi à restaurer, à Plaisance, le couvent des barnabites, aux trois quarts détruit par les Autrichiens. Ce couvent où Giulio Alberoni est *né*.

ÉLISABETH FARNÈSE
La Granja – 1736

La première neige, précoce cette année, nous a surpris à la Granja. Il n'était pas possible de revenir plus tôt sur Madrid, Philippe était atteint par un nouveau délire. Ce cheval dans une tapisserie qui le menaçait et le terrifiait : des yeux de juive, répétait-il, des yeux de juive, liquides et brûlants. J'ai vu croître une épouvante animale dans le regard de mon époux. Ce cheval pommelé, il voulait le monter. Il a fallu quatre hommes pour le maîtriser.

Nous avons partagé les plaisirs de la chasse. Leur ont succédé les galops de la démence. Le mors aux dents, la mort au flanc. Ni la naissance du dauphin en France ni les cinq années passées à Séville ne l'ont guéri. Comme elle était lumineuse, pourtant, la neige ardente des maisons et des terrasses chaulées ! Oui, j'aimais cette neige qui résistait au soleil, l'absorbait. Enfin, elle me réchauffait. J'aurais été heureuse en Andalousie si Philippe n'avait été en proie aux mêmes alternances de léthargie, de lucidité et d'angoisse.

Je l'incite à pratiquer la peinture avec moi. Je suggère aux enfants de le distraire en composant de petites comédies agrémentées de chants. Ils les exécutent avec beaucoup de charme et de talent. Philippe regarde d'un œil morne, applaudit gentiment. Et je gouverne. Je convoque les ministres un à un, les écoute, débats, réfléchis, et décide. Il me faut ensuite m'en expliquer avec Philippe dans les moments où il émerge de ses prostrations et prétend redevenir le roi, seul détenteur de la signature, le maître. Avec violence parfois, y compris au lit. La folie est moins difficile à supporter dans les moments où elle se déploie que dans ceux où elle cède. Et je dois veiller à ce qu'il ne rédige pas de lettre d'abdication.

J'ai tenu bon : après avoir été duc de Parme, Carlos est maintenant roi de Naples. Je tiendrai bon jusqu'à ce que mon second fils devienne duc de Parme.

Il m'arrive de repenser à Jadraque. Dire que dans la nuit, une fois retombée l'exultation première, j'ai eu si peur d'être répudiée ! Et c'est à ma petite fille que ce malheur est arrivé. Elle ne me l'a pas pardonné.

Philippine est morte. A l'âge de vingt ans. Et au mois de mai, la date anniversaire de son renvoi de Madrid. Selon sa mère, elle ne se serait jamais remise de son amour pour Carlos et de cette rupture brutale. Je n'ai guère le loisir d'avoir des remords, j'ai celui-là, cependant. Il est vrai, j'ai eu peur de ses larmes. Des miennes aussi. Et, plus qu'un remords, me reste une douleur sourde, tenace.

Carlos est resté marqué par cette séparation et cette disparition. Mais c'est un homme de devoir, je le lui ai enseigné.

Je contemple la beauté funèbre de ce parc noyé de blancheur nacrée. Un spectacle qui me donne un avant-goût de mon avenir. Philippe veut être enterré ici et m'a contrainte à prêter serment : après son décès, je ne le quitterai pas, je demeurerai constamment à la Granja, attendant mon tour. Un insoutenable tête-à-tête, avait glissé à je ne sais plus qui M. de Saint-Simon à propos de notre façon de vivre, Philippe et moi. Laura, bien sûr, avait saisi au vol cette petite phrase. Un insoutenable tête-à-tête ? Il me faut bien le soutenir.

Laura vieillit – soixante-dix ans bientôt – et s'éloigne de moi, jalouse de mon intimité grandissante avec Maria de las Nieves. Laquelle évoque pour moi la Marie-Anne Victoire encore au maillot ou celle que je n'ai pas connue, séduisant les Parisiens et la cour de France. Hier, Maria de las Nieves a employé une étrange expression à propos de Philippe : le roi s'est *escorialisé*. Elle aurait pu dire espagnolisé, non, elle a bien prononcé *escorialisé*. Ai-je épousé un Bourbon ou un Habsbourg ?

Une lettre de ma tante Maria. Reconnais-le, Elisabeth, tu n'as pas été bonne avec elle. Tu l'as laissée croupir à Bayonne, telle une parente âgée oubliée au fond d'une maison de campagne éloignée. Tu arguais de trop bonnes raisons : il était préférable qu'il n'y eût point deux reines à Madrid – même si l'une n'était que douairière –, tu craignais qu'elle ne fût encombrante, envahissante. Trente années d'exil, il serait peut-être temps de l'autoriser à revenir. Au moins, qu'elle meure en Espagne.

Elle m'écrit que, afin d'atténuer les souffrances de Charles II, elle avait invité à Madrid, il y a fort longtemps, un castrat surnommé le rossignol de Naples. La voix, insiste-t-elle, exerce parfois des pouvoirs stupéfiants. Actuellement Farinelli, le meilleur castrat d'Europe, réside à Londres : si je lui proposais de venir ici, quel qu'en soit le prix ? Peut-être apaiserait-il les montées d'anxiété chez Philippe. Farinelli, un homme qui détiendrait la voix de la mère ? Un castrat berçant un homme atteint de satyriasis… Il chante admirablement, paraît-il, un morceau intitulé l'air du rossignol. Tant pis si l'histoire se répète.

Une voix, pour faire fondre la neige et dissiper les ombres ?

Je sors quelques minutes sur la terrasse. La lueur mate de la neige semble retarder la tombée de la nuit. Une odeur fraîche, des souffles purs venus de la sierra. Je respire une grande goulée et je joue à imaginer Carlos et Philippine. Ils ont encore une dizaine d'années. Insouciants, ils s'amusent autour des ifs poudrés. Disparaissent, soudain. Je devine, ils se sont cachés derrière la statue de Daphné, peut-être échangent-ils leur premier baiser. Il me vient une indulgence que je me suis rarement accordée.

Philippe me fait appeler. Le délire s'est estompé mais c'est l'heure de sa mélancolie crépusculaire. J'écoute, rapidement, avant de rentrer. Le chuchotement d'une fontaine. Le grésillement du givre naissant. Au loin, des rires et des voix d'enfants ? Sourdement étouffés par la neige et la nuit.

Lorsque mon oncle est mort, j'ai ressenti plus lourdement ma solitude alors que je n'ai presque jamais un instant de solitude. Bien entendu, Madame ma mère lui survit, coriace.

A Séville, j'ai eu une troisième fille. Marie-Antoinette n'a pas atténué la douleur d'avoir, à deux reprises, perdu Marie-Anne Victoire.

Qui ne m'écrit pas.

Je revois ce ciel au-dessus du rio Caya, lors de l'échange avec Barbara de Bragance. Un ciel héroïque, tel qu'on les peint dans les tableaux de bataille, draperies de fumée, nuages baroques et boursouflés, et ce grand vent de débâcle qui surgit au cœur des plus belles victoires. Ma petite fille d'autrefois, nimbée de blondeur cendrée, mon double d'avant le désastre de la petite vérole. Ma vieille petite fille, roidie, durcie.

Au moment de me tourner le dos, à jamais, Marie-Anne Victoire m'a regardée droit dans les yeux. Bleu d'acier contre bleu d'acier. A notre manière, nous croisions le fer. Puis elle s'est inclinée pour exécuter sa parfaite révérence et j'ai reconnu soudain celle de la princesse des Ursins, à Jadraque.

REMERCIEMENTS

Nombreux sont ceux qui m'ont aidée en complétant ma documentation ou en m'éclairant par leurs remarques critiques. Je ne saurai donc trop remercier : Yves Bottineau, Evelyne Chanet, Yves Coirault, Sylvie Delarue, Patrick Dovillez, Michel Host, Jean-Dominique de La Rochefoucauld, Myriam Penazzi, Jean-Christian Petitfils, Marguerite Pozzoli, Claude-Hélène Pujade-Renaud, Dirk Van der Cruysse, Georges Vigarello, Martin Winckler, Michel Zylberberg, ainsi que Marianne Cermakian pour sa thèse sur la princesse des Ursins.

Je tiens également à exprimer ma très vive gratitude à Elisabeth Samama et à Michel Breton pour leurs patientes et vigilantes lectures de mon manuscrit.

TABLE

Seconde partie : LES INFANTS

ÉPILOGUES

DU MÊME AUTEUR

Romans

LA VENTRILOQUE, Des Femmes, 1978.

LA DANSE OCÉANE, Souffles, 1988 ; Babel n° 234.

MARTHA OU LE MENSONGE DU MOUVEMENT, Manya, 1992 ; Babel n° 235.

BELLE MÈRE (prix Goncourt des lycéens), Actes Sud, 1994 ; Babel n° 246.

LA NUIT LA NEIGE, Actes Sud, 1996 ; Babel n° 322.

LE SAS DE L'ABSENCE (prix de L'Écrit intime), Actes Sud, 1997 ; Babel n° 425.

PLATON ÉTAIT MALADE, Actes Sud, 1999 ; Babel n° 547.

SEPTUOR, en commun avec Daniel Zimmermann, Le Cherche Midi éditeur, 2000 ; Pocket n° 11262.

LE JARDIN FORTERESSE (prix de la Ville de Valognes), Actes Sud, 2003 ; Babel n° 646.

CHERS DISPARUS (grand prix de la Société des gens de lettres), Actes Sud, 2004 ; Babel n° 757.

LE DÉSERT DE LA GRÂCE (prix Paroles d'encre, grand prix littéraire de Saint-Émilion, Pomerol, Fronsac), Actes Sud, 2007 ; Babel n° 959.

ŒUVRES, tome I, Actes Sud, coll. "Thesaurus", 2010.

LES FEMMES DU BRACONNIER, Actes Sud, 2010 ; Babel n° 1091.

DANS L'OMBRE DE LA LUMIÈRE (prix du roman historique des Rendez-vous de l'histoire de Blois), Actes Sud, 2013 ; Babel n° 1241.

TOUT DORT PAISIBLEMENT, SAUF L'AMOUR, Actes Sud, 2016 ; Babel n° 1515.

Nouvelles

LES ENFANTS DES AUTRES, Actes Sud, 1985 ; Babel n° 699.

UN SI JOLI PETIT LIVRE (prix Fondation Thyde-Monnier de la Société des gens de lettres), Actes Sud, 1989 ; Babel n° 389.

VOUS ÊTES TOUTE SEULE ? (prix de la nouvelle du Rotary Club), Actes Sud, 1991 ; Babel n° 125.

LA CHATIÈRE, Actes Sud, 1993 ; Babel n° 826.

AU LECTEUR PRÉCOCE, Actes Sud, 2001 ; Babel n° 600.

SOUS LES METS LES MOTS, Nil, coll. “Exquis d'écrivains”, 2007.

RIRE EN DO MINEUR ET AUTRES NOUVELLES, Actes Sud, 2014 ; Babel n° 1656.

SANS TAMBOUR NI TROMPETTE, Rhubarbe, 2015.

Poésie

CELLES QUI SAVAIENT, Actes Sud, 2000.

INSTANTS INCERTITUDES, Le Cherche Midi éditeur, 2003.

TRANSHUMANCE DES TOMBES, Circa 1924, 2008.

Mémoires

LES ÉCRITURES MÊLÉES, en commun avec Daniel Zimmermann, Julliard, 1995.

3 CHATS, 2 ÉCRIVAINS ; JOURNAL, en commun avec Daniel Zimmermann, Rhubarbe, 2018.

Correspondance

DUEL, en commun avec Daniel Zimmermann, Le Cherche Midi éditeur, 2004.

Romans pour la jeunesse

LES OTAGES DE GUTENBERG, en commun avec Chantal Pelletier et Daniel Zimmermann, Hachette Jeunesse, 2000.

ATOMES CROCHUS, en commun avec Chantal Pelletier et Daniel Zimmermann, Hachette Jeunesse, 2000.

CHAMPIONNE À OLYMPIE, en commun avec Daniel Zimmermann, Folio Jeunesse, 2004.

Achevé d'imprimer en mars 2023 par Normandie Roto Impression s.a.s. 61250 Lonrai pour le compte d'Actes Sud, Le Méjan, Place Nina-Berberova, 13200 Arles.

Dépôt légal 1re édition : avril 2023

N° impr. : 2300284

(Imprimé en France)